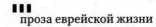
проза еврейской жизни

מאיר שלו

יונה ונער

Меир Шалев

Голубь и Мальчик

Роман

Перевод с иврита
Рафаила Нудельмана
и Аллы Фурман

Москва 2008

УДК 821.41
ББК 84(5Изр)
    Ш18

Серия основана в 2005 году

Оформление серии А. Бондаренко

Первое издание на русском языке

ISBN 978-5-7516-0716-6

ГЛАВА ПЕРВАЯ

I

— И тут вдруг, — перебил пожилой американец в белой рубашке, — надо всем этим адом появился голубь…

Воцарилось молчание. Его неожиданный иврит и этот голубь, внезапно вылетевший у него изо рта, озадачили всех. Даже тех, кто не понял, о чем он.

— Голубь? Какой голубь?!

Американец — рослый и загорелый, какими ухитряются вырасти и загореть только пожилые американцы, с львиной гривой волос на голове, в мокасинах на ногах — ткнул пальцем в сторону монастырской башни. Много воды с тех пор утекло, но кое-какие детали той жуткой ночи памятны ему еще и сегодня, «и забыть это, — провозгласил он, — я уже никогда не смогу». Не только отчаяние и страх и не только победу («одинаково неожиданную, что для нас, что для них», — заметил он), — но и всякие мелочи, из тех, смысл которых проясняется лишь много позднее: например, что время от времени в монастырский колокол — «вон там, в тот самый» — ударя-ла шальная, а может, и прицельно посланная пуля, и на каждый такой удар металл откликался резким, странным звоном, который долго еще слышался в темноте, так до конца и не замолкая.

— Да, но голубь?..

— Странный такой звук, необычный — вначале резкий и сильный, будто он и сам изумлен, что в него попали, а потом всё тише и тише, словно уже и ранен насмерть, а никак не кончается, не может. И так до следующей пули. Один из наших раненых сказал да-же: «Бедняга, привык, что его лупят изнутри, а тут вдруг снаружи».

И улыбнулся про себя, словно только сейчас по-нял. Обнажились зубы, тоже чересчур белые, какими они бывают только у пожилых американцев.

— Но этот голубь? Откуда вдруг там голубь?

— Homing pigeon. На девяносто девять процен-тов. Почтовый голубь Пальмаха[1]. Всю ночь они нас обстреливали, а под утро, часа через два или три по-сле восхода солнца, вдруг смотрим — почтарь! Взле-тел над нами и ушел в небо.

Его неожиданный иврит выглядел вполне при-лично, несмотря на акцент, но английское «homing pigeon» почему-то прозвучало более выразительно и точно, чем «почтовый голубь», пусть даже Пальмаха.

— Почем вы знаете, что это был почтарь?

— С нами был голубятник. Так его называли. Специалист по голубям с небольшой такой голубятней на спине. Наверно, когда он погиб и эта его голубятня разбилась, тот голубь и вырвался на волю.

— Погиб? Каким образом?

— Мало там было возможностей погибнуть? Только выбирай. Хочешь — от пули, хочешь — от осколка, в голову, в живот, в бедренную артерию. Иногда сразу уложит, а иногда и поживешь еще часика два-три после того, как зацепило. — Он глянул на меня желтыми львиными глазами и усмехнулся: — Подумать только — пошли на войну и почтовых голубей с собой прихватили. Совсем как те древние греки…

2

И вдруг, поверх всего этого кровавого ада, сражавшиеся увидели голубя. Вот он — пробивается сквозь погребальную пелену пыли, поднимается ввысь и уходит в небо. Поверх воплей и хрипа, поверх осколков, шипящих в прохладном воздухе, поверх невидимых пулевых трасс, поверх пулеметного лая, оглушительных взрывов гранат и грохота орудийного выстрела.

Самый обыкновенный на вид. Темно-серый с голубоватым отливом, ножки карминные, а поперек крыльев — как украшение — две темные полоски, словно на талите[2]. Голубь как голубь, похожий на тысячи других. Только сведущее ухо смогло бы уловить силу, с которой ударяли его крылья, вдвое большую, чем у обычных голубей. Только глаза знатока смогли бы различить широкую, выпуклую грудь, и клюв, что по прямой продолжает наклонную линию лба, и характерную светлую припухлость в том месте, где этот клюв переходит в голову. Только любящее сердце смогло бы распознать и вместить всю тоску, что скопилась в тельце маленькой птицы, указала ей путь и влила в нее силы. Но эти глаза уже погасли, эти уши уже не слышат, и даже сердце опустело и умолкло. Только его последнее желание осталось да эта птица с ее жадным стремлением — домой.

Вверх. Над кровью, над гарью, над пальмами. Над ранеными, чьи тела уже разъяты, разверсты, сожжены, недвижны. Над теми, чья плоть еще превозможет, но душа погаснет, и над теми, кто не выживет, а по прошествии лет, со смертью всех помнивших, умрет вторично.

Вверх. Как можно выше. Как можно дальше. Пока грохот стрельбы не превратится в слабое постукивание, пока крики не стихнут вдали, и запах рассеется, и дым растает, и мертвые станут неотличимы друг от друга и сольются в единую бездыханную массу, а живые отделятся от них и пойдут каждый к своей судьбе, недоумевая: чем заслужили? А эти, что полегли, — чем провинились? И, бросив напоследок беглый взгляд по сторонам, — домой! По прямой, как всегда возвращаются почтовые голуби. Домой. Сердце трепещет, но стучит упрямо. В золотистых глазах страх, но зрачки расширены, не упустят вокруг ни одной знакомой приметы. Прозрачная пленка натянулась под веками, защищая от слепящего солнца и пыли. Хвост, закругленный и короткий, украшен еще одной узкой полоской — наследным знаком птичьей знати древнего Дамаска. В маленькой круглой головке — жадная тоска воспоминаний: голубятня, клетка, родное воркование, теплый запах гнезда и насиженных яиц. Рука молодой женщины проходит над кормушкой, знакомое постукивание зерен в ее корзинке, взгляд шарит по небу, ищет и ждет, голос — «гули-гули-гули!» — зовет спуститься.

— Не я один. Мы все ее видели, эту птицу, — сказал пожилой американец. — Да и те, с другой стороны, скорей всего, тоже. Потому что всё, что могло стрелять, вдруг умолкло, и у нас, и у них. Ни одна пуля не вылетела, ни одна граната не взорвалась, и все рты перестали орать, и стало так тихо, что слышно было, как она бьет крыльями по воздуху. И на какой-то миг все глаза и все руки провожали ее в тот путь, которым мы и сами бредили: домой. Вернуться.

Он сильно разволновался — шагал туда-сюда по лужайке, ерошил пятерней густую белую гриву.

— Он ведь весь в этом. Homing pigeon, что говорить. Домой — это всё, что он умеет, и всё, чего он хочет. Вот и этот — взлетел, отказался от круга, о котором пишут обычно в книгах, — мол, почтовые голуби обязательно делают круг, прежде чем находят правильное направление, — и разом помчался по своему пути. Как стрела, которую запустили к цели — на северо-запад, если не ошибаюсь. Да, судя по времени и по солнцу, на северо-запад. Прямиком туда, и ты не поверишь, как он быстро пропал из виду.

За считанные секунды. Задыхаясь от стремительности, замирая от тоски. Был — и нет. Рука, что запустила его, уже упала, но взгляд еще провожал, и колокольная медь еще дрожала, отказываясь умереть. Вот он, колокол: последние звуки еще каплют, стекая в далекое озеро тишины, — и вот он, голубь: его серая голубизна уже тонет, исчезая, в такой же серой голубизне горизонта, и вот — всё, исчез. А там, внизу, глаза людей уже вернулись к прицелам и пальцы — к спусковым крючкам, и стволы гремят снова, и рты опять стонут и распахиваются широко, чтобы крикнуть и в последний раз судорожно втянуть воздух.

Теперь пожилой американец повернулся к своим товарищам по группе, перешел для них на американский английский, снова принялся объяснять, описывать, указывать — «примерно там, за соснами» и «как раз здесь». Рассказывал об иракской бронемашине, которая «крутилась тут, где хотела, со своим пулеметом и пушкой, совсем нас задавила». Широким жестом радушного хозяина показывал — «вон там я лежал, с пулеметом. Вон в том углу крыши. А в этом доме, что напротив, сидел их снайпер, ну, он и всадил в меня пулю».

И тут же, не по возрасту легко, наклонился, закатал штанину и показал два светлых шрама между коленом и лодыжкой:

— Вот, сюда. Маленький — входное отверстие, большой — выходное. Наш сапер стащил меня на спине вниз, вернулся на крышу мне на смену, и его тут же накрыло из миномета. — И опять перейдя на иврит, предназначенный только мне, экскурсоводу: — Здоровенный такой парень был, даже больше меня. Настоящий богатырь, бедняга. Его буквально пополам разорвало, тут же кончился, на месте.

Он говорил и говорил, высвобождая на волю воспоминания, видно теснившиеся в нем все эти годы, — пусть тоже подышат немного и расправят кости, пусть глянут на то место, где когда-то обрели форму, пусть поспорят и сравнят: которое уцелело? которого и вовсе не было? которое стоит хранить и дальше, а которое уже и не стоит?

— А что же с ним? — вернул я его к своему. — С тем голубятником, о котором ты рассказывал? Ты сказал, что он погиб. А ты видел, где это было?

Желтые глаза старого льва снова уставились на меня, большая загорелая рука легла мне на плечо, другая загорелая рука протянулась и указала. Коричневые старческие пятна на тыльной стороне ладони, ухоженные ногти, серебряные морские часы на запястье, отглаженный и отвернутый белый манжет. Рука, которую легко себе представить на приклад ружья и на голове внука, рука, способная ударить по столу и знающая толк в женских талиях и бедрах.

— Вон там.

От него веяло доброй мягкой силой, и мне вдруг показалось, будто на меня глянули отцовские глаза и это рука отца скользнула с моей головы на плечо, направляя и даруя мне опору и силу.

— Где «там»? Покажи точнее.

Он наклонился ко мне, как всю жизнь наклоняются ко мне все высокие люди.

— Вон там, между краем этой лужайки и теми качелями, где качаются малыши, видишь? Там была тогда небольшая каменная пристройка, метра два на два, не больше, что-то вроде склада для садовых инструментов. Мы с вечера отошли во внутренний двор монастыря, а остатки второй роты укрылись в том вон здании, что по другую сторону проулка, потому что эта иракская бронемашина косила всех, кто осмеливался высунуть нос. Но этот голубятник, черт его знает зачем и каким манером, вылез все-таки наружу и ухитрился пробраться в ту пристройку. Там мы его и нашли, когда всё кончилось.

3

Я не мог больше там задерживаться — собрал их всех в «Бегемот», как назвала моя жена тот огромный джип-шевроле, который когда-то мне купила, и мы спустились к Немецкому кварталу[3].

Только теперь я почувствовал, как устал. С этими маленькими группами иной раз больше мороки, чем с полным автобусом туристов. День мы начали в Тель-

Авиве, продолжили в Хульде — рассказом об автоколонне, названной в честь этого кибуца во время Войны за независимость, — сделали небольшой перерыв на сэндвичи в Мицпе-Гарэль, взобрались по «Дороге джипов», а потом спустились по «Бирманской тропе»[4] к бывшим боевым позициям вблизи того места, где начинается подъем к Иерусалиму, для очередных объяснений на очередных смотровых площадках.

Отсюда я повез их на военное кладбище, а там уже мы поднялись наконец в Иерусалим, к монастырю Сен-Симон, что в квартале Катамон, и к этой вот неожиданности — что самый старший из шести американцев, которых я в этот раз вожу и просвещаю (некий сенатор, его секретарь, его советник и трое бизнесменов, все, как один, — гости министерства иностранных дел), был когда-то бойцом Пальмаха и участвовал в том сражении, которое я им пытался там описать. И к неожиданности еще большей — тому почтовому голубю, который вдруг вылетел из какой-то теплой завитушки его памяти.

— Ты знал его? — спросил я.

— Кого?

— Того голубятника, о котором только что там рассказывал.

Его лицо заполнило зеркало заднего обзора.

— Не очень. Он был со стороны, не из наших. Его прислали наладить голубиную связь в батальоне. Говорили, что он специалист высшего класса, голубями занимался чуть не с детского сада.

Его глаза впились в меня, как крючки колючего каперса.

— И как его звали, я уже тоже не помню. У меня там много друзей погибло, да и времени немало прошло.

На светофоре против кладбища в Немецком квартале я повернул налево. Узкая улица была запружена людьми и машинами, «Бегемот» еле полз, и я воспользовался этим, чтобы на ходу расстелить перед ними свой коробейный товар: великаны, филистимляне, англичане, немцы[5] — «и обратите внимание, господа, на стихотворные строчки из Библии, выгравированные на притолоках, а вот это, по левую руку, — старая иерусалимская железнодорожная станция, сейчас она бездействует, но ребенком я часто ездил отсюда с матерью в Тель-Авив, причем, вы не поверите, — на поезде с паровозом!».

Поезд медленно постукивал, скрежетал на металлических изгибах ущелья. Помню маленькие ухоженные арабские грядки по ту сторону границы[6], мыльную пену, колыхавшуюся в сточной воде. Ветер нес хлопья сажи от паровоза, и ты стряхивала их с волос и радовалась: мы едем домой, в Тель-Авив!

Запах хлеба, крутого яйца и помидоров — еды, которую ты всегда брала с собой в дорогу, — снова возникает у меня в носу. Мой лоб заранее собирался морщинами — как и сейчас, когда я об этом пишу, — в ожидании обычной твоей игры: ты ударяла по нему крутым яйцом, говорила «бац!» и смеялась. Я каждый раз вздрагивал от неожиданности, а ты каждый раз смеялась. Шелест бумаги, когда твои пальцы доставали щепотку соли — посыпать еду, и твоя песенка: «Паровоз уж зассвисстел» — так ты пела: «зассвисстел», — «паровоз уж зассвисстел, не поедет, кто не сел…» — и твоя улыбка, которая становилась тем шире, чем больше мы удалялись от Иерусалима. Улыбка радости и счастья: домой. В Тель-Авив.

Нет, они мне верят. А почему бы им, собственно, мне не верить? Экскурсия у меня организована прекрасно, сэндвичи, кофе и сок ждут, заранее приготовленные, именно в то время и в тех местах, где было обещано, придавая такую же реальность и надежность рассказам и объяснениям самого экскурсовода, а сейчас, на террасе Синематеки, материализовались также заказанный стол, обещанный закат и замечательный вид. Вот тут гора Сион, господа, вон там могила Давида, если кого-то интересуют такого рода места и истории, а внизу под нами — бассейн Султана, и на его углу, у перекрестка, — сабиль[7], напоить усталых и жаждущих.

А вот это, господа, — горы Моава, позолоченные последним светом солнца. «Да-да, вот так вот близко, действительно — рукой подать. Там когда-то стоял Моисей, на горе Нево, и смотрел сюда. И тоже, наверно, думал, что это рукой подать, только с другой стороны».

— Может, в этом-то и вся ваша беда, — заметил один из бизнесменов, в комичном, сплошь из карманов и кармашков, жилете, из тех, что так любят надевать туристы и иностранные журналисты, отправляясь на Ближний Восток, — может, в том-то и вся ваша беда, что у вас здесь всё такое маленькое, и близкое, и тесное и из любого места видишь еще и еще какие-то места.

И экскурсовод — это я, мама, не забудь и не ошибись, — экскурсовод ответил: «О да, разумеется» — и похвалил: «Вы совершенно правы», — да, действительно, всё маленькое и очень тесное — из-за людей, событий и воспоминаний, «так по-еврейски, я бы сказал», — и тут же, энергично смешивая правду с вымыслом и историю с этимологией, показал им ущелье Гееном, и стал рассказывать о кинофестивале, и о могилах караимов, и о жестоком культе Молоха — «кто тут у нас заказал холодный кофе, господа? — да-да, малолетние жертвы вопят на алтарях…».

А когда наконец опустилась темнота, я отвез свою маленькую, но важную группу в самую важную нашу гостиницу «Царь Давид». Там им предстоял обед с неким важным членом кнессета — «между прочим, как раз из оппозиции», как подчеркнул организатор экскурсии от министерства иностранных дел, — который произнесет речь и ответит на актуальные вопросы, «потому что министр не только согласен, министр попросту настаивает, чтобы уважаемые гости выслушали противоположные мнения».

Я поднялся в отведенную мне комнату — не все группы так щедры, как эта, — принял душ и позвонил домой. Шесть длинных гудков — и большое облегчение: телефон не отвечает. Лиоры нет дома. А может, дома, но поняла, что это я, и решила не отвечать. А может, это сам телефон, который опять угадал, кто ему надоедает, и решил и на этот раз проигнорировать и промолчать.

— Алло, — сказал я, — алло…

И затем:

— Лиора? Это я. Если ты там, снизойди, пожалуйста, ответить.

Но ответил мой собственный голос, вежливый и деловой: «Это Лиора и Яир Мендельсоны, к сожалению, мы не можем ответить вам сейчас…» — а после моего голоса — ее, нетерпеливый и интригующий своим английским и своей хрипотцой: «…сообщение после гудка».

Я разъединился и позвонил на мобильник Тирцы. Тирца не отвечает «Алло». Иногда она говорит: «Да?» — а иногда, как сейчас: «Минутку, пожалуйста», — и тогда мне слышно, как она дает указания своим людям, и я могу вслушиваться в ее голос и наслаждаться.

— Да, я с вами, — сказала она.

— Может, поднимешься в Иерусалим, Тиреле? Мне здесь дали слишком широкую кровать, полную луну и окно прямо против стен Старого города.

— Это ты, юбимый? Я думала, это зануда инженер из южного отдела общественных работ.

Тирца не называет меня по имени. Иногда она говорит «Иреле», как прозвал меня ее отец в нашем детстве, чтобы говорить о нас слитно и похоже: «Иреле и Тиреле», а иногда, когда у нее шаловливый настрой, — просто «юбимый», без «л», которое у нее тает от радости.

— Это я. Другой зануда.

Она смеется. Теперь она окончательно убедилась: это не тот зануда, это этот зануда. Когда Тирца смеется, я тоже радуюсь, потому что этот громкий смех можно счесть за похвалу моей шутке.

— Где ты?

— В «Царе Давиде». Так ты едешь?

Она снова смеется. В самом деле, хорошее предложение, что и говорить: она и я, и кровать, и окно с луной и стенами Старого города, соблазнительная сделка, но завтра утром ее ждет большая заливка бетона на Хайфском побережье, и еще ей назначены две встречи с людьми из министерства обороны — с одним поцем из строительного отдела и с одним симпатягой из финансового, — «и я надеюсь, что мы еще успеем встретиться в нашем доме, там надо решить несколько вопросов».

«Наш» я проигнорировал. Спросил, какие именно вопросы.

— Как обычно. Краски, плитки, профили на окнах. Не беспокойся. Я всё решу сама. Ты должен только присутствовать собственной персоной.

— Завтра. Я только закончу с этими американцами и сразу же приеду.

— Как они?

— Ты не поверишь — один из них был в Пальмахе.

— Ты меня юбишь?

— Да и да, — предвосхитил я ее следующее постоянное: «Ты по мне скучаешь?»

— Хочешь знать, что мы еще успели сделать с ремонтом?

— Я хочу тебе рассказать, что этот человек вдруг припомнил.

— Рассказы только в постели. Перед сном.

— Я в постели.

— Мы оба. Не только ты. Завтра ночью. Отпразднуем полнолуние, и ты мне всё расскажешь. И привези мне «сэнвиш с яичницей» из закусочной Глика. Пусть положат побольше соли, а мой острый перец пусть поджарят немного на огне. Скажи им, что это для меня. Не забудь. Для дочери Мешулама Фрида!

Я оделся, глянул в зеркало, решил отказаться от еды, от важного члена кнессета от оппозиции и от его противоположных мнений, разделся, вернулся в слишком широкую кровать, ненадолго забылся в раздражающе чуткой дремоте с видом на полную луну и древние стены, очнулся с ощущением еще большей усталости, чем раньше, снова оделся и спустился в бар.

4

Старый лев ждал меня в угловом кресле, благоухающий и бодрый. Глаза и часы сверкают в полутьме, седая грива тщательно промыта, глубокие морщины, торчащие белые брови.

— Я тебя заждался. — Он привстал мне навстречу, то ли из вежливости, то ли демонстрируя свое преимущество — в годах, в росте, в знании, наконец. Его глаза видели, а мои нет. Его уши слышали, а моим только кажется, будто они слышат. Его мозг — пласты воспоминаний, мой — груда предположений.

— Мне сказали, что едет важная делегация из Америки, — сказал я, — но ни словом не упомянули, что среди них будет парень из Пальмаха.

— Хочу тебя поблагодарить, — сказал он. — В большинстве этих мест я ни разу с тех пор не был, боялся, что будет очень трудно.

— Наверняка не так, как тогда, на войне.

— Ты не поверишь, но в каком-то смысле тогда было легче. Тогда я был, как говорится, молодой жеребчик — так и рвался в драку, ко всему был готов и тут же мог всё начать по новой. В точности такой, какими война любит своих солдат, — без брюха и без мозгов, без детей и без воспоминаний.

— А сегодня? Где тебе было труднее всего? На кладбище или в монастыре?

— В монастыре, пожалуй. У кладбищ есть одно достоинство — они там все мертвые, а ты живой. Когда-то я чувствовал себя виноватым, но теперь и это уже прошло.

— Он тоже там похоронен, — сказал я.

— Кто?

— Тот парень, о котором ты сегодня рассказывал. Голубятник, который погиб в монастыре.

— Малыш?! — воскликнул американец. — Я как раз из-за него тебя и дожидался! Хотел сказать, что припомнил, — у нас все его называли «Малышом».

— Скажи, вот когда ты сейчас называешь имя, ты и его самого тоже припоминаешь?

— Лицо — с трудом, но какие-то общие очертания — да, припоминаю, размытые, правда, но это явно он. А «Малышом» его называли потому, что он был полноватый такой и невысокий, и один наш парень из Иорданской долины говорил, что его уже и в районной школе так называли, и в кибуце тоже. Этот Малыш, он все время возился со своими голубями и никому не позволял подходить к их голубятне. Чтобы не спугнуть птиц, так он объяснял, потому что голуби должны любить свой дом. Иначе они не захотят в него возвращаться. Нет, ты посмотри, — чем больше я тебе о нем рассказываю, тем больше припоминаю! Вот только никак не могу вспомнить, как его звали по-настоящему.

Он наклонился надо мной, как тогда, в монастыре, и, несмотря на его восемьдесят лет, я почуял запах хищного самца: чистое ментолово-шоколадное дыхание, слабый след алкоголя, ни тени табачной горечи, тонкий мужской одеколон после бритья, слегка недожаренный стейк — кровоточащий внутри, сожженный снаружи. Рубашка, сообщили мне мои ноздри, выстирана в том же «Айвори», в котором стирает свое хлопчатобумажное белье моя жена, а подо всем этим — дымящая гарь боев, пыль дорог, висящая в воздухе, зола далеких пожарищ.

— Странно, как это так получается, — и старый я уже, и тяжелый, и замороченный, а тут вдруг всё начинает всплывать... У нас тогда ни одна ночь не проходила без вылазки, и наладилось такое разделение труда — кто не выходил на дело, тот копал могилы для тех, которые с дела не вернутся. И вот это звяканье кирок на дне вади[8], железа по камню, я его по сей день слышу, отчетливей даже, чем звуки выстрелов. Копают, роют, а сами даже гадать не смеют, для кого на этот раз. Он, кстати, тоже был из тех, кто всегда копал.

— Кто?

— Малыш. Он ведь до самого последнего боя, того, в монастыре, на задания с нами не ходил. Вот он и копал могилы для тех, кто выходил. Чтобы к утру, когда ребята возвращались с телами погибших, могилы были уже готовы. Мертвые ненавидят ждать.

Как странно, подумал я, с виду он совсем не болтлив, похоже, просто выпускает сейчас все пары, что скопились и ждали в нем с тех давних времен. Я вдруг вспомнил то, что ты мне сказала когда-то в молодости. Ты сказала тогда, что слова у людей размножаются и рождаются самыми разными путями: одни делятся, как амебы, а другие выпускают побеги и корни. У этого человека слова рождались из совокупления букв с воспоминаниями.

— А ты сам? Прилетел на войну добровольцем из Штатов?

— Ну, нет! Обижаешь мой иврит, человече! Я родом из Петах-Тиквы. У меня там и сегодня еще есть родичи. Потом Пальмах, сборные пункты, тренировки, резервные части, а там уже и четвертый батальон, ударный — «а-Порцим»[9]. Впрочем, судя по маршруту, которым ты нас сегодня угостил, ты всё это знаешь не хуже моего. Ну, а когда война кончилась, меня не приняли в Технион[10], и я поехал учиться в Америку. Познакомился там с девушкой, получил работу у ее отца…

— Его действительно называли Малышом, — прервал я поток его слов. — И тот голубь, о котором ты рассказывал, был его голубь.

— Я вижу, он тебя не на шутку интересует, этот Малыш, — заметил пожилой пальмахник из Штатов. — Ты его знал, что ли?

— С чего ты взял? Я тогда еще вообще не родился.

— Тогда что же тебя с ним связывает?

— Голуби, — сказал я. — Меня тоже интересуют голуби. Почтовые голуби, homing pigeons, как ты их назвал. Наверно, потому, что я, как правило, вожу по

Израилю группы птицелюбов, которые приезжают сюда из-за границы, поглядеть на перелетных птиц.

Золото в его глазах поголубело. Борозды морщин смягчились. Взгляд потеплел, намекая на готовность рассказать еще, а заодно, подсознательно, — быть может, утешить, объяснить, исцелить.

— Мы тогда победили, что называется, на последнем дыхании, — сказал он. — И многих ребят потеряли, раненными и убитыми. Несколько монахинь тоже там погибли, бедняжки. У нас была потом такая шутка, среди уцелевших: монашки эти, они не только за Иерусалим погибли, как наши ребята, но и невинность сохранили тоже, как те. Всю ту ночь мы зубами держались, а потом, когда солнце взошло, оно нам тоже не было в радость, наоборот, только в отчаяние вогнало, потому что, едва рассвело, мы увидели, сколько еще у арабов людей, и броневик этот, с пулеметом и с пушкой, а главное — какого цвета лица у наших раненых, так что сразу понятно было, кто из них еще, может, выживет, а кто так наверняка умрет. Так много было раненых ребят, что мы даже начали думать, как с ними быть, если сейчас велят отступать, — кого взять с собой и что сделать с теми, кого взять не удастся? И тут, словно чудом, наша рация вдруг заговорила снова, и нам по ней сообщают, представляешь себе, что арабуши в полной панике бегут из Катамонов по всем улицам квартала, со всеми своими командирами впереди, так что нам нужно продержаться еще совсем немного. Ну, что тебе сказать — в конечном счете мы победили, но это была из тех побед, которые победителя удивляют больше, чем побежденного.

— Но вы-то хоть радовались...

— Да у нас уже радоваться не было ни сил, ни времени. Мы просто поднялись, собрались, начали готовиться к отходу, и вдруг, представь себе, — в монастырской стене открывается маленькая такая калитка и оттуда появляются три монахини. Две тащат внутрь своих убитых подруг, а третья, низенькая такая старушка, почти карлица, в черном платье до полу, начинает обходить наших раненых с бутылкой воды в руке и несколькими чашками. Та еще картина... Тут мы в полном сборе все, и наши раненые, и мертвые, а тут эта монахиня крутится среди нас, подходит к каждому, как на какой-нибудь коктейль-парти, и каждому предлагает холодной воды. И все время приговаривает: «Неро... неро...» Что это за «неро» такое, мы так и не поняли, зато теперь до нас дошло, что мы победили, потому что она вышла дать нам воды, как победителям. Понимаешь? А если бы мы проиграли, она ту же воду предлагала бы арабам.

— «Неро» это и есть вода, — сказал я. — Вода по-гречески.

— Пусть будет вода, — усмехнулся он. — Ты экскурсовод, ты должен знать, как будет вода на разных языках. А вдруг тебе придется вести птицелюбов из Греции и они тоже захотят пить?

— Из Греции сюда не приезжают, — сказал я. — Только из Англии, из Германии, из Скандинавии и из Голландии. И еще иногда из Штатов.

Он укоризненно поглядел на меня и снова вернулся к тем местам и временам, о которых я так страстно расспрашивал и от которых так страстно хотел уйти.

— Ну, мы вышли, несколько ребят, за стены монастыря и пошли кругом — может, найдем еще кого-то из наших снаружи, среди убитых арабов. Сначала нашли-таки одного командира отделения, мертвого — все кишки наружу, валяются на земле, — а потом и его обнаружили. Кто-то крикнул: «Скорей сюда, смотрите, Малыша тоже убило!» My God, меня и сейчас от этих слов начинает трясти: «Малыша убило…»

— Ты тоже его видел?

— Видел, видел, я же тебе сказал, что видел, и раньше говорил, но ты вроде вообще слышать не хочешь, то ли, наоборот, хочешь, чтоб я тебе рассказывал снова и снова. Видел я его, своими глазами, — он лежал в той каменной пристройке, что возле монастырской стены, между краем лужайки и теперешними качелями.

— Внутри или снаружи?

— Половина внутри, половина снаружи. — И, уловив, видимо, ужас в моих глазах, поспешил объяснить: — Да нет, ты меня неправильно понял. Он был цел, совсем не то, что ты подумал, упаси Боже. Просто броневик разворотил снарядом стену пристрой-

ки, вот он и лежал — ногами внутрь, а от пояса и выше — снаружи. И автомат, «томмиган»[11], рядом ва-
лялся, разные там садовые инструменты, и лицо его,
если это тебя интересует, тоже было совсем целое и
спокойное, а глаза открыты и смотрят вверх. Вот это
было самое страшное. Совсем живые глаза — и смотрят. И ты знаешь, о чем я тогда думал? Совсем не о
том, о чем думаю сегодня. Тогда я стоял и думал —
откуда у этого Малыша, к чертовой матери, «томмиган»? Нам тут приходится воевать с говенными «стэ-
нами», которые чуть что заедают, а у этого, смотри, — «томмиган»! Point five! Пуля, которая куда бы в
тебя ни попала, считай, что тебе каюк. Теперь ты понимаешь, почему мне тогда было легче, чем сегодня?
Когда ты молод, ты всегда думаешь о всякой ерунде.
Я никак не мог понять, как это он получил «томми»,
а мы нет…

Теперь я уже не понимал, что здесь от чего рожда-
лось, и что чему помогало родиться: слова, или те
картины, или выпивка, или сам я, — и что здесь было
действительностью, а что зачалось только сейчас, в
его памяти.

— У нас были такие американские зеленые плащи, остатки Второй мировой войны, и в тех местах,
где когда-то крепились знаки различия и разные другие значки, зеленый цвет на них сохранился темнее.
Смотри, какие глупости я еще помню, а столько важных вещей уже забыл! И вот этот Малыш, он лежал,
завернутый в такой американский плащ, видно, от

какого-то здоровенного сержанта, раза в два больше него, и, когда мы его подняли, руки у него упали по сторонам, плащ распахнулся, и мы увидели, что его штаны, извини, что я тебе это рассказываю, распороты сверху донизу, почти до колена, распороты и раскинуты в обе стороны, и везде там кровь, и всё разворочено и наружу. — И вдруг он протянул руку и сказал: — Здесь! — Его ладонь коснулась моей поясницы, скользнула вниз по спине и застыла. — Вот здесь она в него попала, а вышла вот отсюда… — И ладонь сдвинулась вперед, слегка надавила, и я не знал, что мне делать с этим ужасом и с этой сладкой болью. — Может, даже больше, чем одна пуля, потому что бок у него был совсем разворочен, и много крови натекло, и бедро раздроблено, и осколки кости торчали наружу. Я думаю, он еще успел разрезать штаны, но помочь себе уже ничем не мог и лежал так, пока не истек кровью.

— А голуби? — спросил я.

Он убрал руку. Облегчение, смешанное с сожалением.

— Эта его переносная голубятня была разбита вдребезги. Два голубя валялись на полу, мертвые, а третьего не было вообще — наверно, того самого, о котором я рассказывал там, на экскурсии…

И вдруг, к моему ужасу, стал тихонько напевать слова, которые я не раз слышал от матери: «Голос орудий навеки умолк, как сиротливы поля сражений…» Потом помолчал и добавил:

— А день был весенний такой, яркий, праздничный, мы только потом вспомнили, что это как раз было первое мая, и тут еще этот голубь, который поднялся над нашей долиной смерти... Да, повезло ему, что голубятня разбилась. Иначе ему бы не выбраться.

— А он и не выбирался, — сказал я. — Его запустили. Этот ваш Малыш, он все-таки успел еще кое-что сделать, прежде чем умер.

Американец посмотрел изумленно:

— Кто это тебе рассказал?

— А иначе ничего не объяснишь. Только так всё сходится друг с другом.

— То есть ты хочешь сказать, что это Малыш сам его послал? С письмом? В штаб батальона?

— Не послал, — уточнил я. — Запустил. О голубях нужно говорить: «запускать» и «запустил». Как у Ноя в Библии: «Запустил голубя, но голубь не нашел места для ног своих и возвратился в ковчег».

— Ну, запустил — и что с ним стало?

— Он запустил его к своей девушке в Тель-Авив.

И во мне снова проснулось то давнее, знакомое чувство: крылья, прямо в моей груди, они распахиваются и машут. От дрожи в коленях — к пустоте меж бедер — к тоскливой боли в диафрагме — к перехвату горла. Домой, «птичий Одиссей», по пути, прямому, как стрела. Огромные магниты земного шара направляют его полет, тоска по дому гонит в паруса крыльев, любовь сигналит ему, зажигая посадочные огни: гули-гули-гули, возвращайся, путник, издалека. Ради этого взял тебя Малыш. Ради этого сложилось в тебе всё воедино — приручение, тренировки, наследие генов: чувство направления и способность ориентировки, сильные мышцы и полые кости, «легкие и сердце настоящих спортсменов». И еще — три воедино слившихся желания: Малыша, который в этот миг был уже мертв; его любимой, которая в этот миг уже хмурилась от дурных предчувствий; и голубя — домой. Домой. Домой в Тель-Авив. К золоту песка, к синеве воды, к розовым черепицам крыш.

Домой. К радостно поднятым вверх глазам, уже высматривающим его в небе. К сердцу, бьющемуся ему навстречу. К руке, встречающей его зернами канабиса — традиционным гостинцем, который голубятники подносят возвращающимся издалека голубям. К другой руке, уже освобождающей футлярчик, привязанный к карминной ножке. И потом — страшный крик понимания, имя, срывающееся с губ, брошенная нараспашку дверца, затихающие в стремительном беге шаги.

— My God! — сказал пожилой американский пальмахник из Петах-Тиквы. — Ты хочешь сказать, что это и есть то, что он успел сделать в последнюю минуту? Послать голубя к своей подружке в Тель-Авив?

Я не ответил, и тогда он взорвался:

— И что же он ей там написал? Привет, дорогая, я умер?!

Глава вторая

I

Пошел я искать себе дом. Иные люди идут стрелять, в себя или в других. А я пошел искать себе дом. Дом, который успокоит, дом, который исцелит, дом, обновляя который обновлюсь и я сам, и мы исполнимся благодарности друг к другу.

Пошел. Опоясал себя щедростью неожиданного материнского подарка, укрепил сердце желанием исполнить ее волю, вооружился ее наказом, в слова которого вплетались нити раскаяния:

— Возьми, Яир. Иди, найди себе дом. «Место для ног твоих». Чтобы было и у тебя свое место.

Дом, в котором уже жили до тебя, — наказала она, — маленький и старый, поднови его немного… — Замолчала на мгновенье, перевела дух и откашлялась. — И не забудь: в старом поселке. Чтобы вокруг уже поднялись молодые деревья, лучше всего — кипарисы, но и старое рожковое дерево тоже хорошо, и трава чтобы росла в трещинах между плитами тротуара.

И объяснила: в старом поселке уже сведены старые счеты, и бывшие враги уже притерпелись друг к другу, а любовь — настоящая, большая любовь, а не мелкие и суетные страстишки — тоже уже успокоилась, и больше нет нужды гадать и сил еще что-то искать.

— Отдохни, мама, — попросил я. — Тебе вредно много говорить и напрягаться.

Ты лежала на больничной постели, на исходе дыхания и терпения, — несколько гладиолусов в кувшине на тумбочке, голубая косынка прикрывала безволосую голову. «Большие деревья, Яир, не забудь. Большие деревья шумят совсем не так, как молодые. Возьми… И построй себе маленькую душевую снаружи, во дворе. Так приятно стоять под душем на открытом воздухе, среди зелени, на просторе».

Тело мое дрожало, рука протянулась и взяла, глаза смотрели и не верили. «Откуда эти деньги?» — спросил рот.

— От мамы.

Ты закашлялась. Судорожно глотнула воздух.

— Возьми. Не бойся. И никому не рассказывай. Ни брату, ни Папавашу, ни жене.

Вот так, дословно: «иди», «найди», «свое место». А сквозь кашель проступало намеком: другое место, не нынешнее. Не тот дом, что купила себе и мне Лиора на улице Спинозы в Тель-Авиве. Не этот дом и его хозяйка. Не она и ее дом. Он — со своими комнатами, большими и светлыми, как она, с правильными направлениями, как у нее, и она — с белизной стен своего тела, с широким промежутком между окнами ее глаз, с ее богатством.

2

До болезни у матери были золотые вьющиеся волосы, высокий рост и ямочка на щеке. Когда она заболела, волосы выпали, тело согнулось, ямочка исчезла. В первую годовщину ее смерти, стоя у ее могилы, мы с Биньямином заспорили, на какой щеке была эта ямочка. Биньямин сказал, что на правой, я настаивал на левой. Вначале мы посмеивались, обмениваясь похлопываниями по плечу и мелкими колкостями. Потом мои похлопывания отяжелели, а его колкости превратились в укусы.

Заключив пари — когда-то мы часто спорили и заключали пари, всегда на один и тот же обед в румынском ресторане, — мы начали расспрашивать о местоположении ямочки всех, кто мог о ней знать. Тотчас возникли и другие разногласия, наморщились в усилии и другие лбы, и стали заключаться новые пари. А когда мы обратились к старым фотографиям — с этаким детским волнением и сладкой болью взрослых сирот, — выяснилось (какое разочарование и какое тонкое, неизбежное чувство обмана), что на них никакой ямочки вообще не видно. Ни на левой щеке, ни на правой.

Возможно ли, что мы запомнили ямочку, которой не было? А может, мы вообще придумали себе мать, с ее улыбкой, и ростом, и ямочкой, и волосами? Нет! У нас была мать, но вот на фотографиях, как выяснилось после ее смерти, она не улыбалась. И поэтому там не были видны ни ее большие ровные зубы, ни насмешливый изгиб верхней губы, ни ямочка, ни тот взгляд, что поселился в ее глазах в первый же год ее брака с Папавашем.

Говоря с нами о нем, она никогда не говорила просто «отец» или «папа», но всегда «ваш папа». Скажите вашему папе, что я его жду. Расскажите вашему папе, что мы видели сегодня на улице. Вы хотите завести собаку? Попросите вашего папу, но не забудьте сказать ему, что я не согласна. И так как мы были маленькие, а она все время твердила «папа ваш» да «ваш папа», мы решили, что это его имя. Так мы называли его, говоря о нем и с ним, и так мы называем его и сегодня. Он не возражал, только требовал, чтобы мы не называли его так при чужих.

— Позовите папу вашего подняться к обеду, — говорила нам мама каждый день в ее пунктуальные, как у йеке[1], час тридцать, и мы мчались вниз по лестнице в его кабинет детского врача, в квартире на первом этаже, — трехлетний Биньямин уже перепрыгивал через ступеньки, а я, пятилетний, еще катился за ним, — толкали и сбивали друг друга с ног с криком: «Папаваш... Папаваш... Мама зовет тебя обедать».

Они смеялись, оба, — она вслух в кухне, он про себя, молча вешая халат. Иногда он делал нам замечание: «Не носитесь так шумно по лестнице, вы мешаете соседям», и его голова витала светлым пятном высоко над нами. А иногда он наклонялся с высоты своего роста и зажигал для нас свой «цветной фонарь» — большой, яркий, мерцающий красным, желтым и зеленым фонарь, с помощью которого он пленял и успокаивал сердца своих маленьких пациентов.

Сейчас мама уже умерла, а Папаваш оставил работу и переселился в этот свой прежний маленький кабинет. Но тогда он был практикующим детским врачом, старше мамы на четыре года и старее ее на добрых двадцать. Порой он смотрел на нее так, будто и она была его маленькой пациенткой. Иногда в этом его взгляде появлялось выражение легкого упрека, а с течением времени, как то часто бывает с мужьями, чьи жены не взрослеют вместе с ними, начал диктовать ей ненужные правила, указывать, что надеть, потому что холодно, и что есть, потому что жарко, и выговаривать ей — «опять ты забыла!» — за то, что выпало из его собственной памяти.

Иногда и у нее просыпалась потребность в поучениях и правилах, но они были совершенно другими.

— Что нужно человеку? — провозгласила она как-то за столом после первой ложечки сладкого. — Совсем немного: что-нибудь сладкое, чтобы поесть, история, чтобы рассказать, время, и место, и гладиолусы в вазе, двое друзей, две горные вершины — на одной стоять, а на другую смотреть. И два глаза, чтобы высматривать в небе и ждать. Ты понимаешь, о чем я говорю, Яир?

А другой раз — мы уже жили тогда в Иерусалиме — ты вдруг захлопнула книжку, в которую была погружена, маленькую, толстую книжку в голубой обложке, — хотя, по мнению моего брата Биньямина, обложка была серой, — захлопнула и сделала еще одно заявление: «Я больше не могу!»

— Я больше не могу, — услышал я тебя тогда так же, как опять слышу сегодня. — Я больше не могу, — и замолчала, чтобы все слушатели могли, как подобает, содрогнуться от твоих слов, и снова открыла маленькую толстую книжку, и я, хотя в этом феврале мне исполнилось сорок девять — этакий стареющий тяжелый бык, — снова грущу всякий раз, как вспоминаю это давнее мгновенье, потому что цвета той обложки, и страничных полей, и шелковой закладки — густая голубизна, бледная розовость, глубокое золото — я отчетливо помню и сегодня. В точности цвета твоих глаз, твоей кожи, твоих волос. А вот название я забыл. И поэтому никогда уже не смогу прочесть эту книжку, даже просто разыскать ее, чтобы найти и узнать, какая фраза взволновала тебя настолько, что ты произнесла те слова. Выяснить для себя: тогда ли проросла та мысль, которая довела тебя до ухода?

Мать ушла из дома тем же манером, что отличал все ее поступки: решение созревало и набухало в ней медленно и исподволь, но с того момента, как оно было принято, никто уже не мог его отменить. Она усаживалась за кухонный стол, брала лист бумаги и делила его на две равные колонки. На одной она писала: «За-за», на другой — «За-против». «За-за» и «за-против» покраски лестничной клетки в белый цвет, «за-за» и «за-против» химиотерапии и облучения, «за-за» и «за-против» самоубийства, «за-за» и «за-против» субботнего обеда из шницеля и картошки с маслом, сваренной в соленой воде и посыпанной мелко нарезанным укропом, или же жаркого с картофельным пюре и лавровым листом. Записывала, подсчитывала на пальцах и принимала решение только после того, как всё подытожила и взвесила до конца. Иногда я пытаюсь угадать, что ты записала там перед своим уходом, — и мне становится страшно взвешивать за-за и за-против этого своего любопытства.

Так она говорила нам, мне и моему брату Биньямину: «Я за-за идти на пляж, но папа ваш — он за-против», — и так же делала покупки, и так же изгоняла из дома нелюбимые книги — «те, сочиняя которые писатель слишком наслаждался или слишком страдал». И с той же решительностью она сформулировала наш «Семейный устав», по поводу которого мы с Биньямином уже не сможем поспорить, потому что он, в отличие от книги в голубой обложке, существует и хранится у меня, так что его всегда можно открыть и прочесть.

У меня бывает, что я вдруг проявляю неожиданную и поспешную решительность, противоречащую моему характеру и внешности. Так было и в тот день, день ее смерти. Пока весть распространялась, обретая достоверность истины и не проявляя намерения передумать или измениться, и пока телефонные и дверные звонки становились все более частыми, и пока Папаваш метался среди стен, а Биньямин, как всегда, запаздывал или был занят — я поспешил схватить этот наш «Семейный устав» и спрятать его в одном из отделений для инструментов в своем «Бегемоте». С тех пор он у меня. Вот он: написанный на голубоватой и тонкой почтовой бумаге, с твоим пузатым «в» и щегольским «г». С бантиком «л» и маленьким, как точка, «о».

Вот, говорю я себе всякий раз, как вынимаю свое маленькое сокровище из его тайника, вот, над этой голубизной медлила ее рука, потом опускалась и писала:

«Дети убирают свои комнаты, вытирают тарелки и выносят мусор».

«Дети рассказывают своей матери истории и в субботу утром чистят обувь для всей семьи».

«Дети не забывают поливать мамину петрушку в кухне».

«Родители одевают, кормят, учат, гладят и обнимают и больше не произведут на свет еще детей».

И так далее, и так далее, здесь. Над этой самой бумагой. Твоя рука. Медлит, почти касается, еще теплая и живая.

3

Она была матерью легкой и спокойной и сердилась лишь в редких случаях: когда Папаваш называл ее «мать», а не по имени: «Рая», когда сыновья говорили о ней «она» вместо «мама», когда ей мешали белить квартиру и когда мы говорили ей «неправда» в ответ на какие-нибудь ее слова.

Но однажды она совершила поступок, который я понял только много лет спустя. Это произошло на Йом-Кипур[2], через пять лет после нашего переезда из Тель-Авива в Иерусалим. Биньямину было тогда одиннадцать, а мне тринадцать. В праздничный вечер мы надели белые рубашки и спортивные туфли и отправились в синагогу в нашем квартале. Обычно Папаваш не разрешал нам надевать спортивные туфли, утверждая, что они способствуют излишнему разрастанию ступней в частности и костей скелета вообще. Но обычаи Судного дня почему-то трогали его. Он даже постился, хотя обычно не соблюдал ни единой заповеди.

— В память об отце, — торжественно провозглашал он, и на его лице появлялось торжественное и благостное выражение, которого мы никогда не видели в остальные дни года.

Мама и мы с братом не постились, но по его требованию ели такой завтрак, чтобы никакой неположенный запах не устремлялся через окно наружу. «Здесь Иерусалим, а не Тель-Авив, — говорил он. — Надо считаться с соседями».

В этот день после завтрака мама захотела послушать музыку на нашем патефоне, но Папаваш снова воспротивился.

— Мы тихонько, — сказала мама, — и не нужно мне всякий раз напоминать, что здесь не Тель-Авив, я сама хорошо это знаю.

— Я очень тебя прошу, Рая, — сказал Папаваш, — не слушать здесь музыку в Йом-Кипур.

И это «Рая» он тоже произнес на особый, торжественно-библейский лад — раздельно и с ударением на последнем слоге: «Ра-ай-я». Не просто «Рая», как ее называли все, и он тоже, в обычные, не грозные дни года.

Мама решительно застегнула сандалии и рывком нахлобучила свою широкополую соломенную шляпу, плетение которой слилось с золотом ее волос, а лента увенчала своей голубизной порозовевшее от гнева лицо.

— Пошли, дети, — сказала она, — пойдем подышим свежим воздухом, а то у нас тут вдруг проклюнулся святоша. Как бы не задохнуться от праведности и елея.

Удивленные и послушные — это выражение точнее всего описывает наше с братом отношение к матери, если не считать считанных слабых попыток бунта со стороны Биньямина, — мы последовали за ней. Мы спустились по улице Бялика, пересекли маленький парк, разбитый жителями квартала в память о своих сыновьях, погибших в Войне за независимость, и свернули налево по улице А-Халуц. Рядом с садовым участком нашей школы — на сей раз, к нашему облегчению, мама не стала перебираться через ограду и воровать петрушку с грядок — мы спустились к вади и поднялись по нему к тому месту, где сейчас построили уродливую шеренгу гостиниц и где я иногда встречаюсь у входа со своими заграничными птицелюбами, а иногда — со своим шурином Иммануэлем, братом Лиоры. Когда ее американские родичи приезжают в гости в полном составе, они живут в «Царе Давиде», но Иммануэль скуповат и, приезжая в одиночку, останавливается в одной из этих гостиниц, у въезда в город.

Старая тропа тянулась тогда вдоль подъема вади, память тех дней, когда феллахи, коробейники и ослы проходили тут от низины Малхи к пещерам Лифты, на выходе из города, и дальше, к холмам Дир-Ясина. Биньямин по своей привычке скакал и прыгал среди камней, а я шагал медленно, не отрывая глаз от маминых пяток, нос мой наслаждался запахом пыли, а уши — хрустом высохших за лето листьев и стеблей.

Рядом с большим автобусным парком компании «А-Мекашер» был в те дни заброшенный фруктовый сад: пара гранатовых и инжирных деревьев и несколько кустов винограда, а вокруг них — заросли сабр. Гранаты еще не созрели, сабры уже погнили, остатки винограда превратились в изюм, но на инжире сохранились плоды. Мама любила инжир. Она объясняла нам, что инжир — почему-то с ударением на первое «и» — не «собирают», а «срывают». Мы срывали и ели, и какой-то человек, который брел мимо нас, чуть не падая в обморок от жары, поста и собственной праведности, крикнул нам: «Как вам не стыдно есть инжир?! Сегодня Йом-Кипур!»

Биньямин, которому присутствие матери и сладость инжира придали храбрость, крикнул ему в ответ: «Дос[3] тебе в нос!»

Мама сказала:

— Прекрати, Биньямин. Не нужно ему вообще отвечать.

Человек побрел дальше, продолжая бормотать проклятья в наш адрес, а мы поднялись к стоянке автобусного гаража, пересекли грунтовую дорогу и вышли на участок, где стояли старые автобусы в ожидании, пока их купят или пустят на слом. Мама села на один из валунов и стала рассеянно перебрасывать из руки в руку три маленьких камешка. Я, по своему обыкновению, высматривал скорпионов и жуков, Биньямин скакал с камня на камень и, не глядя, перепрыгивал то вправо, то влево, назад и вперед, точно у него глаза были в пятках.

И вдруг мама, удивительно ловко подбросив и поймав все три камешка сразу, решительно поднялась со своего валуна и без всякого знака или предупреждения резко и сильно швырнула их — раз! два! три! — в один из автобусов.

Тишина разбилась на тысячу звенящих осколков. Биньямин, рядом с ней, и я, стоя чуть поодаль, посмотрели на нее опасливо и удивленно. А она наклонилась, подняла два камня побольше, а потом еще два и вдребезги разнесла еще два автобусных окна.

— Что ты делаешь, Ра-ай-я? — сказал брат, подражая Папавашу.

— Попробуйте и вы, — предложила мама. — Это очень приятно.

— Как вам не стыдно портить автобусы?! Сегодня Йом-Кипур! — сказал Биньямин, но я нагнулся, как ты, подобрал два камня и бросил тоже.

— Это ж надо уметь — промахнуться по автобусу с трех метров, — презрительно сказал Биньямин.

Мама расхохоталась, а я, обиженный и злой, поднял с земли камень, величиной с буханку хлеба, подошел спереди к одному из автобусов и, подняв камень над головой, швырнул его прямо в смотровое стекло. Толстое стекло треснуло, но не разбилось, а я, охваченный яростью и ликованием, повернулся в поисках камня побольше.

— Подожди, Яир, — сказала мама. — Я покажу тебе, как это сделать.

Сбоку валялись ржавые скелеты бывших сидений, вывороченных из какого-то автобуса. Она ухватилась за конец заднего сиденья, длиной метра три. Я схватился за другой конец, и вот так, вдвоем, подняв ржавую конструкцию над головами, точно таран: мама с криком «Здесь вам Иерусалим, а не Тель-Авив!», возглавляя и направляя, и я, набычившись, толкая сзади, — мы разв_оротили передние стекла еще у двух автобусов и немедленно ощутили такой страстный и сладостный восторг от этого мстительного разрушения, что только крик Биньямина: «Кон-

43

чайте! Остановитесь! Сторож идет!» — прервал назревавшее побоище.

Мы бросили свой таран и присели, запыхавшись и улыбаясь, за одним из автобусов. Через стоянку торопливо ковылял в нашу сторону старик сторож — великан с постоянно потным лицом и грязными руками, в грязной фуражке и стоптанных ботинках. Мы не раз видели его возле закусочной Глика, он покупал там «сэнвиш с яичницей» и с острым перцем.

Сейчас он, тяжело дыша и отдуваясь, бегал между автобусами, пока не увидел нас. Он был поражен. Голубоглазая золотоволосая мать с двумя симпатичными сыновьями не вписывались в образ хулиганов, какими он их себе представлял.

— Что это тута такое? Что вы делаете тута?

— Сидим в тени и отдыхаем, — сказала мама.

— Устали от поста, — добавил Биньямин.

— Мне послышалось, кто-то ломал тута. Мне послышалось, вроде стекло и железо.

— Приходили какие-то пуштаки[4], — сказала мама. — Они бросали камни. Но когда мы пришли, они убежали. Верно, дети?

Я покраснел и опустил голову.

— Вон туда, — указал Биньямин.

Сторож пошел немного вперед, посмотрел вокруг и, не обнаружив нигде ничего, кроме набожного и склочного города, пустынного в эти грозные дни, со смущенным видом вернулся к нам.

— Я тебя знаю. Ты замужем за детским врачом, Мендельсоном его зовут.

— Верно.

— Мне брат как-то тебя показал. Мы сидели с братом в кофейне на иракском базаре, возле лавки с курями, и здесь ты как раз пришла с этим, — сторож указал на меня, — за покупками. Брат мне так и сказал: «Видишь вон ту, там? Это жена доктора Мендельсона, из Хадасы. Хороший врач, этот ее муж. Не только девочку мою принял у себя дома, в кабинете, но даже денег никаких не взял». Может, эти пуштаки хотели вас побить, госпожа Мендельсон? Ну, если они мне попадутся тута, я им все кости переломаю!

— Нет, нет, все в порядке, мои мальчики меня охраняют, спасибо, — сказала мама. — Все в порядке тута, и у нас был замечательный Йом-Кипур тута, и пусть тебе будет хорошая подпись[5]. — Она поднялась. — Пошли, вернемся к вашему папе.

Мы пошли. Ты и Биньямин впереди, перепрыгивая с камня на камень. Я вслед за вами. А на главной улице ты взяла нас за руки и сказала:

— Что бы там ни случилось, вы всегда будете мои тута.

Мы расхохотались. Три года спустя ты ушла из дома. Думала ли ты об этом уже тогда, в тот Йом-Кипур? Биньямин говорит «конечно», а я говорю «возможно», но об этом уже нельзя заключить пари.

4

«Бросила детей… Другой мужчина… У нее больше не было сил…» — шелестели домыслы и обвинения в коридорах Хадасы и среди знакомых, в школе и в соседней лавке, которую держали Овадия и Виолетта. Только одно было очевидно и соответствовало истине: был у нее другой мужчина или нет, был он причиной ее ухода или появился потом — в наш дом она больше не вернулась. Осталась на новом месте — на съемной квартире, на окраине квартала Кирьят-Моше, напротив городской мельницы и пекарни. Квартирка была крохотная, но из окон открывался бескрайний вид на запад.

Мы с Биньямином были уже юношами. Я был в десятом классе, он в восьмом, но уже перегнал меня ростом. Тот год памятен мне не только ее уходом, но и тем, что он сразу усвоил отвратительную привычку наклонять ко мне голову. Мы оба предпочли тогда остаться с Папавашем в нашей прежней квартире в Бейт а-Кереме, потому что здесь у нас были две отдельные комнаты, для каждого своя, а там, у мамы, — всего одна и для нее. Но мы приходили к ней каждый день и всегда в одно и то же время. Мы любили сидеть в ее кухоньке. В доме в Бейт а-Кереме у нее была «а кихе», «настоящая кухня», — удивлялся Папаваш алогичности ее ухода, а в Кирьят-Моше — только «кихеле», «маленькая и тесная кухонька».

Иногда мы приходили вместе, иногда порознь. Она всегда была одна и всегда встречала нас радушно: обнимала и гладила, обдавая нас запахами свежего и простого мыла, и кофе, и бренди, и талька, выключала маленький патефон — она любила слушать музыку, в особенности перселловскую «Дидону и Энея», — сдвигала со стола вазу со своими любимыми гладиолусами, которые и сейчас время от времени появляются на ее могиле — кто приносил их тогда? и кто сейчас? — угощала нас коржиками с корицей и чаем, в котором было много лимона и сахара.

Я не раз думал: что будет, если я когда-нибудь приду в другое время? Встречу ли я там того другого мужчину (хотя этого мужчины никогда и не было)? И что, он пытается развлекать ее, понравиться ей, вытирает тарелки, чистит обувь, рассказывает ей истории и выносит мусор?

Я представлял себе, как он сидит возле ее маленького столика или даже на диване, который вечером раздвигался, превращаясь в кровать: глаза устремлены на нее, руки вожделеют, меж приоткрытых губ белеют крепкие зубы. Но я так никогда и не увидел у нее других мужчин, за исключением одного случая: пришли двое, один — большой, смуглый и лысый — опирался на палку, второй — старый, высокий и худой, как шнурок. Хромой напевал какую-то смешную песенку про царя Ахашвероша[6] с припевом «бум-бум-бум-бум-бум» и пил кофе, который сам и варил. А старый посмотрел на меня с дружелюбным любопытством и спросил, какую группу, с каким уклоном, я выбрал в школе и знаю ли уже, кем хочу стать в будущем. Я ответил, что нет, не знаю, и он сказал: «Очень хорошо. Не надо спешить».

Только с год назад, во время того удивительного разговора в больнице, когда она дала мне деньги, чтобы купить и устроить себе собственный дом, я осмелился спросить ее, почему она ушла от нас.

— Я не от вас ушла, — сказала она, — а от вашего папы и из его дома. Я и в этом его Иерусалиме осталась, чтобы быть к вам поближе.

А когда я промолчал, добавила:

— А почему ты спрашиваешь? Ты же сам знаешь почему. Я ничего от тебя не скрывала и рассказала тебе обо всем, когда ты был еще совсем маленький мальчик, но ты, наверно, не понял тогда или не захотел понять, а может, просто хочешь сейчас снова услышать эту историю.

И она протянула руку и погладила меня, как раньше, когда я приходил навестить ее в той маленькой квартирке. Не с той уже силой, как прежде, но по тому же месту и тем же движением.

У тебя были прохладные и нежные пальцы. Когда ты гладила брата, ты проводила мягкими, широко расставленными пальцами по его золотым кудряшкам. «Какой же ты мальчик, Биньямин…» — говорила ты и повторяла: «Какой же ты мальчик…» — и одинокая ямочка расцветала на твоей левой щеке. Но мой густой черный ежик на макушке ты скребла с силой скотника, наклоняясь ко мне с высоты своего роста: «Теленок мой маленький! Какое превосходное мясо!» И я, с сердцем ревнивым и сокрушенным, угадывал всю меру ее любви к нему, которую она перед тем заменила многоточием.

Потом мы рассказывали ей о событиях в школе и дома и о новой медсестре, которую Папаваш нанял помогать на приеме, — маленькая робкая женщина, боявшаяся его самого, его больных, его телефонных звонков и собственной тени, — а мама угощала нас двумя толстыми кусками своего пирога с маком и давала с собой еще один кусок, в бумажном пакете:

— Это отдайте вашему папе, пусть и он порадуется.

Мы покидали ее дом и возвращались в его дом, все еще ощущая на волосах прикосновение ее пальцев, с каждым разом становившееся все более сильным и жестким, и как-то раз Биньямин вдруг сказал вслух то, что я отваживался лишь подумать, — что это следствие другой, более тяжелой работы, которой она вынуждена заниматься «сейчас, когда она больше не работает в нашем кабинете».

А Папаваш, послушно выполняя свою роль в следующем акте той же пьесы, открывал пакет и совал в него и рот и нос вместе. Его веки начинали трепетать и после недолгой и тщетной борьбы смыкались от удовольствия. Я помню долгий вздох и его руку, которая каким-то чудесным образом казалась решительной и неуверенной одновременно. Он протяги-

вал нам кусок пирога, так и не набравшись смелости
его выбросить:

— Берите. С меня достаточно, что она ушла, других удовольствий мне уже не нужно.

«Я не могу больше!» Иногда ее голосом, иногда
своим, иногда — шумом ветра в тех больших деревьях, которые, как она мне велела, растут вокруг моего
нового дома. Решила, объявила, взяла свои вещи, патефон, пластинку с любимыми Дидоной и Энеем и
их красивой прощальной песней — про себя я называл ее «remember me», потому что это были два един-
ственных слова, которые я в ней разобрал, — поднялась и ушла.

Принимая решения — «за-за» или «за-против» —
по хозяйственным вопросам, она складывала деньги, пересчитывала наличные и сбережения. Принимая решения по поводу гостей, она пересчитывала
едоков, картофелины и ножи. Но что ты считала и
складывала тогда, мама? Что считают перед расста-
ванием?

5

Из Тель-Авива я помню немногое. Как я уже расказы-
вал, мы жили на улице Бен-Иегуды, недалеко от кино-
театра «Муграби», который в те дни еще стоял в цело-
сти и сохранности. К двери кабинета Папаваша на
первом этаже была привинчена маленькая медная
табличка: «Доктор Яков Мендельсон — детский врач».

На втором этаже, на дверях нашей квартиры была привинчена другая маленькая медная табличка, и на ней стояло: «Я. Мендельсон — частная квартира».

Недалеко от нашего дома было и кладбище на улице Трумпельдора, и ты водила нас туда — показать имена поэтов, выгравированные на памятниках. Биньямин играл среди могил, а я поднимал на тебя глаза и повторял за тобой имена. Иногда мы ездили на северный конец улицы и поднимались оттуда к Яркону, берега которого тогда еще не были застроены, и Папаваш находил там место для пикника — «красивое место с тенью», по его выражению. И в зоопарк мы тоже ходили, но только мы с тобой вдвоем и только один раз. Там у входа был вольер, а в нем гигантские черепахи, и я запомнил имена льва и двух львиц — «Герой», «Тамар» и «Долли».

Из кустов вышел на нас павлин, волоча за собой по пыли огромный хвост, и закричал ужасным голосом. Я хотел посмотреть на обезьян, но ты сказала: «Пошли дальше, Яир, я их терпеть не могу». Мы поднялись вверх по тропе. За бассейном водоплавающих птиц, участком для слона и голубятней были несколько детских аттракционов, такой маленький луна-парк, сплошное убожество. Ты стояла и смотрела вокруг, а когда мы повернули назад к выходу, появился очень толстый человек и поздоровался с тобой. Я не мог отвести взгляд от его громадного живота и сказал тебе: «Мама, мама, смотри, какой толстый человек…» — а он снял фуражку, поклонился и сказал:

— Я не просто толстый, я самый-самый толстый здесь человек, я — знаменитый Толстяк из Зоопарка.

Павлин снова закричал. Из-за забора слышались ликующие вопли в соседнем плавательном бассейне. Ты сказала: «Когда-то из этого бассейна поливали цитрусовые деревья». А когда мы вышли, по улице шла небольшая процессия мужчин и женщин под красными флагами. Ты сказала:

— Сегодня первое мая. Давай вернемся, Яир.

Я не раз прохожу тем путем и сегодня, когда по привычке бесцельно кружу по городу. Из дома на улице Спинозы, который купила нам Лиора, выхожу на бульвар Бен-Гуриона, прохожу мимо молодых пар, что стоят и разговаривают у киоска со свежими соками, и снова, как всегда, поражаюсь их одинаковости: у каждой пары собаки и дети одинаковой красоты, каждый парень — копия своего приятеля, каждая девушка — копия рядом стоящей, каждый мужчина похож на супругу соседа, а каждая женщина — на своего мужчину.

Я сворачиваю направо в память о том посещении зоопарка. Иногда я вхожу через «здесь-тогда-были-ворота», а иногда через «теперь-тут-уже-нет-забора» и снова поворачиваю направо, проходя большую площадь, где уже срублены прежние цитрусовые деревья и сикоморы, а песок задохнулся под настланными поверху плитками. Я пересекаю улицу Фришмана, миную магазин французской книги, выхожу на площадь Масарика и замедляю шаг, проходя через маленькую, уютную детскую площадку — здесь всегда сидят несколько молодых матерей со своими детьми, и я гадаю про себя, кто из этих детишек вырастет и напишет о своей матери и кто напишет в форме «она», а кто в форме «ты», кто назовет ее «мать» и кто — «моя мама».

Отсюда улица Короля Георга ведет меня напрямую к торговому центру на улице Дизенгоф. Я захожу, выгребаю против широкого, как море, потока вопящих детишек и их коротконогих матерей с голыми животами и пластиковыми прозрачными бретельками лифчиков и подымаюсь к цели своего похода — магазину «Для туриста», что на третьем этаже. Человек, разместивший магазин туристского оборудования именно здесь, поступило крайне мудро. Достаточно провести несколько минут в этом тесном помещении, как тебя охватывает желание отправиться в странствие, причем как можно дальше и как можно быстрее.

В магазине «Для туриста» я покупаю туристские принадлежности, которыми никогда не воспользуюсь, слушаю лекции о путешествиях, в которые никогда не отправлюсь, и рассказы о местах, где никогда не побываю. Я разглядываю безнадежно-завистливым взглядом молодых людей, собирающихся в свои путешествия, а они столь же безнадежно-завистливо смотрят на дорогой, необыкновенно легкий и теплый спальный мешок, который я несу к кассе, и на мою руку, сжимающую походную альпинистскую горелку, которая горит восемь часов подряд, даже при штормовом ветре. Я рассматриваю бумажки на доске объявлений: записки религиозных девушек по имени Таль, и Нуфар, и Даниела без «и», и Стефа с забытым «а», и Айелет с пропущенным «й», которые ищут попутчика для «мягкой посадки», а возможно, и для «увлекательного совместного продолжения» на далеком и опасном Дальнем Востоке.

Нагруженный не менее опасными и столь же далеко уносящимися фантазиями, я выхожу оттуда, подымаюсь по улице Буграшова, пробираюсь среди обедающих и их столиков и стульев в сторону моря и по улице Бен-Иегуды направляюсь налево, на юг, к ее началу, в сторону того, уже разрушенного сегодня, дома, где провел первые годы своей жизни. Несколько лет назад его поджег один из тех религиозных безумцев, которыми так благословенна наша страна, потому что после нашего отъезда в Иерусалим этот дом несколько раз менял жильцов и назначение и в конце концов стал публичным домом.

В те далекие времена улица Бен-Иегуды была куда приятней. Помню, там было много соседей, говоривших по-немецки, и мама с Папавашем тоже понимали этот язык, хотя говорили на нем очень редко. По вечерам мы ужинали на балконе, смотревшем на улицу. Я помню киоск, который стоял под балконом, ярко-красную пуанциану, которая цвела на нашем заднем дворе, и нашу «морнинг глори» —

так мама называла ползучее растение на балконной ограде, которое каждый день, по ее словам, открывало «тысячу голубых глаз».

— Ну, вот и все, — говорила она каждый раз в конце ужина, — морнинг глори уже закрыла глаза, пойдем и мы спать.

Она очень любила тот дом. Когда мы возвращались туда, издалека или даже после недолгой отлучки, она возбужденно и радостно говорила: «Еще немного, и мы дома», а когда входили, торжественно декламировала слова песни, всегда одни и те же: «Дома моряк, он вернулся домой, и охотник с холмов вернулся домой и лежит, где хотел лежать».

Замочная скважина в нашей двери была на высоте человеческого роста. Ты поднимала меня обеими руками и говорила: «Открывай!»

Я вставлял и поворачивал ключ. Ты нажимала на ручку, открывала дверь и говорила: «Здравствуй, дом...» — прямо в сумрачную прохладу жилья.

— Поздоровайтесь и вы с вашим домом, — говорила ты нам, — и прислушайтесь хорошенько, потому что он отвечает приветствием на приветствие.

Биньямин говорил:

— Но это же дом, как он может ответить?

А я говорил:

— Здравствуй, дом.

И слушал, и слушал, как ты просила.

— Тихо, Биньямин, — сказала ты, — и прислушайся хорошенько.

И дом тоже радовался нашему приходу, дышал и отвечал, как ты обещала. Мы переступали порог, и ты говорила: «Пойдемте, перекусим что-нибудь», что означало кусок хлеба, тонко-тонко намазанный мягким сыром, и крутое яйцо — «бац» по лбу, — и паста из анчоусов в желтом тюбике, и мелко нарезанная петрушка, и тонкие, почти прозрачные дольки помидора. Ведь это то, что делают дома. Возвращаются в него, здороваются с ним, прислушиваются к его ответу и входят. Перекусывают чем-то и наполняются радостью: вернулись домой. С холмов, с моря, издалека. Это то, что мы любим и умеем делать.

6

Мама и Папаваш научили нас многому еще до того, как мы пошли в школу. Он раскрывал перед нами старый немецкий атлас, показывал материки, и острова, и дальние страны, плавал с нами по океанам, переплывал реки, взбирался на горные хребты и спускался с них по другую сторону. Она учила нас читать и писать.

— Гласные буквы говорят согласным, куда идти. «М» с «а» будет «ма», «н» с «е» будет «не», — объясняла она нам, и я смеялся от удовольствия, потому что «а» и «е» меняли форму ее губ и выражение лица, а также от облегчения: теперь и согласная буква знает, куда идти и что делать.

Мне было тогда пять лет, но Биньямин, который присоединился к этим урокам, хотя ему исполнилось всего три, научился быстрее меня. Через считанные недели он уже читал во весь голос имена всех поэтов, перепрыгивая с могилы на могилу и переводя взгляд с надписей на сияющее мамино лицо. Я помню, как он поразил и восхитил также пассажиров четвертого автобуса: маленький золотоволосый мальчик читает избалованным голосом магазинные вывески на улице Бен-Иегуды, несмотря на скорость, с которой они проносятся в автобусном окне.

И я помню тот ужин на балконе, во время которого мама сообщила нам:

— Скоро у нас будет маленькая девочка. Ваша сестричка.

— Откуда ты знаешь, что сестра? — спросил я недоверчиво. — Может, у нас будет еще один брат?

— Будет сестра, потому что так хочет мама, — объяснил Папаваш. — Она посчитала свои за-за и за-против и решила, что после того, как она хотела и получила двух сыновей, теперь у нас будет дочь.

А она поддразнивала нас:

— За-за это она, а за-против это вы.

Через несколько недель ее начало рвать каждое утро, и меня рвало вместе с ней. Папаваш сказал, что педиатрия еще не слышала и не видела такой степени солидарности сыновей со своими матерями и что нужно назвать это новое явление моим именем. Его губы улыбались, но глаза нет. Глухое раздражение мелькало в них, как будто он стал свидетелем такой близости, которой никогда не знавал сам.

Каждый день мы с ним сидели на балконе и чистили миндаль. «Беременная женщина должна строго соблюдать режим правильного питания, — учил он меня, — сейчас на рынке мало мяса, яиц и сыра, а миндаль — это хорошая и питательная замена. У мамы будет много молока, и малышка будет большая и здоровая, и у нее вырастут белые зубы».

Он разрешил мне съедать каждую седьмую миндалину и добавил:

— А кто не работает, тот не ест.

— Но я работаю, — возразил я, ожидая похвалы.

— Я имел в виду твоего брата, — сказал Папаваш строго и громко, чтобы Биньямин тоже услышал.

Биньямин играл в стороне и не ответил. Я собрал свои седьмые миндалины, прожевал их мелко-мелко и проглотил внимательно и старательно. Я так и видел, как белизна этих миндалин становится белизной молока в тебе и зубов во мне. Я хотел, чтобы сестричка, которую ты родишь, была маленькая, и толстая, и темная, но она родилась до срока и сразу же умерла, и даже нельзя было определить, какого она будет цвета и роста.

Через несколько дней мама вернулась из больницы, и ночью мы слышали, как Папаваш говорит, а она молчит.

— Видишь, — шепнул мне Биньямин в темноте нашей комнаты, — зря вы чистили ей миндаль.

А я рассердился вместо тебя:

— Почему ты говоришь «ей»? Скажи «чистили маме», а не «ей»!

7

Ты не раз посылала меня за покупками. Иногда в лавку Золти по другую сторону улицы Бен-Иегуды, а иногда в киоск.

— Такого киоска нет больше нигде, — говорила ты. — Там есть конфеты на палочке, прищепки, сардины, жвачка, мороженое, а если заказать заранее, то и туфли, холодильники и свадебное платье.

Я помню, как однажды хозяин этого киоска пришел к нам и сказал:

— Доктор Мендельсон, ваш мальчик ворует у меня деньги, и у вас тоже, вероятно.

Я дернул тебя за платье, и ты наклонилась и подставила мне ухо. Я прошептал:

— Почему у себя в киоске этот человек такой высокий, а у нас дома низкий?

Ты шепнула в ответ:

— У себя в киоске он стоит на приподнятом деревянном полу, а у нас дома он стоит на обычном.

Твои губы были такие близкие и нежные, что я поначалу не заметил, что Папаваш уже несколько секунд сверлит меня тяжелым и хмурым взглядом, а когда заметил, мое сердце замерло от страха и стыда. Не из-за несправедливо ожидавшего меня наказания за не совершенное мной воровство, а потому, что я вдруг понял, что ему даже в голову не пришло, что речь может идти о Биньямине.

Хозяин киоска понял происходящее.

— Нет, не этот черненький, что похож на бандита, — сказал он. — Это маленький ворует, тот, что с золотыми кудряшками и с лицом ангелочка.

Он спустился по ступенькам и вернулся в свой киоск, вошел и снова стал выше ростом, а ты положила мне руку на плечо и посмотрела на Папаваша таким взглядом, что его развернуло на месте и толкнуло в спину, и он сбежал вниз, чтобы укрыться в своем кабинете.

И еще я помню наши ежедневные походы к морю, поплавать и потренироваться. Сегодня я туда уже не хожу. Лиора предпочитает бассейн, а меня отпугивают твердые шарики, мечущиеся от ракетки к ракетке, и купальники молодых девиц. И солнечных лучей я тоже побаиваюсь, тем страхом, который еще тогда внушил мне Папаваш и который не исчез и сегодня. Доктор Яков Мендельсон уже в те дни предостерегал родителей, что «средиземноморское солнце» опасно, но его никто не слушал, потому что в ту пору загар считался признаком здоровья и воплощением сионистского идеала. В результате все отправлялись на море перед обедом и только семейство Мендельсон — под вечер, когда жара спадала, шагая навстречу возвращающимся с моря веселым толпам безответственных родителей и их счастливых детишек, с обгоревшими спинами и облупленными носами.

Многие здоровались с нами, а некоторые обращались с вопросами и просьбами. У Папаваша, несмотря на относительно молодой возраст, уже была репутация замечательного детского врача, и люди хотели воспользоваться случаем и посоветоваться с ним. Этим он обычно говорил: «Я тороплюсь, идемте вместе, поговорим по дороге», — и сразу убыстрял свой длинноногий строевой шаг, оставляя позади запыхавшихся, смущенных просителей. Но однажды мама ему сказала: «Будь добрее к ним, Яков, это намного проще», а когда он что-то проворчал, объяснила: «Это экономит время. Попробуй и убедишься», и он попробовал, убедился и признал: «Ты была права. На тридцать процентов, как минимум».

Она рассказывала нам, что когда-то, в годы ее детства, в Тель-Авиве было так мало тротуаров, что в некоторых местах на песок положили деревянные плиты, и она любила чувствовать, как они слегка качаются и проседают под ее ногами. А мне особенно нравилась точка между концом улицы и началом берега — там меня всегда ждал неуловимый зазор между двумя временами и двумя местами: досюда город, а отсюда и дальше — берег. До этой минуты — асфальт и бетон, а потом — песок и море. Одна нога еще на твердости тротуара, а вторая — уже на мягкости и податливости песка.

Мы швыряли друг в друга маленьким тяжелым мячом, весом как раз для нашего возраста, — единственный вид спорта, в котором я был лучше брата. Я стоял, с силой упершись ногами, а Биньямин снова и снова падал на песок от удара мяча, смеясь и радуясь, несмотря на неудачу. Папаваш выговаривал ему: «Стой крепче!» — и вдруг цедил (он никогда не повышал голос и, когда сердился, переходил на шепот): «Да стой же крепче, Биньямин, почему Яирик может, а ты нет?» Волна тепла заливала меня. Мама называла меня «Яир», Мешулам Фрид, отец Тирцы, звал меня «Иреле»: «Иреле и Тиреле похожи, как два тойбеле[7]», а Папаваш и по сей день придерживается своего ласкового «Яирик», как будто хочет сообщить всем окружающим, что я ему родной сын.

Биньямин хихикнул, притворно застонал и опять упал — на этот раз нарочно. Папаваш рассердился, резким движением поднял его на ноги и велел нам бегать с ним по берегу.

— Выше колени, Яирик, — командовал он мне, — не волочи ноги по песку!

Мы бежали. Бежали, потели, дышали ровно и глубоко. Потом немного плавали, делали гимнастику. Ели виноград на пустеющем берегу, в лучах заходящего солнца, потом собирали вещи и возвращались домой. Возвращение нравилось мне больше, чем сам поход. И обратный переход — с песка на тротуар: одна нога еще нащупывает и утопает, а ее сестра уже находит себе поддержку и опору.

Впереди шел Папаваш, высокий и очень прямой, за ним я, а мама и брат — за мной, и передо мной, и вокруг меня, играя в «классики» на плитах тротуара и прыгая с плиты на плиту, потому что «кто на линию наступит, черт его потом отлупит». Солнце, низкое, мягкое и уже не опасное, удлиняло наши тени. Вот моя — самая широкая и короткая из всех и, как ее хозяин, самая темная, укутанная в длинный махровый халат. Обиженной и сердитой была эта тень и нарочно наступала на линии между плитами, а халат ее был старым халатом матери, который она подогнала для меня после долгих просьб. Этот халат был причиной многих насмешек и обид, но свое назначение: скрыть непохожесть моего тела — он выполнял с успехом.

Такими светлыми и такими высокими были они трое и покрыты таким золотистым медным загаром, а я таким темным, и плотным, и неуклюжим. У меня не раз возникала мысль, что я не родной сын, а приемный, а Биньямин, который не пропускал ни одной возможности подпустить острую шпильку в любую щель и расковырять любую ранку, нарочно дразнил меня сочиненной им песенкой:

Взяли сироту в приюте,
И на мусорке нашли,
У цыган его купили
И в посылке принесли.

Мама сердилась: «Прекрати эти глупости, Биньямин», но ямочка у нее на щеке углублялась, выдавая улыбку. Она и сама порой шутила в том же духе:

— Что же это будет, Яир? В один прекрасный день заявятся к нам твои настоящие родители и заберут тебя с собой. Мы будем ужасно скучать по тебе.

Я каменел. Биньямин присоединялся к ее смеху. Папаваш утешал меня: «Не обращай на них внимания, Яирик», а им делал замечание:

— А вы двое, будьте так добры, немедленно прекратите свои шутки.

Приемный или нет, я сейчас напишу то, что ощущал тогда, но не осмеливался сказать: я получился неудачным и мой брат был исправлением ошибки.

8

Летом 1957 года, в первый день летних каникул, мы переехали в Иерусалим. Папавашу была обещана должность в Хадасе и возможность заниматься научными исследованиями, что его очень интересовало, но было недоступно в Тель-Авиве, и вдобавок — разрешение на частную практику.

Мне было тогда восемь лет, а Биньямину исполнилось шесть. Два грузовика с брезентовым покрытием, один средних размеров и один большой, были заказаны для перевозки наших вещей, и мы с братом возбужденно ожидали их возле киоска. Мама сказала, что хватило бы и одного большого грузовика, но

Папаваш решил: «Нельзя смешивать оборудование кабинета и вещи семьи».

Доктор Мендельсон имел обыкновение сортировать, разделять и обособлять вещи друг от друга. Кубики, которыми мы играли, он требовал складывать в коробку соответственно их цвету и размерам. Одежду делил не только на зимнюю и летнюю, нижнюю и верхнюю, но также на утреннюю и вечернюю и по цвету и характеру материала. Он не пил во время еды, не ел, когда пил, и к еде в тарелке обращался по очереди. Сначала к шницелю, потом к картошке. Сначала к рыбе, потом к рису. Сначала съедал яичницу, потом — салат. Мама говорила, что, если бы у него было достаточно времени, он бы и составляющие салата ел по отдельности: вначале выбирал бы кусочки огурца, потом перец, а под конец — помидоры. Но, кроме пищевых, он устанавливал запреты и на многие другие виды смешивания: радости с радостью, алкоголя с секретами, одних лекарств с другими. Все эти запреты он формулировал с большой важностью, и все они вызывали твою легкую улыбку, с одной ямочкой на левой щеке и насмешливым изгибом верхней губы, которая веселилась больше всего, когда Папаваш принимался воспитывать нас за столом. Иногда он спрашивал — не знаю, в шутку или всерьез: «Что с вами будет, если вас пригласит на ужин английская королева?!» А ты всегда отвечала: «Точно то же, что будет в том случае, если мы пригласим ее к себе».

Салат для всей семьи Папаваш готовил сам. Он умелой рукой нарезал овощи, заправлял оливковым маслом, солью, перцем и лимоном, брал свою долю и объявлял:

— Теперь нарежьте лук и добавьте каждый себе в тарелку.

Годы спустя, когда Биньямин привел к нам в дом Зоар — девушку, которой предстояло стать его женой, — чтобы представить ее своим родителям, она сказала:

— Доктор Мендельсон, тот овощной салат, который вы едите, у нас называют «детским».

Папаваш смерил ее взглядом:

— Это интересно. А какой овощной салат едят у вас?

Она засмеялась. Ее смех взволновал меня, потому что он был похож на смех Тирцы Фрид.

— Наш овощной салат делают из мяса и картошки, — сказала он. — Но если все-таки готовят салат из настоящих овощей, то добавляют к нему еще мягкий белый сыр, горячие четвертушки крутого яйца, черные маслины и нарезанные зубчики чеснока.

Описание салата был таким простым и точным, что мне захотелось попробовать его немедленно. Зоар улыбнулась мне, и я проникся к ней симпатией, которая не исчезла и сегодня. Это большая, крупная женщина, полная здоровья и жизнелюбия, любящая вкусную еду и интересное чтение — «восточные коржики Овадии и толстые романы». В том кибуце, из которого она родом, в долине Бейт-Шеан, у нее есть трое братьев, таких же больших, как она, и дюжина племянников и племянниц, «все одного и того же размера: Эстра-экстра-экстра-лардж».

Как и многие другие теплые чувства, моя симпатия к ней тоже растет из ощущения сходства. Но не нашего с ней — мы совершенно не похожи, — а сходства между нашими супругами, между моей женой и ее мужем, и еще того, что, как она сама мне однажды сказала, много лет спустя, в минуту, в которой смешались алкоголь и смущенье, смех и одиночество:

— Наши проблемы очень похожи, но твоя более дерьмовая, а моя более говенная.

И я почувствовал, что между нами заключен союз — негласный союз двух сторонних чужаков, случайно примкнувших к одному и тому же родовитому семейству.

И близнецов ее, Иоава и Иорама, я люблю, несмотря на зависть, которую испытал при их рождении, и с гордостью рассказываю, что это я придумал для них общее прозвище «Йо-Йо», которое не только сразу же приклеилось к ним, но и вызвало многочисленные вариации: Лиора немедленно перевела его на английский как «Дабл-Йо», а Зоар выкроила из него отдельное прозвище для каждого из своих сыновей — «И-раз» для Иоава, родившегося первым, и «И-два» для Иорама, который вышел на свет на несколько минут позже.

Семейное пристрастие к еде явственно обнаружилось у них уже в первые дни жизни, и Зоар не раз говорила, что намерена кормить их грудью долгие годы, потому что они сосут так энергично, что это доводит ее почти до обморока, и она до самозабвения любит те минуты, когда «сиси опорожняются, а дети наполняются», и всё затуманивается, и тело становится легким, и хочет взлететь, и только близнецы, которые, наполнившись и отяжелев, превращаются в мешки с песком, удерживают ее на этой земле.

И действительно, уже в два года Йо-Йо были выше и шире всех своих сверстников и гордо несли перед собой круглые и крепкие животики. Как я сам и как их отец, они научились читать еще до того, как пошли в первый класс, но не на памятниках писателям, а на коробках «геркулеса», которые мать ставила перед их мгновенно опустевавшими тарелками.

На всяком семейном торжестве они интересовались, «приглашены ли дяди из кибуца», и сразу же бежали к ним с радостными криками: «Займите нам места» и «Мы хотим сидеть с вами», наслаждаясь теми тяжелыми похлопываниями, которыми их приветствовали дяди. Те всегда появлялись единой группой синих отглаженных брюк и плотных животов, обтянутых шатрами белых рубашек, и у каждого торчала из кармана большая сверкающая ложка: «Мы прихватили из дому свою посуду, так мы успеем больше съесть».

На официанток, которые обычно крутятся на таких сборищах среди собравшихся и предлагают маленькие бутерброды, они вообще не обращают внимания. «Они игнорируют несущественные мелочи», — цитирует Зоар один из своих толстых романов. Берут тарелки из горки, которая высится на краю стола, и уже в разгар свадебной церемонии стоят, молча и терпеливо, возле накрытых кастрюль и тазов, и лишь слабый трепет крыльев носа и угол наклона головы выдает, что они изо всех сил силятся угадать, что скрывается под каждой крышкой.

— Возьми немного салата, — предложила Лиора одному из племянников Зоар, потрясенная горой гуляша на его тарелке.

Парень усмехнулся:

— Салат? Что, эти зеленые листья?

— Почему бы нет? Овощи — это полезно.

— Что с тобой, тетя Лиора? Ты не понимаешь, как устроен мир? Это коровы едят зелень, а мы едим коров.

— Это поможет тебе спровадить пищу в желудок.

— Что, я похож на человека, которому нужна помощь, чтобы спровадить еду в желудок?!

— Видишь, — шепнула Лиора Биньямину, — вот как раз в честь этих твоих родственников я и назвала тот «шевроле», что купила Яиру, «Бегемотом».

А Биньямин проворчал:

— Не люблю, когда дети сидят с ними. Почему они не сидят за нашим столом?

Но их мать, улыбнувшись своей неторопливой и умиротворенной улыбкой, сказала:

— Потому что они существа того же вида и с ними они чувствуют себя, как дома, где их принимают, какими они есть, не делают им замечаний и не пытаются переделать на иной лад.

— А потом они и выглядеть будут, как те, и ни одна девушка не захочет иметь с ними дела.

— Они и так уже выглядят, как те, — веселилась Зоар, — правда, чуть поменьше, но они быстро растут, так что ты не беспокойся. Что же касается девушек, — добавила она, — то поживем—увидим, Биньямин. Я знаю многих девушек, да я, по правде, и сама такая, которые любят именно таких парней. Больших и добрых, которые будут носить тебя на руках, на которых можно положиться, которых можно стукнуть при желании и позвать на помощь при необходимости.

— Если это то, что ты любишь, почему ты не вышла за такого бегемота? — спросила Лиора.

— Я выбрала бегемота твоей породы.

Вот такая у нас семья: маленькая, но полная взаимных симпатий. Моя жена симпатизирует Папавашу и моему брату, брат симпатизирует ей и себе, а мне симпатичны его жена и ее сыновья, и я ему завидую.

9

Дом и кабинет Папаваша освободились от мебели и заполнились гулкой пустотой. Грузчики затянули последние узлы. Папаваш, напряженно и сосредоточенно, двигая кончиком языка в такт движениям отвертки, снял с дверей «Доктор Яков Мендельсон — детский врач» и «Я. Мендельсон — частная квартира». Он положил таблички и шурупы себе в карман и сказал: «Едем».

Мама покраснела. У нее было два способа краснеть: иногда она краснела, начиная со лба, и это свидетельствовало о смущении, а иногда — от груди вверх, и это означало недовольство. На этот раз краснота поднялась от груди. Она быстрым шагом вернулась и взбежала по ступенькам в пустую квартиру. Мы ждали, пока она вернулась и объявила, что хочет ехать на грузовике с вещами, у заднего борта, сидя на кушетке из приемной. Биньямин тут же выразил желание сидеть рядом с ней, но Папаваш сказал, что это опасно. По дороге будут торможения и повороты, и «насколько я вас обоих знаю, вы обязательно будете высовываться из-под брезента».

Мать не спорила. Мы поехали перед грузовиками в нашем маленьком «форде-Англия». «Смотрите назад, дети, — шутил Папаваш, — следите, чтобы грузчики не удрали с нашим стетоскопом, и отоскопом, и цветным фонарем!»

По дороге — кажется, в Рамле — мы сделали остановку. Папаваш купил нам и водителям напиток под названием «град» и арабское мороженое, вкусное и тягучее. Мама не захотела присоединиться к угощению. Папаваш рассказывал что-то о Наполеоне, который убил где-то здесь беднягу муэдзина, мешавшего ему спать, — вон, там, возле той белой башни, — а дальше к востоку, среди желтеющих холмов и гор, которые уже начали вырисовываться в дрожащем воздухе, прочел нам лекцию о Самсоне-богатыре.

Мы начали подниматься среди гор. Папаваш рассказывал о Войне за независимость, показывал нам поржавевшие скелеты броневых машин и говорил об автоколоннах и боях за город и вдоль дороги к нему. Мать прикрыла глаза, и я сделал, как она, но открывал их каждые несколько секунд, чтобы проверить, не открыла ли она.

Длинный подъем закончился, в воздухе похолодало, он стал сухим и приятным. Мотор перестал стонать, и Папаваш сказал: «Он сделал это не хуже «мерседеса», наш «фордик».

Мать проснулась. Свежий запах шел от молодых сосен. Папаваш похвалил Керен-Кайемет[8] за посаженные им деревья и предсказал: «В горах Иерусалима у нас тоже будет много красивых мест с тенью». Дорога спустилась и запетляла по арабской деревне, и Папаваш сказал:

— Это Абу Гош, а вон там Кирьят-Анавим, а сейчас, — его голос стал торжественным, — мы поднимемся на Кастель.

Мама молчала. Наш маленький «форд-Англия» взобрался на гору и спустился по крутому склону. Папаваш опять начал называть какие-то незнакомые имена и названия, а потом показал:

— Вот граница с иорданцами, видите, как близко, а вон то здание с башней, вдалеке, — Наби-Самуэль, который вовсе наш пророк Шмуэль из Библии, а никакой не Самуэль, и почему только эти мусульмане не придумали себе новую религию с новыми пророками, вместо того чтобы брать у других Моисея, и Иисуса, и Давида, и Шмуэля и называть их Муса, и Иса, и Дауд, и Самуэль?!

Он говорил и объяснял, а ты молчала, и после еще одного подъема мы оказались, по его словам, «у самых ворот Иерусалима». Но никаких ворот там на самом деле не было, город начался внезапно, сразу за поворотом, который ничем не выдавал его существование.

— Иерусалим, он как дом, дети. У него есть вход, и он начинается сразу за входом. Не то что Тель-Авив, который начинается немного тут и немного там, и в него въезжают и выезжают из тысячи мест, везде, где хотят.

И замолчал, и улыбнулся, ожидая реакции, но Биньямин не заинтересовался, я ждал твоих слов, а ты упорно молчала.

— Чувствуете, какой здесь хороший воздух? Это иерусалимский воздух. Дышите глубже, дети, и ты, Рая, дыши тоже. Вспомните, какую жару и влажность мы оставили в Тель-Авиве.

Наш маленький «форд-Англия» свернул направо, на длинную улицу, по левую сторону которой, за автобусной стоянкой и гаражом, тянулась голая, безлесая скала, а по правую — жилые кварталы. Мы миновали маленький каменный дом, окруженный виноградником. Я было подумал с надеждой, что это и есть наш новый дом, но мы свернули налево, в узкую, короткую, зеленую улицу.

— Это наш новый район, — сказал Папаваш. — Район Бейт а-Керем. Здесь справа вверху ваша новая школа, а здесь мы повернем налево, это наша новая улица, улица Бялика, а вот это наш новый дом. Как раз напротив.

Мы остановились возле дома с одним входом, тремя этажами, двумя маленькими квартирами внизу и четырьмя большими — наверху. Я спросил тебя:

— Это Бялик с кладбища в Тель-Авиве?

И ты сказала:

— Да.

Мы вышли из машины и поднялись на второй этаж. Папаваш открыл дверь слева. Мы стояли у входа в квартиру, большую и пустую, полную сверкающего света и хорошего иерусалимского воздуха. Я ждал, что ты скажешь: «Здравствуй, дом», чтобы мы могли войти, но ты не сказала. Папаваш и Биньямин шагнули и вошли, а ты всё не убирала руку с моего затылка и плеча. На один счастливый миг мы остались наедине снаружи, а потом твоя рука подала мне знак шагнуть и войти вместе с тобой.

Папаваш сказал:

— Здесь у каждого будет своя комната, дети. Это твоя, Яирик, а эта — Биньямина.

Мы не спорили. Мы спешили на улицу, потому что грузовики уже подъехали и с громким пыхтеньем остановились у дома и грузчики уже сворачивали брезентовые покрытия. Жители квартала толпились вокруг нашей мебели, открытой на всеобщее обозрение. Взрослые разглядывали вещи, желая оценить достаток новых соседей и их вкус, а дети смотрели на грузчиков, которые развязывали свои носильные ремни и крепили их на лоб и плечи. Ведь не каждый день удается увидеть человека, который поднимается по лестнице с холодильником или диваном на спине, багровый, как свекла.

А когда разгрузка закончилась, и грузовики с грузчиками уехали, и любопытствующие соседи разошлись, Папаваш вынул из кармана маленькие шурупы и медные таблички и привинтил их — кончик его языка и здесь двигался и напрягался — к новым дверям: сначала «Я. Мендельсон — частная квартира» к двери жилой квартиры наверху, а потом «Доктор Яков Мендельсон — детский врач» — к двери небольшой квартиры внизу.

— Ну вот, Рая, — сказал он, отступил немного и оглядел свою работу. — Видишь? Совсем как в Тель-Авиве. Точно так же. Кабинет внизу, а мы на втором этаже.

Он в последний раз решительно крутнул отверткой.

— Вы, дети, идите искать товарищей. А мы, Рая, выпьем с тобой первый стакан чая в новом доме. Чай-

75

ник еще не распакован, но я не забыл приготовить и взять с собой электрический нагреватель и две чашки, и у нас есть коржики, и, может, мы поговорим немного. И кипарис здесь у нас растет, твое любимое дерево, а вот и сюрприз!

Появился парень на велосипеде, задыхающийся и вспотевший, и взлетел по лестнице с букетом гладиолусов в руках.

— Госпоже Мендельсон, — сказал он. — Пожалуйста, распишитесь.

И Папаваш улыбнулся радостной и напряженной улыбкой, подписал за нее и сказал:

— В честь нашего нового дома.

Мать набрала воды в кухонную раковину и погрузила в нее стебли гладиолусов.

— Спасибо, Яков, — сказала она. — Они очень красивые, и это очень мило с твоей стороны. Потом, когда мы откроем ящики, я перенесу их в вазу.

Мы с Биньямином вышли. На улице нас ждала группка детей и иерусалимское лето, которое не переставало требовать сравнения со своим тель-авивским собратом и похвал в свой адрес. Я сказал Биньямину:

— Давай вернемся и поможем разложить вещи.

Но он сказал:

— Возвращайся сам. Я хочу играть.

За считанные дни мой брат освоил иерусалимские названия и варианты всех детских игр, в которые мы играли в Тель-Авиве, начал воровать в киос-

ке, который здесь назывался «Киоск Дова», а после
летних каникул пошел в первый класс, и ему не пришлось ни приспосабливаться к уже сбившейся группе, ни бороться за место в ней. Быстрый и хитрый,
обаятельный и золотоволосый, он с легкостью завое-
вал себе место и статус. Я был отправлен в третий
класс и, как и следовало ожидать, столкнулся с насто-
роженной и недоверчивой компанией. Вначале надо
мной слегка посмеивались, как обычно посмеивают-
ся над новым, полноватым и медлительным учеником, с черными щетинистыми волосами и низким
лбом, но вскоре и меня начали приглашать к себе в
дом, потому что среди родителей распространился
слух, что не только Биньямин, но и я тоже — сын доктора Мендельсона, знаменитого детского врача, пе-
реехавшего сюда из Тель-Авива.

10

Иерусалимский квартал Бейт а-Керем граничил тогда с пустырями. Вади, что спускалось от самого въезда в город, то вади, по которому мы с мамой несколько лет спустя поднимались на место побоища,
учиненного нами на стоянке старых автобусов, продолжалось от нашего квартала дальше на юг и там
выплескивалось в долину высохшего ручья Нахаль
Рефаим. Оттуда начинался маршрут нашего «большого путешествия», во время которого мама ворова-
ла луковицы цикламенов и анемонов для своего са-

да. Другое вади, известное огромным камнем, который лежал в его русле и назывался «Слоновой скалой», спускалось в Нахаль Сорек. Наше «маленькое путешествие» проходило по гребню отрога, что над ним, и имело одну-единственную цель — посмотреть по прямой линии домой, на северо-запад, на далекое Средиземное море. На его берегу — так ты говорила и требовала, чтобы мы верили, — раскинулся Тель-Авив.

— Давайте пойдем в наше «маленькое путешествие», — говорила ты, и мы знали, что будем снова вглядываться в далекую светлую полоску побережья и в серо-голубые просторы за ней, в ту вечную дымку, в глубине которой, как ты утверждала, прячется Тель-Авив. Я не видел его, но верил тебе, что он там. Он, и море, и дом, и балкон, и «морнинг глори», что взбирался на него, и пуанциана, пылавшая красным огнем во дворе, — дерево, которое любит тепло, и дарует тень, и никогда не могло прижиться в холодном Иерусалиме.

— Умное растение, — заключала мама каждый очередной свой тоскливый гимн во славу дерева и его пышного цветения. — Факт. Во всем Иерусалиме нет ни одной пуанцианы. А кто посадит ее здесь, тот подписывает ей смертный приговор, потому что деревья не могут убежать, когда им плохо. Они остаются до конца.

Она и брат, легкие и быстрые, как газели, прыгали с камня на камень — в Иерусалиме черт может разозлиться, если наступишь не на линию между камнями, а на землю между ними, — а я плёлся за ними, опустив голову, уставив глаза в землю. В том месте, где склон стал круче, мы остановились. Открылся вид на далекий простор.

— Вон оттуда мы. Из Тель-Авива, — сказала мама, как говорила на этом же месте уже много раз.

— Неправда, — сказал Биньямин. — Мы уже из Иерусалима.

Мама покраснела:

— Матери не говорят «неправда».

А когда Биньямин промолчал и даже ответил ей вызывающим взглядом, рассердилась:

— Ты меня понял, Биньямин?

Биньямин упрямо молчал.

— Ты меня понял? Я хочу услышать твое «да»!

— Да, — сказал Биньямин.

Большая стая голубей летела по небу в сторону мельницы, где всегда можно было найти остатки пшеничных зерен. Мама следила за ними из-под руки прищуренными глазами, тем взглядом, который я понял только многие годы спустя, когда начал возить по Стране любителей птиц. Это был взгляд людей, которые привыкли наблюдать за птицами — перелетными, удаляющимися, возвращающимися. И потом снова показала на две далекие полоски на западном краю горизонта: одна — желтоватая и узкая полоска морского песка, другая — серо-синяя, широкая и сливающаяся с бесконечным небосводом.

— Там, — сказала она и вдруг сунула два пальца в рот и свистнула что было силы. — Посвистите и вы, чтобы они там знали, что мы здесь.

Мы с Биньямином были поражены. Такой свист не входил в репертуар достоинств, которые мы за ней знали. Но едва она свистнула, как нам сразу стало казаться, что она умела это давно. Она и нас тут же научила свистеть, всеми возможными способами: по два пальца от каждой руки, двумя пальцами одной, по одному с каждой и вообще одним пальцем.

— Сильнее, — сказала она. — Чтобы там услышали.

Я не раз прихожу сюда и сегодня, потому что и в Иерусалиме у меня есть маршрут для бесцельного блуждания по городу, тоже постоянный, хотя и совсем иной, чем в Тель-Авиве. Я навещаю Папаваша в его доме, потом маму — раньше в доме, где она жила одна, а теперь — на кладбище, что на Горе Успокоения, — а под конец пытаюсь повторить те наши путешествия с ней — «маленькое» и «большое». На том месте, откуда мы с мамой смотрели на запад, построили теперь жилые здания, и для того, чтобы увидеть те две далекие полоски, узкую желтоватую и синевато-серую, мне приходится пройти между домами, немного взобраться по подъему, превратившемуся в улицу, а потом немного спуститься по склону, и только там я могу остановиться, свистнуть и вглядеться. К дымке и дали прибавилось теперь грязное облако, нависающее над прибрежной равниной и скрывающее ее. Но сейчас у меня есть прекрасный дорогой бинокль, который доказывает правоту матери и неправоту Биньямина, — «Сваровский 10x40», который купила мне — и его тоже — моя жена Лиора. После того как я увидел его в руках моих птицелюбов из Мюнхена, которые не переставали расхваливать его достоинства, и рассказал о нем Лиоре, я нашел его у себя в кровати, в красивой подарочной обертке, украшенной дорогой лентой. Я подумал тогда, что если бы мне было позволено добавить еще одну скромную просьбу, то неплохо было бы найти в кровати и саму Лиору, и совсем без обертки, — но такова жизнь, а человеку в моем возрасте и в моем положении пора уже рассчитывать ее с умом и принимать со смирением.

ГЛАВА ТРЕТЬЯ

I

С Тирцей Фрид — она же Тиреле, моя юбимая, тот «подрядчик-женщина», что занимается перестройкой моего нового дома, — я познакомился, когда мне было одиннадцать лет. Я хорошо помню тот день. Время после полудня, летние каникулы, и вдруг — полная тишина вокруг. Мальчишки выпрямились с битами в руках. Девчонки со скакалками замерли в прыжке. Мужчины умолкли, облизывая губы. Женщины застыли, как жены Лота. Из-за поворота появился белый американский автомобиль с открытым верхом и красными сиденьями — знакомый каждому иерусалимцу «форд-тандерберд», принадлежавший строительному подрядчику Мешуламу Фриду. Большая, бросающаяся в глаза машина, которая выделялась бы в любое время и в любом месте, не говоря уж о Иерусалиме с его редким в те дни движением.

«Тандерберд» остановился возле нашего дома. Из-за руля выбрался плотный, низкорослый и темноволосый человек. Двое детей примерно моего возраста, мальчик и девочка, очень похожие на него, сидели на заднем сиденье. Я как раз случайно стоял у окна и, увидев их, застыл от страха. Я подумал, что рассказы матери и насмешки Биньямина не были пустым поддразниванием: вот, это и есть мой настоящий отец, и мой настоящий брат, и моя настоящая сестра, приехавшие вернуть меня в мою настоящую семью.

Мужчина взял мальчика на руки и понес по направлению к нашей амбулатории. Меня удивило, что отец вышел к нему навстречу — честь, которую он никогда не оказывал ни одному пациенту.

— Пожалуйста, сюда, господин Фрид, — сказал он. — Заходите сюда.

Человек с мальчиком скрылись в амбулатории, а я уставился на девочку, которая тем временем перебралась на переднее сиденье. Мое удивление сменилось удовольствием, страх — любопытством. Но Биньямин со своими друзьями уже были тут как тут. Выкрикнув: «Она приехала к нам!» — брат подбежал к машине и принялся обходить ее со всех сторон, разглядывая большие круглые задние фонари, открытый верх, глубокие красные кожаные сиденья, сверкающие хромированные обводы, в которых искаженно отражались детские лица.

— Ты знаешь, в какой машине ты сидишь? — спросил он девочку.

— В машине моего папы.

Легкая улыбка тронула уголки ее губ. На мгновенье она похорошела, а в следующий миг снова стала похожей на меня.

— Это «форд-тандерберд», — пришел в себя Биньямин. — Двигатель V-8, триста лошадиных сил. Такой есть только один в Иерусалиме, а может быть, и во всей Стране! — И поскольку на девочку это не произвело никакого впечатления, добавил со значением: — Это американская машина из Соединенных Штатов.

Девочка помахала мне рукой и улыбнулась. Я отошел от окна, спустился и тоже стал возле машины. Ее глаза засияли.

— Хочешь посидеть возле меня?

Я уселся на водительское сиденье. Биньямин поспешил объявить: «Я его брат!» — и бросился к заднему сиденью, но девочка сказала: «Я тебя не приглашала!» — и он потрясенно застыл на месте.

— Я Тирца Фрид, — сказала она. Я удивился. Мне никогда не доводилось слышать, чтобы мальчик или девочка представлялись таким образом. — А ты кто?

— Я Яир Мендельсон, — поспешно ответил я. — Я сын доктора.

— Ты не похож на него, — сказала она, — и на этого ты не похож, который говорит, что он твой брат.

Биньямин со своими друзьями отошли, и тут она добавила то, что я уже знал и сам:

— Ты похож на меня, и на Мешулама, и на моего брата Гершона.

— Кто это Мешулам?

— Мешулам Фрид. Это наш папа — мой и Гершона.

— А что с твоим братом? — спросил я.

— У него воспаление суставов. Он весь распух, и родители боятся, что у него случится что-нибудь с сердцем и он умрет.

— Не беспокойся, — я почувствовал свою значительность, — мой отец спасет его. Он очень хороший врач.

Так оно и было. У брата Тирцы Фрид оказалось не воспаление суставов, а аллергия к пенициллину. Врачиха, которая ошиблась в диагнозе, велела давать ему еще и еще пенициллин, и его состояние быстро ухудшалось. Мешулам Фрид, который в то время пристраивал целое крыло к зданию больницы Хадаса, решил обратиться к доктору Мендельсону, новому детскому врачу, приехавшему из Тель-Авива.

Доктор Мендельсон сразу же обнаружил ошибку.

— Если вы будете и дальше давать ему пенициллин, ваш мальчик умрет, — сказал он.

— Большое спасибо, — сказал подрядчик, а сыну шепнул: — Скажи и ты спасибо доктору, Гершон, скажи свое спасибо, что многоуважаемый профессор Мендельсон сам лично занимается тобой.

Гершон сказал свое спасибо, и в последующие недели белый открытый «тандерберд» стал снова и снова появляться на нашей улице. Иногда он привозил Гершона к доктору Мендельсону, а иногда забирал Папаваша в дом Фридов. Иногда за рулем сидел сам подрядчик, иногда — один из его прорабов, а когда Папаваш говорил, что ему не нужен весь этот почет и он может приехать к ним сам, на нашем маленьком «форде», «вместо того чтобы ехать на виду у всего Иерусалима в машине президента Соединенных Штатов», Мешулам отвечал:

— Не почета ради, профессор Мендельсон, посылает Мешулам Фрид за вами свою машину, а для того, чтобы быть уверенным, что вы таки приедете.

Мешулам Фрид был человек щедрый и великодушный, забавный, чувствительный и напористый. Все эти его качества развернулись тогда перед нами одним великолепным павлиньим взмахом и остались такими по сей день, сорок лет спустя. Он не знал тех музыкальных произведений, которые любил слушать Папаваш, он пил напитки, от которых Папаваш аскетически воздерживался, он говорил громко и со смешными ошибками, а порой мог обронить и грубое словцо. Но доктор Мендельсон, который обычно сторонился чужих людей, нашел в нем надежного товарища, того друга, в котором нуждается каждый мужчина и которого я, например, найти не сумел.

Из каждой своей поездки к Фридам он возвращался с корзинкой, наполненной прохладным инжиром. «У них там целый фруктовый сад», — говорил он и рассказывал нам об этом саде, его фруктовых деревьях и о павильоне с жестяной крышей, который Мешулам Фрид построил себе в саду, чтобы сидеть там, слушать шум падающего дождя и наслаждаться.

— А еще один жестяной лист он положил за окном спальни — сказал Папаваш, — чтобы слушать шум дождя и по ночам. И кстати, Яирик, сестра пациента спрашивала, почему ты тоже не приезжаешь со мной.

Через два дня я присоединился к нему. Биньямин был вне себя от зависти. Ему пришлось остаться дома, переваривая непредставимую его разуму идею, что кто-то предпочитает меня ему, и нестерпимую мысль, что сдвинутая крыша «тандерберда» открывает взглядам всех детей квартала не его, а меня.

Фриды жили в районе Арнона, на юго-восточном конце города. Дальняя поездка, неожиданно открывшийся бесконечный пустынный пейзаж, отдаленное сладкое пение двух невидимых муэдзинов, их то соперничающие, то сплетающиеся друг с другом голоса, далекое и близкое бренчание овечьих колокольчиков и церковных колоколов — все это наполнило меня чувством, что мы едем на другой конец света.

— Тут тоже проходит граница, — сказал Папаваш, усиливая это мое ощущение. — Смотри, Яирик, вот тут рядом, за этими кипарисами, — Иорданское королевство! А там, — указал он торжественно, — горы Моава! Смотри, как красиво освещает их заходящее солнце и какими они кажутся близкими. Кажется, протяни руку — и можешь потрогать. Вон там когда-то стоял Моисей на горе Нево, смотрел сюда и тоже, наверно, думал, как это близко, только с другой стороны.

Совместная поездка, беседа, этот его «Яирик» и его рука на моем плече, послушание, с которым заходящее солнце освещало именно то, что он хотел мне показать, — все это приободрило меня и придало уверенности. Я преисполнился любви к нему и надежд на будущие такие поездки.

Дом Фридов привел меня в восхищение: это здание из розоватого камня, с большими окнами, излучало скромность и простоту, несмотря на свои внушительные размеры. Фруктовые деревья окружали его со всех сторон, и Тирца, уже ожидавшая у калитки, сразу повела меня срывать чуть созревшие гранаты, перезревшие сабры и разного рода инжир — желтый, зеленый, фиолетовый и черный. Ее мать, Голди Фрид, тихая рыжеволосая женщина, подала нам свежий лимонад и толстые ломти хлеба, намазанные маслом, поставила на стол банку огурцов собственной засолки и вышла. Огурцы были такими вкусными, что в следующие наши приезды мои слюнные железы включались в работу уже возле железнодорожной станции, на расстоянии трех километров от банки в доме Фридов, — в точности так, как включаются они сегодня, на расстоянии сорока лет.

— Нет, ты только посмотри на этого приятеля! — поднял Мешулам один такой огурец над тарелкой. — Даже к царскому столу не подают такие соленые огурцы, как у моей Голди.

Он очень гордился своей Голди и любил то, что она делала.

— Мировая хозяйка! Брильянт в короне! Она себе командует домом, и семьей, и деньгами в банке, а я отвечаю только за рабочих на стройке да за деревья в саду.

Строительные дела Мешулама Фрида были большими и сложными, но сад у него был простой, не чета тому роскошному богатому саду, что я увидел годы спустя у моих тестя и тещи в Америке, — за тем ухаживали двое садовников, и он был весь подстриженный, и разукрашенный, и удобренный, и обрызганный. Здесь это был дикий сад, для которого хозяин отказывался нанять садовника — «чтоб не сбивать деревья с толку», — и раскрашивали его лишь дикие цветы и кусты. Мешулам назвал мне их все по порядку, без единой запинки и ошибки: шафран, подснежник, анемон, аронник, нарцисс, дикий чеснок, ладанник, василек, лютик, метельник, мимоза, бессмертник, львиный зев, мак, мандрагора. Летом — последние скипетры мальв, коровяки и розовый вьюнок, а ближе к осени — морской лук. Здесь не было маленького медного фонтанчика в бассейне, как в саду родителей Лиоры, да и все равно в нем не было бы золотых рыбок, как в том. Зато среди камней здесь прятались зеленые ящерицы и большие медянки, а также две большие полевые черепахи, такие проворные, сказала, насмешив меня, Тирца, что даже гонялись за кошками.

Она делила каждый плод инжира надвое, одну половину давала мне, а вторую надкусывала и объясняла, что плоды инжира отличаются один от другого по вкусу, даже если росли на одном дереве.

— И Мешулам сказал мне, что несправедливо, если один получит хороший инжир, а другой — плохой, поэтому, когда едят двое, нужно делить каждый плод между ними.

— А если едят втроем? — спросил насмешливо Биньямин, когда я рассказал ему от этом.

— А если едят трое? — спросил я ее.

— Скажи своему брату, что инжир едят только на пару, — ответила Тирца и рассказала мне, что ее отец и мать капают на свои половинки инжира немного арака[1], добавив шепотом, что они закрывают дверь и едят свой инжир в кровати, «а потом они хихикают». — Это очень вкусно, — сказала она, — иногда они разрешают мне и Гершону тоже попробовать такой инжир, но только немножко. Мешулам говорит: «Арак — это арак, а дети — это дети. Так что только один такой инжир и только в субботу».

— Почему ты зовешь его Мешулам?

— Потому что я его всегда так зову. Гершон зовет его папа, а я зову его Мешулам. Ты не обращал внимания?

А потом сообщила:

— А моя мама зовет его «Шулам», а меня она зовет «Тиреле», а Гершона она зовет «Гереле», и это она сказала моему отцу называть тебя «Иреле». Она любит давать имена. Пипку она называет «пипин». И пипку у девочек, и пипку у мальчиков.

Она хлопнула по сабрам сосновой веткой, чтобы очистить их от колючек, и полезла на дерево, как маленький крепкий медвежонок, не переставая смеяться. Гершон, ее выздоравливающий брат, сидел на веранде, еще бледный и слабый, и махал нам цветным фонариком Папаваша.

— Жив-то он жив, но как же он выглядит, — ворчал Мешулам, — надо было раньше бросить эту врачиху.

Как у меня и у Тирцы, у Гершона тоже было короткое широкое тело, плоские ногти и густые жесткие волосы, но, в отличие от нас, у него была раздвоенная макушка, как будто два маленьких завихрения волос на верхушке головы. Папаваш, который сразу заметил это, рассказал нам, что у однояйцовых близнецов такие спирали на макушках всегда противоположны и иногда близнецы так похожи, что только по этому признаку их можно различить.

Спустя годы, когда у Биньямина родились гигантские близнецы, я дождался, пока у них вырастут волосы, и убедился, что Папаваш был прав. Они были совершенно одинаковы, но у Иорама завихрение вращалось по часовой стрелке, а у Иоава — против.

— По этой макушке моя подруга узнает, кто из нас двоих приехал на побывку в субботу, — сказал Иорам в один из последних армейских отпусков. — А подруга Иоава иногда ошибается, и это получается очень даже неплохо.

2

— Ну, вот и все, господин Фрид, — сказал Папаваш, — теперь ваш мальчик должен побольше тренироваться и есть как следует, а в остальном он здоров. Мне незачем больше к нему приезжать.

Мешулам расчувствовался и выразил это, как он обычно выражал свои чувства, — поспешил к большому сейфу в подвале и вернулся с толстой пачкой купюр.

— Это вам, профессор Мендельсон, — сказал он, — это за то, что вы вылечили Мешуламу мальчика. Чтобы вы так хорошо жили, как вы его хорошо вылечили. Многих вам лет здоровья.

— Господин Фрид, — Папаваш отвел деньги, стараясь сдержать смех, — прошу вас. Вы уже дали мне чек и получили квитанцию. Нет-нет.

Мешулам обиделся:

— Чек — это чек, он был за работу, а наличные — это совсем другое дело. Это мое спасибо, и оно без

квитанции. Мешуламу Фриду вы не можете ответить
«нет».

— Как видите, могу, господин Фрид, — сказал Папаваш. — За работу вы мне уже уплатили, а такие подарки я не могу принять.

Мешулам посмотрел на Папаваша, схватил его
тонкую белую руку обеими своими толстыми смуг-
лыми руками и сказал:

— Профессор Мендельсон, сегодня вы спасли две
живые души в Израиле. Моего мальчика и той врачи-
хи, которая чуть не убила мне его. Вам причитается
от меня в подарок все, что вы попросите.

— В таком случае, — сказал Папаваш, — я хочу
еще немного инжира из вашего сада и, может быть,
вдобавок три-четыре граната, темного сорта. Мы с
женой очень их любим.

Мешулам расчувствовался еще больше. Он вынул
из кармана большой голубой платок и сказал: «Я
должен немного поплакать» — фразу, которую всем
нам еще предстояло услышать, и не раз. Потом, немного поплакав, повесил платок просохнуть на ветку и развел руками:

— Что такое три-четыре граната?! Для вас, профессор Мендельсон, я привезу вам целое дерево! Завтра утром к вам в дом прибудут кран и грузовик.
Только скажите мне сейчас, какое дерево вы хотите?
Это? Это? А может быть, это? Любое, что вам хочется, вы только скажите. А может, вам нужно немного
подвинуть стенку в доме, или поменять кухню, или

что-нибудь тяжелое перенести с места на место, или вообще что-нибудь в доме испортилось? Или может, какой-нибудь сосед делает вам дырку в голове и нужно его успокоить? У меня есть один бывший партизан из отряда Бельского, он у меня опалубщик теперь. Вгоняет гвоздь в доску одним ударом — рукой, не молотком! Вы только скажите, что вам нужно, — Мешулам придет и всё вам сделает.

— Нет, правда, мне ничего не нужно, — сказал Папаваш. — Прошу вас, Мешулам, не нужно.

Слезы снова навернулись на глаза Мешулама. Новый голубой платок появился из кармана.

— Даже если вам нужно рассказать детям сказку перед сном, а вы и госпожа Мендельсон уже устали — Мешулам придет и расскажет. Ведь правда, Гершон, правда, Тирца, правда, что у нас есть хорошие сказки?

Папаваш снова повторил: «Не нужно», но Мешулам не сдавался:

— Такой профессор, как вы, не может ездить в таком маленьком «форде-Англия». Я дам вам свою машину, чтобы у ваших коллег из Хадасы и их родственников глаза вылетели от зависти. Я так и так собирался поменять машину в честь того, что мой Гершон выздоровел, — так я вам дам свой «форд» взамен вашего.

Папаваш усмехнулся:

— У меня не хватит денег на бензин для такой машины, как ваша.

— Для моей машины не нужны деньги. Мою машину заправляют на талоны компании «Мешулам Фрид с ограниченной ответственностью». И почему это вы раньше сказали, что больше не должны приезжать к нам?

— Я имел в виду, что Гершон уже здоров.

— Так не приезжайте как врач, приезжайте как друг, и пусть мальчик Иреле тоже приезжает. — Он указал на меня. — Смотрите, как они с Тиреле хорошо играют. Я уже откладываю ей кое-какую мелочь на приданое.

И действительно, Папаваш, который обычно не любил «ходить по гостям», стал то и дело брать меня с собой к Фридам, а Мешулам то и дело привозил Тирцу и Гершона ко мне и, несмотря на возражения Папаваша, всякий раз осматривал и проверял выключатели, дверные петли и краны в доме и в амбулатории — «этот приятель у вас чуток подтекает, обмотаем-ка мы его новой паклей», — точно так же, как он делает и сегодня, когда моя мама уже умерла, а Гершон, мальчик, которого спас Папаваш, вырос и погиб в армии, а сам Папаваш уже состарился, и потерял силы, и перешел жить в квартиру на первом этаже, в которой раньше принимал больных. Мешулам перестроил ее для него: из приемной выкроил жилую комнату и кухню, а из кабинета и процедурной сделал спальню. Запах, которым пахнет любая амбулатория, вытравил, но дипломы, свидетельства и грамоты Папаваша оставил на стене и табличку «Я.

Мендельсон — частная квартира» перенес с двери квартиры на втором этаже.

— Так-таки лучше. Вам не придется напрягаться со всеми этими лишними комнатами, и ступеньками, и воспоминаниями на этом верхнем этаже. Здесь все маленькое и удобное, и вам будет легко выйти, чтобы посидеть в садике.

Он нашел ему «хороших и спокойных квартиросъемщиков, которые будут платить исправно и не будут делать дырку в голове», и сдал им большую квартиру наверху, и при каждом удобном случае появляется, готовит для себя и Папаваша чай, и они сидят и беседуют. Папаваш, которого старость сделала более терпимым к людям — «не ко всем, — заметил Биньямин, — но даже если только к некоторым, и то мило с его стороны», — рассказывает Мешуламу анекдоты и дает ему выиграть в шахматы, а когда он утомляется и засыпает — Папаваш теперь засыпает, как ребенок, отключается мгновенно, — Мешулам снова осматривает его квартиру, «проверить, что у профессора все в порядке и нет никаких неисправностей или проблем».

А потом он минутку стоит молча и неподвижно у стены в жилой комнате, там, где сегодня располагается красивая тумбочка, а раньше находилась процедурная кушетка, на которой доктор Мендельсон осматривал стольких детей и среди них — его сына. Он извлекает из бездонных глубин своего кармана большой голубой платок и вытирает глаза. Иногда он вынимает платок потому, что на его глазах выступают слезы, а иногда слезы выступают, потому что он вынимает платок. Так или иначе, он стоит и вытирает глаза, вспоминая тот раз, когда его сын был спасен от смерти, и тот другой раз — когда не был.

3

Когда Папаваш занимался своими маленькими пациентами, его руки были твердыми и уверенными, но во всех других случаях, особенно в домашних делах, обе руки у него были левые. Даже две медные таблички на дверях квартиры и своей амбулатории он прибил, по утверждению мамы, косо, а для всех других дел — от замены лампочки и до прочистки раковины — у него и подавно не было ни времени, ни желания. Поэтому она то и дело, не колеблясь, обращалась к Мешуламу с просьбой о помощи, и его рабочие не раз навещали наш дом. Они чинили все, что нужно было починить, привозили в грузовике землю для сада, забирали наш «форд-Англия» в гараж.

Но весеннюю побелку она оставляла за собой. Папаваш поспешно удалялся в амбулаторию, Биньямин укладывал маленькую сумку и объявлял: «Я поживу пока у ребят», а я оставался с нею. Мы вместе шли в магазин покупать известь и щетки, вместе тащили жестяные банки наверх по ступенькам — «Какой же ты сильный, Яир! Настоящий буйвол!» — вместе сдвигали мебель и накрывали ее старыми газетами и простынями. Она повязывала косынку на золото головы, поднималась на раздвижную лестницу и начинала белить — быстро, размашистыми движениями, демонстрируя при этом такую сноровку, что даже шагала вместе с лестницей от одного угла к другому, как клоун на ходулях.

— Может, вы согласитесь поработать у меня? — шутил Мешулам и однажды — Папаваш был в амбулатории, Биньямин играл во дворе, я помогал ей в побелке — пришел и стал шептаться с ней в кухне. Как я ни старался, мне не удалось разобрать ни слова, но через два дня Мешулам сказал Папавашу: «Я забираю вашего старшего и госпожу Мендельсон на часок-другой, проведать Голди и детей и нарвать у нас немного зеленого миндаля в саду».

Мы ехали по той же улице, что всегда, от Бейт а-Керема в сторону выезда из города, и, немного не доезжая автобусного гаража, Мешулам свернул вправо по улице Руппина, которая была тогда узкой дорогой, петлявшей среди открытых скалистых холмов. Он рассказал маме, что вскоре начинает строить здесь что-то «очень-очень большое, и для правительства, и для Еврейского университета», и она похлопала его по плечу:

— Кто бы мог подумать, что из вас получится что-то путное, Мешулам, как это замечательно.

Мы спустились наискосок к Долине Креста и поднялись наискосок к кварталу Рехавия, но на этот раз не продолжили движение в сторону железнодорожной станции, а затем к кварталу Арнона и к дому

Фридов. Мешулам неожиданно свернул со своего обычного пути, и мы поехали в район, в котором я раньше никогда не бывал.

По улице шла демонстрация. Люди несли красные флаги и плакаты, и Мешулам бросил несколько насмешливых замечаний в адрес «бездельников-социалистов» и их обычая устраивать выходные при всяком удобном случае. Мы поднимались и спускались, пока не кончился асфальт, а там свернули вправо и взобрались по грунтовой дороге. Упругие большие шины «тандерберда» приятно шуршали по щебню. Какой-то бугорок вдруг царапнул ему брюхо, но Мешулам сказал:

— Не беспокойтесь, этот приятель — не просто себе автомобиль, и Мешулам совсем не плохой водитель.

— А мы и не беспокоимся, — сказала мама. — Вы самый лучший водитель в мире.

Большой каменный дом стоял на вершине холма, а рядом с ним — каменный дом поменьше, с башней, и с колоколом, и с высокими соснами вокруг. Мы вышли из машины и пошли по дорожке, и мама сказала, что во время войны здесь погибло много людей, совсем молодых, которые еще не успели родить ребенка, построить дом и посадить дерево.

— И еще они не успели рассказать свою историю, — добавила она.

А потом в каменной стене неожиданно открылась маленькая дверца, и очень маленькая женщина, почти карлица, в черном платье до полу, вышла откуда-то из внутреннего двора и налила нам воды из бутылки, запотевшей от холода.

— Неро…Неро… — приговаривала она, и Мешулам, который все это время молча шел за нами, объяснил нам, что «неро» — это вода по-гречески, а ей сказал «харисто» и поклонился. Карлица ответила ему поклоном, а потом вернулась к себе во двор и закрыла дверь в каменной стене, и я испугался — что же мы теперь будем делать с ее чашками?

— Всё в порядке, — сказала мама, — поставим их возле двери перед уходом.

— А если их кто-нибудь заберет? Она подумает, что мы воры.

— Не беспокойся, Яир, никто не заберет, и она не подумает.

А когда мы вернулись в машину, Мешулам достал из багажника корзиночку, полную зеленого миндаля, и дал ее маме:

— Возьмите, госпожа Мендельсон. Пусть у вас будет что принести домой показать.

ГЛАВА ЧЕТВЕРТАЯ

I

Тот день начался для Малыша так же, как множество других. Первыми открылись глаза — как всегда, раньше, чем у всех других детей. Потом кожа ощутила чередующиеся прикосновенья потоков тепла и прохлады, таких ласковых в эти ранние утренние часы, когда они гоняются друг за дружкой, то сливаясь, то расплетаясь, снова и снова. Затем уши услышали дерущихся на крыше голубиных самцов, царапанье птичьих когтей по желобу водостока, и руки дежурной, что хлопотали в маленькой кухне кибуцного интерната. А под конец нос вдохнул запах варившейся там каши, и уже подтаявшего маргарина, и краснеющего в блюдечках варенья. В памяти Малыша теснились лица людей, навещавших его во сне, но он никогда не мог припомнить их имен, проснувшись.

Малыш укрыл голову. Одеяло поглотило все звуки. Блаженная, мгновенная, собственная темнота. У маленького мальчика в кибуце совсем мало таких минут полного уединения.

— Там даже время общее, — сказала мне как-то Зоар, моя невестка, тоже выросшая в детском доме, «в точности таком же». И за этими коротенькими, только одному тебе принадлежащими минутами тебя уже подстерегает то, что происходит каждый день и что невозможно предотвратить или хотя бы отсрочить: громогласное, бодрое «Доброе утро, дети, общий подъем!» — и раздвигаемые занавеси, и многоголосый гомон, и шумная суета умывания и одевания. А после завтрака — общий выход на большую дорогу и ожидание общего транспорта, который доставит всех их разом в общую школу всех кибуцев Иорданской долины.

— Он был у нас «мальчиком со стороны», так это тогда называлось, — рассказывал мне много лет спустя один старик оттуда, который был бы сейчас в возрасте Малыша, если б тот не погиб в бою. — Мы, правда, не донимали его так, как других чужаков, потому что у него были здесь родные дядя и тетя, но все равно: мальчик со стороны — это мальчик со стороны.

— Как ты в своей семье, — усмехнулась Зоар. — Ты ведь у них тоже немножко мальчик со стороны.

У Малыша были отец и мать, но его мать не смогла вынести жизнь в Стране Израиля, ее людей и ее жару, ее бедность и ее требования. Она оставила мальчика у его отца и вернулась в страну, где родилась, — там ее ждали театр и музыка, которые она любила и которых ей очень недоставало, и знакомые язык и климат, и наконец смерть, которая поспешила прийти раньше времени, — как наказание, настигшее ее несколько лет спустя.

Отец женился на другой женщине, которая отдалила его от друзей, а затем потребовала удалить и сына.

— У тебя есть старший брат в кибуце, — сказала она, — он человек немолодой, но добрый. Пусть он возьмет его к себе. Кибуц — хорошее место, и люди там хорошие. Так ему будет лучше, и нам тоже будет лучше.

И вот так, укутанный во все хорошее и лучшее, он был послан на свое новое место. Семь лет исполнилось ему тогда, и за младенческие ямочки, еще украшавшие тыльную сторону его ладоней, а также за пухлые смуглые щеки его прозвали здесь Малышом. Я не знаю, что он чувствовал в те дни, потому что даже моей способности вызнавать и угадывать есть пределы, тем более что никого из тех, кто был так или иначе связан с первыми годами его жизни, уже нет на свете. Сам он погиб в Войне за независимость. Его дядя и тетя умерли в один и тот же год от одной и той же болезни в одном и том же доме для престарелых. Его отец умер в своей постели, возле третьей жены, о которой мне не известно ничего, кроме факта ее существования. Его мать погибла в лагере смерти, от голода и холода, размышляя о ребенке, которого бросила, и о том палящем солнце, от которого сбежала, и о том, что, возможно, вся Вторая мировая война вспыхнула только для того, чтобы воздать ей за то, что она причинила своему сыну. А его мачеха погибла в дорожной аварии на улице Газа в Иерусалиме — для ее наказания судьба собрала вместе дождь, автобус и мотоцикл с коляской, полной цветов, которые рассыпались по асфальту.

Но тогда все они были еще живы, и дядя и тетя Малыша приняли и вырастили его с любовью. Это были пожилые люди, их единственный сын к тому времени уже женился и перешел в другой кибуц, и мачеха была права: они были добрыми людьми и занимали важное положение. Тетя была единственной тогда во всей Стране женщиной, которая возглавляла целую отрасль кибуцного хозяйства — ферму молочных коров, а дядя разъезжал по Иорданской долине и занимался делами кибуцного движения. Он всегда возвращался с «Отчетом для общего собрания» и с маленькими гостинцами для жены и племянника.

Посещения отца становились все реже и короче, и Малыш начал называть своих приемных родителей «мамой» и «папой». Каждый день после полудня, когда он приходил к ним в их семейную комнату, они встречали его объятьями и поцелуями и рассказывали ему разные истории. Они интересовались, что проходили сегодня в школе, и учили его склеивать вареньем два бисквита и макать их в чай, не переставая при этом играть в шашки. Дядя умел подражать звукам скачущих лошадей, быстро барабаня кончиками пальцев по столу, а тетя учила Малыша скороговорке про Як-цидрака и Ципу-дрипу. Он старался повторять за ней, слова заплетались у него во рту, и он захлебывался от смеха и удовольствия.

Потом он просил у них разрешения полистать их «альбом»: французскую книжку с картинками, которая лежала у них на этажерке. Слов он не понимал, да и его приемные родители, по правде говоря, тоже, но там были красивые фотографии и рисунки дворцов и гор, бабочек и змей, цветов, кристаллов и птиц, и дядя про себя опасался, что такой альбом может вызвать в сердце молодого читателя не только похвальное стремление к учебе, но и опасную страсть к коллекционированию.

И действительно, Малыш всегда ходил по дорожкам кибуца с опущенными глазами. Не из-за страха или стыда, а в постоянных поисках блестящих жуков, или красивого камешка, или скользнувшей, точно зеленая молния, ящерки. А иногда он находил монету или ключ, выпавшие у кого-то из кармана. Тогда он бежал к тете и торжественно отдавал ей свою очередную находку, и она одобрительно похлопывала его по плечу со словами: «Какой же ты симпатичный *келбеле*!» — а потом давала ему записку, повесить на доске объявлений в общей столовой: «В коровнике можно получить нечто утерянное, указав его признаки». Малыш не знал идиша и был уверен, что *келбеле* означает ласковое «колобок», и только спустя несколько лет, когда вступил в ряды Пальмаха, обнаружил, что это просто «маленький теленок», и не знал, смеяться ему или огорчаться. Так или иначе, об этой его привычке узнали в кибуце, и его не раз звали на помощь, когда пропадало что-нибудь важное, потому что он способен был всё разглядеть, и прочесать, и найти всякую пропажу — совсем как впоследствии способен был издали и на большой высоте распознать любого возвращавшегося в голубятню голубя, стремительно мчавшегося — домой, домой!

И вот однажды, когда он стоял поутру вместе с другими детьми, ожидая автобуса, который повезет их в районную школу, он вдруг увидел незнакомый грузовик, который затормозил на обочине дороги. Все смотрели на этот грузовик с любопытством. В те дни автомашины не были особенно частым явлением на дорогах страны, и у детей вызывала интерес любая машина, тем более никому не знакомая.

Из кабины спустился мужчина в рабочей одежде и тяжелых ботинках, из той породы худых мужчин, в возрасте от тридцати и до шестидесяти, которые кажутся и очень знакомыми, и впервые увиденными одновременно. Он крикнул: «Большое спасибо, товарищ водитель!» и «Доброе утро, товарищи дети!» — и зашагал широкими шагами. Долговязый, нос с горбинкой, густая россыпь веснушек по всему лицу и жесткие рыжие патлы, расчесанные на обе стороны ровно на середине головы. В руках он держал крытую соломенную корзинку с ручкой.

Гость прошел прямиком к палатке, где жили готовившиеся к вступлению в Пальмах новобранцы, представился командиру, и они вместе деловито направились в сторону столярной мастерской. Там их уже ждали доски, гвозди, сетки, раздраженный и ворчливый столяр и рабочие инструменты. В каждом кибуце была тогда своя столярная мастерская, и в каждой был свой раздраженный и ворчливый столяр, и каждый такой столяр, когда его просили что-нибудь сделать, даже прибавляя, что это важно для «государства в пути»[1] или для близкой войны, раздражался и ворчал еще больше прежнего. Но этот гость уже привык к сварливым столярам, знал их повадки, привычки и характер и хорошо умел продлевать их терпение. Он показал столяру «крайне секретные» чертежи. Он сказал ему шепотом: «Держать в строгой тайне!» Он размахивал руками — веснушчатыми, объясняющими, упрашивающими. А главное — он задавал вопросы, которые создавали у собеседника впечатление, что гость не приказывает, а просит совета.

Они вдвоем начали трудиться над чем-то, что вначале казалось огромным ящиком или просторной будкой, внутри которой человек мог бы свободно поворачиваться, выпрямившись во весь рост и с расставленными руками, а в стенах были прорезаны отверстия разной высоты и ширины. Вскоре там появились также внутренние отделения, и наружные полки, и зарешеченные окна с деревянными козырьками, и сетчатая дверь, а за ней — сплошная дверь, из досок.

Два дня подряд из столярной доносились звонкие удары молотка, стонущие взвизги пилы и отголоски шумных споров и указаний, отдаваемых на идише, немецком и иврите. А на третий день командир Пальмаха прислал несколько своих парней, которые погрузили зарешеченную будку на тележку, дотащили ее до детского живого уголка и установили там лицом к востоку. Гость проверил, не торчит ли внутри какой-нибудь гвоздь или щепка, и, успокоившись, сказал: «Хорошо» — и повторил: «Очень хорошо», а потом приподнял крышку своей корзинки и достал из нее голубя. Голубь как голубь, похожий на тысячи других, но с широкими плечами, коротким хвостом и светлой припухлостью в том месте, где клюв переходит в голову. Гость посадил его в будку, и все поняли, что речь идет о голубятне, но не поняли, зачем она построена и почему там поселили только одного голубя, в полном одиночестве.

Гость поднес своему голубю мисочку с водой и немного зерен, а сам пошел в кибуцную столовую, но не ел там всерьез, как все, а сначала немного поклевал из своей тарелки, а потом начал макать бесконечное количество бисквитов в бесконечное количество чашек чая с лимоном. Множество глаз следило за этим представлением, которое прервалось, только когда к его столу подошла тетя Малыша.

— Здравствуйте, доктор, — сказала она и добавила: — Как поживаете? — а потом попросила его зайти в коровник, посмотреть умирающего теленка.

Так все узнали то, что раньше знала только тетя-коровница, — что это не просто какой-то рыжий тип, который строит голубятни и сажает в них одного-единственного голубя, а ветеринар. И не просто какой-нибудь деревенский врачеватель-самоучка из Менахемии или Цемаха, а настоящий, дипломированный врач! Гость осмотрел теленка, нашел все нужные ему для лечения вещества у скотницы, санитарки, кладовщицы и в кухне детского дома, приготовил из них тепловатую и вонючую жидкость и напоил ею теленка прямо из ведра, а потом пошел в отведенную ему комнату, и ночные сторожа рассказывали, что его окно светилось до самой зари.

На рассвете гость вышел из своей комнаты, поспешно прошел в коровник, несколько раз напоил больного теленка лекарством, которое смешал для него накануне, и сказал ему: «Терпение, товарищ теленок, еще немного, и ты выздоровеешь и забудешь, что болел». Оттуда он понесся, размахивая длинными руками, в свою голубятню, вынул из кармана рубашки записную книжку, записал что-то на тоненьком листочке, вырвал его, скатал и вложил в маленький футляр, который вытащил из кармана брюк. Потом взял голубя, прикрепил футляр к его ножке и запустил птицу в небо.

Что-то приятное и успокаивающее было в широком взмахе этих рук, запускающих голубя, взмахе, который сочетал в себе и дарование свободы, и передачу силы, и прощальное напутствие, а также легкую зависть. Каждый, кто стоял там в этот момент, был тронут до глубины души. Все взгляды провожали голубя, пока он не исчез вдали. И сам ветеринар тоже был взволнован, хотя уже запустил тысячи голубей с тех пор, как был мальчиком в Кёльне, что в Германии, — том городе, в котором он родился и вырос и где запустил своего первого голубя.

На мгновенье его руки оставались протянутыми вперед и вверх, как будто помогая голубю взлететь, а затем собрались козырьком над бровями. Его взгляд провожал удалявшуюся птицу, губы желали ей безопасного и быстрого полета. Есть радость и новизна в каждом запуске, подумал он про себя, а когда голубь скрылся из виду, вынул из другого кармана другую записную книжку и записал в ней еще что-то.

Назавтра в кибуц прибыл зеленый пикап, доверху нагруженный металлическими коробками и деревянными зарешеченными ящиками, маленькими пузатыми джутовыми мешками, новыми соломенными корзинками, кормушками и жестяными поилками. За рулем сидела молчаливая девушка, из тех, у которых, когда они сидят, не перестает дрожать одна коленка, и она тоже привезла темно-серого, с голубым отливом, голубя. Кибуцные умники немедленно разделились на две группы, и умники одного рода тут же начали обсуждать женщин за рулем и тех, кто дает им водительские права, тогда как умники другого рода немедленно принялись спорить, тот ли это голубь, которого вчера выпустил ветеринар, или какой-то другой.

В железных коробках оказались инструменты и приборы, в джутовых мешках были семена и зерна, а из деревянных ящиков доносился мягкий шорох, нетерпеливое царапанье и глухое воркованье. И не требовалось большого ума, чтобы сложить услышанное с увиденным, запахи с предположениями и понять, что в этих ящиках обитают еще какие-то голуби. Ветеринар и молчаливая девушка разгрузили все привезенное, положили в тень и снова осмотрели новую голубятню. Потом они вручили столяру «вертушку» — набор тонких металлических решеток, качающихся на общей оси, которые можно установить так, чтобы они открывались в нужную сторону —

только наружу, только внутрь, в обоих направлениях сразу или вообще ни в одном.

Столяр закрепил вертушку на входе в голубятню, ветеринар внес и установил кормушки и поилки, потом сказал: «Ты думал, что мы тебя не увидим!» — и молотком вогнал гвоздь, который торчал из доски острием внутрь и до сих пор успешно скрывался от его глаз. И тогда молчаливая девушка улыбнулась улыбкой, которой от нее никто не мог ожидать, и вытащила симпатичную пеструю табличку, окаймленную детскими рисунками цветков, венчиков и птичек. На табличке было написано «Голубьятня». Именно так, «голубьятня», а не «голубятня». Она повесила табличку над дверью голубятни, отступила на два шага назад, посмотрела, подровняла ее и снова улыбнулась, а тем временем среди публики уже объявились умники третьего рода, которые начали обсуждать, улыбнется ли она и другим после того, как столько раз улыбнулась про себя.

Девушка тем временем взяла кирку и лопату, отошла подальше от голубятни и начала рыть большую квадратную яму. Сильная и упорная, она не останавливалась и не выпрямлялась, пока не завершила свое дело, и при этом ни раз не согласилась принять помощь «всех наших героев из Пальмаха, и силачей от плуга, и громил из слесарки» — именно на такой лад будут рассказывать эту историю впоследствии, — которые один за другим подходили с предложением ей помочь.

Она вернулась в голубятню, насыпала зерен в кормушки, налила воду в поилки и внесла внутрь зарешеченные ящики. Выпрямилась и посмотрела на ветеринара, как будто ожидая указаний.

— Открывай-открывай, Мириам, — сказал ветеринар, — это твои голуби.

Девушка открыла ящики, и около сорока голубят, у большинства из которых уже выросли крылья, но кое у кого еще сохранились следы младенческого пуха, выпорхнули оттуда, заполнили свой новый дом и тотчас набросились на воду и на пищу. Девушка почистила пустые ящики и выставила их на солнце для дезинфекции. А мусор из них выбросила в вырытую до этого яму и покрыла тонким слоем земли.

2

Вечером рыжий ветеринар появился в столовой в сопровождении девушки и, последовательно погрузив очередную порцию бисквитов в очередной ряд чашек «лимона с чаем», как уже прозвали его напиток кибуцные остряки, неожиданно встал и громко постучал вилкой по чашке. Кибуцники были потрясены — кто он такой, что позволяет себе этот буржуазный салонный звук в коллективной столовой?

— Добрый вечер, товарищи кибуцники, — сказал гость, — мы доктор Лауфер, нам очень приятно.

И представил им также свою молчаливую спутницу:

— Ее зовут Мириам, и она специалистка по голубям, — а затем спросил, есть среди присутствующих посторонние или только члены кибуца и Пальмаха — потому что «мы должны кое-что вам сообщить».

— Только члены, — ответили ему из публики.

— Начнем со слов благодарности, — начал доктор Лауфер. — Мы хотим поблагодарить вас за то, что вы согласились приютить под своим кровом нашу голубьятню с почтовыми голубями Хаганы[2]. Голубям, которых мы привезли, исполнилось четыре недели. Вскоре они начнут учиться летать, а в возрасте шести месяцев возложат на себя бремя семейной и трудовой жизни.

Люди начали шептаться. Выражения вроде «бремя» и «трудовая жизнь» не были для кибуцников чем-то новым, но множественное число, которое доктор Лауфер упорно применял в своей речи, сейчас же вызвало среди старожилов спор: считать это за «pluralis majestatis», то бишь за то «Мы, наше королевское величество», которое призвано возвеличивать говорящего, как в словах «сотворим человека по образу Нашему и по подобию Нашему» в Книге Бытия, а также во множественном числе в мусульманском Коране, или за «pluralis modestiae», то есть тот вид множественного числа, к которому из скромности прибегают иные авторы, когда пишут, например, «как мы говорили выше»? Доктор Лауфер, однако, не стал дожидаться, пока слушатели решат этот важный вопрос, и, перейдя к делу, сообщил им, что голубятня с ее почтовыми голубями — это объект «чрезвычайной секретности» и установлена она в детском живом уголке, чтобы не вызывать чужих подозрений.

— Если придут англичане с обыском, нужно сказать им, что это голубьятня для детей. — И объяснил: — Почтовые голуби очень похожи на обыкновенных, и только глаз специалиста может заметить и отличить их. Тем не менее нужно соблюдать осторожность. Англичане тоже знают, что такое почтовые голуби. Во время недавней мировой войны их голубьятники послали тысячи таких голубей с линии фронта. Вот почему мы все, как одна, просим вас строго сохранять тайну нашей голубьятни и никому о ней не рассказывать.

Теперь собравшимся стало ясно, что плюралис, употребляемый доктором Лауфером, независимо от того, «королевский» он или «скромный», в любом случае плюралис не мужской, а женский, и это открытие немедленно породило новые споры. Одни высказали мнение, что он просто допустил ошибку — одну из тех, которые обычно делают все репатрианты-йеке, непрестанно путая мужской и женский род в иврите, — ошибается же он в слове «голубятня», — тогда как другие утверждали, что это некий особый вид юмора, свойственный всем йеке, и были также третьи, которые считали, что доктор Лауфер говорит о себе во множественном числе женского рода просто потому, что слишком много времени провел в обществе птиц, которых язык относит к женскому роду — как самок, так и самцов.

— *Важность почтовых голубей неоценима!* — продолжал тем временем доктор Лауфер. — Со времен фараонов и первых греческих олимпиад голуби мужественно выполняли порученную им задачу и приносили на своих крыльях жизненно важные известия. Не раз какой-нибудь один голубь спасал жизнь целого батальона солдат или затерявшейся в пути автоколонны, а иногда даже жертвовал ради человека своей собственной жизнью. Финикийцы брали голубей на свои корабли. Султан Нур ад-Дин связал все, самые отдаленные уголки своей арабской империи сетью голубьятен и голубей. Почтовые голуби принесли Натану Ротшильду известие о поражении Наполеона при Ватерлоо за три дня до того, как оно прибыло в столицы Европы и к ее монархам, и говорят, — тут рыжий ветеринар перешел на шепот, — что именно голубям он обязан началом своего обогащения... А совсем недавно, в минувшем году, почтовый голубь, которого взяли с собой рыбаки, спас три лодки, попавшие в шторм у берегов Новой Англии в Соединенных Штатах Америки.

Затем доктор Лауфер продекламировал строку из Овидия, прочел аллегорическую песню голубя из испанской поэмы и добавил, что голубь — это также образ, в котором является человеку Святой Дух в Новом Завете. Он даже процитировал, бегло и точно, два из четырех евангелических упоминаний этого явления: «И когда выходил из воды, тотчас увидел Иоанн разверзающиеся небеса и Духа, как голубя, сходящего на Него» и: «Дух Святый нисшел на Него в телесном виде, как голубь».

— И надо ли напоминать вам о наших голубях из Библии?! — не то спросил, не то воскликнул он. — Вот «голубица моя в ущелье скалы», вот «голубица моя, чистая моя» и вот, наконец, голубь, посланный Ноем из ковчега, который улетал и возвращался, пока «не нашел места покоя для ног своих»[3]. — И он непроизвольно протянул свои длинные руки в трогательном движении запуска птицы, что вызвало у слушателей доброжелательную улыбку. — И поэтому, — подчеркнул он, — кто, как не еврейский народ, так стремившийся и вернувшийся на свою историческую родину, должен почитать ту неодолимую силу, с которой стремится к своему дому почтовый голубь?!

И к концу слегка понизил голос:

— Вот почему мы снова все, как одна, просим вас, уважаемые товарищи кибуцники: храните секрет существования этой голубьятни и не открывайте его никому — ни по рассеянности, ни тем более преднамеренно.

И он добавил еще одну просьбу — чтобы люди не крутились без нужды вокруг голубятни и, уж конечно, не открывали ее, не совали туда руки и не шумели, потому что всё это может напугать голубей.

— Почтовый голубь должен любить свой дом, иначе он не захочет туда вернуться, — закончил он, еще раз поблагодарил уважаемых товарищей из кибуца, сел и опять занялся погружением очередных бисквитов в очередные чашки, а напившись, и насытившись, и оставив на столе изрядную гору выжатых лимонов, попрощался со столяром, и с районным комендантом, и с командиром кибуцного отделения Пальмаха, и с теленком, который уже выздоровел, и с тетей Малыша, коровницей, ушел в предоставленную ему комнату и наконец погрузился в сон.

Наутро он проснулся, сел в свой зеленый пикап и уехал, и сразу же все успокоилось снова. Тетя вернулась в коровник и к теленку, который радостно запрыгал ей навстречу, командир отделения — к своим новобранцам и их учениям, ворчливый столяр, который только сейчас понял, как приятно было ему общество ветеринара, — к унылой рутине этажерок и кроватей, а молчаливая девушка Мириам — к голубям в новой голубятне, что осталась на ее попечении. Она чистила их клетки, меняла воду, относила на склад деревянные ящики, просматривала личные карточки голубей и списки их браслетов и их соответствие журналу стаи. А после захода солнца усаживалась на пустом ящике и наслаждалась дрожанием своей коленки и своей вечерней сигаретой.

3

Речь, произнесенная доктором Лауфером в кибуцной столовой, возымела нужное действие. Ни один человек ни словом не упоминал голубей, но зато о девушке-голубятнице говорили, и еще как. Поминали сигарету, которую она выкуривала по вечерам, размышляли над той коленкой, которой она дрожала, и над второй, которая почему-то не дрожала, подобно своей двойняшке, долго обсуждали расстояние между ними — той, что дрожала, и той, что нет, — и приходили к выводу, что коленки эти не нервные, и не ленивые, и не танцующие, а, напротив, уверенные, сильные и устойчивые. И на сигарету, осознали вскоре, тоже нечего возлагать особые надежды, потому что Мириам выкуривает ее только после окончания своего дневного труда. Иными словами, это сигарета заслуженного трудового отдыха, а не девичьего легкомыслия.

Первые три дня Мириам держала своих голубей закрытыми в новой голубятне, кормила их в определенное время и лишь отселила двух больных, а третьего, заболевшего заразной горловой инфекцией, свернув ему шею, сожгла, а пепел похоронила в той же яме.

Она вела записи в «Дневнике голубятни», прогоняла кошек, если они проявляли к голубям интерес, превышавший обычное кошачье любопытство, убила лопатой упрямую и злобную черную змею, которая много раз пыталась проникнуть через отверстия оконной решетки. И, как все члены пальмаховского учебного лагеря, выполняла также те работы, которые требовались от нее в кибуце. А в конце дня она усаживалась, выкуривала свою единственную за день сигарету и дрожала своей коленкой.

Детям, которые интересовались не коленками, а новыми голубями — новая голубятня стояла прямо во дворе детского дома, — было сказано, что туда нельзя входить и нельзя кормить ее жильцов, а смотреть можно, но только издали. Этих запретов было достаточно, чтобы удвоить их любопытство и утроить количество их вопросов, потому что новые голуби были простые и обыкновенные на вид, но уж слишком много чужих людей крутилось вокруг них и было ясно, что в них скрыты секрет и тайна. В детском живом уголке уже были две пары голубей — декоративные белые голуби с оттянутыми назад шеями и широко развернутыми, как у павлина, хвостами. Никто не знал, кто из них самцы, а кто самки, потому что в своих привычках непрерывно прихорашиваться и кокетничать и те и другие были совершенно одинаковы и так много занимались собой, что не имели потомства, а потому невозможно было различить, кто тут ухаживает, и за кем тут ухаживают, и кто тут тот, что не откладывает яйца, и кто тут та, что не оплодотворяет.

Мириам сходила в поселок Менахемия и принесла оттуда еще несколько декоративных голубей, чтобы скрыть присутствие новых, почтовых. Их поселили в соседней голубятне, которая снаружи казалась соединенной с новой, но была отделена от нее внутренней решеткой. Были там якобины, которые выглядели и вели себя, как маленькие петушки с воротником из перьев, и горделиво ступающие французские дутыши, раздувавшие зоб при ворковании, и космачи, которых дети называли «башмачками» из-за мягких перьев, что покрывали пальцы их ног и скользили по полу.

Парни из лагеря Пальмаха тоже пытались добавить голубей в новую голубятню — больших и мясистых птиц, которых один из них принес из Мандиэля, со двора своих родителей, — утверждая, что выбрали птиц вовсе не ради их превосходного мяса, а потому, что они якобы лучше всех других пород подходят для маскировки почтовых голубей. Но на сей раз Мириам показала, что она совсем не такая молчунья и, если надо, может говорить, и не только говорить, но и кричать: она не хочет видеть этих голубей, и не только в своей голубятне, но и по соседству с нею! Она знает, что кроется за этим предложением, и она не допустит, чтобы какие-то недоделанные пальмахники совали руки в ее голубятню и вытаскивали оттуда голубей, вовсе не предназначенных на ужин.

— Это может их так испугать, что они улетят искать себе другой дом! — сказала она снова и повторила правило доктора Лауфера: — Голубь должен любить свой дом, иначе он не захочет в него вернуться. И Малышу, стоявшему рядом с голубятней в надежде, что Мириам, может быть, приблизит его к себе и позволит ему помогать в работе, этот день запомнился как день, когда голубятница выкурила две сигареты, одну за другой, и ее обычно спокойная коленка тоже дрожала.

А тут еще воспитательница детского дома выступила с замечанием по важному вопросу: она не может допустить — так она провозгласила, — чтобы «в живом уголке, так близко к нашим детям, висела ошибка в иврите!» — и когда ее спросили, о чем шум, с возмущением указала на слово «голубьятня», которое красовалось на табличке голубятни. На это Мириам ответила ей, что все, кто слышал речь доктора Лауфера, должны были понять, что это не единственная ошибка, которую такие опытные голубятники, как он, допускают в иврите.

Вот, вертушку они называют вертелкой. И она сама, Мириам, тоже говорит «вертелка», хотя знает, что это ошибка, и она никогда не снимет свою табличку с «голубьятней», потому что не только голубь должен любить свой дом, но и голубятница тоже.

И подумать только — совсем недавно я обнаружил эту же самую «голубьятню», и не в каком-

нибудь захолустном кибуце, а в стихах Натана Альтермана[4]:

В лунном свете пустынно белеют поля и застыли деревья
с длинными шлейфами теней, и совсем заворожена ночь
голубиным круженьем над темным пятном голубьятни,
и для тебя зажигают вишни свой неистовый белый пожар.

Я был взволнован. Если это не опечатка, значит,
голубятница Мириам была права. Никто ведь не
осмелится утверждать, что Альтерман — сам вели-
кий Альтерман! — мог сделать элементарную ошибку в иврите. Впрочем, ошибся же он действительно в
той же строке: голуби по ночам не летают! Я хотел
было рассказать всё это маме и спросить, знает ли
она, что было раньше — голубятня в стихах или голубьятня в кибуце в Иорданской долине. Но мама
уже умерла, а Биньямин, которому я позвонил и
рассказал об этом, сказал, что мне пора уже кончать
с этой дурью и что моя чрезмерная привязанность к
кошельку богатой женщины и к воспоминаниям об
умершей матери мало-помалу превращает меня в
приживалу и кретина.

— Голубятня, голубьятня, какая разница! Эти по-
эты что угодно сделают ради размера и рифмы, —
объявил он и, прежде чем положить трубку, добавил,
что, если я затрудняюсь уснуть в два часа ночи, это
еще не причина будить и его, для этого Бог создал
женщину. Разбуди лучше ее.

4

В среду, когда новые голуби уже познакомились с голубятней, с ее запахами, с ее голосами и с ее порядками, Мириам выпустила их в полет. Первый в серии утренних и вечерних полетов, предназначенных разъяснить голубям, что, в отличие от скальных голубей, их диких братьев, которые в поисках пищи покидают свой дом, почтовые голуби именно для этого должны туда возвращаться.

Далее последовала серия тренировок. Каждое утро Мириам вставала, осматривала голубятню и ее окрестности и через несколько минут после восхода уже широко распахивала ее оконца и выгоняла голубей наружу взмахами белого флажка и похлопыванием в ладони. На мгновение они застывали на своих полках, а потом, обрадовавшись возможности расправить крылья, взлетали и принимались кружить над своим новым домом.

Спустя несколько минут, когда им уже хотелось вернуться обратно, Мирьям отгоняла их взмахами того же белого флажка, но еще через четверть часа сменяла его на голубой, переводила вертушку в положение «только вход», громко и сильно свистела и говорила детям: «Уходите отсюда, они хотят вернуться». Когда голуби снижались, она пела им: «Гули-гули-гули, прилетайте кушать» — и шумно тарахтела зернами в жестяной банке.

Голуби садились, вначале нерешительно, потом охотно, и Мириам старательно записывала, который сел первым, который последним, и кому не удалось пробраться сквозь решетки вертушки, и кто пробрался с легкостью. Тех, кто мешкали залетать и даже совсем отказывались, снова и снова, она отселяла в другой отсек, чтобы не показывали дурного примера другим.

В первые дни голуби, вернувшись, находили зерна разбросанными на полу, а затем Мириам начала неизменно подавать им еду только в кормушках. Голуби едят очень сухую пищу и каждую еду запивают водой. Когда хотя бы один из голубей кончал есть и начинал пить, Мирьям убирала остатки, и ни одного зернышка не оставалось для отстающих и запаздывающих и, уж конечно, для тех, кто остался на крыше голубятни. После кормежки она шла на работы, которые члены Пальмаха должны были делать в кибуце, а голуби сидели взаперти. После обеда она возвращалась, дверцы открывались, и белый флажок подымался опять — знак второго полета. По возвращении голуби получали свою главную пищу. Мириам заканчивала свои труды, усаживалась, выкуривала свою вечернюю сигарету и подрагивала коленкой, а затем шла спать в палатку Пальмаха.

Голуби быстро выучили белизну взлета, и голубизну посадки, и пронзительность свиста пальцами, и набор положений вертушки, и очарование многообещающего постукивания зерен о жесть. Через несколько дней Мириам продлила их полеты до получаса утром и до часа после полудня и, пока голуби были в полете, чистила голубятню, меняла воду и выбрасывала мусор.

Дети подходили, глазели и задавали вопросы, но Мириам хранила молчание и показывала им удалиться. Она сменяла флажки, и голодная стайка садилась вся разом, как одна птица. Все голуби тут же торопились в голубятню, и их хозяйка была очень довольна. Она осматривала их одного за другим и делала записи в разных журналах и карточках. И вот так день за днем она кормила, поила, запускала, свистела, махала, снижала, впускала, чистила, не отвечала на вопросы детей и не привечала их взглядом.

Дети вскоре и сами привыкли к этому представлению и перестали приближаться и подглядывать — все, кроме одного, маленького и полненького мальчика, которого они называли «Малыш». Так прозвали его уже тогда, и так звали, когда он стал юношей, и так продолжали звать в Пальмахе, и когда, спустя девять лет, по всему поселку разнесся крик: «Малыш погиб! Малыш убит в бою!» — и другие подобные возгласы, в них звучали не только жалость и боль, но и потрясение, вызванное сочетанием этих двух слов, таких несовместных: «погиб» — и «Малыш».

5

Голубятня притягивала его. Несоответствие неказистой внешности почтовых голубей и их высокого предназначения вызывало в нем дрожь. Работа Мириам рождала размышления. Его пробуждение как будто само собой сдвинулось на более ранний час, и теперь он, в отличие от прежнего, уже не оставался в постели, наслаждаясь считанными минутами, которые принадлежали ему одному, а вставал, быстро одевался, брал два куска хлеба из хлебницы в кухне интерната и бежал смотреть на запуск голубей в утренний полет. Мириам показывала ему рукой отойти, и он отступал и прятался за ближайшей пальмой. Сам того не сознавая, он повторял ее движения: тоже махал воображаемыми флажками, и прикрывал ладонью глаза, и уже усвоил поднятый вверх взгляд, который иногда провожает голубей до их исчезновения, а иногда ожидает их появления, — взгляд голубятников во все времена, всех и везде.

Мириам улыбалась про себя, но на Малыша смотрела гневным взглядом. Ее зрачки сужались: «Исчезни!» Ее лоб хмурился: «Ты пугаешь голубей!» Малыш отступал дальше и смотрел издали, но какое-то время спустя снова приближался и в один прекрасный день осмелился предложить ей помощь. Он готов, сказал он, делать любую работу. Он, конечно, мал, признал он, но зато старателен и силен — «смотри, какие у меня мускулы, потрогай здесь, не бойся, надави сильнее…» — протянул он ей согнутую руку и поднял зардевшееся лицо, — и он не будет надоедать и мешать, он будет приходить сюда сразу же после уроков, получит и выполнит любое указание и не станет задавать вопросов.

Мириам сказала: «Не нужно!» — но именно в тот день лопнуло соединение в трубе водопровода, ведущей к крану голубятни, и ей понадобился кто-нибудь, чтобы закрыть и открыть шибер, пока она чинит и затягивает с другой стороны, и Малыш с успехом выполнил эту задачу, и она смилостивилась и позволила ему почистить кормушки. Она наблюдала за ним издали, искоса, как смотрел на нее доктор Лауфер, когда ее, в возрасте Малыша, мать привезла в зоопарк в Тель-Авиве и она не обращала внимания ни на тигра, ни на льва, ни на обезьян, а стояла и смотрела на голубей и не отходила от голубятни, пока проходивший там долговязый рыжий мужчина не пригласил ее войти внутрь. Сейчас она видела, что Малыш делает все основательно и аккуратно, а главное, что он движется внутри голубятни с каким-то врожденным спокойствием, плавно и мягко, и голуби не пугаются его присутствия.

Она велела ему подмести пол в голубятне и послала закопать мусор в яме, а через несколько дней, погасив свою вечернюю сигарету, вдруг спросила, сколько ему лет.

— Одиннадцать, — ответил он.

— Это хороший возраст. Чего ты хочешь — и дальше морочить мне и голубям голову или учиться и стать настоящим голубятником?

— Что значит голубятник? — спросил Малыш.

— Голубятник — это тот, кто занимается почтовыми голубями, — сказала она. — Я, например, голубятница. — И неожиданно добавила: — Это время я люблю больше всего. Это мое самое любимое время. Сейчас в Тель-Авиве тоже садится солнце, и зоопарк наполняется криками, и ревом, и рычанием, и доктор Лауфер приносит своим голубям ужин и говорит им спокойной ночи.

— Так это на самом деле почтовые голуби? — спросил Малыш. — Как он и сказал?

— Да.

— А куда они переносят письма? Всюду, куда им велят?

Она улыбнулась:

— Голуби умеют только одно — возвращаться домой. Если ты хочешь, чтобы кто-нибудь послал тебе письмо с голубем, ты должен дать ему голубей, которые выросли в твоей голубятне.

— Да, — сказал Малыш. — Я хочу научиться и стать настоящим голубятником.

— Тогда посмотрим, как тебе помочь, — сказала Мириам и поднялась с места в знак того, что сейчас она уходит и он тоже должен уйти, потому что ему нельзя находиться возле голубятни в ее отсутствие.

Голуби могут испугаться, а, как мы уже говорили, голуби должны любить свой дом, иначе они в него не будут возвращаться.

6

А теперь время рассказать о случайном стечении обстоятельств, которого в то время никто не заметил, но чей смысл и влияние еще прояснятся: в тот самый день, когда доктор Лауфер оставил Мириам и ее голубей в кибуцной голубятне, на некий балкон, что на улице Бен-Иегуды в Тель-Авиве, опустился раненый голубь. То ли опустился, то ли упал, проковылял немного, закапав плитки пола по диагонали пунктиром красных капель, и свалился совсем.

На балконе находились в это время Мальчик и Девочка. Она, лет двенадцати, единственная дочь у родителей, лежала на животе и читала, а он, пятнадцати с половиною лет, сын соседей с третьего этажа, спустился сюда за несколько минут до того, чтобы забрать рубашку, которая упала с их бельевой веревки на этот самый балкон.

Они оба бросились к упавшему голубю и наклонились, чтобы рассмотреть его. Обыкновенный голубь, сизо-голубой, с красными лапками, похожий на тысячу других голубей. Но глаза его были затуманены болью, а правое крыло свисало криво и вниз. Видна была тонкая сломанная кость, белевшая в разорванном мясе.

Мальчик бросился к себе наверх и вскоре вернулся с коробкой, на которой было написано по-немецки красивыми белыми буквами: «Verbandscasten». Он вынул оттуда бинты и дезинфицирующие вещества, смазал рану голубя йодом, а его поломанное крыло зафиксировал нитью рафии[5] и палочкой. Девочка придвинулась к нему, чтобы лучше видеть, и ее золотистокудрявая голова оказалась так близко, что он ощутил легкую и приятную дрожь, которую даже в своих снах о ней ощутить не осмеливался.

Девочка, которая и не подозревала, какие чувства она возбуждает в его сердце, указала на хвост голубя.

— Смотри, — сказала она. Тонкая нить была обмотана вокруг трубочек двух соседних перьев. — Это перо его, а это — нет.

И действительно, одна из двух трубочек не имела перышек и не врастала в крыло. Судя по толщине, она вообще принадлежала курице или даже гусю. Мальчик разрезал нить тонкими ножницами, освободил чужую трубочку и посмотрел на нее на просвет. Что-то там было внутри. Маленькая скатанная записка. Он вытолкнул ее наружу спичкой, развернул и сказал:

— Прочти: Здесь есть сообщение.

В записке было всего три слова, требовательных и вопрошающих: «Да или нет?» Самые короткие из всех возможных слов.

— Что это значит — да или нет? — недоумевал Мальчик. — Да или нет что?

Сердце Девочки стучало.

— Это да или нет любви. Кто-то спрашивает у кого-то, согласна ли она.

— Почему именно любви? — усомнился Мальчик. — Это вполне может быть письмо от родственников, или от компаньона по делу, или что-что связанное с Хаганой.

Но Девочка стояла на своем:

— Это любовное письмо. А теперь этот голубь у нас, и парень не понимает, почему девушка ему не отвечает.

Из всего вышесказанного читатель может уразуметь, что нет никакой необходимости в землетрясениях или мировых войнах, чтобы изменить ход жизни человека и произвести в ней настоящий переворот. Порой для этого вполне достаточно детской рогатки, или кошачьих когтей, или какой-нибудь другой несчастливой случайности, произошедшей перед восходом солнца. Так или иначе, но, поскольку голубь нуждался в лечении, а Мальчик — в удобном случае, он взял старый деревянный ящик, накрыл сеткой и положил в него голубя со словами:

— Я знаю, что мы сделаем! В зоопарке должен быть ветеринар. Если хочешь, пошли туда вместе, и я помогу тебе нести ящик.

Вначале они поднялись на север по улице Бен-Иегуды, потом свернули на восток и пошли вдоль бульвара до известкового холма, знакомого всем жителям Тель-Авива. Многие из них плавали там в бассейне, который раньше служил для поливки цитрусовых посадок.

— Билеты! — сказал им человек, стоявший на входе в зоопарк. Очень толстый человек, одетый в хаки и с фуражкой на голове.

— Но у нас здесь раненый голубь.

— Здесь не больница для животных. Если хотите войти — надо платить.

Они отошли.

— Какой плохой человек, — сказала Девочка.

— Ты его не знаешь? Это Толстяк из Зоопарка, — сказал Мальчик. — Так все его зовут, и он совсем не плохой, просто это его работа. Но если принести ему сухой хлеб для животных, он позволяет войти.

— Так беги, принеси, быстро! Люди всегда кладут сухой хлеб на забор, никогда не выбрасывают в мусор.

Мальчик исчез, и тут на улице появился зеленый пикап. Худой, долговязый мужчина неясного возраста, с длинными ногами и руками, рыжими волосами и тонким крючковатым носом, вышел из машины и направился к воротам. Толстый человек сказал: «Здравствуйте, доктор Лауфер», и Девочка, ни минуты не колеблясь, подошла к нему и сказала:

— Может быть, вы доктор для животных? У меня здесь раненый голубь.

Человек посмотрел на голубя.

— Зайди внутрь, — сказал он Девочке, — посмотрим, что мы можем сделать.

Толстый человек пропустил их в ворота. Доктор Лауфер шел торопливо, размахивая руками и ногами, — тело наклонено вперед и веснушки подпрыгивают в воздухе. Она шла за ним по маршруту, который в последующие годы ее ноги пройдут еще тысячи раз: вначале загон для больших черепах, за ней несколько клеток с маленькими животными, названий которых она тогда еще не знала, — разные соболи и мангусты, а потом лев и львица и их угрюмый сосед, одинокий тигр. Тут тропа изгибалась, становилось просторнее, и взгляду открывалась небольшая поляна, в центре которой стояла голубятня, но не круглое гнездо на столбе, как ей представлялось, а целый домик. Настоящий домик, с дверью и зарешеченными окнами, крышей и стенами, лицом на юг, и рядом с ним бассейн для водоплавающих птиц и клетки с обезьянами, а за ними огороженный участок для слона.

Доктор Лауфер достал голубя из ящика, снял шинку и спросил:

— Кто его перевязал?

— Мой сосед, — сказала Девочка.

— Хорошая работа, — сказал доктор Лауфер. Он снял повязку, продезинфицировал рану коричневой мазью, снова наложил шину, перебинтовал и как бы ненароком добавил: — Ты, конечно, знаешь, что это почтовый голубь, моя юная госпожа?

— Нет, — сказала Девочка, чувствуя, что краснеет.

— Теперь ты будешь знать. У обыкновенного голубя клюв торчит из головы, как ручка из сковородки, а у почтового голубя клюв продолжает линию лба по прямой, и на нем есть светлая припухлость. Вот здесь, видишь? И строение у него более сильное, и крылья шире, а внутри у него легкие и сердце настоящего спортсмена. И когда ты видишь его в полете, он летит один, по прямой линии и на большей высоте, чем обычные голуби.

— Я не видела его в полете. Он вдруг упал на балкон.

— Может быть, у него было кольцо на ноге? — спросил ветеринар. — С номером? Так мы сможем узнать, кому он принадлежит.

— Нет, — сказала Девочка.

— А может быть, у него на ноге было что-нибудь вот такое? С письмом? — И доктор Лауфер вынул из кармана что-то вроде тонкой металлической трубочки, с ремешком на маленькой кнопке, и сказал: — Это называется футляр.

— Не было, — сказала Девочка. А Мальчик, который только что вернулся, тяжело дыша и раскрасневшись, открыл было рот, но умолк, встретив ее взгляд.

— А может быть, что-нибудь такое? — спросил доктор Лауфер и вынул из другого кармана пустую трубочку гусиного пера.

Девочка покраснела и ничего не ответила.

— Ты правильно оказала ему первую помощь, и это хороший голубь. Он молодой и быстро выздоровеет. Если хочешь, мы продолжим его лечение здесь.

— Я буду ухаживать за ним дома, — сказала Девочка.

— Я помогу ей, — торопливо сказал Мальчик.

— А кто ты, мой юный господин? — спросил ветеринар.

— Я ее сосед.

— Это ты перевязал голубя? Узел неумелый, но рука у тебя хорошая. Возможно, когда-нибудь ты и сам станешь специалистом. — И доктор Лауфер снова повернулся к Девочке: — Когда этот голубь выздоровеет, тебе придется его выпустить. Это почтовый голубь. Он должен вернуться к себе домой. Это все, что он умеет, и все, чего он хочет. «Птичий Одиссей» — так мы его называем.

— Почтовые голуби всегда так летят, — с важностью сказал Мальчик. — Я читал об этом в детском приложении к газете «Давар». Они подымаются вверх, делают круг в воздухе и потом летят прямо домой.

— Но я хочу оставить его у себя, — сказала Девочка. — Он прилетел ко мне раненый. Я его вылечу и выращу, и мой дом станет его домом.

Веснушки ветеринара приблизились друг к другу.

— Этот голубь никогда не останется у тебя. Почтовый голубь не принадлежит человеку, он принадлежит месту. Когда он возвращается, его хозяин, конечно, очень рад, но голубь прилетел не к нему. Он вернулся в свой дом. По-английски их называют «хоминг пиджн», ты понимаешь? Это более правильно и красиво, чем «почтовый голубь», но трудно переводится на другой язык.

— Может быть, от слова «гомон»? — сказала Девочка. — Они ведь гомонят, когда воркуют.

— Это очень удачно. — Ветеринар бросил на нее удивленный взгляд. — Я должен был сам об этом подумать. «Голубка воркующая, голубка белая, сядь в море на крылья моей лодки…»[6]

— Я буду за ним ухаживать, — попросила Девочка, — вы только скажите, пожалуйста, что давать ему кушать?

— Раненый голубь ест то же самое, что здоровый, главное — два раза в день менять ему воду. Голуби любят мыться и пить, и это очень приятное зрелище. Они пьют, как лошади, — опускают клюв в воду и втягивают ее, а не так, как другие птицы. — И он показал, подражая птице, как она пьет: запрокинул голову назад, вытянул губы и громко зачмокал.

Девочка прыснула от удивления. Доктор Лауфер дал ей мешочек со смесью зерен, которых хватит, по его словам, на неделю, добавил коробку, полную мелких осколков щебня, базальта, земли и яичной скорлупы, снова подчеркнул, как важно менять воду, и наказал ей вернуться за следующей порцией зерен через несколько дней, а если толстый человек на воротах ее не впустит, сказать, что она его гостья.

— А если понадобится, крикни! — сказал он. — Позови нас громким голосом через забор. Это маленький парк. Если мы внутри, мы всегда услышим.

— Почему он всё время говорит о себе «мы» и «мы»? — спросил Мальчик, когда они вышли из зоопарка.

— А мне как раз нравится, — сказала Девочка.

Несмотря на рану, голубь ел с аппетитом и много пил. Через несколько дней он уже окреп и по мере возможности расправлял и складывал крылья. Через неделю Девочка снова пришла в зоопарк. Доктор Лауфер осмотрел крыло и сказал:

— Мы выздоравливаем успешно. Этот голубь уже занялся немного физиотерапией. Оставь его здесь, мы снимем ему шинку, он начнет расправлять крыло, окрепнет и вскоре сможет летать.

— Но он уже привыкает к моему дому, он может попробовать летать и у меня.

— В этом маленьком ящике он не сможет тренироваться, и, если ты его выпустишь, он пролетит десять метров и упадет. Помнишь, как голубь Сары Аронсон[7] упал прямо во двор турецкого наместника? — И засмеялся тем своим смехом йеке, который Девочке предстояло не раз слышать впоследствии: — Кхх... кхх... кхх...

— Так что же мы будем делать?

— Оставь его здесь, в нашей большой голубьятне, и приходи каждый день ухаживать за ним.

7

Так оно и сталось. Голубь переселился в голубятню зоопарка, а Девочка каждый день после школы приходила навестить его, и, хотя Толстяк из Зоопарка уже давал ей войти, она неизменно приносила с собой сухие корки для животных, чтобы его задобрить.

Голубь продолжал выздоравливать, и она следила за тем, как он упражняет свое крыло, то расправляя, то складывая его, и с каждым днем подпрыгивает всё выше. Так прошло несколько дней, а потом доктор Лауфер позвал ее «посмотреть что-то интересное» в клетке для кладки яиц. Там из яйца вылупился голубенок. Он показал ей, как родители кормят маленького «птичьим молоком», которое они отрыгивают из горла. Потом он научил ее бренчать жестяной банкой с зернами и петь «гули-гули-гули, кушать», а в другой раз показал ей «голубку-соблазнительницу», которая отбивала напарника у своей подруги.

Еще через несколько дней он сказал ей:

— Твой голубь выздоровел. Он может лететь.

Девочка сделала глубокий вдох и сказала:

— Я думала об этом, и я согласна.

— Мы все, как одна, благодарим тебя от его имени, — сказал доктор Лауфер, а Девочка снова покраснела и сказала:

— Но есть еще одно маленькое дело, — и она рассказала ему о пустой трубочке, которая была привязана к голубиному хвосту, и о письме, которое было в ней.

— Значит, голубеграмма все-таки была, — упрекнул он ее. — Почему ты не сказала об этом, когда принесла его?

Девочка молчала.

— Ты знаешь, что такое голубеграмма, да?

— Я не знаю, но понимаю.

— И что было в ней написано? Ты, конечно, прочитала?

— Это было любовное письмо.

— Действительно? Это намного интереснее скучных голубеграмм, которые мы посылаем для Хаганы. Но сколько же любви можно уместить на этой маленькой записке?

— Три слова «Да или нет?»

— Да, — сказал доктор Лауфер, — конечно.

Девочка вынула трубочку из кармана и дала ему. Доктор Лауфер удивленно хмыкнул:

— Эта трубочка называется «кульмус». Мы знаем только двух человек, которые вкладывали голубеграмму внутрь остова пера. Один учился с нами в Германии и остался там, когда мы уехали сюда, а другой приехал с нами, но уже умер.

Он вытащил записку и прочел:

— «Да или нет…» — И улыбнулся. — Действительно, это и всё… А мы думали, что это ты задала вопрос.

И он снова свернул записку, вернул ее на место, а трубочку привязал к среднему перу на хвосте голубя.

— Вот так, — сказал он. — Как привязала та, которая запустила этого голубя.

— Почему вы говорите «запустила»?

— Потому что это правильное слово. Послать письмо, но запустить голубя.

— Нет… Почему вы говорите «запустила», а не «запустил»? Почему вы решили, что его запустила женщина?

— Это видно. Посмотри сама — это письмо от девушки.

— Нет, это послал парень, а не девушка, — сказала Девочка.

— Это девушка, — сказал доктор Лауфер. — Посмотри на почерк.

«Это парень, — подумала Девочка про себя, — посмотри на слова».

И сама удивилась себе: «Как это в двенадцать лет у меня уже такие мысли в голове?»

Доктор Лауфер передал голубя Девочке:

— Возьми. Запусти его.

Девочка взяла голубя двумя руками и почувствовала гладкость оперения, его тепло, сердце, бьющееся даже быстрее ее собственного.

— Не послать его, не выпустить его — запустить его. Вот так. — Он показал пустыми руками. — Плавным движением, и на первый раз думай о том, что ты делаешь. У тебя будет особенное чувство. Когда мы приехали сюда из Германии, и начали здесь всюду ходить, и изучать фауну и флору Страны Израиля, и впервые увидели морской лук, и впервые вдохнули пыль от стада овец, и напились из источника, и ели давленые маслины и инжир с дерева — у нас тогда было точно такое же чувство.

Девочка сделала, как он ей велел, и запустила голубя плавным уверенным движением. Три события произошли одновременно: ее лицо засияло, ее грудь наполнилась тоскливой болью, а голубь, который ничего этого не знал, как не знал и содержания записки, которую он нес, широко расправил крылья, смело взмахнул ими — и взлетел.

— Прекрасно, — сказал доктор Лауфер. — Мы набираем высоту под правильным углом. У нас достаточно сил. Мы уже здоровы. И сейчас, когда мы можем летать, мы еще окрепнем. Не беспокойся за него. Он долетит. Это хороший голубь, и это маленькая страна, и небольшие расстояния.

Голубь поднялся над клетками, взмыл вверх и повернул на юго-восток.

— Вполне возможно, что он полетит в Иерусалим, — объяснил ветеринар. — Но будем надеяться, что его дом ближе, где-нибудь в Ришон ле-Ционе или в Реховоте. — И добавил: — А может быть, в Сарафенде, где у англичан военный лагерь. Там есть большая военная голубьятня, а солдаты тоже иногда чувствуют любовь. Как это мы раньше не подумали о Сарафенде, иногда мы такие глупые!

Он заслонил ладонью глаза и, увидев, что Девочка сделала то же самое, улыбнулся.

— Не отводи от него взгляд, потому что он скроется из виду очень скоро, скорее, чем ты думаешь.

Девочка сказала:

— Он скроется в тот момент, когда его увидит тот, кто ждет.

Доктор Лауфер сказал:

— Это невозможно. Этого не может быть.

Девочка сказала:

— Но так оно будет.

Доктор Лауфер увидел выражение ее лица и почувствовал, что, вопреки всякой логике, она права. Он сказал ей:

— Ты знаешь, что такое дуве-йек?[8] Я родился в Кёльне, в Германии, и так называют там тех, кто помешан на голубях. Это то, чем ты собираешься стать. Настоящая дуве-йека.

И вытащил из кармана свою записную книжку и записал в ней новое правило: «Голубь скрывается с глаз запускающего, когда он открывается глазам того, кто его ждет. — И добавил: — Это так, даже если этого не может быть!» — подчеркнул и вернул записную книжку в карман.

Девочку тревожило, не запоздает ли голубь с прилетом, потому что и у «да», и у «нет» могут быть последствия, которых нельзя предвидеть заранее. Она даже проговорила про себя напутственную молитву, слова которой, так она верила, взлетели вслед за голубем и сопровождали его в небе на небольшом расстоянии.

— Ты еще видишь его? — спросил доктор Лауфер.

— Да, — сказала Девочка.

— А мы уже нет.

— Потому что это я его запустила, а не вы.

И через две минуты сказала:

— Он долетел.

Доктор Лауфер спросил:

— Хочешь и дальше приходить сюда и помогать нам в голубятне?

— Я подумаю над этим, — сказала Девочка.

— От нас как раз ушла девушка, которая работала здесь шесть лет. Она тоже пришла к нам девочкой.

— Она тоже пришла с раненым голубем?

— Нет. Она пришла со своей мамой, просто так, погулять в зоопарке.

— И куда она ушла?

— Руководить новой голубятней в кибуце в Иорданской долине. Ты можешь начать у нас учиться и работать вместо нее. И приведи того молодого человека, который приходил с тобой.

Он нагнулся к ней и улыбнулся:

— Да или нет?

— Я подумаю, я спрошу своих родителей, и я сообщу вам.

Следующие три дня Девочка провела у себя на балконе. То и дело поглядывала на небо, и всякий раз, когда видела там голубя, у нее замирало сердце. Но доктор Лауфер был прав. Ее голубь не вернулся, и на четвертый день она пришла в зоопарк и сказала:

— Да, я хочу.

— А где твой приятель?

— Он не может. Он целый день учит английский. У него есть дядя в Америке, в Чикаго, и он хочет поехать туда учиться на врача.

— Жаль, — сказал доктор Лауфер. — Очень жаль. Но может быть, так и лучше.

— Это все из-за того, что вы сказали ему, — сказала Девочка, — что у него хорошая рука.

Вот так случилось, что в начале 1940 года один тель-авивский мальчик начал изучать анатомический атлас Корнинга и английский толковый словарь, а двое детей начали работать в двух голубятнях для почтовых голубей и учиться профессии голубятника — Девочка в зоопарке в Тель-Авиве, а Малыш — в кибуце в Иорданской долине. И так как в то время в Стране было мало голубятников, и все они были связаны с Хаганой, и все встречались время от времени на специальных семинарах по голубеводству, но главное, потому, что судьба, по ей одной известным причинам, того захотела, той Девочке и Малышу суждено было встретиться, а тому Мальчику суждено было поехать в Америку, выучиться там и потом вернуться в Тель-Авив.

Глава пятая

I

Между мною и близкими мне людьми — родителями, братом и женой — есть несколько отличий. О некоторых я уже говорил, о других расскажу сейчас: они — и она тоже — ощущают небо, что над их головой, и твердь, что у них под ногами, а я — бумажный змей с оборванной нитью. Они — особенно она — дерзают, а я — колеблюсь. Они — и, уж конечно, она — решают и делают, я же довольствуюсь желанием и надеждой. Как люди на молитве, как молоток, что раз за разом бьет в одну точку. Всегда теми же словами, всегда к тому же востоку. Со своими близко посаженными и темными глазами, со своей жаждой странствий и страхом перед переменой мест, со своими упованиями и боязнью их исполнения я порой кажусь себе единственным евреем в нашем семействе.

Род занятий в средней школе, где я учился, — с естественно-научным уклоном, в биологию, — выбрал для меня Папаваш, точно так же, как он выбрал и часть, в которой я проходил армейскую службу. По его настоятельному совету я пошел на курсы санитаров и благодаря его связям и своим успехам в учебе остался там инструктором. Он видел в этом мой первый шаг на пути к изучению медицины и наследованию его амбулатории — идея, которая меня чрезвычайно удивила. Я никогда не выражал желания стать врачом и не предполагал, что он прочит это будущее именно мне.

— А Биньямин? — спросил я. — Я думал, это он выучится и получит твою амбулаторию.

— У Биньямина, — Папаваш посерьезнел, почти помрачнел, — нет врачебного темперамента.

А когда я спросил, что же получит брат, если я унаследую амбулаторию, ответил:

— Не беспокойся за Биньямина, Яирик, он найдет себе богатую жену.

Но Биньямин пошел на медицинский факультет и женился на женщине, единственным приданым которой было веселое сердце и здравый ум, а я, напротив, пошел на курсы экскурсоводов при министерстве туризма. Так посоветовала мне мама.

— Не сиди в конторе, — сказала она, — лучше работать на воздухе, лучше возвращаться домой из разных мест. И кроме того, — пошутила она, — может, в каком-нибудь туристическом автобусе ты познакомишься с богатой американкой? Может, это не Биньямин ее встретит, а как раз ты?

— По какому праву? По какому праву она вмешивается? Мало того что ушла, так еще дает нам указания! — Папаваш поднялся, прошелся взад-вперед и

145

сказал, сдерживая голос: — Ты можешь стать прекрасным врачом, зачем тебе возить туристов? — Он наклонился надо мной. — Рассказывать им всякие басни, водить их в магазины сувениров… Маленькие верблюды из оливкового дерева… Кресты из перламутровых ракушек … Ждать чаевых… И это же глупости, Яирик, насчет богатой туристки из Америки! Богатые туристки сидят на заднем сиденье «мерседеса-бенца» с шофером за рулем! Не в автобусе!

— Мама просто пошутила, — сказал я. — Она не говорила всерьез.

— Мне не нравятся эти шутки! — сердито сказал Папаваш. — Меня они не смешат.

Я подсчитал свои за-за и за-против, пошел в экскурсоводы и встретил свою богатую жену в точном соответствии с твоей шуткой — в туристическом автобусе. Если бы у меня хватило смелости, я бы по-ребячески сказал тебе: «Всё из-за тебя!». Но я опишу все, как оно было, не возлагая вину ни на кого: я возил туристов к христианским святыням и к замкам крестоносцев, рассказывал им всякие басни, водил в магазины сувениров и уже заработал себе хорошее имя и накопил, сначала в памяти, потом в маленькой записной книжке, которую купил мне Папаваш — большой любитель записных книжек, все маленькие и все черные, — разные анекдоты и байки. И, кто знает, может, я бы продолжал так и дальше, но однажды в мой автобус вошла молодая и красивая американская туристка — я тогда еще не знал, что она к тому же и богата, — и села на заднем сиденье. Мои объяснения она слушала с большим вниманием. Иногда я чувствовал, что ее взгляд задерживается на мне, как будто оценивая и проверяя. После обеда она подошла ко мне и сказала, что ее зовут Лиора Киршенбаум и она хотела бы встретиться со мной после ужина.

Говоря по правде, я приметил ее еще раньше. Своим ростом и глазами она напоминала мне мать, и Папаваша, и брата одновременно, но была красивее их, и вдобавок на какой-то странный манер. Обычно ощущение красоты вызывают не только черты лица, но и тот свет, который оно излучает. У мамы были и лицо, и свет одновременно. У Тирцы не особенно красивые черты лица, но свет от нее исходит ослепляющий. Эта туристка вообще не излучала света, но все равно была очень красивой. И когда мы сидели с ней в тот вечер в вестибюле гостиницы, все удивлялись нашему виду, как, собственно, и должны удивляться люди, увидев такую девушку в обществе невысокого, темноватого, смущенного парня.

Водитель автобуса даже отпустил грубоватое замечание по поводу туристок, которые пытаются заигрывать с экскурсоводом, но у этой туристки на уме было совсем другое. Осенью, по ее словам, она собиралась вернуться в Израиль с несколькими приятелями-англичанами, молодыми людьми, которые располагают деньгами и временем и интересуются птицами, «и мы хотим, чтобы вы, мистер Мендельсон, провели с нами двухнедельную экскурсию на природе по следам перелетных птиц».

— У меня нет ни малейшего представления о природе, — сказал я, — особенно о перелетных птицах.

Она прикоснулась к моей руке:

— Вам не нужно знать никаких птиц и вам не придется ничего никому объяснять. Ваше дело будет найти и подготовить пункты наблюдения, организовать еду и ночлег, оборудовать и вести машину. Нас будет шесть человек, включая меня с вами.

У Папаваша был тогда знакомый — старый гинеколог, маленький, но воинственный и задиристый человечек и большой знаток птиц, vogelkundler на его языке. Я пошел к нему за советом, и он представил меня компании птицелюбов, все как один — старые йеке, вроде него, и куда более забавные и интересные, чем те птицы, которые были предметом их интереса.

Я рассказал ему о предложении, полученном от молодой американки, и он пригласил меня съездить с ними на наблюдательный пункт.

— Но она сказала, что мне не нужно знать птиц, — сказал я.

— Ты должен знать любителей птиц. Твоими клиентами будут они, а не птицы.

Старые немецкие птицелюбы явились, вооруженные биноклями, фотоаппаратами и телескопом,

обутые в высокие ботинки, одетые в брюки хаки, до-
ходившие до колен, в носках того же цвета, доходив-
ших до тех же колен, но в противоположном направлении. На всех были широкие соломенные шляпы,
кроме одного, который явился в шляпе с птичьим пером, вызвавшей суровое осуждение остальных: «Es
gehort sich nicht», любителю птиц это не подобает.

Они уселись на маленькие складные стулья, и через несколько минут пошли сообщения: дальность,
направление, внешний вид птицы — а потом споры:
сокол или осоед, степной орел или лягушачий подор-
лик? Начинающие, как правило, путают сокола с яс-
требом, но у ястреба более широкие крылья, сказали
мне, и он не парит на месте. И вообще, небольшой
хищник, который парит, может быть только соколом,
а если парит большой, то это обязательно schlange-
nadler, то есть крачун-змееяд.

Через два часа состоялось голосование, и было
решено перекусить. Они вытащили из рюкзаков бутерброды, термосы с черным кофе, фрукты. Запах
колбасы и крутых яиц поднялся в воздух.

— Мы оставляем двух дежурных, — сказали
мне. — Один продолжает наблюдать за небом, чтобы
позвать остальных, если появится что-нибудь интересное. А другой — познакомься, пожалуйста, с профессором Фройндом — наш сегодняшний дежурный
по пирогам.

И профессор Фройнд, в обычные дни — специалист по истории Греции, торжественно нарезал и по-

дал великолепный яблочный пирог, изготовленный его женой.

— И штрудель нам приготовила, и дома осталась, — отметил он с гордостью. — Хорошее хобби для нас, мужчин, эти птицы. — И засмеялся странным смехом, как будто прочищал горло.

Они расстелили передо мной карту страны и объяснили, какую птицу можно встретить в каких местах. Это был важный урок, потому что я и сегодня не особенно различаю птиц по виду, зато хорошо знаю, где их можно наблюдать и показывать. Некоторые из этих мест — вроде заповедника Хула — известны всем, но я знаю определенные места под самым Иерусалимом, где можно увидеть орлов на ночлеге, а также одно ущелье в горах Гильбоа, где ночуют аисты. И еще одно маленькое ущелье, где они живут круглый год, и место в Иудейской пустыне, где хищные птицы собираются только на короткий отдых. И был у меня один знакомый филин — единственная птица, вызывающая у меня подлинную симпатию, — которого я постоянно навещал, с тех самых пор, как увидел его впервые, а сегодня уже показываю своим туристам его потомков. И еще у меня есть для показа одинокое маленькое озерко, вокруг которого водятся разного рода утки, кормораны, кряквы и лысухи, белые и серые цапли, черные аисты, ходулочники и чибисы. Вот так — имена я помню, да не всегда могу правильно соединить их с самими птицами.

2

Прошло несколько месяцев. В назначенный день я поехал на арендованном минибусе в хайфский порт, встретить богатую туристку из Америки и ее приятелей, английских птицелюбов. В воздухе кружили чайки, и огромные стаи голубей то взлетали, то возвращались на крыши окрестных элеваторов.

Мои клиенты спустились с парохода, прибывшего из Пирея. Лиора Киршенбаум назвала меня «дарлинг», наклонилась, поцеловала в щеку и представила приехавшим: маленькой спокойной компании, источавшей приятные запахи и состоявшей из четырех сгоревших на солнце носов, защищенных — немного поздновато — светлыми соломенными шляпами. Четыре бинокля висят на четырех впалых грудях, четыре плоские маленькие фляжки в кожаных футлярах спрятаны в четыре задних кармана. Все немного в подпитии.

Мы выехали из порта на север и уже в городе начали различать стрижей и ласточек. Потом дорога пошла в гору. Хотя меня не просили, а может, от смущения и привычки, я пытался рассказать им несколько обычных экскурсоводческих баек: об Илье-пророке на горе Кармель, о крестоносцах и Наполеоне в Акко, о пурпурной улитке и изобретении стекла[1]. Но один из них, маленький блондин с острым, твердо торчащим из шеи кадыком тотчас перебил меня и сказал, что они не хотят слушать этот «holy garbage», так он выразился, эту набожную дребедень, которой экскурсоводы пичкают туристов на Святой земле.

— Мы приехали смотреть на птиц, мистер Мендельсон, — сказал он, — и лучше сразу же прояснить это обстоятельство, чтобы наше путешествие прошло наилучшим образом.

И их путешествие действительно прошло наилучшим образом. Организация, еда, места ночлега, арендованный минибус — ни в чем не было сбоя. Птицы тоже не подкачали. Аист знал, куда лететь, стриж знал, когда прилететь, и большие стаи хищных птиц тоже явились и пронеслись, как по приказу. Мои новые клиенты были довольны. Особенно возбудило их мягкое курлыканье, доносившееся с неизвестного направления и расстояния. Было после полудня, мы ели бутерброды на краю большого поля в долине Бейт-Шеан, и вдруг все четверо подняли глаза. Их взгляды обводили небо, но выражение лиц говорило, что они не присматриваются, а прислушиваются.

— Что вы ищете? — спросил я.

Маленький вспыльчивый блондин показал рукой нетерпеливое «Тихо!» и через полминуты такого вслушивания поднес к глазам бинокль и произнес: «Один час, тридцать градусов». Его товарищи тоже посмотрели в бинокли, и один сказал: «The scouts». Разведчики.

— Это журавли, Яир, — шепнула мне Лиора, ее рот — до чего приятно — совсем близко к моему уху. — Послушай. У них голос нежный и тихий, но слышно его далеко.

Я прислушался — курлыканье милой беседы, — а потом увидел тоже: три большие птицы, с длинными ногами и вытянутыми шеями.

— Я думал, что они летают большими стаями, — сказал я.

— Разведчики, — сказал маленький блондин, — летят впереди большой стаи. Они найдут хорошее место для стоянки, сядут там, а потом с земли будут вести к ней своих товарищей.

— Солнце скоро зайдет, — заметил я.

— Журавли летают и ночью.

Аист, пеликан, хищные птицы — все они парят в воздухе, так объяснил он мне потом. Солнце согревает почву, почва согревает воздух, теплый воздух поднимается вверх, и с его помощью птицы тоже поднимаются вверх и затем парят или планируют. Поэтому они летают только днем и только над сушей. А журавль — единственная большая птица, которая может и парить, и лететь, загребая воздух крыльями, и Черное море, которое аист огибает за несколько дней своего парения и планирования, журавль пересекает за одну ночь полета.

В ту ночь мы ночевали в кибуце в долине Бейт-Шеан. Кстати, много лет спустя я узнал, что это был кибуц Зоар, моей будущей невестки, а человек, который сдавал нам комнаты, высокий и плотный, доброжелательный и очень услужливый парень, был один из трех ее братьев. Иногда я размышляю над вопросом: что бы произошло, если бы комнатами занималась она или я бы не сидел со своими гостями на траве, а пошел погулять по кибуцу и встретил ее на дорожке — я бы мог предостеречь ее от брака с Биньямином. Но в тот вечер я просидел со своими английскими птицелюбами на лужайке до позднего часа, и в результате моя жизнь пошла своим нынешним путем.

Взошла полная луна. Эти четверо то и дело поддавали и травили истории, которые очень смешили их самих и Лиору. Я завидовал им. Их свобода и естественность говорили о душевном спокойствии и той финансовой беспечности, которая дается не наследством, а наследственностью.

Маленький блондин с большим кадыком уговаривал меня присоединиться к их пьянке. Я отказался. Сказал, что не привык, что никогда не пил крепких напитков и даже от вина воздерживаюсь почти полностью. Но блондин не отставал: «Пришло время начать. Выпей одним глотком. Это хорошее ирландское виски».

То ли из-за присутствия Лиоры, то ли доверившись его словам, я залпом опорожнил стакан, который он поднес к моим губам. Это ли чувствовала моя мать, когда глотала свою ежедневную рюмку бренди? Огненный змей обвился вокруг моего горла. Лошадь лягнула меня изнутри лба. Я хотел отойти подальше, вдохнуть воздух и прийти в себя, но моему телу не удалось подняться. Я отполз вбок на четвереньках. Все засмеялись, а Лиора подошла — в глазах у нее было сострадание, но в углах губ затаилась улыбка.

— Мне очень жаль, — сказала она. — Он не ожидал, что это на тебя так подействует.

Я боялся открыть рот, чтобы не вырвать или потерять сознание. Я лишь раздраженно двинул рукой, что должно было означать: «Отстань от меня!» Потом мне все-таки удалось подняться и сделать несколько шагов, покачиваясь и с трудом одолевая тошноту. Лиора последовала за мной, помогла мне лечь, буквально-таки уложила меня на траву, села рядом и положила мой затылок к себе на колени так, чтобы моя голова оказалась чуть запрокинутой назад.

Через какое-то время я пришел в себя, поднялся и поплелся к себе в комнату, а Лиора пошла за мной и сварила мне кофе по-турецки.

— Я варю такой кофе впервые, — сказала она. — Надеюсь, что получилось хорошо.

Она взяла меня за руку и улыбнулась ободряющей улыбкой, а я вернул ей улыбку извиняющуюся. Я сказал, что хочу вернуться на траву и подышать свежим воздухом.

Англичане уже удалились на ночлег. Полная луна поднялась выше, нежная желтизна ее восхода исчезла, и она окрасилась в синевато металлический цвет.

Я лег на траву, а Лиора села возле меня, наклонилась, приблизила ко мне свою прелестную голову и приоткрыла губы для поцелуя. Ее тело слегка расслабилось, извещая о своем желании лечь рядом. Мы прижались друг к другу, но я не верил тому, что происходит. Ее красота была так близко. Я видел ее своими глазами, я чувствовал ее всей своей кожей.

Ее рот и язык удивили меня своим жаром и живостью, ее руки — смелостью, мое тело — радостью, ее бедра — пылкостью и силой.

— А ты приятный, — сказала богатая туристка, с которой я познакомился в автобусе. — Ты маленький и сладкий. Такими и должны быть мужчины. Даже не зная твоей матери, я уверена, что она выше тебя ростом. Мне это понравилось уже тогда, в нашу первую встречу в автобусе.

И вдруг оторвалась от меня, легла на спину и сказала:

— Слушай.

Я прислушался, но не услышал ничего. Я хотел снова поцеловать ее, но она положила руку мне на грудь:

— Потерпи. Самое главное мгновение — когда их становится слышно.

Мы лежали рядышком на спине, держась за руки. Минуты текли, отмеряясь чередованием близкого шакальего визга и приглушенного шума на далеком шоссе. И вдруг воцарилась тишина, тонкое молчание, а затем я услышал какой-то дальний и невнятный говор, который всё приближался и приближался, пока не рассыпался на отдельные курлыканья. И вдруг весь мир заполнился машущими крыльями, а уши — их стелющимся шелестом. Полная луна замигала и засигналила, то скрываясь, то вновь показываясь сквозь быстро несущиеся тени и еле слышимые слова.

— Что это? — спросил я.

— Это журавли, — сказала молодая богатая туристка из Соединенных Штатов. — Помнишь тех трех разведчиков, которых мы видели после полудня? Это та большая стая, что прилетела следом за ними.

Я прислушался. О чем они говорят? Рассказывают друг другу о впечатлениях предыдущих перелетов? Спорят, где заночевать? Сравнивают это место с другими? И тут молодая богатая женщина, которой суждено было через год стать моей женой, вдруг рассмешила меня, произнеся на три разных курлыкающих голоса: «Давай быстрее. Садись уже, надо захватить хорошее место… Да куда же это бабушка вдруг исчезла?.. Ну, вот, опять мы будем последними, и опять нам не достанется еды…»

Голоса всё усиливались. Меня и по сей день удивляет, с какого расстояния слышны голоса журавлей. Они всегда слышны задолго до появления стаи и не умолкают даже после того, как она исчезнет.

— Гуси и журавли переговариваются друг с другом в полете, — сказала Лиора. — Может быть, потому, что они летают и по ночам.

И объяснила, что этими своими голосами «Момми Крейн» и «Дэдди Крейн», мама-журавлиха и папа-журавль, успокаивают журавленка, который уже подрос и летит со стаей в свой первый далекий полет.

Та молодая и богатая туристка, которую ты мне предсказала, обернулась реальной, из плоти и крови, женщиной и лежала теперь рядом со мной. Она мне нравилась. Ее речи были мне по душе. Она сказала:

— В Японии журавли символизируют долгую и верную супружескую жизнь, а в Древнем Египте ее символизировали вороны.

Я сказал:

— Правда? А у нас говорят: «Как пара голубков».

Лиора слегка наклонила мою голову и осыпала затылок дождем нежнейших поцелуев. Я чувствовал, что она высасывает из меня все силы, что я сейчас умру от блаженства и слабости. Она сняла блузку, открыла маленькие красивые груди, осторожно отодвинула меня, оставив лежать на спине, перебросила через меня длинную красивую ногу и сказала:

— Вот, Яир, сейчас это произойдет с нами в первый раз.

— Ты девушка? — спросил я со страхом.

Она усмехнулась:

— Сейчас узнаем.

— Я — да, — сказал я. — Я хочу, чтобы ты знала это прямо сейчас и чтобы потом не было недоразумений.

— Я тебе не верю.

— Почему? — сказал я. — Моя мать тоже была девушкой, и мой отец, я думаю, тоже. У нас это семейное.

Ее лицо приблизилось. Ее руки расстегнули, сдвинули, нашли, высвободили и направили. Ее тело устроилось и прижалось.

— Эту историю я уже слышала. Придумай мне новую.

Невидимые крылья хлопали всё сильнее. Их шум заполнял мою голову. Молодая богатая туристка из автобуса приподнялась надо мной, раскрылась, опустилась, сомкнулась, и вот я уже проскользнул внутрь ее тела. Намного легче, чем опасался, приятней, чем ожидал.

— Шшш… Тише. Ты всех здесь разбудишь, — положила она мне руку на губы.

3

Похоже, что по возвращении домой мои английские птицелюбы рассказали обо мне своим знакомым, потому что те начали звонить и приезжать, и мое имя получило известность даже среди туристических агентов. Сладостное чувство экономической независимости овладело мной. Я чувствовал, что взлетаю, что у меня расправляются крылья. И поскольку у мамы не было денег, а Папаваш по-прежнему осуждал мой выбор и твердил снова и снова, что «еще не поздно, Яирик, исправить ошибку», я обратился к Мешуламу Фриду и попросил одолжить мне денег, чтобы я мог купить необходимую для работы машину.

Всего несколько лет прошло после гибели Гершона, и в каждый мой приход Мешулам вынимал из кармана большой голубой платок: «С тех пор, как Гершон, мне тяжело видеть тебя». Так он стал говорить после гибели сына, и так он говорит поныне: «С тех пор, как Гершон…» — без того страшного глагола, который должен последовать за именем.

— Я просто не могу видеть тебя, Иреле, — всхлипывал он в свой платок, — и не видеть его с тобой рядом. Мне и мою Тиреле тоже трудно видеть, но тебя больше. — И вдруг оборвал себя: — Ну, ладно, на этот раз я уже наплакался. Чем я могу тебе помочь?

Я рассказал ему о любителях птиц, которых возил по стране, и об открывающихся здесь для меня возможностях, и Мешулам сказал:

— Я чувствую тут руку женщины. Чтоб моя десница прилипла к гортани[2], если я не чувствую здесь руку женщины!

— В таком случае это рука моей матери, — сказал я. — Это была ее идея.

— Нет, здесь есть еще какая-то женщина, — сказал Мешулам. — Не только госпожа Мендельсон. Вот, она записана у тебя на лбу, такими же большими буквами, как в синагоге пишут молитву на старолунье[3].

Я спросил, может ли он помочь мне найти подержанный минибус, и он сказал, что найдет. Я спросил, сможет ли он одолжить мне денег, и он отказал:

— Тебе — только в подарок.

Я сказал, что не приму от него такой дорогой подарок, и он ответил:

— Ну, так не подарок. Мешулам Фрид даст тебе ссуду, и ты ее не вернешь.

И посмотрел на меня с укором:

— С тех пор, как Гершон, ты мне как сын, Иреле. Если бы он был жив, разве я не дал бы ему эти деньги? А если бы ты женился на Тиреле, разве не дал бы?

Я повторил свой отказ:

— Я не Гершон, а Тирца уже вышла замуж за кого-то другого.

Мешулам скривил лицо:

— Я сделал ей шикарную свадьбу. Вкусная еда, хорошая невеста, подружки-красотки. Только жених должен был быть другой.

Я не ответил. Он сказал:

— Извини. У Мешулама что на уме, то на языке. Что он говорит в уме, то он думает вслух.

Через несколько дней он позвонил:

— Я нашел тебе машину. Приходи посмотреть.

Я поспешил к нему в контору.

— Жаль, — сказал он. — Тиреле была здесь четверть часа назад. Я сказал ей — подожди, твой приятель Иреле должен вот-вот прийти. Но она все время на иголках. Бежит еще на какую-то работу. Вот так это, когда у тебя такой муж, какого она себе нашла.

Минибус стоял на стоянке. Я сказал Мешуламу, что это именно то, что я искал, и он велел ребятам в своем гараже проверить всё, что нужно проверить, и помочь мне с оформлением документов и, видимо, шепнул ему на ухо еще несколько указаний, потому что после проверки машина вернулась с багажником на крыше, лестницей, новыми шинами и дополнительной запаской.

— Сколько это стоило? — испугался я.

— Гроши. Что, я не могу купить какую-то мелочь сыну профессора Мендельсона? Ехай с Богом.

— А где продавец? Я хочу поговорить с ним о цене.

Мешулам взорвался смехом:

— Человек, у которого есть Мешулам Фрид, должен говорить с кем-то о цене? Я уже сам с ним поговорил, и он уже спустил цену, так что всё в порядке, вернешь мне деньги, когда начнешь зарабатывать.

4

Прошел год. Птицы улетали и возвращались, а мой минибус, нагруженный их любителями из Скандинавии и Германии, Голландии и Соединенных Штатов, следовал за ними — из долины Хулы к Мертвому морю, из долины Бейт-Шеан — в Южную Араву. Я преуспел в своей новой работе и уже вернул Мешуламу — после яростных споров — значительную часть стоимости машины.

Всё это время я переписывался с Лиорой, ее письма и ее жизнь были интересней и занимательней моих. Мы договорились о ее следующем приезде, и на этот раз она приехала одна.

— Сейчас я учусь фотографии, — сообщила она. — Пробую разные другие вещи, пока меня не введут в семейные дела.

Я повез ее в горные ущелья, выходящие к берегу Мертвого моря, — фотографировать диких козлов в Нахал Хевер и Нахал Мишмар, орлов в Нахал Давид и какую-то редкую сову в Нахал Аругот. Мы много ездили. Много ходили пешком. Спали в маленькой палатке, распирая ее своей любовью. Она сказала, что соскучилась по мне, что думала и мечтала о той ночи, когда журавли летели над нами, а мы лежали под ними.

Я сообщил матери и Папавашу, что «у меня есть подруга». Сказал, что собираюсь нанести им визит и представить ее. Папаваш набрался смелости, позвонил матери и сказал, что, по его мнению, дело серьезное, поэтому желательно избавить меня от двойного визита, и она согласилась и пришла, впервые после своего ухода. Биньямин, который был уже тогда студентом-медиком, тоже дал себе труд присоединиться.

— Мы сядем в гостиной, — сказал Папаваш, но мы сидели в большой «кихе», которая когда-то была твоей. Ты разглядывала Лиору, а Папаваш смотрел только на тебя. Потом встряхнулся, извинился и сказал: — Лиора, ты выглядишь совсем как член семьи.

Она улыбнулась:

— Да, ваш сын мог бы предупредить нас с вами об этом заранее.

До того дня о сходстве между ними знал только я один. Теперь я с любопытством наблюдал, как они сами переваривают это. Сначала они посмотрели друг на друга, потом вновь на нее, потом расчувствовались, и маленькое облачко взаимной симпатии поднялось над ними, радостно порозовев под потолком.

Биньямин ушел через час, затем ушли и мы с Лиорой.

— Может, останешься еще немного, Рая? — сказал Папаваш матери, но она вышла вместе с нами и отказалась от моего предложения ее подвезти.

— Я дойду пешком, — сказала она. — Это недалеко.

Лиора вернулась в Соединенные Штаты, а через два месяца поехал туда я — моя первая и последняя поездка за границу, — познакомиться с ее родителями и братом Иммануэлем. Домой мы вернулись мужем и женой. Лиора уже не фотографировала горных козлов и не наблюдала птиц. Она основала израильское отделение семейной компании, преуспела в делах, купила нам дом, забеременела, быстро выучила иврит и с той же легкостью, с которой накопила деньги и слова, перенесла оба своих выкидыша. Двое моих детей умерли в могиле ее матки один за другим и точно в одном и том же возрасте — через двадцать две недели беременности.

Я помню, как ударили меня слова врача — того самого vogelkundler'а, который несколькими годами раньше показывал мне хорошие места для наблюдений за птицами. После первого выкидыша он сказал нам: «Это был мальчик», а после второго сказал на своем иврите, таком же чудовищном, как и то, что этот язык сообщал: «А сейчас это был девочка». Как будто желая намекнуть на что-то и придать ему смысл, но не разъясняя его.

— Зачем он рассказывает нам это? — сердился я. — Что, кто-то его просил? Хорошо еще, что он не назвал нам их имена. Как будут звать его, и как будут звать ее, и в какой школе они будут учиться, и куда пойдут служить в армию.

Лиора медленно расчесывалась у зеркала. По ней ничего нельзя было заметить, кроме усталости, и красота ее только расцвела. Медные и золотые пряди струились меж черных щетинок волосяной щетки. Мы смотрели на нее оба. Я — на ее профиль, она — на свое отражение. Наши взгляды встретились в зеркале, и Лиора снисходительно улыбнулась, как улыбаются матери при виде маленького сына, который сердится впервые в жизни.

Она повернула ко мне свое светлое красивое лицо. Лицо королевы, подумал я, лицо из слоновой кости, инкрустированное сапфиром, коронованное золотом и медью. Я почувствовал обиду и боль зеркала. Мгновенье назад ему принадлежала вся полнота ее красоты, а сейчас оно вмиг опустело.

Я сказал ей:

— Может, съездишь к родителям на неделю-другую?

Она сказала:

— Мой дом здесь, здесь мой офис, моя работа, и ты тоже.

Моя мать — я сбежал тогда из нашего с Лиорой тель-авивского дома и на несколько часов поднялся к ней в Иерусалим — сказала мне:

— Лиора — сильная женщина, как ты уже и сам, конечно, знаешь, но, когда сильные люди ломаются, перелом много серьезней, а осколки куда мельче.

— Может, у нее что-то не в порядке? — спросил я.

— Не обвиняй Лиору, — сказала она. — Это может быть и мой изъян, который перешел на тебя. Не забывай, что и у нас тоже был выкидыш. — Она положила свою руку на мою. — Помнишь, как нас вместе рвало каждое утро? Меня и тебя?

— Конечно, помню, — улыбнулся я, — и я никого не обвиняю, мама, ни ее, ни себя, ни тебя. Я лишь пытаюсь понять, что произошло.

— Вернись туда, — сказала она. — Нехорошо оставлять женщину одну в таком положении.

Я вернулся. Лиора уже склеила свои меленькие осколки, и со стороны по ней уже совсем ничего не было видно. Высокая, прямая и привлекательная,

как прежде, гладкая, чистая кожа, расчесанные волосы потрескивают, как огонь, а глаза светлые и спо-
койные. Она не спросила, где я был, и не упрекнула,
что я оставил ее одну, но позже, когда мы пили чай,
сказала, что больше не намерена беременеть.

Я сказал, что, возможно, ей стоит посоветоваться
с другими врачами, но она отрубила:

— Нет, со мной всё в порядке.

Я спросил:

— На что ты намекаешь? Что проблема во мне?
Но ведь ты же забеременела.

Она вспыхнула:

— Я никогда не намекаю, Яир. То, что я хочу сказать, я говорю прямо.

Я лег возле нее, обнял, пытался успокоить ласко-
выми словами. Она поднялась и выпрямилась надо
мною во весь рост:

— Каждый из нас по отдельности в полном порядке, наша проблема — это мы вместе.

А потом завернулась в большую простыню, которая до этого дня укрывала нас обоих, взяла свою подушку — она пользуется особо мягкой подушкой, от
моей у нее болит шея — и переселилась в комнату,
которая с того дня стала ее комнатой.

Я не протестовал. И задним числом я думаю, что
она права. И тогда была права. С того дня она приходила в мою комнату раз в месяц, — «for the treatment
of complexion», как она определяла цель этого события, чтобы сохранить цвет лица, — и я, надо при-

знаться, радовался ее приходу и испытывал благодарность, но под конец впадал в глухую обиду и раздражение, потому что под конец она всегда подымалась и снова возвращалась в свою комнату.

— Это невежливо, — сказал я в конце следующего «тритмента». — Ты ведешь себя, как те мужчины, на которых обычно жалуются женщины. Кончаешь и исчезаешь.

— Кончаю? Don't flatter yourself. Не льсти себе.

— Так почему тогда ты уходишь? Почему не остаешься со мной до утра?

— Мне слишком жарко с тобой в кровати.

Кто были те сын и дочь, что не родились у нас? А если б родились, на кого были бы похожи, на меня или на нее? Тот странный диагноз, что «это был сын», а «это был дочь», и разница в возрасте между ними, ровно два года, оставляют мне лишь возможность гадать и сожалеть, недоумевать и удивляться. Вот и сейчас, сидя на деревянной веранде, которую построила мне Тиреле, моя юбимая, на моем новом месте, я опять воображаю их себе. Они вдруг материализуются из частиц воздуха и пейзажа, проступают в прозрачном пространстве, как чуть менее прозрачные тела. Но не плывут в нем, как рыбы, и не парят, как птицы. Хотя я не вижу под их ногами никакой почвы, они шагают, как если бы она была. В одном я не сомневаюсь: если б они родились, они были бы хорошими друзьями. Ведь вот: они всегда навещают меня вместе. Ни разу порознь. Он старше ее ровно на два года, а она, резкая и подвижная, моложе его ровно на те же два. Они всегда бок о бок, рука об руку, друг с другом, и заняты тоже одним и тем же — как сиамские близнецы, связанные пуповиной общего дела. Спорят, всматриваются во что-то, указывают друг другу на что-то рукой.

Имен я им не даю. Достаточно глупо уже то, что я их себе представляю. А кроме того, имя требует знакомого облика, за который оно могло бы держаться, на котором могло бы повиснуть, а эти двое — они каждый раз другие. Иногда они похожи на моих родителей, брата и жену — оба светлые, худощавые и высокие, а иногда оба, как я, — темные, низкорослые и плотные, но никогда не отличаются друг от друга. А лиц у них нет. Я чувствую все их движения, слышу их голоса, но я не вижу их черт.

— Почему вы не родились? — спрашиваю я у них и отвечаю себе: — Что ж, это мог быть просто злобный случай, несоизволение судьбы. А может, права их мать, и мы с ней несовместимы, не пригодны для соединения, и всё общее, что складывается из нас обоих: дом, ребенок, работа, общая постель, — всё выходит неудачно.

5

Свою красоту Лиора унаследовала от отца, а свое очарование — от матери. Он — президент крупной компании «Киршенбаум риэл эстейт» со штаб-квартирой в Нью-Йорке, она — хозяйка большой кондитерской «Киршенбаум пейстри» в Нью-Рашель. Но кроме родителей у нее есть еще старший брат, которого я уже упоминал, Иммануэль, отец шести дочерей и управляющий всеми делами «Риэл эстейт» семейства Киршенбаум на Восточном побережье — в Бостоне, Вашингтоне, Лонг-Айленде и Нью-Йорке. Раньше это был молодой гуляка, любитель водного спорта, хорошей выпивки, вкусной еды и дорогих нарядов, а сегодня он носит простой черный хасидский костюм и белую рубашку, ходит, опустив глаза и свесив плечи, говорит умирающим голосом и шагает торопливой, шаркающей походкой — всё, как положено неофиту. Но его занудство нисколько не изменилось. Раньше он донимал меня разговорами о лодочных моторах и обувных модельерах, а сегодня — о своих пожертвованиях поселенцам и о пропусках между буквами в тексте Торы[4].

Лиора не верит, что человек может измениться.

— Всё это спектакль, — говорит она о своем брате. — Он как был, так и остался занудой, и этот его новый безобразный хасидский наряд — тоже разновидность пижонства. — И насмешливо добавляет: — Иммануэль — единственный в мире хасид, который заказал себе талит у Версаче.

Но я полагаю, что она ошибается: Иммануэль действительно как был, так и остался утомительным занудой, но его новообретенная религиозность неподдельна.

Два-три раза в год он появляется в наших краях по делам семьи-веры-недвижимости, и всякий раз, когда он или другие Киршенбаумы приезжают в Страну, нас с «Бегемотом» посылают в аэропорт забрать их в гостиницу. Это моя обязанность, и не будем забывать, что я получаю зарплату в израильском отделении компании Киршенбаумов.

Дверь зала, где встречают прилетающих, автоматически открывается мне навстречу, я захожу внутрь и жду. Иногда я даже поднимаю двуязычный плакатик «Киршенбаум», на иврите и английском. Шоферской фуражки и одежды у меня нет, но свою роль я выполняю в наилучшем виде, и табличка приводит Иммануэля в ярость.

Вот они. Иммануэль с отцом шагают впереди, за ними идут две женщины, обе в скромно-дорогой одежде, и жена Иммануэля покачивает в руке круглую коробку со шляпами. Иногда компания даже больше. Я не всех знаю, но опознаю их без труда. При всем их отличии друг от друга все Киршенбаумы, даже те, кто примкнул к семье через женитьбу, излучают атмосферу единства и семейной солидарности.

— Смотри, как красиво они выглядят, — упрекнула меня Лиора, когда из Штатов пришли фотографии нашей свадьбы. — Один ты выглядишь иначе.

— Такой уж я уродился, — сказал я ей. — Я и в своей собственной семье выгляжу иначе.

И после того, как меня представляют новому Иммануэлю или новой Лиоре, родившимся или присоединившимся к семье, я предоставляю всем целоваться, и обниматься, и болтать, а сам тем временем загружаю чемоданы в багажник «Бегемота» и на его крышу. Я взбираюсь, я тяну, я толкаю, я затягиваю ремни, простые задачи наполняют меня энергией и старанием. Потом я сажусь за руль и жду указаний.

Через несколько дней, когда они заканчивают все свои встречи, деловые и семейные, нас с «Бегемотом» просят свозить их на экскурсию. Родители Лиоры — легкие туристы, они радуются всякому месту, куда я их привожу, и всякому объяснению, которое я даю. Иммануэль, наоборот, интересуется местами только одного рода: гробницей Рахели, пещерой праотцев[5] и любыми новыми поселенческими форпостами. Вдобавок, в последнее время он открыл для себя гробницы еврейских праведников на севере, что требует от меня поездок длиннее обычных. Мне не трудно вести машину, но мне трудно так долго находиться в его обществе. «Бегемот», обычно очень просторный, становится тогда карцером на колесах, а я превращаюсь в его нетерпеливого и раздраженного узника, которому не объявили срок наказания.

— Нет у меня сил ездить с ним, — сказал я Лиоре.

— Это работа. Каждому экскурсоводу иной раз попадаются малоприятные туристы, и не забывай, что этот конкретный турист заправляет компанией, которая платит тебе зарплату.

6

Израильское отделение компании, которая платит мне зарплату, — это шикарный и просторный офис на бульваре Хен в Тель-Авиве, полный воздуха и света. От нашего с Лиорой дома на улице Спинозы туда рукой подать, и Лиора может ходить на работу пешком, даже на высоких каблуках. Так она и ходит каждое утро: «бедра — шедевр мастерства шлифованья, ноги легки, и икры упруги, и быстрый, балованный шаг»[6] — идет на юг по улице Спинозы, пересекает улицу Гордона, игнорируя, по словам того же поэта, «полярных медведей, трубящих ей вслед», как я называю ее поклонников, ежедневно ожидающих ее появления на улице Фришмана, потом срезает дорогу, сворачивает направо, постукивает каблуками по пологому, тенистому подъему бульвара и на закуску одним махом взбегает по двадцати четырем ступенькам, ведущим к ее офису.

Сигаль, ее полненькая строгая секретарша, подает ей расписание предстоящих встреч и с ним — чашку теплой воды с лимонным соком, щепоткой корицы и медом. И затем — за работу. Должен же кто-то зарабатывать, обеспечивать, покупать Яиру одежду для далеких путешествий, в которые он никогда не решится поехать, рюкзаки, которые он никогда не взвалит на спину, амортизаторы, которым не суждено вдавиться до упора, и защитное покрытие днища, которому не доведется проползать над острыми камнями.

Большинство клиентов Лиоры — состоятельные американские евреи, ищущие квартиру в Израиле, иностранные дипломаты, а в последнее время также богатые евреи из Франции и Аргентины, которых ее брат Иммануэль встречает на всяких религиозных конгрессах. Она находит для них квартиры и дома в престижных районах Тальбии и Рехавии, Кесарии и новой Герцлии, Ашдода и Тель-Авива. И поскольку многие из них не живут в этих домах, да и не так уж часто их посещают, она занимается также содержанием их квартир и поиском временных жильцов.

Случается, что Сигаль посылает меня подготовить такой пустой дом для краткосрочной сдачи внаем или для визита хозяев. Я проверяю водоснабжение, электричество, кондиционер, кухонное оборудование, привожу мастеров, техников и уборщиц, а иногда даже покупаю несколько бутылок и что-нибудь съестное, чтобы ожидало гостей в холодильнике. За всё это израильское отделение «Киршенбаум риэл эстейт» платит мне помесячную зарплату — сумму, которая позволяет мне тешить себя иллюзией независимости, а мою жену радует возможностью законно списать еще немного с налогов.

Брак с богатой женщиной имеет несколько преимуществ, но есть в нем и недостаток: я вынужден представлять отчеты, подвергаться проверке, по мелочам доказывать выгодность той или иной покупки. Если угодно, моя жизнь с той богатой женщиной, которую ты мне напророчила, — это одна длиннющая череда предъявлений счетов и квитанций.

— Ты ошибаешься! — возмутилась Лиора в ответ на это мое утверждение. — Я никогда не спрашивала «зачем» и никогда не говорила «нет». Но деньги требуют порядка, и это распоряжение Ицика. Надо знать, сколько и откуда пришло и сколько и куда ушло.

Ицик — это ее бухгалтер, пруссак, который родился в Марокко и вместо каски с острием носит маленькую вязаную кипу.

— Я подданный, я крепостной. Я заложник, — сказал я ей. — Вы с Ициком приставляете мне кошелек к виску.

— Так увольняйся. Получишь от меня компенсацию, будешь самостоятельным частником.

— У экскурсоводов сегодня мало работы.

И поскольку Лиора ответила насмешливым молчанием, я тут же вскипел:

— И знаешь почему? Из-за таких людей, как твой брат и его поселенцы.

— Не ищи оправданий. Если не можешь заработать на туризме, поменяй специальность. Я могу дать тебе для начала гарантии и ссуду. Не хуже, чем дал тебе когда-то тот дружок твоего отца, тот подрядчик, который строит полстраны. Я еще помню, какие ядовитые взгляды он бросал на меня, когда увидел нас после свадьбы. — И в свою очередь бросила на меня ядовитый взгляд: — Я слышала, что у него есть дочь, весьма удачливая особа, которая строит вторую часть страны. Может, ты предпочитаешь работать у них, а не у меня? Может, тебе будет лучше с ней?

— Я лучше буду возить тебя. По этому торжественному случаю ты сможешь заодно повысить мне зарплату.

— Я готова повысить тебе зарплату, чтобы ты меня не возил.

Так она сказала, но с того дня Сигаль начала время от времени звонить мне, чтобы я подвез хозяйку. Иногда Лиора садится рядом со мной, а иногда на заднее сиденье: серые, широко расставленные глаза переходят с бумаг на экран ноутбука и обратно — деловая женщина готовится к очередной встрече или сделке. И я — карие, близко посаженные, глубокие глаза, глаза быка, угадывающего свою судьбу, прыгают между дорогой и зеркалом. Если повернуть голову и зеркало под правильным углом, большое расстояние между ее глазами и маленькое — между коленями вдруг совмещаются в одной рамке.

Это новая топография побудила во мне новый прилив страсти и, похоже, один раз и в ней тоже. Мы ехали тогда из Иерусалима в Бейт-Шемеш. Иммануэль просил ее посмотреть там несколько квартир в новом религиозном квартале, и я предложил спуститься через Эйн-Карем и долину а-Эла.

Так мы и поехали, и вдруг моя жена велела свернуть на какую-то проселочную грунтовую дорогу, которой я даже не знал, и там, под развесистым и умеющим хранить секреты рожковым деревом, мы легли на одеяло, которое я вытащил из багажника, — одеяло, которое я купил и которое уже отчаялось когда-нибудь быть расстеленным, — а потом я поднялся, радуясь неожиданному наслаждению, подаренному мне моей женой, и скорбя о его редкости, и принес из «Бегемота» альпийскую горелку, чайник и сковородку, и, когда Лиора проснулась, и потянулась, и улыбнулась, у меня уже был готов походный завтрак на двоих, даже приправленный свежими листиками и травкой, которые я нашел среди скал.

— Я и не знала, что вы с «Бегемотом» так хорошо оборудованы, — сказала она. — Что у тебя там еще есть?

— Все, что нужно.

И даже более того: инструменты для ухода за машиной, а также на случай поломки и для приготовления пищи, большой спальный мешок и тонкий, самонадувающийся туристский матрац, канистры с соляркой и водой, наголовный фонарик, батарейки, переносной фонарь, кофеварка, головки чеснока, растворимый суп, солености (мама говорила о нас: «Биньямин любит сладости, а Яир — солености») — словом, всё, что может понадобиться человеку, если он надумает уйти или его прогонят.

У меня есть также запасной набор ключей от «Бегемота», укрытый в герметичном тайнике в его

шасси. Если в один прекрасный день Лиора предложит мне исчезнуть, я смогу тут же подняться и уйти,
без неловкости неуклюжих сборов и упаковки,
без — сколько и какую одежду брать и «может быть,
ты видела, где ключи от машины?» — просто выйду,
как выходили когда-то изгнанные жены: со своим
золотом и теми украшениями, что на них. Выйду, уе-
ду и в ожидании, пока меня подберет другая богатая
женщина, смогу даже прожить несколько дней среди холмов.

Назавтра Ицик сообщил мне, что хозяйка больше не будет пользоваться моими услугами как водителя, но зарплата мне будет выплачиваться по-
прежнему. Прошло еще несколько дней, и я был
вызван в офис, подписал несколько бумаг и из экскурсовода, находящегося на полпути к безработице,
превратился в «начальника транспортного отдела»
израильского отделения компании — отдела, со-
зданного за одну ночь, чтобы я мог его возглавить.
Мы с «Бегемотом», раньше перемещавшиеся по следам перелетных птиц, начали теперь перевозить
лекторов, и певцов, и артистов, а поскольку мы оба
готовы унизиться переходом с асфальта на грунт —
также ведущих инженеров электрической компании, иностранные телевизионные группы и важных
гостей канцелярии главы правительства и министерства иностранных дел. Именно так я встретил
того пальмахника из Америки и его товарищей, которые ездили со мной на Мицпе Гар-Эль, и на клад-

бище в Кирият-Анавим, и в монастырь, из которого
вылетел последний голубь Малыша.

И вот так, в ходе всех этих поездок и разъездов,
я начал мало-помалу размышлять о возможности
вообще не возвращаться, а найти себе другой дом,
собственное место в мире. Недовольство жизнью в
доме Лиоры точило меня уже давно, но сейчас мне
представилась возможность смотреть и искать. И
не раз, привозя лектора, или певца, или бродячего
организатора коллективных пений в какие-нибудь
небольшие поселки, я пользовался удобным случаем и, пока мой пассажир выступал в местном клубе
или районном доме культуры и спорта, ходил по
улицам, высматривал объявления «на продажу» и
искал пустые дома, которые желают заполниться
новым человеком, обновиться самим и его обновить.

Если я видел такое объявление на доме и кого-нибудь внутри, я стучал в дверь. Если дом был брошен,
я подходил и заглядывал в окна. Порой я вызывал
опасливые подозрения соседей: кто я такой и что,
собственно, здесь делаю?

— Я привез артиста, который сегодня вечером
будет выступать в вашем клубе.

— И что ты тут ищешь?

— Дом.

И мое настроение сразу поднималось. Как мало
на свете людей, которые могут так легко объяснить,
кто они и чего они ищут.

Глава шестая

I

Пошел я искать себе дом. Чтоб укутал меня со всех сторон, чтобы было у меня порой убежище. Бродил по маленьким деревенским улицам, пестрым от чередованья света и тени да переклички горлиц. Заглядывал, стучал, заходил в магазины и лавки, расспрашивал покупателей, изучал доски объявлений, истыканные кнопками и усеянные пожелтевшими записками. Навещал правления, с их одинаковой повсюду серостью столов и людей и одинаковыми аэроснимками на стенах: лоскутное одеяло плантаций и полей, прямоугольники хозяйственных построек, дворы с черно-белыми точками — коровы, застывшие в янтаре линзы.

Как орел кружил, высматривая мертвых, и надорвавшихся, и тех, что уже на смертном одре. Встречал разорившихся крестьян. Сводил вместе расставшиеся пары. Осматривал дворы, утопавшие в пыли и колючках. Пил чай со стариками, которые отказывались продавать, и представал перед сыновьями, которые ждали отцовской смерти. Голуби шумели на заброшенном сеновале, ветры — в проломленной крыше. Видел несбывшиеся мечты, обманутые любови, крошащийся бетон и серые сетки паутины на стенах.

Кочевник. Кочую по всей стране, руки на большом послушном руле «Бегемота», ищу, выискиваю и в конце концов, представь себе, нахожу. Вот он, дом, который ты предназначила для меня: маленький и жалкий на вид, но два старых кипариса высятся в проеме его окна — точно, как ты любила и наказала, и два могучих рожковых дерева раскинули кроны в углу двора, и трава пробивается в трещинах тротуара, как ты хотела и велела.

Здравствуй, дом. Со стен твоих сыплется штукатурка, твоя дверь заколочена гвоздями, твои окна забиты досками, но комнаты за ними пустынны, и их эхо зовет меня войти. Большая ящерица пробежала по жестяной канаве водостока, и ее когти отозвались дрожью на моей коже. Старые, обвисающие соломой воробьиные гнезда глядели из щелей под крышей. Я обошел вокруг, продираясь сквозь заросли разгневанного чертополоха ростом с меня самого. Засыхающий инжир, лысеющая трава, умирающий лимон. Неожиданный шорох вспугнул мои ступни — большая медянка выскользнула из-под моих ног и исчезла.

Позади дома подстерегал меня безлюдный простор. Широкий и спокойный, он прикидывался равнодушным, но там и сям приукрашал себя зеленью и, в отличие от других пейзажей в этой стране, не был изуродован шоссейными дорогами, столбами высоковольтных линий или пятнами других поселков. Только холмы за холмами, точно овечьи спины, — всё удаляются и удаляются и, удаляясь, бледнеют, постепенно сливаясь с горизонтом, да склоны всё больше желтеют с расстоянием, и на них фисташковые деревья, маленькие, упрямые, кривые. Тут — одинокое рожковое дерево, там, за воротами из проволоки и прутьев, — пастбища для скота, а в маленьких вади — низкие, гладко обработанные террасы и пешеходные тропы. Пейзаж простой, но лукавый и влекущий, такой, что можно выйти из дома и прямо шагнуть в его рамку.

Дом построен на склоне, и его западная сторона поддерживается столбами. В пустоте, что под ней, собралась всякая рухлядь: старый унитаз, доски, трубы и железные уголки. Между двумя столбами кто-то выгородил угол, заслонив его сеткой птичника, а за нею валяется жестяная кормушка, два поломанных ящика для кладки яиц и четыре маленьких странных холмика из перьев. Я пошевелил их носком ботинка и ужаснулся — то были высохшие трупики четырех куриц. Тот, кто жил здесь до меня, оставил их тут взаперти, умирать от голода и жажды.

Я развернул машину. Если не будет дорожных пробок, я еще успею к ужину в Тель-Авив. В небе носились вороны, высматривая хищную птицу, чтобы подразнить ее перед сном, а высоко поверху шли облака, нежные, перистые, в розовой кайме заката, который гнал их паруса на восток.

Я остановился. За спиной я ощущал дом, который себе нашел. На одно-единственное мгновенье весь мир был моим. На одно мгновенье — а в следующее моя нога уже вдавила педаль, и руки свернули руль до упора. «Бегемот» был ошарашен — обычно он возвращался домой, как корова к кормушке, а сейчас, выброшенный сильным и мягким толчком на обочину, прочертил за собой широкий полукруг щебня и грязи. Я развернул его и поехал обратно — прямо через поля, назад, к дому, который я себе нашел.

«Бегемот» медленно взобрался по крутому склону. Я вытащил из багажника спальный мешок и матрац. Воткнул лом, оторвал несколько досок, влез внутрь и уселся на подоконнике.

— Когда найдешь новое место, — наказала мне мать, — осмотри его утром и вечером, в разные часы и в разные дни.

Надо проверить весь его веер звуков и запахов, объяснила ты мне. Почувствовать, как накаляется крыша и как дышат холодом стены, выяснить, когда заходит солнце и когда просыпаются цветы, составить график ветреных и солнечных часов в окнах.

— Здравствуй, дом … — сказал я отчетливо и громко в ожидавшую за порогом темноту. И замолчал, прислушиваясь. Дом вздохнул и ответил. Я перешагнул порог и пошел сквозь его темную пустоту, ничего не видя, но ни на что не наталкиваясь. Улыбаясь про себя. В доме Лиоры каждый подъем среди ночи — словно отчаливание в авантюру. Сначала плывешь в прибрежных водах, держась рукой за стенку, и лишь потом, с неожиданной лихостью первопроходцев, отваживаешься дерзнуть. Широко расставив руки, нащупывая, и наталкиваясь, и отступая — отмели мебели, рифы, выросшие за одну ночь, — сколько раз я ушибал лоб и пальцы ног о дверной косяк, исподтишка поменявший свое место.

Здесь я шагал уверенно. Воздух был неожиданно свеж. Пол, давно не ощущавший прикосновения ноги, радовался шагам человека. Я разложил на нем надувной матрац, разделся и залез в спальный мешок, как животное в свою нору. Я сразу же почувствовал, что лежу точно вдоль меридиана. Мои ноги указывали на север, юг подушки был у меня в головах, и в довершение этой приятности я еще ощущал, что покачиваюсь и плыву. Я закрыл глаза и услышал протяжный шум ветра, свойственный большим деревьям, потом — второй из трех циклов воя шакалов, а под конец — ночную птицу, кричавшую гулко и печально, в ритме метронома. Перед тем как уснуть, я сказал себе, что утром первым долгом загляну в справочник, лежащий в «Бегемоте», и выясню, что это за птица. И когда выясню, тогда решу окончательно. Подсчитаю все свои за-за и за-против. Приму решение на твой манер.

2

Утром, открыв глаза, я сразу вспомнил, где нахожусь. Я встал и вышел к «Бегемоту». Вчерашняя ночная птица — это маленькая сова, или совка, которую иногда еще называют волохатой сплюшкой. Я улыбнулся — Лиора скажет, что это прозвище подходит и ко мне тоже. Я снова обошел всё вокруг, в последний раз осмотрел и взвесил. Проклятие мертвых кур, заросли терновника во дворе, пятна сырости на стенах, царапанье ящеричных коготков, необходимость что-то решать и делать — всё это говорило за-против. Широкие просторы, кряжистость рожковых деревьев, точное размещение кипарисов в рамке окна, спокойное дыхание дома, мое уверенное передвижение в его пространстве — всё это говорило за-за.

Я тоже сказал «за» и вдруг ощутил огромную радость. «За», — снова повторил я, удивленный моей новой способностью: решать. Я вернул матрац и спальный мешок в недра «Бегемота» и извлек из его глубин свою газовую горелку. Выпил первый кофе в доме, который я себе нашел, и пошел в правление выяснять детали.

Отсюда до правления было метров сто пятьдесят: три дома, две ухоженные лужайки и одна облысевшая и засохшая, еще четыре пары кипарисов, которые порадовали бы твое сердце, и одна гигантская сосна, которая, судя по количеству помета, служит пристанищем изрядному множеству птиц.

— Продается? О каком доме идет речь? — спросил человек в правлении.

— Вот об этом, — показал я рукой.

Как и во всех других конторах, здесь тоже висел аэроснимок деревни. Короткие, резкие тени кипарисов — застывший строй компасных стрелок — свидетельствовали, что снимок сделан в летний полдень. Белая машина — чья? — стояла рядом с моим домом. На бельевых веревках развевались простыни, хранительницы секретов. Фотоаппарат ухватил одновременно и мгновенную неподвижность машины, и медленное проползание тени, и мечущееся по ветру белье.

— Конечно, продается.

— К кому нужно обращаться?

— Вы уже обратились.

— К вам?

— Вы видите здесь еще людей?

— Это ваш дом?

— Нет, этот дом принадлежит мошаву[1].

— А кто жил в нем до сих пор? Я видел, что он забит досками.

— Сейчас никто. Раньше — верно, кто-то снимал, но потом сбежал, не выплатив задолженность. Полгода — за воду, электричество и квартплату. Но это мы уладим. Вас это не должно беспокоить.

— И сколько он стоит?

— Есть правление, как я уже вам сказал, и есть бухгалтер, и у нас тут не дыра какая-нибудь, у нас и адвокат тоже есть, из Тель-Авива. И еще вам придется пройти приемную комиссию, — вдруг добавил он, — потому что у нас есть и другие предложения. Но вы не беспокойтесь, мы договоримся.

— Вы объявляете конкурс?

— Почему конкурс? Каждый вносит свое предложение, и мы принимаем самое лучшее.

Я вышел, вернулся к дому, снова посмотрел на него на прощанье, сел в машину и спустился по короткому склону к полю. Высоко надо мной кружила большая стая пеликанов. Осенью, так сказал мне когда-то один датский орнитолог, пеликаны кружат по часовой стрелке, а весной — против нее. Я вспомнил тогда свою пару Йо-Йо, Иорама и Иоава, и слова Папаваша о завихрениях волос на головах однояйцовых близнецов.

Еще два воспоминания остались у меня от этого утра. Ощущение, будто дом провожает взглядом мою удаляющуюся спину, и тот факт, что, поднимаясь с проселочной дороги на главную, «Бегемот» повернул свой нос не вправо, а влево. Так он дал мне понять, что я еду не в дом Лиоры Мендельсон в Тель-Авиве, а в контору Мешулама Фрида в Иерусалиме.

3

Мешулама Фрида я видел часто, но только у Папаваша, которого он регулярно навещал. В контору к нему я давно не заглядывал.. Прежний офис вырос на один этаж, а надпись на табличке у входа удлинилась на два слова: «… и дочь». Охранник позвонил кому-то и разрешил мне войти.

Дверь в кабинет Мешулама была полуоткрыта. Я постучал и просунул голову.

— Иреле! — Мешулам встал, распахнул руки и вышел мне навстречу из-за стола. — Ты меня обижаешь. Разве ты должен стучать в дверь Мешулама Фрида?

Он стиснул меня в объятьях, расцеловал в обе щеки и радостно улыбнулся:

— Какой гость, какой сюрприз... Помнишь, ты, бывало, играл здесь в пять камешков с Гершоном и с Тиреле?

— Да.

— С тех пор, как Гершон... я весь одни воспоминания. — Он вынул свой платок, вытер глаза и спросил, чему обязан визитом и чем может помочь.

— Ты мне нужен на несколько часов, — сказал я.

— Для тебя у меня есть все время в мире, Иреле, — сказал Мешулам. — Случилось что-то хорошее или что-то плохое?

— Что-то хорошее, — сказал я. — Я нашел себе дом. Я хочу, чтобы ты посмотрел.

— Ты нашел себе дом? — Мешулем просиял. — Я не знал, что ты искал. Поздравляю. Зачем?

— Чтобы у меня было свое место, — процитировал я торжественно.

— Что значит «свое место»? У тебя есть большой и красивый дом в Тель-Авиве. Профессор Мендельсон рассказывал мне, как там внутри шикарно. А что госпожа Лиора? Она знает о новом доме?

— Еще нет.

— Ты выиграл в лотерее?

— Почему ты так решил?

— Если твоя жена не в курсе и если ты не выиграл в лотерее, так откуда у тебя деньги?

— Появились. Не важно сейчас откуда. Лучше скажи, когда у тебя найдется время посмотреть?

Мешулам подошел к окну.

— Прямо сейчас у меня найдется. Едем.

Быстрые решения меня пугают.

— Сейчас? Но это займет несколько часов, это не так уж близко…

— Не беспокойся о моем времени. У Мешулама Фрида его вполне достаточно. У него не так много денег, как думают некоторые, но времени у него много, и он сам решает, на что его потратить, а на чем сэкономить. — И улыбнулся. — Времени у меня столько, что я, наверно, скорее умру, чем оно у меня кончится.

Он заглянул в соседнюю комнату, отдал несколько распоряжений и энергично зашагал по коридору. Беглым взглядом отстранил кого-то рвавшегося с ним поговорить, положил успокаивающую руку на плечо другого, повернулся ко мне и провозгласил:

— Вот где настоящая независимость. Не деньги, а время.

Мы вышли на стоянку. На мгновенье Мешулам застыл в нерешительности. Его руки, точно два отдельных живых существа, изобразили короткие «да» и «нет».

— Поедем на твоей, — решил он наконец. — Устроим себе небольшую экскурсию, и ты мне расскажешь по дороге все те майсы, которые ты рассказываешь туристам. Где тут Магомет взлетел на небо, и где Иисус ходил по воде, и где ангелы сделали нашу праматерь Сару на старости лет беременной. — И хлопнул меня по заднице. — Но раньше всего — в буфет Глика, возьмем себе на дорогу его «сэнвиш».

Мы выехали из города. Я думал показать ему по пути римскую дорогу, а то даже и выйти для короткого осмотра пешком и, пользуясь случаем, рассказать о подарке, который сделала мне мама. Но Мешулам начал рассказывать первым. Сначала он показывал мне дома, которые построил. Потом — дома, которые разрушил. Потом холмы, на которых сражался в Войну за независимость, когда был в Пальмахе: «А ты что думал? Что весь Пальмах состоял из таких высоких блондинов, как твоя мама? Были там и такие, как я», и тут он добрался наконец до сути дела — до своей Тиреле, до Тирцы.

— Ты помнишь, Иреле, когда вы были детьми, как Гершон каждое лето ходил в лагерь в Институте Вейцмана, а она шла со мной на работу? А сейчас, ты знаешь, какой она стала сейчас большой подрядчик? Она у меня сейчас отвечает за все проекты Мешулама Фрида!

— Да, я слышал, что она работает с тобой, но как-то пропустил, что она уже выбросила тебя из правления твоей фирмы.

Лицо Мешулама просияло.

— Не меня она выбросила, а мужа своего она выбросила, этого шмендрика Иоси своего. А со мной она начала вместе работать.

Он засмеялся:

— «Мешулам Фрид и дочь с ограниченной ответственностью». — И вздохнул. — Даже если бы Гершон был жив, я бы не его взял в дело, а только ее. — И улыбнулся. — А его бы послал в твой университет. Ее, чтобы принесла уважение к моим деньгам, а его — чтобы принес уважение к профессору Гершону Фриду, и чтобы они вместе были как моя месть братцам моей Голди, светлая ей память, которые всегда смотрели на меня сверху вниз, особенно когда приходили попросить очередную ссуду.

И, увидев выражение моего лица, добавил:

— Ты думаешь, Мешулам не думал все эти годы о тебе и о ней? Ты думаешь, Мешулам не видел, что ты и его дочь созданы друг для друга? Я уже тогда это увидел, в тот самый день, когда привез к вам моего маленького Гершона. Еще когда я бежал с моим полумертвым ребенком на руках к двери амбулатории и когда профессор Мендельсон вышел ко мне и сказал: сюда, господин Фрид, входите сюда, через этот частный вход, — еще тогда я краем глаза увидел вас, как вы похожи один на другого, совсем как две капли воды, и как вы один на другого смотрите.

И грузно повернулся ко мне:

— Такой женщине, как моя Тиреле, нужен мужчина, похожий на нее, а такому мужчине, как моя Тиреле, нужна женщина, похожая на нее. Так вот. Она бросила своего мужа, а ты бросаешь свой дом. Сейчас самое время. Нужно ковать железо, пока оно есть!

— Хватит, Мешулам. Я ничего не бросаю, — сказал я.

— Не бросаешь? Извини меня, Иреле. Я нашел себе дом, ты сказал. Свое место, ты сказал. Что это, если не бросить?

— И потом, я не Тирца, я похож на нее только внешне. Тирца внутри настоящий «менч»[2], а я совсем не таков.

— Тут ты немного прав. Но скажи мне, сколько «менчн» должно быть в одной семье? Это в каждом окне нужны две одинаковые створки, но внутри дома одного «менча» вполне достаточно.

— Мы были друзьями в средней школе, — сказал я. — У нас был шанс, но из этого ничего не вышло. И мне не так уж плохо с Лиорой, как ты думаешь. Нормальная семейная жизнь, как у всех. Иногда не так чтобы хорошо, но в общем не очень и плохо.

Мешулам посмотрел на меня насмешливо:

— Ты что, начал читать журналы для женщин? Ты даже не сказал, что ты ее любишь. Такое простое слово, как любовь, через которое люди держатся вместе, даже этого ты не сказал.

— Мешулам, — сказал я, — ты что, стал теперь специалистом по любви тоже?

— Чтобы сказать то, что я сейчас сказал, надо быть специалистом? Достаточно не быть идиотом.

— Кроме любви, нужно еще несколько вещей, чтобы быть вместе.

— Может ты, наконец, скажешь мне какие? Что это за несколько вещей, которые держат вас вместе? — И поскольку я промолчал, ответил себе сам: — Это или ее деньги, или твой страх, или они оба вместе. Вот что вас держит.

— Почему это тебя так интересует? — спросил я. — Какое тебе, в сущности, дело?

— Это меня интересует, потому что я хочу видеть вас с Тиреле снова вместе.

Несколько минут я молчал, и Мешулам вдруг усмехнулся:

— Ты помнишь мою жену, светлая ей память? Мою Голди, которую я любил?

— Конечно, — сказал я. — Я помню ее очень хорошо.

— И что же ты помнишь? — Усмешка исчезла из его глаз. Я увидел в них мольбу.

— Ее соленые огурцы, — сказал я, глотая слюну, которую вызвала у меня во рту память. — И приятный запах ее рук, и ее спокойствие, и молчаливость. Мама говорила, что она уверена, что, когда ты на работе, со всеми своими рабочими, и грузовиками, и машинами, ты скучаешь по спокойствию своей жены.

— Твоя мать всегда была очень умная женщина, — сказал Мешулам, — и еще у нее была рана в сердце, это ты уже знаешь. Иначе чего бы она вдруг поднялась и ушла? Но я — не только по спокойствию моей Голди, но и по ее запаху я скучаю. Как лимоны она пахла. Другие женщины кучу денег тратят на духи, а она — у нее это исходило прямо от ее тела. Но сейчас всё это на небе, и только из-за этого я спущусь в ад, потому что, если я заявлюсь туда, к ней, это ей испортит всю ее райскую жизнь.

Платок снова заголубел. Мешулам откашлялся:

— Двое их у меня уже там. — Сложил платок и вернул его в карман. — Теперь слушай. Моя Голди и я, мы не любили Тирциного Иоси — и как человека, и как ее мужа. Ведь у мужчин сразу видно, кто из них идиот. Кто умный, не всегда видно. Но у идиота это написано прямо на лице. А ты ведь знаешь мою Тиреле — именно потому, что мы ей это сказали, она сделала нам назло. Но иногда, когда я спрашивал мою Голди, как ты думаешь, Голди, что эти двое вообще делают вместе? Так послушай, что она говорила, эта скромная и тихая женщина, как ты о ней сказал. «В таких вещах, Мешулам, — говорила она, — всё приходит из кровати». Ты бы поверил про эту скромную и тихую Голди, что она так скажет?

— Я верю всему про всех, Мешулам.

— У нее были и другие умные выражения. Вот, послушай еще одно: «Женщина должна выглядеть хорошо, но мужчина — если он немножко красивее обезьяны, этого уже достаточно».

Мы обменялись улыбками.

— Для таких мужчин, как мы с тобой, это же счастье, что есть женщины, которые так думают. Иначе что бы нам осталось? Только девушки, которых уже никто не берет. И еще, поверь мне, Иреле, Мешулам может с первого взгляда сказать тебе, как любая пара выглядит в постели.

На последнее утверждение я предпочел не реагировать, и тогда Мешулам объявил:

— А моя Тиреле решает и делает. Не то что ты. Поднялась и развелась. Я уже раньше сказал тебе об этом, а ты даже не спросил почему и как.

— Да, не спросил, — сказал я. — Я не сую нос.

— Что ты хочешь этим сказать? Что я таки да сую?

Я промолчал.

— Знаешь что? Ты прав. Да, я сую нос. Я безусловно его сую. Потому что если вежливо сидеть на стороне и ждать, пока что-то случится, так ничего не случится. Иногда надо всунуть нос. И не только нос. И руку тоже, чтобы подтолкнуть, и вторую, а если дверь открывается только чуточку, то и ногу, и плечо, и даже кончик тоже стоит всунуть иногда, и всунуть как надо, до упора. Потому что кончик — он делу самый пончик. Так это в любви. — Он убедился, что я улыбаюсь, и добавил: — Так вот, прими к сведению, Иреле, — Тирца свободна, и она уже не Тирца Вайс, она уже снова Тирца Фрид. Я выложил кучу денег, чтобы этот глупый толстый говнюк дал ей развод, но сейчас она отрабатывает мне все эти деньги с процентами.

— Тогда скажи мне сейчас ты, — осмелел я, — если ты с первого взгляда знаешь, какова каждая женщина в постели, может быть, ты скажешь мне, какова твоя Тирца?

Слабое облачко прошло по лицу Мешулама, затрепетало на скулах, но тут же было решительно изгнано.

— Моя Тиреле в постели такая же, как ее отец в постели. Опытная, горячая и щедрая. Знаешь что? Попробуй сам. Посмотри, какая она, и покажи ей, какой ты. — Его губы вдруг задрожали. Голубой платок появился снова. — Попробуй, Иреле… Попробуй… — Его рука легла на мое бедро и сжалась. — Ты не пожалеешь. Я тебе обещаю. — Его голос охрип и прервался. — Попробуйте оба. Попробуйте и сделайте мне внука, мальчика, чтобы я получил своего Гершона обратно.

Мешулам из той породы мужчин, к которым я не могу себя причислить, — одновременно жесткий и мягкий, решительный и чувствительный, и когда на такую скалу обрушивается такой силы удар, да еще изнутри, — вся вода из нее вырывается наружу.

— Останови машину, — попросил он. — Я должен поплакать, как следует.

Я остановил. Мешулам вышел и прислонился к задней двери. Я чувствовал, как его небольшое, старое, но всё еще плотное и сильное тело заставляет машину трястись. Потом толчки стихли, Мешулам отошел в сторону и стал изо все сил топать ногами о землю, как делают сильные люди, когда хотят справиться с чувствами. Наконец он свернул платок, вернулся и сел в машину:

— Какое счастье, что на старости лет мы немного теряем память. Иначе пришлось бы нам тащить самую тяжелую тяжесть, как раз когда уже нету сил. Ну, ладно, хватит болтать, поехали!

4

Мы въехали в деревню. В центре направо. Сто пятьдесят метров. Три дома, две симпатичных лужайки и одна облысевшая и засохшая, вот кипарисы, которые порадовали бы твое сердце, вот большая сосна, вот дом. Колючий кустарник вокруг. Окна забиты досками. Мешулам молча осматривал его из окна машины.

— Так что ты скажешь? Как он тебе?

— Хороший дом.

— Ты не хочешь посмотреть вблизи?

— Раньше поедим. Запах «сэнвишей» вызывает у меня аппетит, а кроме того, мне нужно успокоиться.

Я вынул из холодильной сумки еду и пиво, мы сели на ступеньках на подъеме тротуара — в его трещинах росла трава, как ты наказала, — Мешулам энергично ел и пил, и по движению его челюстей я понимал, что он погружен в размышления. Наконец он сказал:

— Что тут проверять, Иреле? Сразу всё видно. Посмотри сам: место хорошее. Но дом? Развалюха на курьих ножках. Надо его сломать и построить новый.

— Но он мне нравится. Я не хочу его ломать.

— Посмотри, на чем он стоит. Столбы двадцать на двадцать, а железо уже смотрит наружу и проржавело насквозь.

— Сколько, по-твоему, стоит за него дать?

— Ты что, покупаешь его для вложения капитала? Или потому, что у тебя нет крыши над головой? Ты делаешь себе подарок, так какая разница, сколько за него дать? Поторгуйся немного для души, но взять его возьми.

— Моя сумма ограничена.

— Для такой развалюхи твоей суммы достаточно. А если понадобится еще немного, тебе, слава Богу, есть у кого одолжить. Только помни, самое важное в любом доме — это то, чего ты не можешь изменить. Место и вид. Даже Ротшильд со всеми его деньгами не может сделать себе в Иерусалиме окно, чтоб оно смотрело на море. Так вот, вид вокруг этого дома действительно очень хороший, но сам дом нужно снести, и, если ты мне не веришь, пригласи Тиреле тоже. Вот, я уже звоню, чтобы она приехала.

— Если этот дом так хорош, — спросил я, — почему его никто не покупает?

— Потому что все такие же глупые, как ты. Приходят, видят сырость на стенах, видят трещины, ржавчину и пугаются. Они думают больше о самом доме и о деньгах, а не о времени и месте. А тут хорошее место и подходящее время. Покупай, Тиреле снесет тебе его и построит новый. Для нее это пустяковая работа.

— Нет, Мешулам, мне этот дом по душе, какой он есть. Я только хочу его немного подправить.

— К тебе говорить, как к стенке. Ладно, давай зайдем, посмотрим, что можно сделать.

5

Войдя в дом, Мешулам начал простукивать стены и балки. Где кулаком, где ладонью, а где одними кончиками пальцев.

— Слышишь, какие нехорошие звуки? Видишь, какие трещины? Разбегаются себе во все стороны, туда и сюда. Нет, Иреле, этот дом покойник. И проседает с одной стороны больше, чем с другой.

Он вынул из кармана рубашки маленькую отвертку, воткнул в одну из розеток и выковырнул ее из стены.

— Посмотри на эту красотку, — сказал он. — Изоляция из черной ленты, еще с Мафусаиловых времен. Тут всё нужно менять. Смотри, — он взялся за кран в кухне, — смотри хорошенько.

Он потянул с силой. Кран вырвался из стены, оставляя за собой крошащийся ржавый обрубок и густые коричневые капли.

— Видишь? Это не потому, что я такой сильный, просто здесь всё прогнило. Ты посмотри на этот подвесной потолок, как он крошится, посмотри на стены внизу, возле пола, как они облупились. И то же самое здесь, видишь, как тут мокро, под дверным косяком? Протекает где-то в другом месте, а оттуда вода ползет под плитками, как вор через окно. Плохие люди жили в этом доме. Как они его содержали, так они друг друга ненавидели.

— Сколько будет стоить поменять всё это?

— Как построить новый, только больше головной боли.

— Сколько все-таки?

— Почему ты всё время спрашиваешь о деньгах? Завтра утром я привезу Тиреле, и ты поговоришь с ней о деньгах. Давай, пора возвращаться.

И когда мы шли к «Бегемоту», сказал:

— Ты только посмотри на этого приятеля!

Вокруг инжирного дерева валялись маленькие недозревшие плоды, а у основания ствола скопились бугорки желтоватых опилок. Я поднял взгляд и понял, что они падают из отверстий, высверленных в коре.

— Его надо выкорчевать, — сказал Мешулам. — У него в стволе живет гусеница, и оно не дает плодов. Убери его раньше, чем оно упадет кому-нибудь на голову.

— Я попробую его спасти, — сказал я.

— Что с тобой?! Дом разваливается, инжир засыхает, а ты их обоих хочешь сохранить? Построй новый дом и посади новые деревья!

Я отвез его в иерусалимский офис, оставил Лиоре сообщение насчет какой-то срочной поездки далеко на север с группой телевизионщиков из Австрии и вернулся в дом, который я себе нашел. Возвращение прошло нормально, я шел с хорошей и ровной скоростью, ничто не мешало и не задерживало меня, ничто не отклоняло с пути. Все машины уступали мне дорогу. Все перекрестки, что я проезжал, приветствовали меня зеленым светом. На выезде с главной дороги я съехал с асфальта и вернулся к дому, который себе нашел, прямиком через поля, по уже знакомой дороге.

Я снова оторвал доски, залез через то же окно, снова сказал: «Здравствуй, дом» — и дом снова мне ответил. Я разделся догола и нырнул в сладостную глубину ночи месяца нисана, любимого моего сезона. Первые хамсины и последние холода уходящей зимы перемежаются в нем, «как клавиши в пианино», так ты говорила, «прохладное с теплым». Я лежал голышом на своем туристском матраце, подложив под голову скатанный спальный мешок. Вокруг себя я ощущал дом. Человек внутри этого дома был я.

И еще одно чувство росло во мне, которого я не понимал тогда, в момент его зарождения, но понял сейчас. То было предчувствие Тирцы, сознание, что она вот-вот появится, ощущение, что открывается еще одна глава — та же и другая, прежняя и новая.

Глава седьмая

I

На стенке голубятни Мириам вывесила два плаката. На одном плакате сверкало заглавие:

Десять качеств хорошего голубятника

а под ним было написано:

1. Голубятник должен быть спокоен. Беспокойный голубятник пугает голубей.
2. Голубятник — надежный и ответственный человек. Он выполняет все работы по порядку и во время.
3. Голубятник добр, он заботится о каждом голубе.
4. Голубятник терпелив и предан.
5. Голубятник аккуратен и следит за чистотой.
6. Голубятник решителен, он навязывает голубям дисциплину.

7. Голубятник наблюдателен, подмечает характер и состояние каждого голубя.

8. Голубятник усерден и старателен — в голубятне всегда найдется работа.

9. Голубятник считается с окружающими.

10. Голубятник учится, чтобы знать всё, что нужно, о голубях, их питании, тренировке и уходе за ними. Кроме того, он должен научиться составлять короткие и понятные голубеграммы.

На втором плакате Мириам сверкало заглавие:

Распорядок работ в голубьятне

а под ним было написано:

1. Утром по приходе — общий осмотр голубей.

2. Первый тренировочный полет.

3. Соскабливание и просеивание земли. Добавление чистого песка. Захоронение мусора в яме.

4. Чистка поилок и кормушек и смена воды для питья и купанья.

5. Голуби возвращаются — подать легкую еду.

6. Записи в дневнике.

7. Осмотр всех голубей одного за другим.

8. Особые задания: кольцевание, скрещивания, проверка пищи. Запуски с расстояния.

9. Вечерний полет.

10. Ужин.

11. Общий осмотр.

12. Выключение света.

— Эти два списка ты должен выучить на память, — наказала Мириам Малышу и повторила ему то, что сказал ей самой доктор Лауфер, когда она девочкой пришла к нему работать, — что девять первых качеств хорошего голубятника важны для любого человека, даже не имеющего отношения к голубям, а десятое важно только для голубятников.

— У меня не получается свистеть, как ты, — сказал Малыш. — Я хочу, чтобы ты научила меня свистеть пальцами.

— Это не срочно, — сказала Мириам. — Есть время.

Через несколько дней он увидел, что она отобрала трех голубей и привязала к их ножкам цветные ленточки. Потом она позвала одного из пальмахников, дала ему карандаш и блокнот, объяснила, что он должен сделать, положила этих голубей в плетеную соломенную корзину, закрыла крышку, привязала корзину к багажнику велосипеда и поехала в сторону коровника и полей. Малыш бежал за ней до самых ворот кибуца, но она выехала за ворота, так и не повернув головы.

Он вернулся к голубятне и к оставшемуся там пальмахнику.

— Ты стоишь слишком близко к вертушке, — сказал ему Малыш. — Голуби побоятся войти.

Парень сказал:

— Не морочь голову.

Малыш замолчал, отошел, поднял глаза к небу и ждал. Через полчаса он крикнул парню:

— Вот они, возвращаются.

— Где? Где они? — испугался парень.

— Там. Вон. Ты не видишь? Они приближаются. Чего ты ждешь? Подымай флажок и свисти.

Пальмахник, которого смутили неожиданная напористость и ястребиные глаза Малыша, поднял флажок, но не тот. Голуби испугались и снова взмыли над голубятней.

— Голубой флажок! — воскликнул Малыш и закричал: — Гули-гули-гули, кушать!

Голуби сели, парень снова запутался: насыпал зерна на полку перед вертушкой, а не на полку за ней. Голуби немного поели и снова поднялись в полет.

Когда Мириам вернулась на своем велосипеде, вспотев и тяжело дыша, парень сообщил: «Все вернулись!» — и протянул ей блокнот. Мириам взглянула и сказала: «Ты ничего не записал!» — а Малыш не удержался и крикнул: «Голубой вернулся первым!» и: «Он насыпал им еду снаружи». Мириам рассердилась:

— Они должны знать, что нужно войти, иначе нельзя снять с них футляр. Теперь придется всё повторить.

Назавтра она проверила, сможет ли Малыш заполнить ее бланки разборчивым почерком, и объявила, что отныне он сам будет встречать возвращающихся голубей.

— Это очень важно, — сказала она. — Недостаточно того, что голубь возвращается домой. Это любой дикий голубь может сделать. Нужно рассчитать, с какой скоростью он возвращается, и проследить, что он делает, когда вернулся, — крутится вокруг или сразу же влетает через вертушку внутрь голубятни.

— А когда ты возьмешь меня с собой? — спросил Малыш еще через несколько дней, и Мириам сказала, что голубеводству учатся постепенно, шаг за шагом, и сейчас черед повысить его с должности встречающего и чистильщика кормушек до ранга повара.

— Тебе еще многому нужно научиться, пока ты сам запустишь первого голубя, — сказала она и вручила ему блокнот и карандаш.

Он записал: горох, чечевица и вика дают белки. Сорго, рис, кукуруза и пшеница — это углеводы. Лен, кунжут и подсолнечник — жиры. Мириам научила его секрету смешивания семян, и как важно понюхать, нет ли в них запаха плесени, и надавить на одно молотком или зубами: если зерно достаточно сухое, оно раскрошится, а если слишком влажное — сомнется.

Голодный голубь более оживлен и активен, и тогда он легче поддается тренировке, поэтому после утреннего полета нужно давать ему легкую еду и только после возвращения из послеобеденного полета — главную. И не забудь: голуби любят пить сразу после еды.

Она раскрыла перед ним коробку с минеральной смесью, которую назвала «щебень», потому что в ней есть крошки базальта, чтобы помочь желудку голубя перемалывать твердые зерна, и порошок окиси железа, очищающий ему кровь, и уголь, прочищающий систему пищеварения, а также обломки ракушек и мела для строительства яичной скорлупы — «как в вашем кибуцном птичнике дают несушкам», — а также для укрепления костей. «Потому что почтовому голубю нужны более крепкие кости, чем обыкновенному. Более крепкие и легкие».

— А еще в этой смеси есть соль, — сказала она, — и поэтому нельзя давать ее голубю перед длительным полетом.

— Чтобы не захотел пить, — сказал Малыш.

— Совершенно верно. Что будет, если он захочет пить?

— Он умрет по дороге.

— Нет, — засмеялась Мириам, — он просто спустится попить, и тогда в лучшем случае задержится, а в худшем — кто-нибудь его поймает или растерзает.

Малыш осмелел и спросил, что это за маленькие темные гладкие зерна, которые она иногда дает возвращающимся голубям, и она сказала, что это зерна канабиса, на который голуби очень жадны. Их добавляют понемногу в ежедневную пищу и чуть больше — как особое поощрение и награду.

— И дважды в неделю их кормят из руки.

Это требует больше времени, сказала она, но это приятно и полезно, потому что дает важную возможность осмотреть голубя и углубить симпатию и дружбу. Всякое животное боится глаз человека, его запаха и хитрости его пальцев. Способ преодолеть этот страх — дать ему поесть из ладони. Так оно приближается, и привыкает, и становится верным другом.

— Голубь не так умен, и чувствителен, и сложен, как собака или лошадь, — сказала она, — и, вопреки тому, что о нем говорят и как он выглядит, у него тяжелый характер. Но и он знает, что такое дружба и верность. Это ты не должен записывать. Есть вещи, которые достаточно услышать и запомнить.

2

— Ты в полном порядке, — сказала она ему через несколько дней. — Из тебя выйдет настоящий дуве-йек.

— Что такое дуве-йек? — испугался Малыш.

— Когда станешь дуве-йек, узнаешь.

— Так когда же ты возьмешь меня посылать голубей?

— Не посылать! Запускать! А для этого ты должен сначала выучить еще одну важную вещь: как поймать и удержать голубя в руке.

Голубя, объяснила она, нельзя ловить в воздухе или вне голубятни, но только после того, как он опустился и вошел внутрь. Руки должны приближаться к нему открытым и плавным движением, а не украдкой или рывком, не слишком быстро, но и не слишком медленно или нерешительно. И всегда сверху, чтобы, если он взлетит, его удалось бы схватить. И наконец, сам захват: ладони обнимают крылья, пальцы спускаются и охватывают ноги меж ними.

— Осторожно. Всё — осторожно. Это не такое простое тело, как наше, это тело совершенное и утонченное, созданное для полета.

И не смотри ему в глаза! — сказала она и повторила: — Потому что у животных взгляд прямо в глаза — сигнал нападения. У голубей глаза повернуты в стороны, а у нас вперед, и поэтому наш взгляд кажется им взглядом наземного хищника или хищной птицы.

Руки Малыша приблизились к голубю, опустились к нему, охватили его, ощутили взволнованный перестук птичьего сердца. Его сердце забилось в ответ.

— Не сильно… — И он испугался.

— Прекрасно… — И он наполнился счастьем.

— А сейчас поймай другого. Они очень отличаются друг от друга. — И он тренировался, и учился, и узнавал — осторожно и мягко, со всё растущей уверенностью.

Еще через несколько дней Мириам велела ему раздобыть велосипед, чтобы присоединиться к ней в одной из поездок. Мал он был, и невелик ростом, и еще не мог ездить на «велосипеде кибуцников», а потому попросил у тети ее «велосипед кибуцниц».

Тетя колебалась.

— Этот велосипед записан за коровником, — сказала она.

— Пожалуйста, мама, пожалуйста, — сказал Малыш. И она, услышав это «мама» и увидев, как сменяются на его лице надежда и отчаяние, согласилась, но с условием, что он не будет ездить далеко и сначала потренируется с «девушкой из голубятни».

Он тут же попробовал и упал, снова попробовал и тренировался таким образом до тех пор, пока не обрел достаточное равновесие. Весь в синяках и царапинах, поспешил он в голубятню и был благодарен Мириам, которая, не задавая лишних вопросов, велела ему побыстрее промыть раны водой с мылом, смазала их ветеринарной мазью и показала, каких трех голубей отловить.

Сначала они катили по проселочной дороге, которая тянулась параллельно главной, Мириам — ленивыми легкими движениями, а он — нажимая всем своим весом и тяжело дыша, но забыв свои раны и страх и наслаждаясь шелестом шин и волнением перед предстоящим. Возле большого электрического столба они свернули на кипарисовую аллею и поехали в сторону полей, в глазах рябило от быстрого чередованья света и тени, запах цветущей акации ласкал и щекотал носы.

Еще через несколько километров, возле насосной станции, Мириам остановилась, прислонила свой велосипед к стволу кипариса и вынула из корзинки голубя, помеченного красным.

— Возьми блокнот и карандаш, — сказала она, — и запиши цвет его ленточки, и дату, и время, и место, каждую цифру в свой столбец.

Он писал круглыми детскими буквами, гордый и очень испуганный.

— А сейчас цифры и буквы на его кольце, прекрасно, а в столбике места напиши «насосная станция», там, где «погода», — ясно, двадцать четыре градуса, легкий восточный ветер, а «время запуска» напиши тринадцать, двоеточие, сорок пять. Это без четверти два. Записал? Всё понял? Сейчас смотри внимательно.

Он видел ее руки, протянувшиеся вперед и вверх, ее напряженное тело, ее грудь, вдруг приподнявшуюся под серой рабочей блузкой, улыбку, незаметно для нее самой появившуюся на ее губах. Запуск был таким плавным, что голубь показался ему улыбкой, вспорхнувшей с ее лица, и это зрелище было таким красивым и влекущим, что Малыш не понимал, почему он стыдится своего волнения.

Затем Мириам запустила голубя с желтой леночькой, и Малыш забеспокоился: даст она третьего голубя ему или и этого запустит сама? Он заполнил третий бланк и поднял на нее глаза, и Мириам сказала: «А теперь ты».

Он взял голубя и, вопреки ее предупреждению, бросил на него короткий взгляд хищника.

— Думай, что ты делаешь, — сказала ему Мириам, — это твой первый голубь, не забудь. Не выпускай его просто так из рук и не подбрасывай. Представь себе, что ты подносишь его небу. Мягко и плавно.

Еще до того, как его руки выпрямились до конца, он почувствовал, что его движение не получилось таким удачным, как у нее. Но голубь уже расправил крылья, и глаза Малыша провожали его при взлете, и его тело хотело взлететь за ним следом. Крылья били по воздуху, удаляясь. Поначалу голубь отливал серо-голубым, потом — против огромного светлого неба — потемнел и уменьшился. Малыш смотрел на него и не знал, что такой же будет последняя картина его жизни, которую он увидит девять лет спустя, когда будет лежать на спине в разрушенном монастырском складе, простреленный, изломанный и умирающий, истекая кровью, а голубь взлетит над ним, неся с собой его последнее желание.

— Молодец, — сказала Мириам. Она погладила его по макушке прохладной рукой, сначала маленький веселый завиток, а потом ее пальцы опустились по двум сторонам затылка и ласково соскользнули на спину.

3

Спустя несколько недель Мириам попросила Малыша, чтобы он попросил свою тетю, чтобы она попросила водителя молочной цистерны, чтобы тот взял с собой голубей для более далеких запусков. Вначале из Цемаха, затем из Афулы и из Хайфы. Потом она сказала ему, что ей известно, что его дядя ездит иногда на совещания кибуцного движения в Тель-Авив, пусть Малыш попросит его взять с собой трех голубей и запустить их оттуда.

— Как я их повезу? — спросил дядя.

— Есть специальная корзина для голубей, — ответил Малыш, — она сплетена из соломы, с крышкой и ручкой.

— А если они начнут драться по дороге? Или нагадят?

Мириам не отступила. Она пошла с Малышом к дяде и сказала ему:

— Голуби не будут ссориться, а если немного нагадят — не страшно. Корзина выложена газетами.

— А где я их выпущу? — ворчал дядя. — Просто так? Посреди улицы? Остановлюсь и открою корзину?

— Ты помнишь доктора Лауфера? Того, что вылечил больного теленка твоей жены? Я уверена, что вы оба будете рады вернуть ему долг. Отвези этих голубей ему. Он находится в нашей Центральной голубятне, в зоопарке, — сказала Мириам. — Он их запустит и сам заполнит бланки, а возможно, даст тебе несколько своих голубей, чтобы запустить их отсюда. Это важно. Нам не каждый день представляется возможность запустить голубей с действительно большого расстояния.

На лице дяди обозначилась озабоченность. Его тело говорило «нет». И тогда Малыш, на которого слова «Центральная голубятня», как это свойственно всем напыщенным названиям, произвели магическое воздействие, с жаром воскликнул:

— Я поеду с тобой! Я буду заниматься корзиной и присмотрю за голубями! Только довези меня до Центральной голубятни в зоопарке!

— Прекрасная идея, — наклонилась к нему Мириам. — Я на тебя полагаюсь.

— А что будет потом? — всё еще сомневался дядя. — Так и будешь таскаться за мной весь день на все встречи и совещания?

— Оставь его в зоопарке, — сказала Мириам. — Доктор Лауфер найдет чем его занять. Центральная голубятня большая, и там всегда есть работа.

В три часа утра дядя разбудил Малыша и повел его — глаза закрыты, руки сжимают ручки корзинки с голубями — к грузовику-молоковозу. В дороге сон навалился на него с новой силой, но иногда он просыпался и каждый раз, открывая глаза, видел другой пейзаж, отчего поездка казалась ему прерывистой чередой сновидений. В Хайфе они пошли на автобусную станцию. Дядя достал ему из сумки бутерброд и купил у арабского лоточника чашку кисловатого напитка, а когда их автобус тронулся с места и пошел вдоль берега моря на юг, сказал Малышу, что мало смотреть из окна — надо глубоко вдыхать и нюхать то, что он видит, потому что запах лучше запоминается.

Автобус часто останавливался, впускал и выпускал пассажиров. Море, вначале близкое и синее, сильно пахнущее солью, отдалилось и позеленело. Его запах тоже изменился: сначала ослабел, потом усилился и превратился в запах цитрусовых плантаций. Голуби затихли в своей корзине, Малыш снова задремал и проснулся, только когда дядя толкнул его, чтобы он открыл глаза и смотрел.

— Уже приехали. Ты же в первый раз в Тель-Авиве. Смотри — это Центральная автобусная станция.

Малыш восхитился: «Здесь есть и Центральная голубятня, и Центральная автобусная станция?» — а дядя засмеялся: «А также Центральный комитет профсоюзов и Центральный универмаг. В Тель-Авиве всё центральное».

От тель-авивской автобусной станции они прошли по раскаленной и влажной улице, сели на другой автобус и поехали дальше. Дядя снова подталкивал его смотреть вокруг и показывал людей в шляпах, машины и магазины, всё, что есть в городе и чего нет в кибуце, но мысли Малыша были заняты только одним, и вблизи зоопарка, когда уже послышались его звуки и почуялся его запах, он сказал дяде, что должен сейчас же запустить голубей.

— Но Мириам сказала, что их запустит доктор Лауфер, — сказал дядя.

— Она полагается на меня, — сказал Малыш. — И только ради этого я проделал весь этот путь. Увидишь, папа, голуби прилетят благополучно, и Мириам даже скажет, что я хорошо их запустил.

Он поднес голубям немного зерен, легкий завтрак, который не затруднит их полет, но немного насытит, чтобы они не садились по дороге поесть, налил немного воды в мисочку и дал дяде бланки.

— Здесь напиши дату, — велел он и продиктовал: — Место запуска — ворота зоопарка в Тель-Авиве.

И дядя записал также время и погоду: жарко, и влажно, и тихо, и ясно. А номера голубиных колец Мириам записала заранее.

Малыш переписал данные на записку, что останется у него, вложил бланки в футляры и привязал их к ногам голубей. Потом поднял руки и запустил их одного за другим, вначале светлого, а через несколько минут двух серо-голубых. Дядя смотрел на него. Губы его улыбались, а сердце, так он вспомнит впоследствии, сжалось. Он был хороший и любящий дядя, и это мгновенье он не забыл и даже рассказывал о нем со слезами на глазах всем, кто пришел его утешать, когда спустя девять лет его племянник погиб. А Малыш пожалел, что Мириам не видит, какое правильное и плавное у него сейчас получилось движение, и сказал:

— А теперь зайдем в парк и пойдем к Центральной голубятне.

Но доктор Лауфер опередил их и вышел им навстречу, высокий и немного сутулый, в своих резиновых сапогах и со своим длинным носом, размахивая руками, с россыпью веснушек и рыжими волосами, а за ним шел очень толстый человек в кепке.

— Это он, — прошептал Малыш. — Это тот доктор Лауфер, который построил у нас голубятню.

— Смотрите, смотрите, — воскликнул доктор Лауфер, — вот мальчик, которого послала к нам Мириам, а вот его дядя, и нет только голубей.

Малыш смущенно молчал.

— «Не было ни голоса, ни ответа, — сказал доктор Лауфер, — и голубь с мальчиком все еще стучатся в ворота»![1] Сам запустил голубей, да? Мы видели, как они взлетели, две минуты назад.

— И все бланки я тоже заполнил. — Малыш с гордостью протянул оставшуюся у него копию.

Доктор Лауфер просмотрел его записи.

— Прекрасно, но, понимаешь, мы тоже хотели послать Мириам маленькую голубеграмму, а сейчас голуби уже улетели, и ничего не поделаешь.

— Она мне не сказала, — испугался Малыш.

— Ничего. Ты, товарищ дядя, — сказал ветеринар, — можешь теперь отправляться по своим делам. Твой племянник поработает у нас, пока ты вернешься.

Дядя ушел, и доктор Лауфер сказал толстому человеку:

— Видишь этого молодца? Он наш гость. Каждый раз, как он придет, пропусти его.

А Малышу сказал:

— Пошли!

Парк развернулся перед глазами Малыша, как волшебное царство первых детских картинок. Недалеко от входа его поджидали гигантские черепахи, в реальность которых, несмотря на их величину, а может быть, именно из-за нее, глаз решительно отказывался поверить. А дальше — обезьяны, при виде которых Малыш понял, что это те самые твари, которых он видел в своих страшных снах и до сих пор умудрялся забыть еще до своего пробуждения. И несколько клеток маленьких животных, жестоких и хитрых на вид, похожих на тех, что скользили в зарослях камыша возле Иордана, неподалеку от кибуца, а также бассейн с пеликанами и разными утками, которых он тоже видел в долине Иордана. А еще здесь были черный медведь и пара львов, и сегодня я развлекаю себя предположением, что это были те же самые Тамар и Герой, которых я видел много лет спустя, когда мама привела меня в тот же самый зоопарк. И тигр тоже был там, большой тигр по имени Тедди, пойманный в Галилее, — «Можешь себе представить, Яир? Тигр у нас в Стране! Возле Цфата...»

Но Малыш хотел прежде всего увидеть голубятню, ту Центральную голубятню, о которой он не переставал думать всю дорогу.

Воображение рисовало ему большой мраморный зал, как в сказках, которые рассказывал ему дядя, и как на картинках во французском альбоме, а в зале — сотни сияющих голубизной и сверкающих белизной голубей, которые клюют золотые зерна из алебастровых кормушек, и пьют воду из бассейнов слоновой кости, и дремлют на кроватях из эбенового дерева и на вышитых батистовых подушках.

Но оказалось, что Центральная голубятня — это самая обыкновенная голубятня, с окнами, и решетками, и пометом, и полками, и вертушками, только намного больше, чем в кибуце. И еще в ней были отдельные отсеки для отборных голубей, а также множество отделений для кладки яиц, потому что здесь, сказал доктор Лауфер, в этой Центральной голубятне, мы кладем большинство яиц и выращиваем большинство наших птенцов, которые уходят затем в новые голубятни.

На стене Центральной голубятни Малыш увидел два пожелтевших плаката: список качеств хорошего голубятника и распорядок работ на голубятне, — а потом оттуда появилась кудрявая, светлая и серьезная девочка, на полгода старше и на полголовы выше, чем он.

Доктор Лауфер представил их друг другу.

— Так же, как ты у нас самый молодой голубьятник, — сказал он Малышу, — она самая молодая голубьятница. Но она уже хорошо знает все работы в нашей голубьятне, и она скажет тебе, что нужно делать.

Малыш посмотрел на нее и почувствовал, что хочет продлить этот свой визит на много-много дней, чтобы эта девочка каждый день говорила ему, что нужно делать, и уже представил себе, будто он возвращается к ней, как голубь, не только из кибуца и сейчас, но всегда и отовсюду. И так как ему очень захотелось ей понравиться, он сказал:

— Меня послали из Иорданской долины специально, чтобы запустить отсюда голубей.

— Ты не должен рассказывать такие вещи, это секрет, — сказала девочка.

Малыш смутился:

— Я думал, что тебе можно.

— Это секретная голубятня Хаганы, — сказала девочка. — Никому ничего нельзя рассказывать.

— Почему же ты сейчас мне рассказала?

Они оба покраснели.

— Не надо спорить, — сказал доктор Лауфер. — Между собой мы можем говорить о чем угодно. Только с чужими нельзя.

Малыш немного помолчал и спросил:

— В котором часу вы выпускаете их в первый полет?

Девочка сказала:

— Вскоре после восхода. Мне приходится вставать очень рано, чтобы вовремя прийти сюда, а в школу я иду уже прямо отсюда.

Малыш сказал:

— Я встаю еще до рассвета, чтобы успеть поработать с голубями, потому что наша школа далеко от кибуца. И еще на нашей голубятне написано «голубьятня». А на сколько времени они улетают?

— Смотря какие, — сказала девочка. — Взрослые улетают дальше, а молодые еще боятся.

— А тебе уже разрешают брать и держать голубя в руке?

— Давно. Я уже беру с собой корзинки с голубями для запуска. Позавчера я запускала с лошадиной фермы, а один раз — с Яркона.

— Я тоже уже держу и запускаю, — гордо заявил Малыш. — А сегодня я запустил их отсюда в наш кибуц, но иногда я не могу сдержаться и все-таки смотрю им в глаза.

— А как зовут вашего голубятника? — спросила девочка.

— Она голубятница, и я не знаю, можно ли тебе рассказать, потому что, может быть, и это секрет.

— Я могу спросить доктора Лауфера, — сказала девочка. — Все голубятники и голубятницы в стране вышли отсюда.

— В чем я должен тебе сейчас помочь? — спросил Малыш.

— А что ты умеешь делать?

— Все, кроме свистеть пальцами.

Она прыснула со смеху и тут же посерьезнела:

— Я не могу дать тебе трогать наших голубей, потому что, может быть, у вас в голубятне нечисто и ты принес болезни. Но ты можешь почистить вокруг.

— А ты что будешь делать?

— Я покормлю птенцов, которые уже начали есть самостоятельно.

Малыш вынужден был признать, что Мириам еще не поручала ему такое тонкое дело, и девочка с видом победительницы вышла в соседний отсек. Сюда помещали подрастающих птенцов, когда приходило время отучать их от «птичьего молока», которым кормили их родители.

Малыш чистил кормушки, а его глаза следили за ней сквозь решетки. Она смешала зерна, размокавшие несколько часов в воде, насыпала немножко порошка из толченых ракушек и минералов, села и положила птенца себе на колени. Левой рукой она открыла ему клюв и маленькой узкой ложечкой вложила туда несколько зерен. Она повторила это несколько раз, пока зоб не наполнился, а под конец той же ложечкой влила в горло птенца немного воды.

— Это несложно, — сказал из-за его спины доктор Лауфер. — Но это из тех работ, которые лучше оставить постоянным работникам голубятни, а не поручать гостям. Но ты не беспокойся, у вас тоже будут птенцы, и ты тоже вскоре научишься этому.

4

Под вечер дядя вернулся в зоопарк, увидел, как Малыш работает с высокой кудрявой девочкой, и почувствовал странную вещь: стайки слов, которые обычно витают в мозгу у каждого человека безо всякого закона и порядка, вдруг сложились в его мозгу в законченную фразу. И фраза эта шепнула ему, что этим двоим суждено полюбить друг друга. Буквально так.

Он окликнул Малыша, и тот повернул к нему сияющее и счастливое лицо и сказал шепотом, чтобы не испугать голубей:

— Минуточку, папа. Я уже кончаю работу.

Дядя спросил доктора Лауфера, не помешал ли им молодой гость, и ветеринар сказал: «Напротив! Он был очень полезен и очень помог нам. Ты всегда можешь послать его сюда на несколько дней. Нам иногда нужна помощь, а он умелый и старательный работник».

Дядя сказал: «Мы не хотим быть обузой» и: «Где он будет жить?» — и Малыш поторопился ответить: «Я устроюсь», а доктор Лауфер сказал: «В клетке для обезьян как раз освободилось место». И засмеялся своим хрипловатым смехом, предназначенным привлечь внимание слушателя: «Кххх... кххх... кххх...» — а девочка вдруг шепнула на ухо Малышу: «Это йеке так смеются, чтоб ты знал».

Теплое дыхание ее рта трепетало в его ушной раковине. Говори еще, не уходи, останься, кричал он ей в душе, и девочка, подумав, добавила: «Мой отец тоже так смеется. Этим смехом йеке извещают, что сейчас сказали что-то в шутку».

— Большое спасибо, — сказал дядя, а Малыш, еще не опомнившись от ее близости, взмолился в душе, чтобы не только доктор Лауфер, но и она сама пригласила его приехать снова. Но девочка посмотрела на него и не сказала ни слова. Легкий румянец спустился с ее лба на щеки, и Малыш почувствовал, как красиво это сочетание оттенков — розовый, голубой и золотой. Ее кожа, ее глаза, ее волосы.

— Перед тем как вы уходите, нужно сделать еще одно дело, — сказал доктор Лауфер.

Он написал что-то на клочке бумаги, скатал и всунул его в тонкую картонную трубочку, а потом сказал Малышу: — А сейчас, пожалуйста, руку.

Малыш протянул руку. Ветеринар напел про себя: «Пошлите голубя-гонца, пусть нет в устах его словца, но привяжите под крыло ему листочек письмеца»[2], — и привязал трубочку тонкой лентой к пухлой детской руке.

— Тебе не давит?

— Нет.

— Подвигай слегка рукой. Хорошо. Теперь согни и выпрями.

Малыш выполнил его указание, и ветеринар сказал:

— Все в порядке. Ты можешь лететь. Кххх… кххх… кххх… И что ты сделаешь, когда вернешься в голубьятню?

— Я дам это Мириам.

— Не давай! Просто войди вот так, — и ветеринар широко раскинул свои длинные руки, — с письмом на руке. Но не бегом, да? Чтобы не испугать других голубей.

— И что тогда?

— То же, что каждый раз, когда голубь возвращается в голубьятню. Мириам возьмет письмо и даст тебе что-нибудь вкусное, — сказал доктор Лауфер, а дядю спросил, не откажется ли он взять с собой тель-авивских голубей, чтобы Мириам запустила их из кибуца в зоопарк.

— Я сам запущу их! — воскликнул Малыш.

На этот раз дядя согласился охотно, и доктор Лауфер положил трех голубей в плетеную корзинку, принесенную Малышом, и добавил к этому также мешочек с футлярами, лентами, кольцами и бланками для передачи Мириам.

Солнце зашло. Парк наполнился новыми звуками. Малыш понял, что это те рычания, и призывы, и рев, о которых рассказывала ему Мириам, а девочка, провожавшая их к воротам парка, улыбнулась ему и сказала ему:

— Я ужасно люблю это время.

Малыш и его дядя попрощались с ней и пошли к автобусной остановке.

— Очень симпатичная девочка, — сказал дядя Малышу.

Малыш задумался, хорошо ли он попрощался с ней и поняла ли она его твердое намерение вернуться, а дядя сказал:

— Знаешь, что ты можешь сделать? Напиши ей что-нибудь короткое и пошли с одним из голубей, которых дал нам доктор Лауфер, чтобы послать из кибуца. Женщины очень любят получать письма, а получить письмо с голубем — это уж точно очень приятно.

5

Мириам уже собрала голубей с утреннего полета и приступила к кормлению, и тут появился Малыш, размахивая руками в воздухе и загребая пыль ногами.

Она улыбнулась. Казалось, эта игра была ей знакома. Она протянула ему несколько очищенных семечек подсолнуха, приятно обняла сзади и сказала: «А это для меня, правда?» — и отвязала от его руки картонную трубочку.

— Голуби вернулись? — спросил Малыш.

— Двое голубых вернулись, — сказала Мириам. — Молодой голубой через полтора часа. Очень хорошее время. А второй через час сорок две минуты.

— А светлый?

— Светлый не вернулся.

Малыш огорчился и почувствовал себя виноватым. Может быть, надо было запустить его вместе с двумя другими, а не перед ними?

— Ты запустил их совершенно правильно, — сказала Мириам. — Возможно, он еще вернется в ближайшие часы.

Но это не успокоило Малыша. Картины вонзающихся когтей, летящих пуль, разлетающихся перьев проносились перед его глазами. Он снова и снова оплакивал утрату, но Мириам сказала, что, если бы речь шла о старом опытном голубе, было бы о чем сожалеть, но молодой голубь, не вернувшийся после первого серьезного запуска, явно не был хорошим голубем, и так даже лучше.

Тут появился и дядя, неся голубей, которых дал им доктор Лауфер. Мириам перенесла их из плетеной корзинки в просторный ящик, поставила перед ними зерна и воду и сказала:

— Мы запустим их завтра утром, когда они отдохнут от поездки.

Назавтра Малыш записал данные запуска в соответствующих бланках, отдал одну копию Мириам на хранение, а другие засунул в голубиные футляры. А потом каждый из них добавил маленькую записочку в отдельной трубочке. Мириам написала что-то доктору Лауферу, а Малыш написал девочке: «Я хочу, чтобы у тебя был мой голубь. А у меня твой».

Глава восьмая

I

В шесть утра меня разбудил громкий лязг. Позади дома тарахтел старый трактор с прицепленной сзади газонокосилкой. Он вздымал ее, опускал, поворачивал на месте и с большой важностью ходил по двору, очищая его от травы и колючек. Я вышел. Тракторист заглушил мотор и снял наушники.

— Ты хозяин дома? — спросил он.

— Еще нет. А ты кто?

— Я? Меня пригласили почистить тут во дворе.

— Кто пригласил?

— Твой подрядчик, — сказал тракторист и ухмыльнулся. — Твой подрядчик — женщина, ты знал об этом?

Я сказал, что мне это известно. Он вернулся к своей работе, а я пошел за ним, как аист за пахарем, опустив голову к влажной земле и глядя на ящериц, насекомых, сороконожек, в спешке покидавших свои разрушенные жилища. Из травы вдруг выскочила большая медянка, за ней появились две тонкие испуганные змейки и пара скорпионов с угрожающе поднятыми от страха клешнями. Были здесь и маленькие археологические находки, подтверждения и свидетельства прежней жизни: сломанный кухонный нож, игрушечная кукла с оторванной ногой, пара истоптанных туфель — левая коричневая рабочая, правая белая детская.

Тракторист кончил свою работу, закурил и остался стоять во дворе.

— Чего ты ждешь? — спросил я.

— Своих денег. Она сказала, что сейчас приедет.

Так, устами незнакомого тракториста, я был извещен, что сейчас мне предстоит снова увидеть любовь моей юности. Я ринулся было к «Бегемоту», достать мыло и принадлежности для бритья, но не успел. Белый пикап с зеленой надписью наискосок:

«Мешулам Фрид и дочь с ограниченной ответственностью» — уже приближался к моему дому. Низкое утреннее солнце высветило два силуэта в кабине. Сам Мешулам Фрид спустился с водительского места, его дочь с ограниченной ответственностью — с другой стороны. Он остановился, чтобы пропустить ее вперед. Тирца невысокого роста, совсем как я, но у нее длинные ноги и прямое тело. Ее отец, как и я, да и она сама, сознавал обаяние ее походки.

Я смотрел на нее, прикрыв глаза ладонью. Тень, вырезанная черным против низкого солнца. Ну, и что мне делать, когда я увижу ее лицо? Как мне ее называть? Тиреле? Тирца? И какими словами встретить? «Привет, как дела?»

А она, Тиреле, Тирца — моя любимая в далеком прошлом и моя юбимая в недалеком будущем, — сделала несколько шагов ко мне и остановилась. Я знал, что в то время, как солнце затемняет и скрывает ее лицо, я для нее освещен и открыт.

— Доброе утро, — сказала она.

— Доброе утро, — ухватился я за подсказку. Почему мне не пришло в голову такое простое начало?

— Вот мы и снова, Иреле, я знала, что в конце концов мы встретимся.

Я поднялся ей навстречу, отступил вбок, и ее лицо сразу вышло из тени. Да, это она. Только губы стали чуть тоньше, и немного белизны уже разбросано в волосах. Глаза такие же, как были, желто-зеленые, но в углах собрались несколько тонких морщинок. Какую из вас нарисовало время? Какую вырезал смех?

Мешулам отошел, осматривая очищенную территорию. Тирца протянула мне обе руки, и я схватил обе. Мы сблизили лица, чтобы дважды приложить щеку к щеке, но по праву бывших влюбленных не почмокали губами в воздухе, а позволили себе коснуться друг друга возле уголков рта.

— Рад тебя видеть, — сказал я.

— Я тоже, — улыбнулась она. — Поздравляю тебя с покупкой, а еще больше — с решением. Покажи мне свой дом и скажи, что ты хочешь с ним сделать.

— Мне очень жаль, — сказал я смущенно.

— Чего? Тут красивое место.

— Не дома. Нас. Всего того времени, что прошло.

— Нечего жалеть. Видно, так было суждено, — и повернулась к отцу: — Мешулам, перестань морочить человеку голову и отдай ему его деньги.

Мешулам уплатил трактористу, но тот остался во дворе, наблюдая за происходящим. Мы с Тирцей вошли в дом.

— Ну, покажи мне его, — сказала она. — Объясни, что в нем хорошего.

— Я, — сказал я внезапно, сам удивившись готовому ответу. — Что хорошо в этом доме, так это я.

Тирца громко рассмеялась. Застывшее в моей памяти эхо ее давнего смеха вдруг пробудилось, потянулось, оживая, и радостно откликнулось ей. Воздух наполнился волнением и надеждой. Она глянула в каждое окно по очереди, сказала: «С видом тебе повезло», снова повернулась ко мне и спросила:

— Так что ты хочешь здесь сделать? Отремонтировать или построить заново?

— Отремонтировать.

— Прекрасно.

— Но твой отец уже успел меня напугать. Он сказал, что этот дом свалится мне на голову. Что надо снести его бульдозером и построить новый.

Она засмеялась:

— Только сказал или продемонстрировал тебе всю свою программу? Выдирал краны? Стучал по стенам и переводил, что они говорят?

— Вот-вот! — обрадованно подтвердил я. — Он всё это проделал, всё представление. Выдирал, и стучал, и прислушивался к стенам.

— Мешулам любит производить впечатление, а кроме того, он любит, чтобы всё было совершенно новым, начиная с самого фундамента. Кому принадлежит этот дом?

— Мошаву.

— Тогда прежде всего купи его. Это хорошее место.

— Твой отец сказал то же самое.

Она повернулась ко мне и подошла ближе.

— Меня это не удивляет. Ему хочется, чтобы мы снова были вместе, и я не удивлюсь, если он уже сказал это тебе прямым текстом.

— Сказал.

— Этого у него нельзя отнять. У него действительно что на уме, то на языке.

Тирца не выдирала краны и не стучала по стенам. Она постучала по моей голове, легким насмешливым стуком, самыми кончиками пальцев. На ее стук из моей разбуженной памяти повыпрыгивали картинки и лица.

— Мы всё еще похожи, — сказала она. — И стареем мы тоже одинаково. Те же волосы, что никогда не поредеют, то же начало седины, те же несимметричные морщинки возле рта. Но у меня более глубокая справа, а у тебя — слева.

И по моему животу она тоже похлопала:

— И еще у меня нет этой маленькой колбасы на животе. Ну-ка, ударь кулаком. Попробуй, какой у меня твердый живот.

Я не ударил. Только притронулся к ее животу открытой ладонью.

— Ты что, девочку щупаешь? — Ее глаза смеялись. — Двинь как следует.

Я сжал кулак и легко ударил по ее животу.

— Сильнее! — И когда я не выполнил ее просьбу: — Я согласна взяться за этот ремонт, но при условии, что я работаю только с тобой и только для тебя. Если ты пригласишь архитектора, или твоя жена появится со своими идеями, или ты посадишь мне на голову какого-нибудь дизайнера, — бай-бай, привет. Твоя подрядчица была и вся вышла.

— Хорошо, — сказал я.

— Потому что мы здесь не строим, мы только чиним и подгоняем, прямо на теле. Тут заузить, здесь расширить, там укоротить, здесь добавить петли. Для этого не нужен модный дизайнер, достаточно портного, который умеет шить.

С улицы послышались крики:

— Что это?! Что вы тут делаете?!

Во дворе появились двое незнакомых мне мужчин.

— Кто вы такие? — затребовали они ответа.

— Мешулам, — крикнула Тирца через окно. — Выясни, пожалуйста, что им нужно.

Мешулам подошел к ним:

— Утро доброе, а вы кто такие?

— Мы из деревенского комитета.

— Очень приятно. А мы покупатели.

— Какие покупатели? Кто покупает?

— Этот дом продается, верно? — И указал на меня. — А он его покупает.

— Но он еще не купил! А вы уже и трактор пригнали!

— Мы только кусты кругом немного подстригли. Чтоб не только крышу видеть, но и стены тоже. И всё за свой счет, с цены вам это не снимем. А сейчас, извините, до свиданья. Дайте нам спокойно всё посмотреть и решить.

— Давай продолжим, Иреле, — сказала Тирца. — Объясни, что ты хочешь тут сделать.

233

— Я хочу оставить наружные стены, как есть, — сказал я торопливо, разве что не декламируя. — И чтобы вход остался на том же месте. А окна чтобы были побольше, в сторону природы. Но главное, я хочу, чтобы у меня был покой. Чтобы не текло с крыши, чтобы трубы не забивались, чтобы краны открывались и закрывались, чтобы трещины не бежали по стенам, чтобы всё было надежно, и подогнано, и работало, как надо.

— Это всё? Я думала, ты попросишь что-нибудь этакое. Скажем, окно в крыше. Или биде в салоне.

— И чтобы у меня были тень и ветер там, где мне нужно, и солнце, когда я хочу, и чтобы весь этот вид открывался мне прямо из дома.

— Это уже звучит лучше. Я предлагаю не делать здесь большое окно, а снять стену и построить открытую веранду.

— Тиреле, — сказал Мешулам, — прежде чем ты берешься строить ему веранду, можешь ты послушать специалиста? Сломай ты эту развалюху и построй ему новый красивый дом.

— Прежде всего я хочу услышать от него, что он этот дом покупает, что это серьезно, — сказала Тирца.

— Я покупаю.

— И правильно делаешь. Я назначу тебе встречу с нашим адвокатом. Он может представлять тебя перед деревней, и перед земельным управлением, и перед кем еще понадобится. И я пошлю сюда инженера, посмотреть опоры и стены.

— Лучше б ты послала сюда бульдозер, — ворчливо сказал Мешулам. — Я хочу новый дом.

— Что значит «я хочу», Мешулам? Хотеть ты будешь в своем доме, а не здесь!

Мешулам вздохнул:

— Тогда замени ему всё. Слышишь? Чтобы мне здесь никакого старья не осталось. Новые плитки, новую черепицу, новые окна, двери, новый солнечный бойлер. Сорви к чертовой матери всё электричество и сантехнику и проложи всё новое. Трубы, смесители, электрические соединения, щитки, и пусть всё зачистят, до блоков и до бетона. Не позволяй ему здесь экономить.

Мы с Тирцей вышли за дом, подальше во двор. Косилка обнажила землю и вернула дому былую прелесть, даже какой-то намек на радость и улыбку.

— Сюда, между этими рожковыми деревьями, трактор не въедет, — сказала Тирца, — здесь нужно почистить вручную.

И решительно пошла сквозь заросли, высоко поднимая ноги в тяжелых рабочих ботинках.

— Здесь просто раздолье для крапивы и змей, и для пожара тоже всё готово. Ничего. Мы здесь почистим, чуть уберем, подстрижем деревья, и будет у нас укромное местечко.

— Ты спрашивала, есть ли у меня какое-нибудь особое желание ... — сказал я, чувствуя, как разгорается мое лицо.

— Да?

— Я хочу, чтобы кроме душа в доме у меня был еще наружный душ — здесь, во дворе.

— Нет проблем, Иреле, душ на открытом воздухе — это замечательно и это очень просто построить.

— Что-нибудь совсем простое, трубу с брызгалкой над головой, несколько плиток под ноги и полстены из циновки, чтобы никто не видел мой зад, а я бы видел весь этот простор.

Наши взгляды вдруг ухватились друг за друга: каждый знает, что другой помнит. Меня, ее и Гершона, поливающих друг друга водой во дворе дома Фридов. Мешулам и Голди уехали тогда к родственникам. Голди сказала:

— Я оставила вам еду в кухне.

Мешулам сказал:

— Ведите себя хорошо, дети.

И вот мы все трое раздеваемся, касаемся, смотрим. Наши пипины и ее пипин, такие разные, но такие похожие. Они вдвоем меня и у меня, мы вдвоем ее и у нее, мы вдвоем его и у него. Обнимаемся, извиваемся, прижимаемся, трёмся и задыхаемся.

— Можно построить этот душ здесь, — сказала Тирца, — а воду от него отвести к лимонному дереву. То-то оно обрадуется! Ты еще здесь? — повернулась она к трактористу, который оставил свою косилку и шел за нами по следам, на расстоянии надежды и опасения. — Возьми деньги, подскочи в магазин и принеси чего-нибудь поесть. Хлеб, сыр, какие-нибудь овощи, анчоусы, творог.

Через несколько минут тракторист вернулся с покупками, отдал квитанцию и сдачу и сообщил: «Анчоусов нет!»

Тирца вытащила из багажника пикапа термос с холодной водой и несколько одноразовых тарелок и чашек. Я принес из «Бегемота» газовую горелку и кувшин с кофе. Мы устроили первый обед во дворе моего нового дома.

— Что ты стоишь? — сказал Мешулам трактористу. — Присоединяйся.

А Тирца сказала:

— Наш инженер освободится через несколько дней. И еще несколько дней займет подготовка планов и калькуляции.

— Хорошо, — сказал я. — Я никуда не тороплюсь.

— И я думаю, хорошо бы тебе сфотографировать этот дом и показать снимки своей маме.

2

Тель-авивская квартира, в которой я живу уже двадцать лет, в том жилом квартале, что расположен между улицами Спинозы и Райнеса и по старинке именуется «Седьмым Рабочим», — это дом моей жены, ее подобие и ее союзник. Когда-то это были два смежных жилья на одном этаже, но с тех пор, как Лиора нашла их, и купила, и соединила друг с другом с помощью весьма разветвленной и столь же удачной (а также, по ее словам, очень приятной) сделки, из них получилась одна большая квартира.

Квартира слушалась ее, подчинялась ей, покорно позволяла соединять, и менять, и пересаживать свои органы и удалять ткани и вскорости забыла скромные рабочие семьи, жившие здесь раньше, превратившись в дом богатой и красивой женщины из штата Нью-Йорк. Лиора начинила ее сантехникой и электрическими приборами, которые ей доставили самолетом из Соединенных Штатов, заказала упрятанные в стену души, поставила беззвучные выключатели и двойные стекла. Она разрушала и возводила, разгораживала и сносила, закрывала и распахивала, и вскоре квартира окончательно утратила свой прежний облик и была воссоздана заново по образу и подобию своей госпожи. Немногие оставшиеся вещи, которые были мне приятны, исчезли. Старые шкафчики для инструмента, в стенной нише, были разобраны. Шкаф для сушки тарелок, с прорезями в днище и решетчатыми дверцами, был изгнан со своего места над раковиной, равно как и его сетчатый брат — воздушный шкаф, безжалостно выселенный с балкона. Дверь, которая вела из спальни в гостиную, тоже исчезла, а проем был заложен кирпичами и заштукатурен, как будто его и не было. Вместо простых деревянных планок появились электрические свертывающиеся жалюзи.

И в обеих ванных комнатах старые двери с их симпатичными дырочками, вызывавшими недоумение и догадки, тоже были заменены новыми. Но когда Лиора приказала разрушить раковины в ванных, я завопил: «Их ни за что!» И не уступил. Раковины эти были особенными, с короткой толстой ногой и широкими плечами, и подходили мне по размерам и характеру.

— Ну и что, если они старые и простые! — кричал я в бешенстве, удивившем меня самого. — Я тебя прошу! Только не их!

И поскольку Лиора все равно сохранила обе ванные от прежних квартир, будто предчувствуя, что со временем одна из них станет моей, а другая — ее, она сказала: «Я не знала, что это так важно» — и уступила одну из раковин. Так одна старая раковина осталась за мной, и по утрам, когда я бреюсь и Лиорина нитка обернута вокруг моей шеи («нужно же обозначить, где у тебя граница между бородой и шерстью»), я чувствую, что на этой чужой и враждебной территории, где я живу, в глубине вражеского логова, если хочешь, у меня есть союзница. Всего лишь раковина, но, когда я кладу на нее свою бритву и свое мыло — я люблю мыло простое, а Лиора душистое, — она становится моим собственным уголком.

Объединение квартир образовало семь комнат, и, когда я удивился и спросил зачем, ведь детей у нас нет и, очевидно, уже не будет, а те немногие гости, которые приезжают к нам, не склонны у нас ночевать, она напомнила мне, что в их доме в Америке восемь больших комнат и две большие кладовые, а также огромный «бейзмент», хотя росли в этом доме только она и Иммануэль.

Я сказал: «Лиора, здесь не Америка, и у нас нет детей», и она вскипела: я ее обвиняю? я нарочно хочу сделать ей больно? так я думаю о ней «после тех двух выкидышей»? что, только родители с детьми имеют право на просторную квартиру и много комнат?

— Есть люди, которые распределяют комнаты по их назначению или по тому, кто будет жить в каждой, — сказала она, — а я распределяю их по потребностям и по времени, потому что со временем мы изменимся и наши потребности тоже изменятся, и я не жду от тебя, чтобы ты понял всё это.

Так я обнаружил себя в «доме давящем и враждебном», где как будто бы есть положенные спальня, кабинет и гостиная, но, в сущности, это комнаты на утро и на вечер. Комнаты для быть отдельно и для быть наедине, комната для игр и комната для расставания, комната для ссоры и комната для примирения. А между ними — маленькие и непрерывно меняющиеся клочки ничейной земли, пограничные станции, транзитные пункты и заграждения.

И есть также комнаты, чтобы блуждать в них в отсутствие Лиоры, комнаты, в которых можно почуять переменчивость ее настроений, разглядеть на дверях глубокие царапины от ее ногтей. Несмотря на стройность, она иногда напоминает мне медведя, который расхаживает по чащобам своего дома и оставляет на стволах дверных косяков свидетельства своего роста и следы своей силы, а в глубине зеркал — застывшие доказательства своей красоты.

Я тоже оставлял приметы. Комнаты были моими камерами-обскурами с развешанной на их стенах постоянной экспозицией — моя персона в уменьшенном и перевернутом виде. Я был задокументирован. Многократно заснят. Заархивирован. Размножен в тысяче копий. В рутинных картинах ссор, в редких запахах секса, в длинных фонограммах молчаний. Мои крики впитываются в стены, ее шепот отскакивает рикошетом.

3

«Седьмой Рабочий» — квартал маленький и приятный, но сам дом тяготит меня своим неудобством, прежде всего душевным: как будто с нами живет еще кто-то, то ли в шкафу, то ли за стеной. Потом — неудобством физическим: летом его стены излучают жар, которого Лиора не ощущает, зимой они испускают холод, существование которого она отказывается признать. И наконец, он внушает мне настоящую тревогу, сродни тем ощущениям, которые вызывает у меня несвежая пища: явную тяжесть под ложечкой, когда я в него вхожу, и бесспорное облегчение, когда я покидаю его пространство.

Даже простой утренний поход в магазин расширяет мои легкие и выпрямляет спину. Вот так я иду — бодро выхожу из дома, кладу остатки вчерашнего хлеба на забор и отправляюсь за свежим хлебом с тмином и за свежей брынзой. (Иногда я думаю, что при желании всю мою жизнь можно распределить не только между разными женщинами и разными местами, но также между четырьмя продуктовыми лавками: сегодня это супермаркет в моей деревне, в недавнем прошлом магазин Шая на улице Гордона в Тель-Авиве, в далеком прошлом магазин Виолет и Овадии в квартале Бейт а-Керем в Иерусалиме, а в еще более далеком прошлом — магазин Золти на улице Бен-Иегуды в том же Тель-Авиве.) А вот так я возвращаюсь — с каждым шагом всё медленней, тяжело взбираясь по ступенькам, размышляя про себя: вот, все другие спускаются в преисподнюю и только я в нее подымаюсь. Раздумывая: удастся ли мне на этот раз войти, не вызвав гнев входной двери? Когда ее открывает Лиора, она поворачивается на петлях послушно и бесшумно. Но на меня она подымает голос: жалобный скрежет при моем появлении, старческий трубный пук при моем уходе, — и не раз призывает себе на помощь еще и сирену сигнализации.

Уже в те дни, когда у нас был простой замок, до того, как Лиора начала собирать произведения искусства, до сейфа, фотокамер, датчиков и сирены, уже тогда ключ у меня упорно не желал поворачиваться, а дверь — открываться. Поначалу это меня весьма смущало. Я ждал на улице, пока она приходила, с веселым терпением выслушивала мою жалобу, брала у меня ключ и открывала непослушную дверь. Потом это мне надоело, и я приложил немного сил. Еще недели после этого я слышал, как она рассказывает и жалуется — себе, Биньямину, своей семье в их ежедвухнедельном телефонном разговоре: «Он сломал ключ внутри двери. Он сам не знает своей силы».

— О да, силы ему не занимать. — Биньямин спешит использовать случай. Медленная улыбка взаимопонимания вдруг вспорхнула между ними. Вспорхнула, обогнула мою голову и опустилась, как один из конвертиков, которые то и дело порхают на экране компьютера Папаваша. Я удивился: неужто они спят друг с другом? Известно, что обоюдное сходство рождает у людей взаимное желание, и уж если такая мысль пришла в голову мне, то наверняка и в их головы тоже. — В восемь лет он уже таскал за матерью по лестнице покупки и банки с известью для побелки, — добавил мой брат.

Он тоже хорошо помнит, но почему именно мои воспоминания? Она впереди, перепрыгивает ступеньки, с одними лишь щетками в руках, или с букетом гладиолусов, или с картонкой яиц, «чтобы не разбились», а я за ней — горя желанием заслужить похвалу, напрягаясь и багровея, с жестянками извести, с бутылью керосина для печки, с сумками, полными овощей, до самой двери на втором этаже.

— Не останавливаться, Яир. Посмотрим, как ты подымешься до самого верху за один раз…

И как ты хвалила мою силу:

— Что за мальчик! Маленький, но сильный, совсем как буйвол.

Она и потом, когда уже ушла от нас и жила в своей квартире, иногда просила меня передвинуть «что-то тяжелое». Они с Биньямином пили чай с ее коржиками, а я тащил на веранду широкий матрац и там выбивал его, гадая: есть ли он на самом деле, этот другой мужчина? И что, мои удары изгоняют его запах или внедряют его еще глубже?

Я преодолеваю электрический турникет на входе в наш внутренний двор и взбираюсь по ступенькам. Я уже сказал: я не люблю этот дом и он, надо признать, отвечает мне взаимностью. Он сразу же чувствует мое присутствие, заливает меня ярким светом и шарит по мне своими подозрительными электронными глазами — что это за тип тут поднимается? Кто это заявился беспокоить его хозяйку? Я вынимаю из кармана ключ и твержу про себя порядок предстоящих мне действий: открыть, войти, быстренько набрать секретный номер и отключить сирену. Но Лиорин дом уже уставился в меня своими испытующими линзами, уже всматривается в мой невзрачный облик, сравнивает его с другим, лучшим мужем, который должен был жениться на ней, — и издает вопль ярости и протеста.

— Ты неверно набираешь номер, — ответила Лиора на мои жалобы, склонив ко мне голову с терпением высоких матерей и отца-йеке.

— Я еще не дошел до номера. Он не дает мне приблизиться. Ты не понимаешь?

— Нет.

Я попросил, чтобы она постояла рядом со мной и увидела собственными глазами, что вытворяет ее дом. Мы вдвоем стали перед дверью, я вынул ключ, сказал «смотри сама», и дом проделал всё, как положено: ждал, пока я открою, дал мне достаточно времени набрать четыре цифры кода, указал на ошибку, дал мне возможность и время ее исправить, исправиться самому, стать лучшим жильцом и лучшим мужем.

— Ты видишь? — сказала Лиора.

Я сказал ей:

— Дверь открылась, потому что ты здесь. Она открылась тебе. Не мне.

Она сказала:

— Ты сумасшедший, Яир.

Я сказал ей:

— Что значит сумасшедший? Ты что, не видишь, что твой дом меня ненавидит?

Она сказала:

— Можно подумать, что ты его любишь.

Но на следующую ночь распахнула крылья простыни, в которую закутывалась, проскользнула и легла возле меня.

— Что, уже прошел месяц с последнего тритмента? — поинтересовался я.

— Примерно, — сказала она.

Сюрприз. Она принесла с собой свою специальную мягкую подушку.

— Значит ли это, что ты остаешься спать со мной?

— Если ты не будешь слишком сильно прижиматься.

У нее есть редкое свойство, которым наделены только счастливицы: с годами она становится все красивее. В юности у нее была красота сосуда, гладкого, совершенного и холодного. А сейчас сеточка тончайших морщинок на коже, голубоватые намеки на вены, смягчение живота и грудей, заметное не глазу, а руке, — всё это добавляет ей жизни и тепла. Мы уснули вместе, как прежде: она на животе, щека на ее подушке, одна нога вытянута, другая согнута, а я лежу за ней. Моя рука под ее грудью, мое бедро в промежутке между ее бедрами, моя ступня под ее ступней.

Утром я обнаружил, что она проснулась ночью и уже вернулась в свою комнату. Я пошел в магазин, вернулся — весь квартал уже был на ногах, — разложил купленные продукты в холодильнике и спросил:

— Как спалось?

— Очень плохо, спасибо.

— А я как раз спал хорошо.

— Прекрасно, хотя бы одно дело у тебя получается.

Газеты уже рядом с ней, раскрыты на статьях об экономике и финансах, лэптоп светит надкусанным яблоком своего лого и тихо жужжит, первая чашка теплой воды с лимоном, мятой и медом уже скользит в ее желудок.

— Если ты готовишь себе завтрак, то я тоже хочу. Пожалуйста.

Две вещи она быстро изучила и полюбила — язык иврит и мой завтрак. Я переполняюсь гордостью. Включаю чайник и тостер, мелко и аккуратно нарезаю овощи для салата, крошу свежую брынзу, делаю яичницу. Как то раз я сварил для нее крутое яйцо, надбил его о ее лоб и сказал «Бац!». Она рассердилась:

— Перестань, Яир! Я не твоя мать!

Я нагреваю масло на сковородке, поворачиваюсь спиной к продолжению речи, состоящей из обвинений и жалоб: она опять всю ночь не сомкнула глаз. Посмотри на эти черные круги, это подарок от тебя. У нее нет сомнений, я краду у нее сон. И ее самое тоже.

ГЛАВА ДЕВЯТАЯ

I

Время шло. Дядя Малыша стал регулярно доставлять голубей из голубятни в кибуце в Центральную голубятню в Тель-Авиве. Но все голуби, которых он запускал оттуда, возвращались без записки от Девочки. Малыш послал ей голубеграмму с одним из голубей, которых дядя привез из поездки, но она не ответила и на нее.

— Нехороший возраст, — сказал дядя тете. — Мальчик уже достаточно взрослый, чтобы почувствовать любовь, но слишком молодой для таких разочарований.

Он предложил Малышу снова поехать с ним в Тель-Авив. «Стоит тебе увидеть ее, а ей тебя, и всё наладится», — пообещал он, но Малыш отказался. Он дождется голубеграммы от нее и только тогда поедет.

И тут снова появился зеленый пикап, а из него появился доктор Лауфер. Он объезжал большие голубятни в Ягуре, Мерхавии и Бейт а-Шита, потом посетил голубятню в кибуце Гешер и теперь, «на сладкое», заглянул к Мириам. Он привез ей голубей для запуска и спаривания, осмотрел голубятню и ее обитателей, изучил карточки и записи, потом зашел в коровник, выпил в кибуцной столовой лимона с чаем и прочел кибуцникам еще одну лекцию.

Перед самым его отъездом Малыш набрался смелости и спросил, не передала ли Девочка какое-нибудь сообщение для него. Ветеринар смущенно признался, что нет, ничего не передавала, а дядя, услышав об этом, сказал Малышу:

— Тебе скоро четырнадцать. Надо поставить ее перед фактом. Поезжай в Тель-Авив и сам привези ей своих голубей.

Малыш выбрал и пометил шесть уже повзрослевших голубей, начал тренировать их специальным образом, и дядя запустил их для него из Тверии, из Афулы, из Хайфы и из Тель-Авива. Один из них не вернулся, а еще одного Малыш забраковал, потому что, несмотря на хорошую скорость, этот голубь не спешил войти в голубятню. Через четыре месяца он объявил: «Мы готовы», — и сказал, что хочет поехать в Тель-Авив и отвезти этих четырех голубей Девочке.

Дядя пытался устроить ему поездку в кибуцном молоковозе, но место уже было заказано и занято. Малыш не согласился ждать. Он хочет выехать немедленно. Ему уже исполнилось четырнадцать лет и четыре месяца, и нечего за него бояться. Дядя дал ему немного денег и сказал:

— До Афулы ты как-нибудь доберешься, купишь билет на поезд до Хайфы, а там родственники посадят тебя на автобус.

Малыш положил своих голубей в специальную соломенную корзинку с крышкой и ручкой, а в наплечный ранец упаковал еду и воду для себя и для них. С восходом солнца он вышел на дорогу и остановил возницу, который ехал в Тверию, чтобы продать там фрукты и купить товары. Возле Киннерета возница остановил для него знакомую машину — директора школы из Явнеэля, а в Явнеэле директор послал его — предварительно отчитав за пропуск уроков — во двор одного из крестьян, где можно было поесть и переночевать в обмен на помощь в сортировке и упаковке миндаля.

— Миндаль — самая лучшая пища для мужчины в пути и женщины в положении, — сказал ему хозяин. — Возьми себе в дорогу, он хорошо насыщает, и его легко нести.

Наутро его забрал водитель грузовика из местных черкесов, давний знакомый хозяина миндальной рощи. Это был худощавый человек, весь из глаз и усов, который, к облегчению Малыша, не проявлял склонности к беседе с пассажиром. Выражения, сменявшие друг друга на его лице, свидетельствовали о том, что он предпочитает разговаривать сам с собой. У Малыша было время полюбоваться видами, поразмышлять и прийти к выводу, что тоска, с которой он борется, и мысли, которые его не покидают, и желание опять видеть и слышать, прикасаться и ощущать и так до бесконечности — всё это как раз то, что люди постарше называют любовью. Нет другой возможности и нет другого толкования, потому что уж если это не любовь, тогда что же она такое? Какими иными признаками она проявляется?

Грузовик напрягался на крутых поворотах, пока наконец не одолел долгий подъем. Перед глазами Малыша проплыл плавный колокол горы Тавор, а за ней веселая вершина Гиват-а-Море. Ему казалось, что его тело — маленькая точка, которая медленно ползет по земному шару, и это движение приближает его к любимой. Голубиная корзинка вдруг сдвинулась с места. Голуби затрепыхались внутри, и он встрепенулся вместе с ними. Вблизи Кфар-Камы водитель вдруг громко произнес: «Здесь мой дом!» — и снова умолк. Малыш сошел и продолжил свой путь, где пешком, где на случайных попутных телегах с фуражом, а где на грузовиках с молоком и овощами. В те времена земля была пустынной, движение медленным, а расстояния — большими, и на тот путь, который я сегодня проделываю на «Бегемоте» за каких-нибудь двадцать минут, Малышу понадобилось целых полдня. В Афуле двое парней пригласили его на стакан газировки, поговорили с ним о голубях, а когда он, распрощавшись с ними, пошел на станцию, то обнаружил, что они украли у него деньги, которые дал ему дядя. Он немного посидел на скамейке возле вокзала, с корзинкой на коленях и колотящимся от страха сердцем, а потом решился и сел без билета на поезд, идущий в Хайфу.

Вскоре его поймали. Контролер потребовал у него двух голубей, если он хочет ехать дальше. Малыш умолял, отказывался, почти плакал. Контролер схватил его за воротник и пригрозил выбросить посреди пустынных просторов Изреэльской долины. Он испугался. Перед тем он видел компанию орлов на трупе коровы и сейчас страшился за собственную судьбу. Про себя он уже думал, как запустит голубя к Мириам и как дядя организует его спасение. Но тут над ним сжалилась какая-то незнакомая, странная женщина — худая и высокая голландка, которая сидела у окна вагона и зарисовывала акварелью скворцов и щеглов. Она купила ему билет и сказала на незнакомом языке, что понимает, зачем он едет и что у него спрятано в этой корзинке.

В Хайфе Малыш пошел к родственникам, и они отправили его со своим приятелем, старым английским инженером, который собрался этой ночью в Тель-Авив. Человек этот объяснил, что едет медленно, потому что ночью плохо видит, и попросил Малыша разговаривать с ним, чтобы не уснуть. Малыш боялся, что он спросит о голубях, и старый инженер действительно спросил, и не только спросил, но и проявил познания в двух самых опасных областях — в голубеводстве и в иврите. Поэтому Малыш уже не мог укрыться за своим незнанием английского. Он сказал, что живет в Хайфе, что у него есть голубятня на крыше и что он едет в Тель-Авив, чтобы выпустить своих голубей в воздух — из осторожности он сказал не «запустить», а «выпустить в воздух».

— Интересно, как они находят дорогу домой, — задумчиво сказал англичанин.

— У них есть чувство направления, — сказал Малыш.

— Нет у них его, — сказал англичанин. — Они не могут найти дорогу никуда, кроме как в свою голубятню. Настоящее чувство направления означает умение находить дорогу из любого места в любое место, а главное — в незнакомые места. А возвращение домой, как бы это объяснить тебе, мой мальчик, оно больше похоже на то послушание, с которым все подчиняются силе притяжения. Как река знает путь к морю без карты, как брошенный камень не нуждается в компасе, чтобы упасть обратно на землю.

Когда они пересекли Яркон, на горизонте уже светлело и вдали появились первые огни Тель-Авива. Машина миновала тот загон с лошадьми, откуда Девочка, по ее словам, запускала молодых голубей, и продолжала свой путь на юг, и тогда Малыш попросил выпустить его, выбрав такое место, которое нельзя было бы связать с каким-нибудь конкретным делом или человеком.

— Еще темно, — сказал англичанин, — куда ты пойдешь?

Но Малыш сказал:

— Всё в порядке, скоро рассветет, — и пошел в сторону зоопарка. Дорогу он не знал, но уже издали слышал рычание тигра и голоса просыпающихся обезьян и птиц, которые направляли его шаги. Ворота были закрыты. Малыш уселся возле них, и через полчаса его разбудил толстый сторож, который пришел открывать.

— Я тебя помню, ты работаешь в голубятне Мириам, — сказал он, — твоя приятельница еще не пришла, но заходи, заходи, подождешь ее внутри.

2

Обратно домой, через два дня, Малыш ехал автобусом. В его плетеной корзинке лежали четыре голубя, которых дала ему Девочка. Доктор Лауфер сказал им:

— Любовные послания — это прекрасно, но
есть также работа и тренировки. К каждому голубю, которого вы запускаете, привяжите также голубеграмму с данными о времени и о погоде. И не
перепутайте наш футляр с вашим пером, потому
что тогда мы прочтем, что вы пишете друг другу,
кххх... кххх... кххх... А сейчас ты на службе, так что
вот тебе немного денег на дорогу и билеты для поездки.

Всю дорогу он думал о ней, об их прогулке по берегу моря в Тель-Авиве, об улице, на которой она вырвала свою руку из его ладони, и о переулке, в котором не вырвала. О поцелуе, которым она поцеловала
его, о тех, которыми он целовал ее, о том, как она
убрала его руку со своей груди и тяжело задышала,
об их встретившихся и обнявшихся языках. Он попросил ее научить его свистеть, и, когда ему не удалось ни с одним пальцем, ни с двумя, она сказала:
«Тогда давай попробуем так» — и вложила ему в рот
свои пальцы.

— Свисти! — сказала она, но его язык уткнулся
меж ее пальцев, его диафрагма напряглась от волнения, и его легкие не могли выдохнуть воздух. — Свисти! — повторила она, и от неожиданности и желания его свист сорвался в неудержимый смех.
Девочка сказала: — А сейчас так, — и вложила два
его указательных пальца себе в рот, и, когда она
свистнула прямо на него, он почувствовал, как тоже
дунул с ней вместе. Никогда в жизни он не испыты-

вал такого счастья. Море шумело. Их глаза смотрели друг на друга, такие близкие, что уже стали размытыми, такие глубокие, что в них уже можно было утонуть.

— Да или нет? — спросил он.

— Что — да или нет?

— Ты дашь мне голубя, да или нет?

Он вспомнил выражение ее лица, когда она взяла его голубей, ее взгляд, когда она дала ему своих и сказала:

— Мы согласны.

И поскольку страна наша маленькая, а их чувство было большим, уже на следующее утро взмыли навстречу друг другу два одинаковых голубя — один из кибуца в Иорданской долине и другой из зоопарка в Тель-Авиве. Они, надо думать, встретились в полете, пронеслись друг мимо друга и вскоре приземлились, каждый у своей голубятни, каждый с тяжело поднимающейся блестящей грудкой. Девочка и Малыш, каждый в своей голубятне, вручили доктору Лауферу и Мириам голубеграммы, лежавшие в футлярах, а потом развязали шелковые нитки, которые прикрепляли к хвостам перья с записками, и отошли в сторону прочесть слова, предназначенные только для них. Слова немногочисленные и короткие, как это принято в голубиной почте: да, и да, и да, и да. Да, мы любим, и да, мы скучаем, и да, мы не забыли, и да, мы помним.

Они никогда не думали, что такие короткие, и такие немногие, и такие простые слова могут так радовать. Они никогда не представляли себе, что их можно столько раз перечитывать. Мириам и доктор Лауфер, он в Тель-Авиве, она в кибуце, смотрели на Малыша и на Девочку с грустной улыбкой. Они предвидели, что так и будет. После любовного письма, принесенного голубем, ни отправитель, ни получатель никогда уже не согласятся ни на какого другого почтальона. Ничто не сравнится с запуском голубя, с тем, как он скрывается от провожающих глаз и появляется — в тот же самый момент — перед глазами ожидающими.

Вот он: пикирует и приближается, летит прямо, как стрела, шумное хлопанье крыльев сливается с шумом крови в висках и в сердце. Что может сравниться с удовольствием взять его в руки? С невесомой мягкостью этих грудных перьев? С извлечением письма? С биением его сердца? Откуда у него силы нести так много любви? И что больше волнует — взмах руки запускающего или охват ладони принимающего?

И доктор Лауфер тоже был доволен: в одном из полетов на север был поставлен рекорд — голубь от Девочки к Малышу летел со средней скоростью семьдесят четыре километра в час, всего на три километра в час меньше самца Альфонса, бельгийского рекордсмена того года.

Теперь Малыш каждые два месяца приезжал в Тель-Авив, привозя и забирая новых голубей, а через год Девочка приехала к нему, в кибуц.

— Это та девочка, о которой ты мне рассказывал? Девочка, которая была там, когда ты ездил с ним и с голубями в зоопарк? — спросила тетя Малыша своего мужа.

— Она немного выросла с тех пор, но это, безусловно, она, — подтвердил дядя.

— Кто бы мог поверить, — сказала тетя, — что самая красивая и самая умная девочка, которую здесь когда-либо видели, приехала ради нашего маленького келбеле. Сейчас ты увидишь, как девушки начнут бегать за ним. Девушки, они просто носом чуют такие вещи. Надеюсь только, что он не наделает глупостей.

Глава десятая

I

Хотя Мешулам и сказал, что «с ценой они перегнули палку» и что «можно было их поставить на четвереньки, этих живодеров», я не стал торговаться. Была назначена цена, и меня пригласили «прийти с женой» на приемную комиссию.

— Что мне делать? — спросил я его. — От Лфориных нарядов у них глаза на лоб вылезут, она будет делать им замечания и говорить по-английски.

— Возьми Тиреле, — сказал Мешулам. — Она будет замечательной госпожой Мендельсон. И на комиссии тоже.

— Что значит «возьми Тиреле», как ее взять?

— Что значит «как»? На машине, как.

— Но она не моя жена! Сказали прийти с женой.

— Сказали прийти с женой? Но ведь они не сказали, с чьей женой.

— А если она не согласится? Откуда ты знаешь, что она захочет пойти?

— Это предоставь мне.

«Его Тиреле» согласна, сообщил он мне назавтра по телефону. Не только согласна, но к тому же взорвалась своим безудержным смехом. Но у него, у Мешулама, есть еще одна идея:

— Если уж вы едете вместе, почему бы тебе не захватить ее пораньше, скажем в десять утра, в одном из наших офисов в Тель-Авиве?

— Но комиссия вечером, — сказал я.

— Сейчас еще не лето, — терпеливо объяснил Мешулам. — Сейчас еще весна. В затененных местах еще осталось немного анемонов и цикламенов, и еще цветут люпин, васильки и лютики. А Тиреле тоже положено иногда полдня отпуска. Устрой ей маленькую экскурсию, может быть, симпатичный пикник со всякими там деликатесами, я пошлю кого-нибудь купить и собрать вам сумку в дорогу, погуляйте, поешьте на здоровье, поимейте свое удовольствие, а потом поедете на комиссию.

— А может, у нее нет времени на прогулки? Может, она не хочет? Может, она уже назначила что-нибудь другое?

— У нее есть время, она ничего не назначала, и она хочет!

2

Выезжаем из Тель-Авива и сворачиваем на юг. Молча, в первый раз наедине. Я в неуклюжем молчании смущения, она в улыбчивом молчании ожидания. Постепенно начинаем обмениваться всякими незначащими фразами, вроде «Мешулам и хорошую погоду нам обеспечил» или «Я люблю такие облака, как в «Симпсонах».

Потом я показал ей на кружившую высоко в небе стаю больших птиц и сказал: «Это пеликаны, по дороге на север», и она спросила: «Как ты узнаешь их на таком расстоянии? А может, это аисты?» — и я сказал: «Пеликаны меняют цвет на поворотах, а аисты нет».

— У перелетных птиц есть дом для лета и дом для зимы, — сказал я, помолчав, — но какой из них настоящий, куда они возвращаются?

— Весь мир для них дом, — сказала Тирца. — Когда они летят в Африку, они всего-навсего переходят в другую комнату.

Я рассказал ей о яйлах[1] — горных поселениях овечьих пастухов в Качкаре, на северо-востоке Турции.

Зимой они покидают эти свои жилища и спускаются в деревни в долинах или в маленькие городки на побережье, а весной возвращаются со стадами.

— Я не знала, что ты там был. С кем ты ездил?

— Ни с кем, — сказал я. — Я там вообще не был, я слушал лекцию о Качкаре. В магазине «Для туриста».

— Почему бы тебе не поехать в настоящий Качкар, вместо того чтобы слушать рассказы других?

— Я не люблю ездить, я люблю возвращаться,— сказал я и продекламировал ей из второго стихотворения, которое знаю на память, красивые строки о возвращении, выгравированные на могиле Роберта Луиса Стивенсона. Я слышал их на другой такой лекции — о путешествии на Фиджи, на Самоа и на другие острова Тихого океана:

> This be the verse you grave for me:
> *Here he lies where he longed to be;*
> *Home is the sailor, home from sea,*
> *And the hunter home from the hill*[2].

Лектор прочел их, рассказал об «Острове сокровищ» и о доме, который построил себе Роберт Луис Стивенсон на Самоа и в котором он успел прожить всего три года перед смертью, и об островитянах, которые любили его и несли его тело для погребения на вершину горы, и вдруг мои слух и память закончили сверяться друг с другом, и я понял, что это Стивенсон, а не моя мама написал те строчки, которые она декламировала мне за годы до того у двери нашего дома на улице Бен-Иегуды в Тель-Авиве: «Моряк из морей вернулся домой, охотник с гор вернулся домой», декламировала, и вручала мне ключ, и поднимала меня к замочной скважине, и говорила: «Открой и скажи дому: здравствуй».

3

Я помню, как мне понравилось это детское слово «яйла», услышанное тогда на лекции. Не «съемная комната», не «дача», не «летний дом», а — «яйла». Я размышлял о хозяине этой яйлы, который не замечает утреннего мороза, и не обращает внимания на листопад, и поворачивается спиной к первым хлопьям снега, пока у него не остается иного выхода, и он закрывает за собой дверь и спускается в свое зимнее убежище в маленьком грязном городке на берегу Черного моря, и там, в течение всей сырой зимы, насквозь провонявшей угольным дымом, грязью и ракией, тоскует по своему углу в горах, по своему собственному месту, пока весной не вернется в него снова, и поднимется по деревянным ступенькам, и откроет дверь, и вдохнет заждавшийся внутри воздух, и скажет: «Здравствуй, яйла...» — и яйла, по обычаю домов, к которым возвращаются, вздохнет и ответит.

— Что тебе сказать, Иреле, — усмехнулась моя подрядчик-женщина, — хорошо, что ты купил этот дом. Он попался тебе в самый последний момент.

И сказала, что ее инженер уже приходил туда и велел нарастить несколько опор, оставил спецификацию на бетон и железо и велел добавить несколько балок и поясов.

— А это значит, Иреле, что мы должны начать говорить о комнатах.

Я сказал, что то, что есть сейчас — жилая комната и две маленькие спальни, — меня устраивает.

Тирца сказала, что я консерватор. «Когда строишь дом, нет абсолютных правил, всё зависит от потребностей и возможностей». И спросила:

— А зачем тебе вообще комнаты? Почему бы нам не открыть стены, и у тебя будет очень большая комната, еще одна поменьше на всякий случай, и ванная с туалетом? Почему, а?

— Потому что потому, — проворчал я, немного испугавшись слова «нам». — Потому что в доме должны быть комнаты. Спальни, и кабинеты, и гостевые... Как у всех людей, что значит «зачем тебе комнаты»?

— Не раздражайся, Иреле, не надо. Мы встретились не для того, чтобы раздражаться. Мы встретились для того, чтобы построить тебе дом, и ты должен благодарить Бога, что твой подрядчик — я, потому что ты себе даже не представляешь, каким кошмаром может стать такой ремонт.

— Извини.

— И кто эти «все», и что значит «должны быть»? Дом — это не универмаг, который делят на отдел мебели, и отдел одежды, и отдел домашней утвари. Дом надо строить вокруг человека, а не вокруг назначения комнат. В твоем случае — потому что ты не будешь растить там детей и, я думаю, не будешь принимать так уж много гостей — вполне достаточно одной большой комнаты, чтобы в ней жить, и варить, и есть, и спать, и еще одной маленькой комнаты с кроватью на случай необходимости, и туалет, и большие окна на природу, и большая веранда, и я не забыла душ, который ты просил снаружи.

— Сколько времени у меня есть, чтобы решить?

— Как можно быстрее. А сейчас хватит с этим домом. Куда ты повезешь меня погулять?

Моей целью были три холма, которые каждый год начинают с анемонов и кончают лютиками. Тирца заметила их уже издали и, как и я в тот день, когда увидел их впервые, не поверила, что весь этот ярко-красный ковер — сплошное цветение. Но «Бегемот» подъехал ближе, и огромное алое одеяло распалось на красные лепестки, и черные сердечки, и еще не раскрывшиеся светло-зеленые бутоны лютиков, и белесовато-серые семена анемонов, которые уже носились в воздухе.

— Остановись! — воскликнула она. — Это так красиво, остановись!

Она вышла, стала перед красным полем и широко распахнула руки. Я расстелил одеяло и сел. Она нагнулась и поцеловала меня в губы. Поцелуем слегка приоткрытых губ, не открытых и не стиснутых, забавным и испытующим. Ее язык лишь раздвинул мне губы и прошел по зубам, словно исследуя меня — не стал ли я другим, не изменился ли на вкус? Первый поцелуй со времен нашей юности, заставивший меня вздрогнуть от сходства с тогдашними, недозволенными и неумелыми, и нынешнего от них отличия.

Ее кожа пахла чистой и приятной свежестью, и мои губы всё время ощущали ее улыбку, пока она не оторвалась от меня. Какими безрассудными были мы в молодости, подумал я, а вот сейчас стали вдруг воплощением целомудрия и сдержанности.

— Что ты собираешься говорить на комиссии?

Она засмеялась:

— Что твои губы не изменились, но душа стала беспокойной и озабоченной. — И посмотрела на меня. — Не надо ничего планировать. Первый вопрос на приемной комиссии всегда: «Расскажите о себе». Важно, чтобы ты ответил первым, не оглядываясь на меня. Они хотят обыкновенную пару, с послушной женой и мужем—главой семьи.

Она открыла сумку и взорвалась смехом:

— Сексуальные возбудители от папы Фрида, — и начала объявлять, вытаскивая и раскладывая: — Брынза, швейцарский сыр с дырками, хлеб с тмином, помидоры-сливки… знает, чертяка, свою дочь… венгерская салями, белое вино… хочет, чтобы мы поскорее сделали это, даже если потом заявимся на комиссию пьяными… так, редиска, оливковое масло, соленые огурцы… — И понюхала. — Бедняга, пытается воспроизвести мамину засолку, но ему не очень-то удается. Ну, вот, мы здесь будем набивать себе брюхо, а он будет сидеть дома, один, и грызть ногти от волнения.

4

Мы въехали в деревню.

— Очень хорошо, — сказала Тирца. — Тьма египетская на проезжей улице, дыры в асфальте, и не забудь также, что у них в магазине нет анчоусов.

— И что же во всем этом такого хорошего?

— Это значит, что у них нет ни гроша. Что мы им нужны больше, чем они нам.

Возле правления стояли две машины и несколько велосипедов. Мы вошли, Тирца заглянула в комнату, где сидели люди, и сказала с максимальной приветливостью:

— Здравствуйте. Мы семья Мендельсон.

— Еще несколько минут, пожалуйста, — послышалось оттуда.

— Трое мужчин, — шепнула она мне, — и две женщины. Типовой набор. Точно такие физиономии, какие я ожидала увидеть.

Мы присмотрелись к аэрофотоснимкам на стенах: деревня. Ее дома, птичники, коровники, поля.

— Тут не так уж много событий происходит, — сказала Тирца, — очень хорошо.

— Откуда ты знаешь?

— Потому что нет особых изменений при перехо-де от черно-белых фотографий к цветным. Общест-венные здания те же, а в частных хозяйствах совсем немного новых построек. Посмотри на этот двор: на черно-белом снимке в нем еще есть несколько коров, на цветном уже нет. И жилые дома остались те же самые.

— Во всех поселковых советах та же картина, — сказал я.

Тирца сказала, что она никогда не думала, что я знаю так много поселковых советов, а я сказал, что искал этот наш дом во многих местах, пока не нашел его здесь.

Она улыбнулась:

— Ты еще не должен говорить «наш дом», Иреле.

Я сказал:

— Я только тренируюсь для комиссии, Тиреле.

— Человеку со стороны непросто жить в таком месте, — сказала она. — Деревня маленькая, старая, ты никогда не будешь знать ее маленькие тайны, ее язык, кто здесь ненавидит кого и почему, кто здесь плодовое дерево, а кто бесплодное. Ты можешь по-дружиться с деревенским отверженным, похвалить кому-то человека, который спит с его женой, всё вре-мя надо быть настороже.

Пришли еще двое мужчин, зашли в комнату, и от-туда сразу же послышался голос: «Заходите, пожа-луйста».

Тирца была права. Я сразу же опознал человека отчаявшегося, махнувшего рукой на всё, господина «чем-это-нам-поможет», упорно ищущего выход, месье «без-царя-в-голове», вечно строящего воздушные замки, безнадежную старую деву и старую деву, еще сохранившую надежды, замкомвзвода резервной службы, а также добровольного «стража порядка». Тринадцать глаз — у витающего в облаках месье левый глаз был закрыт повязкой — сверлили нас начальственными и одновременно заискивающими взглядами.

Тирца извинилась за грязь на наших подошвах.

— Мы боялись опоздать, — сказала она, — выехали немного раньше, приехали до срока и погуляли немного вокруг.

— Представьтесь, — сказали Замкомвзвода и Отчаявшийся хором и тут же обменялись раздраженными взглядами.

По лицу Тирцы скользнула легкая улыбка.

— Меня зовут Яир Мендельсон, — сказал я, эдакий мачо во главе семейства, — а это Лиора, моя жена. Я родился в сорок девятом году, экскурсовод, сейчас, в связи с экономическим положением и всё такое, занимаюсь также перевозками, а Лиора…

— Куда бы ты повез туристов в нашем районе?

— По тем маршрутам, что я вожу, по орнитологии и истории, в этих местах нет ничего такого привлекательного.

— А почему, собственно? — метнул на меня взгляд Строитель Воздушных Замков. — Тут постоянно пролетают пеликаны и аисты, а иногда также журавли. А за холмом у нас — система древних колодцев и пещеры, где евреи скрывались во время Иудейской войны[3].

— Действительно, — сказала Старая Дева, Сохранившая Надежды, — к нам каждый год приезжают тысячи туристов со всего мира, посмотреть эту нашу систему колодцев, что за холмом, и нам очень были бы нужны люди, чтобы водить и объяснять, и полиция, чтобы направлять движение множества машин.

— Где ты был в армии? — неожиданно спросила Безнадежная Старая Дева.

— В санитарах. Инструктором на десятой учебной базе.

— У нас здесь написано, Яир, что у вас нет детей, — сказал Замкомвзвода, по-свойски, но воинственно.

— Прошу прощения, что я вмешиваюсь, — дружелюбно сказала Тирца, — но раз уж вы упомянули о детях, то я та женщина, которую вы пригласили прийти вместе с Яиром, и мне кажется, этот вопрос как раз по моей части.

— Да, извините.

— Так вот, у меня как раз есть дети. Двое. От первого брака. Старший в Соединенных Штатах, а младшая путешествует по Востоку.

— А чем ты сама занимаешься, Лиора?

— Многими вещами, сразу не перечислишь. У меня есть опыт работы в садах — как в цветочных, так и в детских, я медсестра и в армии была санитаркой, как и Яир. Мы и познакомились там, на курсах, но потом каждый пошел по своему пути, пока не встретились снова.

Она улыбнулась мне, и я смутился. Я не специалист в импровизациях, а тем более в таком быстром плетении небылиц.

— А сегодня?

— Сегодня мы раздуваем старые угли.

Одна из старых дев захихикала. Но Отчаявшийся с мрачным упрямством добивался своего:

— Я понимаю, госпожа Мендельсон, у тебя много талантов, и все-таки я хотел бы знать, что ты делаешь конкретно?

— О, я мастер на все руки, универсал, — сказала Тирца. — Но я всегда сама зарабатывала на себя и никогда ни от кого не зависела. Работала в фирме, организующей банкеты, придумывала и продавала деревянные игрушки, и еще я провожу народные танцы, но Яир не танцует, — указала она на меня, — у него совсем нет координации.

— А почему вы хотите жить здесь?

«Чтобы не застрелить вас или себя, — мысленно пробормотал я, — чтобы обрести покой, чтобы иметь свое место, потому что здесь во дворе растут большие деревья, а из трещин мостовой пробивается трава».

— Места здесь красивые, — сказала Тирца. — И деревня тоже. Нам понравился дом. Мы любим природу, собрали немного денег и хотим сменить окружение и атмосферу.

— И что вы будете делать здесь?

— Я надеюсь, что положение улучшится и у экскурсоводов опять появится работа, — сказал я, — а может, я и в самом деле решусь специализироваться на туризме в этом районе, а Лиора…

— Прежде всего, я собираюсь отремонтировать дом в качестве подрядчицы у самой себя, а если мне понравится это дело, я, может, продолжу заниматься им профессионально.

— А какой вклад, — спросил Страж Порядка, который до этого момента чиркал по бумаге и молчал, — какой вклад, по вашему мнению, вы сможете внести в наш коллектив?

— Я верю в доброе соседство, — сказал я. — И от всего сердца помогу всякому, кто попросит помощи.

— Я имею в виду более регулярный вклад в дела коллектива.

— Ну, может быть, в культурной комиссии, — сказал я. — А Лиора, как вы сами понимаете, может помочь во многих областях, организовать…

— Я могу сидеть в комиссии по приему кандидатов, — сказала Тирца.— Это мне уже нравится.

— Вы немного старше, чем хотелось бы, — сказал Ищущий Выхода. — Мы надеялись, что к нам придут более молодые пары, с маленькими детьми и планами на расширение семьи.

— Мы тоже надеялись остаться молодыми, — сказала Тирца, — и народить еще и еще младенцев, но если уж вернуться к реальности, давайте говорить серьезно. Этот дом уже много времени стоит заколоченный и пустой, никто им не интересовался, и вот теперь нашлись покупатели, так жаль терять время на вещи второстепенные. Мы точно такие же, как вы. Обыкновенные, хорошие люди, хотим жить спокойно, за нами нет криминального прошлого. Мы внесем такой же вклад, какой вносит каждый из вас, не больше и не меньше.

Через несколько минут нас отпустили с миром, и мы отправились на короткую прогулку по темному поселку. Возле дома задержались на несколько минут. Тирца сказала, что она должна возвращаться, у нее завтра работа на юге. Она позвонила, дала указания, и я отвез ее к главной дороге. Одна из машин компании «Мешулам Фрид и дочь ООО» уже ждала там, сверкая белизной в темноте, с зажженными фарами.

Она поцеловала меня на прощанье в рот. Я почувствовал, что ее губы улыбаются.

Я не удержался и рассказал ей, что сказал о ней тракторист, приехавший почистить двор, и она засмеялась: «Так и сказал? Твой подрядчик-женщина? Он немножко ошибся в порядке слов, но это не страшно».

— Спокойной ночи, Тиреле. Спасибо за помощь на комиссии.

— Спасибо за прогулку. И не беспокойся, мы ее прошли.

— Ты прошла. Я был ужасен.

— Мы вдвоем прошли. Им ясно, что мы не донна Идеала и мистер Перфект, но они в долгах, у них нет других кандидатов, и никто не даст им такую сумму, кроме тебя. Решай побыстрее насчет комнат, потому что нам надо приготовить проект.

— Я уже решил. Я принимаю ту твою идею насчет одной большой комнаты и одной маленькой.

— И правильно делаешь. Передай привет Мешуламу. Он наверняка позвонит тебе через минуту. А завтра займись рожковыми деревьями — очисть там всё от вьюнков и паразитов и скоси всю траву. Трактор не смог заехать туда с косилкой.

— Ты не хочешь дождаться решения комиссии?

— А чего тут ждать? Мы ее уже прошли. А если не прошли, пусть эта уборка будет им подарком, — и вытащила из багажника приехавшей за ней машины косу, толстые перчатки, серп, садовые ножницы и пилу: — Возьми. Пусть у тебя будет в хозяйстве.

5

В ту ночь я снова остался спать в новом доме, и даже получил от него подарок — в виде сна. Во сне у меня зазвонил телефон. Я поднял трубку. Вначале я услышал тишину, потом свое имя. Ты позвала меня, впервые после твоей смерти. Ты сказала: «Яир…» — и снова: «Яир…» Твой голос был мягче обычного, но я узнал его мелодию, и у меня не было сомнений: «Яир… Яир?..» — с тем маленьким вопросительным знаком, которым ты иногда сопровождала мое имя, тем вопросительным знаком, который с трудом можно услышать, а написать и вообще нельзя и который означает: «Это ты? Ты там? Ответь мне, сынок…»

Я еще не успел опомниться и ответить, как мама уже положила трубку. Сон кончился. Тишина вернулась. Только маленькая совка, из тех, что зовут волохатыми, отмеряла снаружи ночь размеренным и глуховатым уханьем. Я проснулся, потрясенный. Почему я не ответил: «Это я, мама»? Почему не сказал: «Я в доме, который ты мне купила»? Почему не спросил: «Где ты? Когда вернешься?»

Я здесь, прозвучало у меня в груди. Ее нет, ответила мне стена. Яир?.. Яир?.. Яирик. Яирик, сынок, — эхом отозвался мой сон. Это он — удостоверили все органы чувств. Он с нами, дайте ему войти, сказали воспоминания. И тотчас во мне возродилось понимание, где и кто я, и я почувствовал вокруг себя этот дом, который купила мне моя мать и строит моя любимая, ощутил, как он растет и окутывает меня, точно новая и здоровая кожа, и ощущение это было таким полным и нежным, что я не мог понять, растет оно изнутри или возвращается ко мне, словно прохладно-теплое эхо.

Я накрыл голову одеялом. Темнота, маленькая и только моя. Я здесь, в своем собственном месте, укутанный в твой подарок. Я — пространство меж стенами. Я человек и его дом. Я мой дом и его нутро. Я половик под ногами, я дверная притолока, я протяженность меж притолокой и половиком.

Безглазая предрассветная белесость ждет моих открывающихся глаз — сколько времени уже прошло? — будто песни бульбулей в моих ушах, будто продолжение сна в моем сердце — отпусти меня, ибо взошла заря[4], сказала ты. Прогони меня, сынок.

6

Моя рука поднимается по прямой к выключателю лампы у изголовья. В доме Лиоры она всегда наталкивалась на абажур и производила шум, и в те дни, когда мы еще спали в одной кровати, сквозь ее зубы просвистывалось длинное протестующее «тссс…». Но здесь рука протянулась уверенно, и палец нашел и зажег без колебания и поиска. Так это было с фонариком в ту первую ночь и так — с лампой сегодня, в том же доме, уже обновленном и отремонтированном, и Тирцы опять нет со мной — кончила его перестраивать и ушла. Иногда я читаю книгу, ожидая возвращения сна, а иногда успокаиваю себя изучением топографической карты — отправляюсь наконец в свое путешествие.

Вот так мне хорошо: мой теплый тренировочный костюм, и грубые кроссовки, и рюкзак, и штормовая палатка, и спальный мешок лежат себе в шкафу и в багажнике «Бегемота», мои ноги отдыхают на кровати, легкие дышат спокойно и легко, и только глаза шагают себе неустанно, карабкаются по линиям высот и угадывают ландшафт, поднимают два измерения чертежа и сравнивают с тремя измерениями реальности: вот здесь овраг, а здесь курган, а тут обрыв, а там вот спуск, а здесь вот скос, а тут опять скат. Здесь я взбираюсь наверх, там соскальзываю, а тут ставлю себе палатку и развожу огонь.

А иногда я выхожу на настоящую прогулку. Из дома через двор, а оттуда на холмистые просторы. Открываю для себя пешеходные тропы, протоптанные неведомыми людьми, дороги, ведущие на овечьи пастбища, узенькие ниточки муравьиных и ежовых тропок и пути, которые прокладывают в поисках пищи дикобразы, шакалы и дикие кабаны. Так я делаю в любом месте и при каждом удобном случае: знакомлюсь с сетью тропинок и проселочных дорог, с возможностями побега, объезда, спасения.

— Откуда эта твоя паранойя? Откуда у израильского парня страхи галутных евреев? — допытывалась Лиора в доме ее родителей в Нью-Рашель в ту мою первую и единственную поездку за границу, на нашу свадьбу. Я вышел тогда на рассвете с намерением обойти пешком окрестности и по возвраще-

нии узнал, что мое исчезновение обеспокоило всё
семейство.

— Что случилось? Где ты был? — встревожились
домашние.

— Просто пошел посмотреть кругом.

Ее отец, ее мать, мой шурин, ее невестка, ее дяди
и тети, их сыновья и их дочери — все Киршенбаумы,
приехавшие посмотреть на жениха, которого их Лиора привезла из Израиля, — переглянулись и покача-
ли головой.

— Здесь не ходят пешком, — сказали мне. — Тут
ездят на машине, или бегают в специальной одежде
для бега, или ходят в специальной одежде для ходьбы
по специальным дорожкам, предназначенным для
ходьбы. Тех, кто ходит по улицам просто так, задер-
живают за бродяжничество.

— Зачем? — спрашивает Лиора всякий раз, когда
я съезжаю с асфальта проверить новую грунтовую
дорогу. — Есть шоссе. Их проложили за налоги, которые я плачу. Когда мы едем по ним, мы получаем
часть своих денег обратно.

Во время одной из таких прогулок я даже нашел
те колодцы, о которых нам говорили на приемной
комиссии: глубокие и большие колодцы и высохшие
каменные корыта стоят рядом с их стенами. Раньше
был тут поселок, и были в нем люди, скот и дома, а
сейчас остались только желобки от веревок, протер-
ших меловые края каменной кладки. Кто выкопал

первый из них? Кнааниты? Филистимляне? Арабы? Мои праотцы в библейские времена?

Недалеко от колодцев есть большая роща — «лес», как его здесь величают. Странная смесь дубов, рожковых и фисташковых деревьев и рядом с ними кучки сосен, эвкалиптов и кипарисов — остатки питомника, разбитого здесь Национальным фондом в пятидесятые годы. Здесь много дикого кустарника и старых миндальных деревьев, и среди них я обнаружил такие же старые давильни для вина, и могилы, и приметы давней каменоломни в мягкой скале, уже потемневшие, заросшие серым лишайником. Это не тот лес, в котором бродят волки и медведи, но его запах — это запах леса, и его звук — это звук леса, и его тишина — это тишина леса, не беззвучное молчание, а шелест падающих листьев и шум проносящегося ветра, звук прорастания семени и трепетанье вспорхнувшего крыла.

А в глубине леса есть несколько маленьких пролысин, укрытых, затененных, очень подходящих для уединения или самоубийства. Впрочем, обычно там сидят большие семьи новых репатриантов. Тоска по русскому лесу вынуждает их довольствоваться местной рощей. Они пьют, и едят, и наигрывают на гитаре, играют в шахматы, жарят мясо на медленном огне и собирают грибы. Однажды я встретил здесь пожилую женщину в слезах — она зашла в глубину леса и потеряла дорогу. Я взял ее в машину, и мы долгое время ездили и искали вокруг, она взволнованно говорила что-то по-русски, так что все согласные слипались друг с другом, а я раздумывал над возможностью похитить ее, чтобы у меня была новая мама вместо тебя. В конце концов мы услышали, как ее настоящие дети бегают по лесу с криками «мама». Их подозрительность сменилась благодарностью, страх радостью, и я согласился на их приглашение и поел с ними, даже осмелел и немного выпил и почувствовал зависть и близость.

А зачастую я натыкаюсь на туристов другого рода: не тех, кто приехал отдохнуть в конце недели, а на тех, кто бежал от буднего дня в поисках уединения или впечатлений холостяцкой молодости, а также сомнительные парочки, ищущие укромности, а может, и вполне несомненные, но ищущие новизны, — в этих тонкостях, которые сразу же различают Тирца и Лиора, я не разбираюсь. Среди них попадаются и мужчины моего возраста, и мы ограничиваемся кивком и обмениваемся понимающими взглядами. По-всякому бывает, объясняют наши глаза друг другу: идем по жизни, мучаемся, страдаем, кому-то нас недостает, исчезаем, изглаживаемся из памяти, пропадаем, теряемся в чаще.

7

Вначале я взялся за серп. Спина согнута, руки захватывают, тянут, подрезают под корень — сначала отдергиваются от ярости колючек, а потом находят укрытие в новых рабочих рукавицах. Одна рука держит рукоятку серпа, другая охватывает шею жертвы. Потом, когда спина начала болеть, а сердце наполнилось уверенностью, я попробовал обратиться к косе. Я чувствовал, что мои движения неправильны, но не знал, как их исправить. И когда уже совсем было собрался вернуться к серпу, кто-то коснулся моего плеча. Тракторист.

— Медленней, — сказал он, — не с такой силой, — и я почувствовал на себе две его руки: левая на моем плече, правая на пояснице, а сам я — точно кукла в руках кукловода. Мой позвоночник стал осью паруса, вращающейся мачтой. Грубая сила бедер поднялась по нему, разветвилась по плечевому поясу, сжалась, сфокусировалась, устремилась к моей руке и сосредоточилась в движущемся лезвии. И коса тоже почувствовала всё это, потому что вдруг начала, словно сама по себе, ходить маховыми движениями, взад и вперед, вплотную к земле, так резко и точно, что даже самые сухие и тонкие ростки не надламывались и не склонялись, а падали, подкошенные, следом за ее лезвием.

Тракторист исчез, но мое тело запомнило касание его рук, и я долго еще работал так. Хотя я непривычен к таким занятиям, есть во мне, как не раз говорила моя мама, что-то от выносливости хорошо приспособленной к труду рабочей скотины: плотное, коренастое тело, бычий лоб, короткие ляжки.

— У Яира тело растет из задницы, — слышал я, как ты однажды говорила Папавашу, когда мы были еще маленькими, — а у Биньямина спускается с шеи.

Капли пота катились по моему лбу, скользили через брови в глаза, обжигая. Боль резала мне спину, но мышцы не устали. Колючки и травы были скошены начисто, без остатка. Я сгреб их в кучу и взялся за вьюнки, которые оплели ветки рожковых деревьев, как удавы, вырастили побеги и листья, поднялись к верхушкам в своем стремлении к солнцу и воздуху. Я полз следом за ними, взбирался, сначала по лестнице, потом прямо по веткам, отрезал и распутывал, высвобождал и сбрасывал наземь. Снова появился трактор, волоча за собой пустую мусорную тачку. Я погрузил всё вилами, и тракторист поехал разгрузить тачку на свалку.

Когда я присел хлебнуть холодной воды из термоса, что лежал в «Бегемоте», появился Мешулам, посмотрел вокруг и сказал:

— Посмотри на этих девиц, как они тебя сейчас любят.

— Почему девицы? Это деревья.

— Это женские деревья. Женские рожки.

— Откуда ты знаешь?

— Ты что, не видишь их плоды? У рожков это как у нас. Мужчины воняют, а женщины рожают. Откуда эта пила, что это за ножницы, что это за тряпки? Этим ты собираешься подстригать?

— Это мне дала твоя дочь.

— Тиреле пусть занимается строительством. В садоводстве она ничего не понимает. Подойди-ка к моей машине, у меня там случайно завалялись несколько инструментов — в самый раз для тебя.

На заднем сиденье его машины я нашел две пары садовых ножниц с длинными ручками и две японские пилы, даже еще не распакованные, а также устрашающие высотные ножницы с веревкой и блоком на шесте и банку с густой зеленой жидкостью, чтобы смазывать обрубки веток после обрезки.

Мешулама распирало от удовольствия.

— Как удачно, что всё это было со мной как раз сегодня, а? Раньше всего снимем все низкие ветки, чтобы у дерева был ствол как ствол и чтобы человек мог стоять под ним выпрямившись.

Мы отпилили, убрали ветки и собрали их в стороне, и Мешулам начал учить меня искусству подрезания кроны:

— Всякую ветку, что растет внутрь, срежь. А те, что растут наружу, только прореди, и каждый раз отступи на несколько метров назад и посмотри, как художник на картину, которую он рисует. И позаботься, чтобы сверху и по сторонам остались крыша и стены, потому что такое дерево, оно само как дом. У него нет листопада осенью, и, если его правильно подстригают, оно, как крыша, задерживает дождь зимой и солнце летом.

Так мы проработали часа три, Мешулам внизу, обучая и указывая, а я на лестнице и на самих ветвях дерева. Тирца появилась дважды, каждый раз на несколько минут, в первый раз сказала: «Ты еще здесь, Мешулам? А кто же остался в лавке?» — а во второй раз уже рассмеялась и сказала: «Очень красиво, дети, в самом деле очень красиво».

Сейчас рожковые деревья выглядели, как два больших толстых зонта. Под ними можно было стоять выпрямившись, смотреть вверх и видеть свежие воздушные промежутки и густую зеленую крышу.

Тракторист вернулся с мусорной тачкой. Мешулам спросил, умею ли я делать с тачкой реверс, и я ответил, что никогда не пробовал.

— Делать реверс с тачкой — это не совсем то же самое, что играть на пианино, — усмехнулся он. — Если не пробовал, значит, не умеешь.

Он сел на трактор и умело отвел его назад.

— Когда-то я был самым лучшим водителем во всем Пальмахе, — сказал он, — я, сын Фрида-жестянщика с улицы Герцля в Хайфе. Лучше всех кибуцников и мошавников, которые смотрели на меня сверху вниз. Сейчас ты погрузи весь этот мусор, а я пойду отдохнуть. Мне теперь разрешается работать, только пока хочется, а уже не сколько я должен.

Он достал себе из машины бутылку пива и складной стул, сидел, отхлебывал и объяснял мне:

— Когда-то, когда Тиреле еще была маленькой, мне нравилось, что она называет меня Мешулам. Но с тех пор, как Гершон, я умоляю ее называть меня папой. Не может человек вдруг перестать слышать, как его зовут папой. Достаточно с меня людей, которые зовут меня Мешулам и господин Фрид. Ты называй меня папа.

И крикнул:

— Зови меня папа, слышишь?

Тирца была внутри дома. Слышала, но не показывалась и не отвечала.

— Если тебе это так важно, Мешулам, — сказал я, — я могу иногда называть тебя папой.

— Договоримся на раз в неделю.

Он немного подремал на стуле, потом проснулся, встал и уехал.

Глава одиннадцатая

I

Голубятники Пальмаха периодически собирались на семинары для профессионального усовершенствования. Они слушали лекции о новых футлярах для голубеграмм, о паразитах, болезнях и пище для голубей, рассказывали друг другу анекдоты, обменивались мнениями и отборными голубями, которые уже не могли летать по возрасту, но еще годились для спаривания.

Обычно такие семинары устраивались в одном из кибуцев в центре страны. Но семинар 1945 года доктор Лауфер решил собрать в Тель-Авиве. Это было время больших летних каникул, и он получил классную комнату в школе «Ахад-Гаам», где раньше руководил живым уголком. Все участники посетили также Центральную голубятню в зоопарке. Но не одной большой группой, а «по каплям», произнес доктор Лауфер неожиданное словечко, «чтобы не обращать на себя внимание». Они ночевали в семьях членов Хаганы в Тель-Авиве, и мать Девочки порекомендовала им «одну приличную женщину», которая взялась готовить приезжим скромный ужин со скидкой.

Мириам выехала в Тель-Авив на два дня раньше Малыша, помочь доктору Лауферу в подготовке съезда, а Малыш перед отъездом из кибуца еще раз проверил, что их заместитель — старый птичник, а не просто парень или девушка из Пальмаха — записал и понял всё, что должен был сделать. На правое плечо он забросил ранец с принадлежностями для письма и мытья, с чистой рубашкой и сменой белья. В левой руке у него была корзинка с голубями для Девочки, а в кармане билет на автобус, который принес ему голубь Мириам, запущенный из Тель-Авива.

Когда он добрался до школы «Ахад-Гаам», там уже было несколько участников. Все они были люди взрослые и смотрели на него с любопытством. Доктор Лауфер встретил его приветливо и представил присутствующим как «будущее поколение» и как «товарища Малыша». Девочки не было, она была занята разными делами последней минуты. Перед самым началом она вошла, села рядом с ним на свободное место, которое он позаботился занять, и ее ладонь тут же нашла его руку. Ему было шестнадцать, и тело его напряглось.

На стенах были развешаны анатомические схемы — вид голубиного тела изнутри и снаружи, — а также всевозможные цитаты, вроде «Кто это летят там, как облака, и как голуби — к голубятням своим?»[1] — и лозунги, которые доктор Лауфер придумал сам: «Спасибо голубке, верной подружке», «Голубь нам важен, он смел и отважен» и «В дождь и в зной, летом и зимой наш голубь всегда возвращается домой». В этом году к ним прибавился новый девиз: «Мы небесная птица, что вперед всех стремится», который немедленно вызвал спор, является ли злополучное «мы» очередной йековской путаницей в иврите, или после него нужно написать «кххх… кххх… кххх…».

Среди схем и лозунгов висели портреты выдающихся «голубей-героев», чьи имена обычно были «Меркурий», «Комета» или «Стрела». И, как все прочие вступительные лекции доктора Лауфера, эта лекция тоже изобиловала эпизодами крылатого героизма. В 1574 году, когда город Лейден был осажден и почти разрушен и его жители уже собирались сдаться, кто сообщил им, что не позже чем через два часа к ним придет помощь? Голубь. Когда королева Мария-Антуанетта была заточена в Бастилии, кто передавал от нее известия к ее советникам вне Парижа? Голубь. А в сражении за крепость Верден кто сумел подняться над клубами ядовитых газов, выпущенных немцами, и доставить сообщения с фронта? Только французские почтовые голуби.

Он сообщил собравшимся важные голубиные новости из разных стран. Англичане, скривил он лицо, натренировали перелетных соколов на перехват почтовых голубей противника. В Германии, посерьезнел он, принят новый закон: каждый голубятник должен зарегистрироваться и в случае чрезвычайного положения предоставить своих голубей на службу государству, а государство со своей стороны будет оплачивать доставку этих голубей на тренировки и соревнования. Канадский голубь по имени Луч Света спас рыбаков, когда их лодка была затерта льдами в мерзлых водах Ньюфаундленда. А в Бельгии, этой главной державе голубей и голубятников всего мира, хотя там насчитывается всего четыре миллиона граждан, зарегистрировалось уже сто тысяч человек, выращивающих почтовых голубей, «и еще не все крылья простерты, кххх… кххх… кххх…».

Выступали и участники. Девушка из Иерусалима со слезами на глазах прочла сочиненный ею короткий и трогательный рассказ о голубе, который налетел на электрический провод и вернулся через два месяца после запуска, «ковыляя на сожженных культяшках ног». Парень из Ягура перевел отчет американского офицера Второй мировой войны: «Мы ждали известий с поля боя, и вот прилетел голубь Шер-Ами, и тело его было изранено, а в голубеграмме, которую он принес, написано: «По нам бьет наша собственная артиллерия. Исправьте наводку, иначе мы тут все погибнем»…».

Потом кто-то рассказал о почтовом голубе, который принес голодным осажденным Кандии, что на Крите, «потрясающую голубеграмму» со словами: «Съешьте меня». Завязался этический спор. Кто-то крикнул, что этому нельзя верить и этого не может быть. Но доктор Лауфер успокоил собравшихся, объявив громким голосом: «А сейчас — голуби в еврейской поэзии!» — и попросил Девочку стать с ним рядом и прочесть отрывок, который она приготовила, «из притчи нашего выдающегося поэта доктора Шауля Черниховского»[2], где описываются разные виды голубей:

…Вот это египетский голубь,
Это «отшельник», а там «генерал» с раздувшимся зобом
Выпятил грудь; вот «павлин» горделиво хвост распускает;
Там синеватой косицей чванятся горлицы; «туман»
Встретился здесь с «великаном»; там парочки «негров» и «римлян»
Крутят в сторонке любовь, и к ним подлетает «жемчужный»;
Там вон — «монахи»-птенцы, «итальянцы», «швейцарцы», «сирийцы»[3].

Девочка читала очень серьезно, от смущения розовея чуть глубже обычного. Доктор Лауфер поблагодарил ее и сказал:

— Наш поэт, видимо, забыл упомянуть здесь почтовых голубей, а назвал только «декоративных», — он не удержался и добавил: — «Монстров», но если присмотреться внимательнее, то в конце списка мы обнаружим «сирийцев», и не вызывает сомнения, что под этими «сирийцами» поэт подразумевал прославленных почтовых голубей Дамаска.

Среди собравшихся преобладали взрослые, и во время обеда Малыш и Девочка обменивались взглядами и прижимались под столом бедрами друг к другу. Он был ниже ее ростом и моложе, как и останется до самой своей смерти, но уже не смущался, ни с ней, ни с другими, и даже высказывал свое мнение как опытный голубятник.

Послеполуденные дебаты были посвящены обсуждению зерен, богатых белками, по сравнению с зернами, богатыми жирами, а также вопросу: может ли кормление птенцов с руки вызвать привязанность, которая потом помешает голубю спариваться с другими голубями? Затем занялись оспой и обсуждали, чем дезинфицировать голубятник во время эпидемии поносов, а оттуда уже перешли к вопросу, которому нет решения и конца: ориентируется голубь только с помощью чувства направления или запоминает детали пути и ландшафта? А может быть, верно и то, и другое? Малыш набрался смелости и заметил, что участники приписывают голубю человеческое восприятие карты и компаса и розы ветров. А он, возможно, ничего такого не понимает, и ему известно лишь одно направление под названием «домой», и он не знает, что люди дают этому направлению разные имена — иногда «на юг», иногда «на восток», а иногда «на северо-северо-запад».

Воцарилось молчание. Девочка зарделась, как гордая мать.

— Это очень интересно, — сказал доктор Лауфер.

Он вспомнил, что она сказала о голубе, который исчезает с глаз запускающего в тот момент, когда открывается глазам встречающего, и вдруг понял, что любовь, расцветающая здесь на его глазах, больше и глубже, чем он предполагал. Но тут же встряхнулся и, вспомнив свои обязанности, заметил:

— У нас тоже иногда возникают такие интересные и красивые мысли, но так нельзя работать.

Остальные присутствующие сразу же согласились. Надо вернуться к практическим вопросам: что влечет голубя обратно в голубятню? Тоска по дому, тоска по кормушке или тоска по семье? Правильно ли, и честно ли, и стоит ли учить голубей летать и ночью, вопреки их природе? Есть ли в клюве голубя магнитные частицы и какова роль припухлости?

Вечером Девочка повела Малыша гулять на берег моря, прошлась с ним по набережной и отделалась от нескольких соучениц, которые хотели узнать, кто этот чужой парень. Она поцеловала его в губы и на этот раз позволила ему гладить все места своего тела, но только поверх одежды. Он показал ей, что уже умеет свистеть, но попросил, чтобы они свистнули вместе, как на прошлой встрече, каждый пальцами другого.

Назавтра Малыш снова участвовал в разговоре взрослых голубятников и рассказал, что мечтает вывести местную породу, более устойчивую к жаре, к паразитам и к жажде, чем европейские голуби. А Девочка неожиданно заметила, что в прошлом самые большие в мире голубиные питомники были в Каире, в Багдаде и в Индии, в местах, где климат тяжелее, чем в Льеже и в Брюсселе.

Потом, во время традиционного перерыва, когда все макали коржики в чай, золотистый от обилия лимона, Малыш вышел вслед за Девочкой из класса во двор.

— Вот тут ты учишься? — спросил он. — В этой школе? — И уже стал мысленно планировать, как узнать, в какой комнате, в каком ряду, за каким столом и на каком стуле она сидит.

— Нет. «Ахад-Гаам» — это школа для мальчиков, а не для девочек.

— А где ты учишься?

— В школе «А-Кармель», — сказала она. — Она ближе к зоопарку.

— А я уже почти не хожу в школу. Весь день в голубятне с голубями. Но я выполняю все положенные работы в кибуце и еще читаю книги.

Девочка сказала, что его замечание по поводу чувства направления у голубей очень правильно, «и это касается не только направления, — добавила она, — он всего-навсего стремится домой, а мы уверены, что он хочет доставить важную голубеграмму в Центральную голубятню».

— Мы все, как одна, в этом уверены, — с улыбкой сказал Малыш. И пока они оба смеялись, их взгляды не отрывались друг от друга. Они сели, и он рассказал ей о пришедшей ему в голову идее, посредством которой можно будет осуществить мечту всех голубятников во всех поколениях: научить голубей двустороннему полету — не просто возвращению в одно и то же место, а полету туда и обратно, между двумя голубятнями. Такой полет откроет много новых голубиных возможностей, возбудился он. Почтовый голубь сможет регулярно курсировать между пастухом и деревней, между журналистом и редакцией или туда и обратно между военными частями и верховным командованием.

— И в семье, — сказала девочка. — Или между друзьями. Или теми, кто любит друг друга.

2

Слёт продолжался три дня, и к его окончанию пришел Толстяк из Зоопарка, неся в руках плетеные и гомонящие соломенные корзинки. Доктор Лауфер достал из них голубей, одного за другим, и раздал их участникам с просьбой, чтобы каждый по возвращении к себе домой запустил своего голубя. В опустевшие корзины он положил голубей, привезенных участниками, и сказал, что они будут запущены послезавтра утром, каждый в свою голубятню.

Участники слёта попрощались друг с другом и разъехались по своим домам и к своим голубятням, а доктор Лауфер, которого жизнь среди животных научила понимать любое вздрагивание век, и оттенок кожи, и дрожь мочки уха, попросил Малыша остаться еще немного и помочь Девочке снять схемы и плакаты и отнести их и корзинки с голубями в зоопарк.

Теперь Малыш и Девочка остались наедине. Они сняли со стен картины и плакаты, аккуратно свернули их, чтобы не помять, и, когда нагнулись поднять корзинки, их лица сблизились. Они разом выпрямились и прижались друг к другу.

Она наклонилась к нему и прикоснулась губами к его губам, а он с силой обнял ее и, сам не понимая, что делает, приподнял ее блузку и стал целовать ее соски.

Она вздрогнула и застонала, ее рука опустилась, нашла и с силой охватила, но прежде, чем она успела сделать что-то еще, Малыш тоже застонал и с нетерпеливой порывистостью подростка выплеснул свое семя в ее ладонь. Какая-то тоскливая пустота тотчас вошла в его сердце, хотя Девочка была совсем рядом. Ни жив ни мертв стоял он рядом с ней, словно вмиг утратил и силы, и молодость. Она ощутила, как горячая струя стекает сквозь ее пальцы, и содрогнулась всем телом. Ей никогда не приходило в голову, что она обладает подобной властью.

Малыш опомнился и стал торопливо и смущенно искать тряпку, чтобы вытереть свое тело и ее руку. Но Девочка отшвырнула тряпку, медленно провела ладонью по его лицу и потянула его за собой на землю. «А теперь и ты потрогай меня так же», — сказала она.

Молод он был и не различал, кто из них сейчас больше боится и замирает от наслаждения — его тело или ее тело, его горячая дрожащая рука или ее теплая и влажная укромность, — и способен был лишь удивляться, кто это вдруг даровал его пальцам чувство вкуса и способность видеть. И хотя он не понимал еще всех сигналов своего тела, в эту минуту его уже мучило желание познать всю ее целиком, всё, что составляет ее тело, и не одними только прикосновениями, а на самом деле, сразу всеми своими чувствами. Познать, что это за нежное чудо, которое находит и гладит сейчас его рука, и не только на ощупь — его глубокую бархатную мягкость, но прижавшись к нему губами, и вдыхая носом, и глядя глазами, и даже напрягая слух, — вправду ли оно похоже на то, что чувствуют сейчас его пальцы?

Девочка взяла его руку и сдвинула вверх, на живот.

— Больше не надо, — сказала она, — я больше не могу.

Они еще немного полежали рядом, дивясь своей силе и слабости и слизывая: он себя, с ее руки, и она себя, с его. Потом поднялись, привели в порядок одежду и взяли корзинки с голубями. Вначале они шли молча, немного смущенные, потом, уже улыбаясь про себя, свернули по длинному пологому спуску в сторону зоопарка.

В конце спуска тянулся песчаный участок, в начале которого росли несколько сикоморов и еще видны были остатки прежней цитрусовой плантации, а на дальнем краю начинался подъем к бассейну и зоопарку. Сегодня, когда я прохожу там в обратном направлении, я представляю себе те деревянные доски, что лежали там «до того, как здесь была мостовая», и как Малыш не хотел идти по ним ни перед Девочкой, ни за ней. Он шел рядом, его ноги вязли в песке, а сердце радовалось и уже томилось печалью. Как близка разлука. Она останется здесь, в Тель-Авиве, а он вернется домой. В свой кибуц, к своей голубятне.

ГЛАВА ДВЕНАДЦАТАЯ

I

Зазвонил телефон. Высокий мужской голос сообщил мне, что мы с женой прошли приемную комиссию.

— Но тут возникла одна небольшая проблема, и наш бухгалтер хочет поговорить с тобой об этом.

Бухгалтер с важностью откашлялся (что-то в его кашле говорило, что за его спиной стоят еще несколько человек, прислушиваясь к нашему разговору) и сказал, что, «к сожалению, имело место небольшое недопонимание» и деревенский совет, «после дополнительной проверки и обдумывания, а также консультации со специалистом» хочет немного повысить назначенную цену.

— Что это значит — «немного»?

— Пятнадцать тысяч долларов, так нам сказали.

— Я перезвоню вам, — сказал я и позвонил Тирце.

— Ну, конечно, — сказала она. — «Дополнительной проверкой» была та роскошная машина, которую купила тебе твоя настоящая жена. Надо было нам приехать на «субару» одного из моих штукатуров, а не в машине телохранителей американского президента.

— Что же мне теперь делать?

— Позвони им и скажи, что ты расторгаешь сделку. Только не звони сразу. Выжди минут сорок. Сорок минут — это самый мучительный срок. Слишком короткий, чтобы сходить домой, и слишком долгий, если сидишь в правлении и ждешь телефона.

— Но дом… — Я заволновался. — Я хочу его купить.

— Не беспокойся. Они отступятся. Спорю с тобой на те пятнадцать тысяч, которые они набавили. Позвони к ним через сорок минут и помни: говорить спокойно и без обиды. Просто напомни им, что это они назначили цену, а мы согласились без всякого спора, скажи, что деньги у тебя в руках, и дай им время до завтра, чтобы решить. И не забудь, что я для них госпожа Мендельсон. Если ситуация усложнится, я готова вмешаться.

— Но почему? — испугался секретарь. — Вы же так успешно прошли нашу приемную комиссию! Если вам не хватает, мы всегда можем что-нибудь придумать…

— Не в этом дело, — сказал я. — Вы сами назначили цену. Мы с женой согласились, не торгуясь. Деньги у меня в руках, и у вас есть время до завтрашнего полудня, чтобы вернуться к первоначальной цене, иначе вам придется искать другого покупателя.

Мешулам, который услышал всю эту историю от своей дочери с ограниченной ответственностью, не мог скрыть удовлетворения.

— Новый Иреле! — похлопал он меня по плечу. — Жаль, что ты им не сказал еще одну фразу: а вот вы, приятели, нашу приемную комиссию не прошли. Но не страшно, главное — сейчас они знают, что с нами такие номера не проходят.

Так оно и произошло. Требование бухгалтера было снято, и на следующий день «новый Иреле» подписал договор и внес первый платеж. Потом он сфотографировал дом, проявил снимки в ближайшем торговом центре и поехал показать их своей матери.

Мама находилась тогда в больнице «Хадаса», в терапевтическом отделении, лежала на кровати возле окна.

Я стоял несколько минут в дверях, глядя на нее. Исхудавшее, слабое тело, безволосая голова в большой голубой косынке. Ее взгляд был устремлен за окно, к иерусалимским холмам, и только потом вернулся ко мне.

— Здравствуй, мама, — сказал я. — Новая косынка?

— Мешулам дал мне.

Она посмотрела фотографии.

— Я рада. Это точно такое место, о котором я думала. Я вижу несколько голубей на крыше. Если они гнездятся под черепицей, прогони их оттуда и закрой все дыры и щели. Голуби под крышей — это кошмар.

— Я не такой уж хороший фотограф, — сказал я,— и по этим снимкам трудно судить, как расположен дом внутри ландшафта. Подождем, пока ты почувствуешь себя лучше, и я свезу тебя туда.

Она сказала:

— Боюсь, что этого уже не будет, Яир, но уверена, что Тиреле всё сделает замечательно. Ты в хороших руках.

Я так испугался, что даже не спросил, откуда она знает, что это Тирца будет перестраивать мой дом.

— Ты выздоровеешь, — возразил я, — и ты увидишь дом и до, и после ремонта, и ты будешь приезжать туда, когда тебе захочется, и будешь слушать ветер, шумящий в больших деревьях, и выпьешь свою рюмку бренди, глядя на простор, о котором ты говорила. Этот дом больше твой, чем мой.

Но назавтра мама потеряла сознание и через три дня умерла, и Мешулам сказал, что хорошо было бы отложить начало ремонта. «Дом может подождать. Раньше отсидите траур, как положено. Главное, она узнала, что ты нашел свое место и что ты в хороших руках, — и снова расплакался: — С тех пор, как Гершон и моя Голди, мне никогда не было так больно».

Мы думали похоронить ее в Тель-Авиве, ее любимом городе, но оказалось, что она оставила завещание, неожиданное и подробное. Она хотела быть похороненной на кладбищенской горе в Иерусалиме, на вершине северо-западного склона. Мешулам через своих приятелей в «Хевра кадиша»[1] устроил всё, что надо, а нам объяснил:

— Это то, что она сказала мне и адвокату, которого я ей привел: «Это не для того, чтобы я могла смотреть на Тель-Авив. Это для того, чтобы Тель-Авив видел меня».

Мы отсидели все траурные дни в большой квартире в Бейт-Кереме: Папаваш, я, Зоар, которая занималась чайником, чашками и коржиками. Мешулам, который привозил нам еду из буфета Глика.

Два гигантских Йо-Йо, Иоав и Иорам, получили отпуск и тоже приехали, и от этого казалось, будто квартира полна посетителей, даже в те минуты, когда никто не приходил. Вечерами приезжали Лиора, и Биньямин, и друзья Биньямина, которые рассказывали об ужасных случаях медицинских ошибок, а также просто сочувствующие. Тирца не пришла. Мешулам передал сообщение от нее. Она сожалеет, она очень любила твою мать, но инженер назначил ей еще одну встречу, а потом должны прийти землемеры.

Я гадал, придут ли и те двое мужчин, которых я видел у нее однажды: старик, который спросил, чему я хочу учиться, и смуглый хромой, который варил крепкий кофе, и мурлыкал, и напевал смешную песенку: «Маленький Ахашверош кофе пьет и ест бриошь…» — но вместо них пришли знакомые Папаваша — его бывшие коллеги и ученики, пациенты, которых он лечил, — одни из признательности, другие из желания увидеть наконец, что скрывается за дверью «Я. Мендельсон — частная квартира».

В последний день траура прошел последний весенний дождь, неожиданный и сильный, и ночью, когда я возвращался с Лиорой на улицу Спинозы в Тель-Авиве, поперек шоссе уже текли бурные потоки. По радио передавали о наводнениях и разливах, и у меня в мозгу мелькнула страшная мысль, что твою свежую могилу могло снести с кладбищенской горы по склону в долину.

В доме Лиоры, прислушиваясь к шуму воды, грохочущей по водосточной трубе, стучащей по крыше, барабанящей по листьям в саду и колотящей по жестяным бидонам, мусорным бакам и железным ящикам, я видел в своем воображении жуткие картины: оторванные конечности и катящиеся вниз кости. Я спрыгнул с кровати и оделся. Наконец-то найдется применение для нового плаща и резиновых сапог, ждущих в багажнике «Бегемота».

— Куда ты?— спросила Лиора из своей комнаты.

Я сказал ей правду. Я боюсь, что могилу матери снесло дождем, и хочу посмотреть, что происходит.

— Почему вдруг снесло? Она похоронена в бетонном ограждении.

— Ты не представляешь себе, что может натворить разлив.

— Но ведь мы же только что вернулись оттуда. Что за ужасы ты придумываешь?

— Можешь поехать со мной, если не веришь, — сказал я.

Нет, она не поедет. Она не будет участвовать в моих безумствах.

— Даже американские еврейские сыновья-невротики не ездят проверять, не снесло ли дождем могилу их матери. А у нас в Америке, можешь мне поверить, бывают дожди и матери похуже, чем ваши.

— Зато у нас сыновья лучше, — сказал я и вышел.

Погода была ужасная. Ветер дул со всех сторон, и дождь хлестал, непрестанно меняя направление. То грохотал по крыше машины, то стлался почти горизонтально. Но «Бегемот», упрямый, как и его хозяин, пробился, игнорируя мольбы застрявших в воде шоферов, через долину Аялон, прошел через узкие Врата Ущелья, взобрался на длинный подъем, спустился, поднялся, снова спустился, и снова поднялся, и на светофоре перед въездом в город свернул направо, потом еще дважды направо, пока не остановился перед входом на кладбище.

Я вышел и побежал среди могил. Потоки бурлили по дорожкам между памятниками, но могила мамы была на месте, и все венки на ней тоже. Венок больницы «Хадаса», и венок больницы «Ихилев», и венок Еврейского университета, и венок медицинского профсоюза, и венок «Киршенбаум реал эстейт» в Тель-Авиве, и в Бостоне, и в Вашингтоне, и в Нью-Йорке, и венок «Мешулам Фрид и дочь с ограниченной ответственностью», а также жестяная маленькая белая табличка, торчавшая в глинистом бугорке. Намокшая, но прямая и стойкая, с именем «Рая Мендельсон», написанным черной масляной краской. Я обошел могилу, проверил и вернулся в «Бегемот» позвонить Биньямину.

— Всё в порядке, — сообщил я ему.

— Что в порядке? О чем ты говоришь?

— О маме. Ее могила в порядке. Держится, несмотря на дождь.

— Откуда ты говоришь, Яир? Ты что, вернулся на кладбище?

— Я немного забеспокоился. Такая погода, а могила еще не покрыта камнем.

Биньямин спросил, знаю ли я, который час, я ответил, что знаю, и тогда он сказал, что ему интересно, чем я кончу.

Я сказал, что не в этом дело, и напомнил ему, что я не просил у него ни помощи, ни совета, я всего только хотел рассказать ему, что происходит.

— Даже если ты не просил совета, — сказал он, — я его тебе дам. Если уж ты в Иерусалиме, поезжай к Папавашу и заночуй у него. Тебе явно не повредит побывать перед сном у детского врача.

2

Наутро небо прояснилось. Когда я подъехал к своему дому, меня встретили трое землемеров. Один старый, обгорелый и морщинистый, другой примерно моего возраста, с красным носом и обозначившимся животиком, и третий — долговязый ученик, веселый и услужливый парень, из тех, которым время от времени кричат: «Принеси холодной воды» — а иногда: «Подумай о Бриджит Бардо, а то у тебя шест плохо стоит!» — и при этом лопаются от смеха.

Когда они ушли, из соседнего дома вышла хозяйка, воткнула два кола и натянула вдоль границы наших дворов длинную разделительную веревку.

— Поставь настоящий забор, — посоветовал я ей.

— Обойдусь без забора, главное, чтобы люди поняли. — Натянула, связала, выпрямилась и сверкнула глазами. — Что здесь им граница, и чтоб не было больше никаких проблем.

И уже назавтра вышла на первый обход вдоль новой границы.

— Мы тут уже всякое видали! — крикнула она, когда я вышел из дома и поздоровался. — Лучше, когда с самого начала всем всё ясно.

На ее последнее утверждение я не отреагировал, но в душе подивился несоответствию между ее внешностью и поведением. То была молодая и миловидная женщина — не той красоты, от которой пересыхает горло, и не той, от которой подгибаются колени, но безусловно той, что радует сердце. Ничто в ее улыбке, походке и повадках не выдавало той злобности и настороженности, что гнездились в ее душе.

Подумав, я сказал ей, что, согласно чертежу, оставленному мне землемерами, веревка, которую она натянула, не проходит точно по границе, а отрезает немного ее территории. Ее муж, вышедший из дома на звуки спора, не выдержал и улыбнулся, и гнев молодой женщины взметнулся до новых децибелов. Надоели ей «все эти новички с набитыми карманами», которые приходят сюда и вмешиваются в нашу жизнь.

Муж сказал шепотом: «Но он к тебе ни во что не вмешивался, и ко мне тоже», и она закричала еще энергичнее: «Ты за кого, за меня или за него?!»

Они вернулись в дом, а я уселся на большой камень во дворе и прислушался к звукам. Быстрая пулеметная очередь — это дятел на стволе соседской мелии. Крадущиеся шаги убийцы в чаще — всего-навсего черные дрозды, что разгребают опавшие листья. Дикий смех издает большой пестрый зимородок неизвестного мне вида. Ну, а самые шумливые — это, конечно, сойки, про которых я никогда не понимаю, дерутся они или играют, ругаются или сплетничают.

Зашло солнце. С соседнего поля послышался шумный галдеж. Я встал, подошел ближе и увидел на земле стайку незнакомых птиц коричневатого с серо-золотистым цвета, чуть побольше голубя, с длинными ногами. Они орали, как сумасшедшие, и прыгали изо всех сил, приветствуя ночь танцевальной церемонией.

Черные дрозды подали последние сигналы тревоги, темнота сгустилась, и с холмов послышались первые завывания шакалов. Я вдруг вспомнил, как мы слышали их в Иерусалиме, прямо на границе нашего квартала. Одна стая совсем близко, другая ей отвечает, а иногда и третья, издали, и ее голос слышится только в промежутках между двумя другими. Я спросил тебя тогда, о чем и почему они воют? И ты сказала, что, в отличие от людей, которые тратят много сил на глупости, животные — существа очень логичные. Любому их поведению есть объяснение, и стаи шакалов, сказала ты, сообщают друг другу, где они находятся и где намерены искать добычу — «иначе они всю ночь будут ссориться вместо того, чтобы охотиться и есть». Я любил те твои маленькие уроки природоведения. Я чувствовал, что и у тебя был учитель в детстве, кто-то, кто тебя учил, чьи уроки ты любила слушать.

Я вернулся обратно в дом. Походный матрац развернулся на полу, послушно раздулся, и я разделся, растянулся и закрыл глаза. Снаружи дули два ветра, которые ты мне обещала, — один в больших деревьях и другой, непохожий на него, — в маленьких. Я засыпал и просыпался, снова и снова. Один раз из-за совки, которая была для меня сплошная тайна и волшебство: ровный, гулкий звук с такими точными и постоянными интервалами, что они вызывали щемящую и сладкую боль. Другой раз меня разбудили пугающие предсмертные стоны. Я вышел из дому, пошел к тому месту, откуда они доносились, и обнаружил, что это выдохи совы, живущей на чердаке в здании поселкового совета. Вернувшись, я лег, но не мог заснуть. Ты была права: тонкие поскрипывания надо мной — это шаги голубей под крышей. Мешулам тоже был прав: слабые поскрипывания снаружи — это жвалы гусеницы-древоточицы в стволе инжира. Голубей надо прогнать, щели и дыры забить. Инжир выкорчевать и посадить вместо него новый.

И из-за веревочной границы тоже слышались звуки, и в них я тоже не ошибся: сосед и соседка занимались там любовью, и, судя по силе этих звуков, делали свое дело на веранде или совсем в саду. Он — беззвучно, она — с горловыми стонами, долгими и глубокими, которые всё усиливались и усиливались, но не переходили под конец в громкий трубный вопль, а завершались мягким и коротким вздохом принятия приговора. Вслушиваясь в эти звуки, легко было угадать ширину ее бедер, гладкость шеи и нежную сладость ее влагалища. Пусть себе протягивает веревки и обозначает границы — женщина, которая так блаженствует под сводами любви, не может быть плохой соседкой, даже если так старается ею казаться, как эта.

И сам дом тоже наполнился голосами. Превратился в резонатор звуков и воспоминаний. Одни голоса случайны и понятны: жалюзи скрипят на ветру, дверь стучит о косяк. Другие непрерывны и трудны для понимания и разгадки: то ли разговор кирпичей, обреченных пожизненно жить друг подле друга, то ли голоса других времен и других людей, старые фонограммы, слова, которые остались после того, как сказавшие их давно уже ушли отсюда: тихий разговор женщины и мужчины, сонные вздохи детей, плач младенца. Свет, что когда-то впитался в стены, а сейчас хочет высвободиться из них в виде звука.

Я слушал, изучал, сортировал, заучивал. Здесь уже нельзя обвинять соседские квартиры — это твой дом, он дышит вокруг тебя, расширяется, шумит, сжимается, окутывает. Земля, которая здесь не стиснута бетонными корсетами и не обвязана ремнями асфальта, поворачивается в медленном, нескончаемом танце и несет нас в своих руках, а мы — дома, деревья, животные и люди — расползаемся по шершавой коже ее ладоней.

3

Со времени развода у Тирцы нет своего дома. Дом, в котором она жила с мужем, Тирца оставила ему, когда они расстались.

— Прежде всего, потому, потому, что мне его жалко. И потом, лучше, если получится пройти через всё это без скандалов. Сколько еще лет нам осталось? Семь хороших, а потом семь плохих? И всё? А может, только три года, как тому бедняге Стивенсону, о котором ты мне рассказывал, тому, что построил себе дом на острове? И все эти немногие годы потратить на войну за вещи и на то, чтобы кому-то мстить? — И посмотрела испытующе, понял ли я ее. — Пусть себе берет этот дом и радуется, главное — чтобы он исчез, ушел из моей жизни, чтобы я его больше не видела, не слышала и не чувствовала.

— А сейчас?

Сейчас у нее нет дома. У нее есть машина и есть несколько комнат: комната в офисе в Тель-Авиве, комната в гостинице в Хайфе, комната в гостинице в Беер-Шеве и комната в большом доме ее отца в квартале Арнона в Иерусалиме.

— А если к тебе иногда приходят?

— Ты можешь говорить прямо, Иреле. Приходят трахнуться, что ли? На ночь? На неделю? Это ты называешь иногда?

— Тебе виднее.

— Нет. Ко мне никто не приходит иногда. Ни на ночь, ни на две. Уже много времени. Женщины могут долго жить без мужчины. — И улыбнулась неожиданной широкой улыбкой. — А вот у Мешулама, представь себе, иногда бывают гостьи.

— Вполне могу представить. Где же он с ними спит?

— Он с ними не спит. Они приходят, а потом уходят. А спит он один, в кровати Гершона.

— Странно.

— Что странно — что они не остаются?

— Нет. Что твой отец спит в кровати Гершона.

— Не вижу тут ничего странного. Мешулам — из тех осиротевших родителей, которые не активничают, не делают в память своих погибших детей ничего особенного, кроме того, что ежегодно, в День памяти павших солдат, ходят на гору Герцля[2]. Он даже не выпустил, как другие родители, брошюру в память о Гершоне. И жалко — потому что Гершон оставил пару замечательных работ по химии, из Института Вейцмана и из средней школы. Я предложила ему учредить стипендию имени Гершона, но он рассердился: мой сын будет лежать в могиле, а кто-то другой будет учиться вместо него на профессора?

Ты понимаешь эту логику? Он только плачет в свой платок и требует, чтобы я называла его «папа», а не «Мешулам», как я привыкла, и еще он спит в его кровати. Но это никому не мешает. Ни мне, ни его женщинам, которые все равно приходят и уходят, ни моей матери, которая уже умерла, и я думаю, что Гершону тоже не мешает, что его отец спит в его кровати. Там вполне хватит места на двоих. Так что я не понимаю, почему именно тебе это кажется странным.

Так, постепенно, дом Фрида превратился в гостиницу, а садовая пристройка Мешулама, которая раньше была его рабочим уголком, стала его настоящим домом. Вначале это был склад для садовых инструментов, удобрений и семян, потом — его укромный и запретный мирок, где были складная кровать, и электрокипятильник, и сахарница, и две чашки. А с тех пор, как Гершон, к ним добавились газовая плитка, маленький холодильник и раскладное кресло, которое может откидываться назад и становится кроватью. А с тех пор, как и его Голди, этот уголок Мешулама окончательно стал его жилищем. Возвращаясь с работы, он идет прямиком туда, отдыхает, читает и готовит себе легкую закуску, а потом лежит там, накрыв лицо своим большим платком, синеву которого украшают выцветшие разводы его соленых слез. И только вечером он заходит в свой большой дом, моется под душем, бреется и принимает свою очередную гостью. Потом гостья уходит, а Мешулам

идет спать в кровати своего мертвого сына и прислу-
шивается к каплям, барабанящим снаружи по жести,
«и вот теперь ты видишь всю нелепость наших комнат — всех их назначений и названий».

4

Утром меня разбудил новый шум. Я выглянул через
щель между досками, закрывавшими окно. Возле
дома стояли два грузовика. Их краны разгружали
на деревянные помосты огромные мешки с песком
и щебнем, плитку, кирпичи и черепицу, гибкие и
жесткие трубы разного диаметра и цвета, толстые и
тонкие металлические решетки, ящики с электро-
арматурой и частями для сантехники. Двое китай-
ских рабочих толкали к стене маленькую бетономе-
шалку. Тирца расставляла свои игрушки на новой
песочнице.

Я оделся и вышел во двор.

— Доброе утро, Иреле, — крикнул Мешулам. —
Видишь, хорошо, что ты всё подстриг и почистил.
Сейчас мы сможем разбить тут красивый палисад-
ник.

Он мерил двор широкими шагами, размахивал
руками, тыкал пальцем, делал то, что особенно любит, — указывал другим, что они должны делать.

— Раньше всего надо разровнять этот склон. Мы
поставим тебе здесь стенку из камней и насыплем
два-три грузовика земли. У меня есть человек, кото-

рый привезет землю, взятую из глубины, без единого сорняка, но тебе это не будет стоить ни гроша, потому что он мне обязан.

И шепнул что-то дочери на ухо. Мне приятно было смотреть, как их плотно сбитые тела касались
друг друга, с какой интимностью отец приблизил
свой рот к уху дочери, с какой уверенностью дочь положила руку на плечо отца, погладила его, наделила
силой и сняла боль.

— Я не хочу там одну большую стенку, — поспешил я возразить, прежде чем эти двое решат мою
судьбу. — Я предпочитаю две-три террасы поменьше, и я хочу, чтобы здесь остался проезд для «Бегемота».

— Одна большая стенка лучше, — постановил
Мешулам. — А для машины есть вся улица перед домом, зачем заезжать с полей, как вор? И надо спешить, потому что после лета придут дожди, всё поле
внизу превратится в грязь и грузовики с землей не
смогут подъехать.

Но Тирца тоже считала, что надо сохранить для
«Бегемота» возможность проехать к дому сзади, через поля, и тоже думала, что несколько маленьких
террас лучше одной большой стенки. Она даже предложила, чтобы я сам их и построил.

— Ты посмотри на него, Мешулам, — указала она
на меня. — Его так и распирает от энергии, которую
этот дом в него вселяет. Разве не стоит пустить ее в
дело, чтобы зря не пропадала?

— Я ничего в этом не понимаю, и у меня нет никакого опыта, — сообщил я.

— А тут не надо ни того ни другого, — сказала Тирца. — Это черная работа, которую может делать любой осел. Я дам тебе свой пикап. Поезжай, поищи камни, нагрузи, привези, построй. Твое тело вроде моего, оно любит и должно напрягаться, а при расчете я тебе вычту эти террасы из общей цены.

Она бегло проинструктировала меня: терраса — это не дом. Для нее не нужны камни одного типа и формы. Наоборот, именно грубые, неотесанные, разные по размеру, качеству и оттенку камни — вот что придает террасе красоту и свое лицо.

— И не забывай, — крикнула она мне вслед, — что пикап должен потом выехать обратно на дорогу, поэтому не нагружай его так, чтобы он царапал землю брюхом.

Пикап, который одолжила мне Тирца, очень отличается от «Бегемота», который купила мне Лиора. Он грубый и тяжелый, а на каменистых дорогах при любом удобном случае задирает заднее колесо.

— Зато этот битюг всюду пройдет, — хвастается его хозяйка. — Его ничто не остановит, он себе будет пыхтеть и пыхтеть, когда твоя шикарная карета давно уже застрянет в какой-нибудь яме.

Я вел его осторожно, прислушиваясь к постукиванию двигателя и радуясь жесткости сцепления, изрядно подзабытой после автоматически скользящих переключений скоростей моего «Бегемота». Мои ладони лежали на руле в том же месте, где обычно лежали ее ладони, и мне казалось, будто я надел ее комбинезон и вдыхаю его запах, будто я ощущаю тепло ее бедер, которое впиталось в сиденье пикапа и сейчас подымается оттуда в мое нутро.

Через несколько минут, нырнув в мертвую зону за холмом, я остановился, чтобы заглянуть в бардачок пикапа. Человек должен знать, кто его подрядчик, особенно если это подрядчик-женщина. Я обнаружил тоненький сборник ужасающих хоровых песен армейских ансамблей, черные солнечные очки, прозрачную вазелиновую помаду, несколько пластиковых зажигалок, пачку сигарет, швейцарский складной нож среднего размера, связку из пяти ключей.

— Представьтесь, приятели, — сказал я им. — По одному, пожалуйста.

Я открываю дом, который она тебе строит. Я открываю дом семейства Фрид в Иерусалиме. Я открываю офис компании «Мешулам Фрид и дочь с ограниченной ответственностью». А я открываю шкаф с документами.

— А ты кто?

Молчание.

Я вышел из пикапа и открыл дверь заднего сиденья. На полу катались пластиковые каски рабочих, простые сандалии для прогулок, старые и изношенные, такие отличные от моих. Три бутылки минеральной воды, все три початые, туалетная бумага, резиновые сапоги. На сиденье — соломенная шляпа, цифровой фотоаппарат, влажные салфетки, крем для рук, несколько потрепанных книг, все до единой — переводы.

— У меня нет сил читать книги, в которых написано про нас, — сказала она мне потом. — Я предпочитаю читать о других странах и людях. — И улыбнулась: — Это твой единственный вопрос после того, как ты копался в моей машине?

За спинкой заднего сиденья я нашел буксировочную цепь с красными профессиональными скобами, веревки для обвязки груза, старый военный плащ, на воротнике которого выцвело имя старшего сержанта Гершона Фрида, пару рабочих перчаток. Затем я перешел к багажнику. Тут меня ждали все инструменты, необходимые грабителю камней: лом, кирка, еще пара перчаток. И облегчение: пятый ключ открыл запертый металлический ящик. Там я нашел еще несколько отверток и плоскогубцев, кофейный набор, маленький закрытый чемодан «Пеликан». Я открыл и его: чистое душистое платье, брюки с острой, заглаженной складкой, две блузки, две пары туфель, умывальные принадлежности, флакончик одеколона, еще один ключ, белье. Мое сердце — именно потому, что уже успело успокоиться, — застучало с удвоенной силой. Где ты проводишь время, Тиреле? И с кем? Когда ты наденешь это свое платье для меня? И этот очередной проклятый ключ — что происходит за его дверью?

Я вернул всё на свои места. Закрыл. Продолжил свой путь. Сначала вдоль мелкого оврага, задерживаясь возле каждых ворот, ведущих на пастбища, потом по пологому подъему холма на другую его сторону, пока не добрался наконец до разрушенной арабской деревни, которую обнаружил во время блужданий по карте округи.

Все дома разрушены. Некоторые рухнули сами, другие пали жертвой армейских саперных учений. Бассейн, куда собиралась вода из источника, давно разрушен, но тонкая струйка всё еще течет по руслу, выходящему из густых зарослей дикой малины и мяты. Кругом груды камней, но кое-где еще торчит половина разрушенной стены или упрямая арка, а на ней росписи солдат, проходивших здесь учения по ориентировке на местности: «Взвод Йали»; «Подразделение охуевших»; «Born to kill», «Летающий тигр». И, как в каждой такой покинутой деревне, повсюду буйные заросли кактуса, прогорклый миндаль, расползшиеся по земле виноградные лозы, которых некому подвязать, подрезать или проредить. И те же заброшенные, зовущие на помощь инжирные деревья, чьи увядающие листья и разбухшие незрелые плоды свидетельствуют о страшном усилии материнства, с которым умирающее дерево отдает остатки своих соков растущему детищу. Неподалеку от них — несколько диких слив. Их маленькие синие плоды возбудили мое любопытство. Когда-то к ним, видно, были привиты абрикосы и культурные сливы, но потом за ними не ухаживали многие годы, и сильные дички завладели черенками, вырастили ветки и начали рождать свои маленькие кисловатые плоды — не такие сочные, как у их садовой сестры, но тем не менее занятные своим странным вкусом. Я сорвал несколько штук для Мешулама, потому что они выглядели в точности так же, как те, что были изображены на бутылках его сливовицы.

Потом я занялся камнями. Выбор был огромен: камни, гладко обтесанные, и камни грубые, полевые, камни местные и камни издалека. Я опознал даже несколько известковых, которые кто-то привез с самого побережья. Некоторые были совсем древние. Дыры от осей или крюков виднелись в них — свидетельство путей этой страны: войны, изгнания, высланные или выселенные люди, брошенные или украденные камни, перенесенные из других мест и времен. Может, стоит как-нибудь провезти своих любителей птиц по этим следам, проследить пути перелетных камней: камень храма, кладбища и бани, камень баллисты и камень мостовой, камень могильный и камень колодезный, камень, что покрывал, облицовывал и ограждал, камень угловой, или замковый, или притолочный, или пороговый. Камни маслобойни и милевые камни, жернова верхние и нижние, камни для побиенья и камешки для мозаики.

А затем, закончив отбирать и погружать, я чуть было не свалился в глубокий колодец с водой, которого раньше совершенно не заметил. Я наклонился и заглянул в темную бездну. Два серо-голубых скальных голубя вдруг вынеслись оттуда, устрашающе хлопая крыльями. Я отпрянул. Голуби поднялись высоко в небо и стали медленно кружить там, ожидая, пока я уйду.

Я бросил вниз маленький камень. Короткий сухой удар. Воды не было, но из безводной бездны выпорхнули еще несколько голубей. Громкое хлопанье их крыльев вспугнуло голубей в соседних колодцах, и они тоже пробудились из забытья. Мне вдруг показалось, что сама земля разверзла свою пасть, исторгая всё новых и новых голубей, и теперь они носятся надо мной сверкающим облаком оперенных тел и неистово бьющих крыльев.

Потом голуби собрались в одну большую стаю, образовавшую надо мной огромный круг, со мною в центре. А когда я пошел прочь, они спустились и снова исчезли в своих колодцах, как будто их втянула бездна. Я завел пикап и двинулся в сторону своего нового дома.

5

Рабочие кончили разгружать материалы и оборудование, спустили с одного из грузовиков старый холодильник, поставили его под домом, в пространстве между столбами, и подсоединили к удлинителю, выброшенному через окно. Возле холодильника поставили шкаф и стол, электрический чайник и газовую плитку. Высокий светловолосый парень заполнил холодильник овощами, баночками йогурта, творогом и сыром, бутылками воды, картонками с молоком и яйцами.

Разгрузка и расстановка закончились, армия Тирцы взошла на свои колесницы и удалилась, и Мешулам приколол к стене плакат районного совета, извещавший, что работа ведется по праву и с разрешения.

— Видишь? Один телефонный звонок Мешулама сэкономил тебе кучу беготни.

Тракторист, как будто ожидавший сигнала, снова возник во дворе, прислонил свой прицеп для мусора к задней стороне дома, вынул толстую металлическую трубу и подвесил ее на лимонное дерево. Потом звонко ударил по ней, и двое китайцев, высокий светлый парень, сам тракторист и еще один дюжий, рослый рабочий собрались вокруг Тирцы. Я не знал, где мое место, и остался стоять в стороне.

— Ребята, — сказал мой подрядчик-женщина, — я сняла вас с наших больших работ ради этого друга, которому нужно обрести свое место. Мы сделаем ему здесь маленький рай. У него будет пол и крыша, вода и свет, трава и деревья, птицы и звери. У него будет всё новое — сантехника, электричество, окна, двери. Мы укрепим ему столбы, оштукатурим и побелим, построим ему маленький душ снаружи и большую деревянную веранду, чтобы он мог сидеть и отдыхать, глядя на природу.

Рабочие засмеялись, кивнули мне и вошли в дом.

— Какая речь! — сказал я ей. — Ты уверена, что они понимают иврит?

— Им не надо понимать иврит, Иреле, эта речь была для тебя. А сейчас войдем внутрь, потому что сейчас они начнут и ты должен присутствовать при этом.

Ни в чем другом, даже в процедуре подписания договора с деревней и вручения первого платежа, не было решительности и изначальности того момента, когда первый удар тяжелого молота обрушился на стену, приговоренную к разрушению. Это была западная стена дома, которая закрывала собой вид на природу. В ней было маленькое перепуганное окно, чьи размеры выражали скорее желание закрыться, чем возможность открыться. Сейчас они были приговорены — и сама стена, и ее робкое окошко — исчезнуть вообще. Тирца сказала, что здесь будет прорублен огромный проем, а за ним она построит «deck» — деревянную веранду шириной с палубу пассажирского корабля.

Она велела рослому рабочему взять молот и указала ему — кивком головы и движением тела — в сторону стены. Рабочий не стал потирать руки и поплевывать на ладони. Он просто взял длинную деревянную рукоять за самый конец, чтобы увеличить силу удара, и занес молот за левое плечо. Точно железный голубь, чье сообщение состоит в самом факте его приземления, молот взлетел, описал дугу вокруг плеча и головы человека, опустился, ударил и пробил первую дыру в стене.

Дом был потрясен. Вот уже несколько дней он чувствовал какую-то возню вокруг, уже угадал, чем занимается Мешулам, по тому, как он говорил и как простукивал стены, уже слышал мои разговоры с Тирцей, и видел землемеров, и инженера, и разгружающиеся грузовики, и выгружаемое оборудование, и уже приготовился к неизбежному: к тупым толчкам молота, к клюющим укусам зубила и лома, к пилящему визгу диска, к расшатыванию, и вырыванию, и удалению. Но всё это нисколько не ослабило то потрясение, которое он ощутил сейчас, и не защитило от понимания, что дело не закончится одним этим ударом. Пришел новый жилец, и он меняет былые обычаи — прорубает новые входы и выходы, заново творит свет и тьму, стирает воспоминания, следы и запахи, устанавливает новые отношения между «внутри» и «снаружи».

Рабочий методично и последовательно обрушивал кирпичи, расширяя дыру вокруг первого пролома. А когда стена превратилась в груду обломков, кирпичей и пыли, на нее навалились оба китайца с большими лопатами и затолкали весь этот мусор на мусорный прицеп, поставленный трактористом внизу, во дворе.

— Да будет свет! — сказала Тирца. — Смотри, сколько стало вдруг света в твоем доме.

Рабочий с молотом разрушил еще две внутренние стены, а потом дисковой пилой расширил оконные проемы в наружных стенах. Китайцы слили остатки воды из ржавых водопроводных труб и извлекли их наружу, вытащили из стен электрические кабели, которые валялись теперь на земле, лишенные силы, точно мертвые змеи, и вырвали подоконники, дверные косяки и притолоки.

А высокому парню Тирца сказала:

— А ты спустись вниз и поставь вариться большую кастрюлю супа, чтобы у нас было что есть на обед.

— Какой суп? — смутился он.

— Тот, который ты любишь есть в доме твоей матери.

— Но я не умею варить ее суп.

Тирца протянула ему мобильный телефон из своего кармана:

— Возьми. Позвони ей и спроси, как она готовит.

Парень отошел в сторону, начал говорить по-русски и подробно записывать, потом подошел и сказал что-то Тирце, получил у нее ключи от пикапа и немного денег, уехал и вернулся. И некоторое время спустя от газовой плитки внизу уже поднимался хороший, вкусный запах. Парень приготовил суп, большой и густой, которому научила его мать — из картошки, крупы, лука, корешков, костей и моркови, чеснока и мяса, — и спросил Тирцу, когда подавать.

— Как только будет готово. Я умираю от голода.

И когда стало готово, парень ударил по железной трубе, которую тракторист повесил на лимонное дерево, и позвал всех на первую трапезу в моем новом доме.

6

Назавтра Тирца отослала русского парня и дюжего рабочего на другие свои строительные площадки, и мы остались с двумя китайцами.

— С ними мы будем работать до конца, — сказала она, — кроме нескольких специалистов, которые придут потом.

Эти двое поднялись на чердак. Послышались звуки пилы и удары топора. С потолка, застилая комнату пылью, полетели вниз куски старой, рассыпающейся на лету штукатурки, обнажая проржавевшую металлическую сетку. Голуби, которые жили на чердаке и до самого последнего мгновенья надеялись, что это ошибка, теперь с испугом выпорхнули оттуда, немного покрутились по комнате и вылетели через большое новое окно.

Я сказал Тирце, что мама наказала мне прогнать их из дома.

— Она была абсолютно права. Прогнать этих пакостников и позаботиться, чтобы не вернулись. Забить каждую щель и дыру. Только этого тебе здесь не хватает, голуби на твою голову.

Удаление потолка удвоило пространство дома, и его заполнило гулкое эхо. Тирца поставила лестницу, залезла наверх, умело прошла по балкам, нашла голубиные гнезда и тут же раздавила их носком ботинка. Сверху упали тонкие хворостинки, покрытые пометом, и с ними несколько белых яиц, которые раскололись при падении.

— Голуби, — сказала она, — очень приятны в полете, когда на них смотришь, и еще приятней, когда приносят письма, а приятней всего с рисом и пряностями. Но на крыше они очень неприятны. Только не у нас, приятели. Идите искать себе другой дом.

И спустилась.

— Хочешь поработать?

— Хорошо, — сказал я, — но помни, что я ничего не умею. Дай мне что-нибудь попроще.

Она расколола две плитки в дальнем углу пола и протянула мне лом:

— Возьми этого приятеля в руки, выломай все оставшиеся плитки и вывези их на прицепе вместе с мусором от потолка.

Меня веселила покорность плиток, их послушное отделение от пола, исчезновение следов всех тех ног, которые ступали в этом доме до меня. Я сбрасывал всё в тачку и отвозил в конец комнаты, на то место, где в начале работы была стена, а сейчас красовался огромный проем, открывавший вид на далекие холмы. Я переворачивал тачку в стоявший внизу прицеп и возвращался обратно. Потом прочистил пол большой жесткой метлой, пока не дошел до слоя бетона.

— Прекрасно, — похвалила меня Тирца. — Я люблю этот этап, когда открывается максимальная высота, от бетона до черепицы, без пола и потолка, самое большое возможное пространство.

В этот момент во дворе появился Мешулам с каким-то худым жилистым стариком, у которого были такие широкие ладони, как будто он одолжил их у кого-то другого.

Лицо Тирцы осветилось.

— Это Штейнфельд, который настилает полы. Наш самый старый работник. Я его знаю со своего рождения, ему уже тогда было сто лет, посчитай, сколько ему сейчас.

В своей огромной руке Штейнфельд нес ведро, в котором болтались гибкая, длинная и прозрачная трубка, маленькая лейка и деревянный складной метр. Толстый желтый карандаш торчал у него из-за уха, а за спиной висел старый школьный ранец, с потертой кожей, облезлыми пряжками и такими старыми ремнями, что они вызывали подозрение, не был ли сам Штейнфельд тем первоклассником, который когда-то носил этот ранец.

Он нарисовал на одной из стен маленький треугольник, метром выше уровня бетона.

— Держи здесь этот конец, парень, — протянул он мне один конец прозрачной трубки.

— Это не рабочий, Штейнфельд, это хозяин дома, — сказала Тирца. — Рабочий — это вон тот китаец.

— Китаеза? На каком языке я ему объясню, что нужно делать? На идише, на арабском?

Он влил воду в другой конец трубки, который держал сам, и начал тянуть ее по горизонтали от стены к стене, и из комнаты в комнату, и из угла в угол, и от проема к проему, повсюду прикладывая ее к стенам, и рисуя на них свои маленькие треугольники, и то и дело напоминая мне издали криком: «Стой там, не двигайся!»

— Ты понимаешь, что вы делаете? — спросила меня Тирца.

— Нет.

— Вы делаете штихмус.

— Теперь я понял. Всё ясно.

— Ты не помнишь из школы закон сообщающихся сосудов? Все эти маленькие треугольники, они точно на одной высоте. По ним потом будут отсчитываться все высоты в доме — пола, дверных порогов, подоконников, окон, всех горизонтальных поверхностей. Интересно, правда?

— Остается надеяться, что это и точно.

— Ты что?! Штихмус — это самый точный способ, какой только существует. Это тебе не измерение метром, или рукой, или на глаз. Это не измерение относительно пола или потолка. Штихмус меряет высоту относительно всего мира. Разве тебе не лестно, что подоконник окна над твой кухонной раковиной и подоконник окна в спальне находятся на одном расстоянии от центра Земли?

— О да, — сказал я. — Это очень лестно, несомненно.

ГЛАВА ТРИНАДЦАТАЯ

I

На мемориальной доске со списком погибших учеников районной школы Иорданской долины есть также имя Малыша, но, по правде говоря, ученик он был так себе, занятия почти не посещал, и учителя не переставали делать ему замечания. В пятнадцать лет он решил, что голуби интересуют его больше всего, чему его учат в школе, а еще через два года Мириам сказала ему, что и ей больше нечему его учить.

И действительно, в свои семнадцать лет Малыш был уже бесспорный дуве-йек, авторитетный знаток, который принимал участие во всех семинарах по усовершенствованию, и выигрывал в соревнованиях, и занимался спариванием высококачественных самцов с чемпионками состязаний, и время от времени ездил в Тель-Авив, как по делам голубеводства, так и чтобы встречаться с Девочкой, говорить с ней, свистеть с ней пальцами, касаться ее так же, как она касалась его, привезти ей своих голубей и забрать у нее. А в восемнадцать лет он объявил, что ему приспело время вступить в Пальмах.

Дядя и тетя очень боялись за него, но доктор Лауфер успокоил их, сказав, что Малыш и в Пальмахе продолжит заниматься голубями и, как когда-то Мириам, тоже построит голубятню и будет ею руководить.

— Разжечь костер, и стрелять из «стэна», и воровать кур может любой, — добавил он, — но сколько наберется специалистов-голубятников?

И успокоил их, объяснив, что Малышу предстоит в Пальмахе только тренировать, дрессировать и выращивать голубей, а если понадобится, он будет отправлять голубя с почтой на командный пункт или передавать в часть, выходящую на боевое задание.

Перед мобилизацией Малыш отправился в кибуцную столярку и с помощью плотника соорудил себе единственную в своем роде голубятню, которую можно было переносить на спине. В ней были четыре полки, одна над другой, три из которых были из дерева и сетки, а четвертая была сшита из брезента, и в ней размещались карманы для футляров, нитей, перьев, бланков для голубеграмм, а также пачки минерального порошка, лекарства, посуда для голубиной еды и питья и чай, сахар, ложечка и стеклянная чашка для него самого. И еще он приладил там занавеску, чтобы защитить голубей от дождя и сильного солнца, а дядя сшил ему широкие и толстые наплечные ремни.

И вот так он ушел в Пальмах: в рабочих ботинках, в ношеной одежде хаки, полученной на кибуцном складе, в новой панамке на голове и с маленьким чемоданом в руке, в котором лежали одежда, белье, свитер и вязаная шапочка тетиной работы, сумка с принадлежностями для письма, и для мытья, и для шитья, и с переносной голубятней за спиной, где сидели три голубя — один от Мириам и два из Тель-Авива.

До изнеможения тяжело он нагрузился, но у него были всё те же широко открытые глаза — взгляд слегка вверх, немного в сторону, — и то же плотное тело, и такое же любопытство на лице, как в тот первый день, когда он поднялся на рассвете посмотреть на новую голубятню возле детского интерната. И легко себе представить, как его встретили в палатке Пальмаха в Кирьят-Анавим[1], куда он был направлен. Раздался громкий смех, кто-то спросил, что это за «осел с голубями», а кто-то еще назвал его «келбеле», как называла тетя, но этот «келбеле» был произнесен не с любовью, а с грубой насмешкой, и его сопровождала недобрая улыбка, полная длинных крысиных зубов. И ко всему появился вдруг парень, который учился в одной школе с Малышом, но на два года старше, и сказал: «Да, похоже, что положение действительно тяжелое, если уж Пальмах решил мобилизовать малышей». Так его прежнее прозвище стало известно и прилепилось к нему и здесь.

Но Малыша всё это нисколько не задело. Он положил свои вещи, накормил и напоил голубей и пошел посмотреть на голубятню, где ему предстояло растить птенцов, которых он должен был получить из Центральной голубятни в Тель-Авиве. Увидев ее, он объявил, что ни сама голубятня, ни ее местоположение не годятся. Ни для потребностей голубей, ни для оперативных нужд.

— Голубь должен любить свой дом, — повторил он девиз голубятников. — В эту голубятню не захочет вернуться ни один голубь.

Он побежал в столярную мастерскую и сумел уговорить столяра, точную копию вечно недовольного и ворчливого столяра из своего кибуца — и, в сущности, еще одного представителя великой семьи вечно недовольных и ворчливых столяров всех столярных мастерских всех кибуцев того времени, — чтобы тот прервал свою работу и помог ему построить другую голубятню. Здешний столяр был человек низкого роста, но тщательно причесанный, и рабочая одежда на нем была очень чистая, нарядная и тщательно выглаженная. Галстук он, правда, не осмелился надеть, но зато рубашку застегнул до самого горла, и в мастерской у него было большое зеркало, какого не было ни у одной из женщин кибуца даже в семейной комнате.

Они вдвоем построили большую голубятню, защищенную от сквозняков и сырости, но полную солнца и воздуха и соответствующую тому, что ска-

зал Малышу доктор Лауфер: «В строительстве голубятен нет абсолютных правил, как нет их при
строительстве дома для людей. Всё зависит от потребностей и возможностей». Малыш нашел тихое и
неприметное место и с помощью плотника, а также
одного осла, одной телеги и двух пальмахников отвез голубятню туда и установил ее лицом на юг. Потом, закончив рыть яму для мусора, он взял в руки
одного из двух голубей Девочки, надел на его ногу
футляр и привязал полое перо меж хвостовых перьев. Голубеграмма в футляре предназначалась доктору Лауферу: «Голубятня готова для приема птенцов».
А записка в пере предназначалась Девочке, и написано там было: «Да, и да, и да»: да, я люблю, и да, я скучаю, и да, я знаю и помню, что и ты тоже, — потому
что она, в предыдущем послании, написала ему «нет
и нет», то есть нет, не хочу никого, кроме тебя, и нет,
не сплю по ночам.

Он поднял руки, и поднес к небу, и запустил, и видел, как ее голубь набирает высоту: сначала чернеет
на фоне неба, а потом растворяется и исчезает в серой голубизне себе под цвет, — и снова ощутил то
сладкое чувство, которое не исчезло в нем даже через сотни и тысячи запусков — с того, всё удаляющегося дня, когда он отправился с Мириам в поля и запустил там своего первого голубя, и до того всё
приближающегося дня, когда он, лежа в луже крови,
запустит своего последнего.

2

Почти девять лет прошло с тех пор, как на балкон жилого дома в Тель-Авиве опустился раненый голубь, а в кибуц в Иорданской долине приехали доктор Лауфер с Мириам и с голубями. Малыш и Девочка стали юношей и девушкой. Мириам уже выкурила больше трех тысяч ежедневных вечерних сигарет. Зеленый пикап накрутил километры и часы двигателя и годы жизни, состарился и теперь с трудом поднимался с равнины в горы. Но доктор Лауфер, несмотря на седину, которая начала серебрить его рыжие волосы, оставался всё таким же восторженным и энергичным. Он прибыл в Кирьят-Анавим с оборудованием и с голубятами и торопливо вышел из пикапа — худой, долговязый, слегка сутулый, размахивая всеми конечностями, со своим всегдашним не то величественным, не то приниженно-скромным «мы» женского рода.

— Мы привезли сюрприз! — крикнул он в сторону Малыша, и из пикапа вышла Девочка, высокая, серьезная и кудрявая, голубоглазая, розовощекая и светловолосая, точно такая, как в его снах и в его памяти.

— Я приехала тебе помочь, — сказала она, зардевшись, с сияющими глазами.

Сердце его остановилось. В присутствии доктора Лауфера он не осмелился притронуться к ней, но Девочка слегка наклонила голову. Их лица сблизились, соприкоснулись, вспыхнули. Руки сплелись и расстались, не зная, где опуститься.

Из столярки пришел щеголеватый столяр и установил вертушки в их рамках. Доктор Лауфер проверил его работу и сказал: «Это хорошо» и: «Это очень хорошо» — и, по своему обычаю, поискал в голубятне деревянные заусеницы и гвозди, которые могут поранить, щели, через которые могут проникнуть змея или мышь. Он закрывал, и задвигал, и стучал маленьким молотком, повторяя свое всегдашнее: «Ты думал, что мы тебя не видели, товарищ гвоздь», которым заканчивал проверку каждой новой голубятни.

Девочка и Малыш сняли с пикапа ящики с голубятами, мешки с зернами и постоянное оборудование для голубятни. Доктор Лауфер запустил несколько голубей, которых привез из Центральной голубятни, съездил проведать голубятню Хаганы в Иерусалиме и привез оттуда взрослых голубей — молодых для запуска из Кирьят-Анавим, опытных — для запуска из Хульды и еще более опытных — из Тель-Авива.

— Нужно использовать каждую поездку, — сказал он, а потом пожелал Малышу успеха и исчез.

Девочка еще два дня оставалась с Малышом в Кирьят-Анавим. Они расставили мешки с зернами на приподнятых над землей деревянных рельсах, защитили их от мышей густой сеткой, предназначенной для курятников, а затем начали готовить для птенцов опознавательные кольца с месяцем и годом кольцевания в соответствии с датой рождения птенца, а также с первой буквой имени ответственного голубевода — чтобы не писать название деревни или подразделения Пальмаха. Эти кольца они надевали на три передних пальца голубенка, собранные вместе, протягивали через задний палец, прижимая его к ножке, а под конец отпускали все пальцы.

Потом Девочка приготовила «личную карточку» для каждого голубенка и «карточку группы» для всей голубятни, чтобы заполнять их по мере того, как молодые голуби будут взрослеть и пароваться, и занесла в дневник группы первые данные.

Вечером Малыш пошел в столовую и принес хлеб и маслины. Они сидели возле голубятни и ели, была ночь конца лета, теплая и сухая, и, как это не раз случается в иерусалимских горах, в ее жаркие дуновения уже вплетались прохладные струйки. Поев, они расстелили на земле возле голубятни шерстяное военное одеяло и легли рядом.

Из Абу-Гоша послышался первый ночной призыв муэдзина, и шакалы, как каждой ночью, подхватили протяжный крик. Девочка выдохнула ему в шею:

— Они так близко.

— Они не так близко, как кажется, — успокоил ее Малыш.

Какие-то люди прошли мимо них в темноте, спустились в овраг и исчезли.

— Кто это? — спросила она.

— Это наши ребята. Они идут на задание.

На рассвете они проснулись одновременно. Из соседнего вади подымался металлический звук. Кирки били по скале, лопаты выгребали осколки камня и комья земли.

— Что это? — прошептала Девочка.

Он заколебался. Хотел сказать, что это люди из кибуца роют ямы для саженцев, но сказал правду, что это его товарищи, они копают могилы для тех, кто не вернется, и улыбнулся:

— Обычно я тоже копаю, потому что я не хожу на задания, но этой ночью меня освободили в твою честь.

Назавтра Девочка вернулась в Центральную голубятню. У Малыша остались только новые голубята, еще не прирученные и не обученные, и у него не было своего голубя, чтобы дать ей с собой, но она оставила ему одну свою голубку и села на грузовик, направлявшийся в Тель-Авив.

Когда грузовик скрылся из глаз, Малыш почувствовал себя как никогда одиноким. Он вдруг вспомнил свою мать, которая бросила его и вернулась в Европу и там погибла в Катастрофе, — сейчас он уже знал то, о чем догадывались и шептались взрослые. И подумал об отце, который приезжал навестить его в кибуц, но избегал смотреть ему в глаза, и о жене отца, которая разглядывала всё вокруг, щебеча: «Какое красивое местечко, я бы и сама хотела здесь жить…»

И вспомнил себя, в тот день, когда сказал: «Не привози ее больше сюда. Если ты ее еще раз привезешь, я выгоню вас обоих».

Его сердце сжалось от грусти. Он вернулся к голубятне, недоумевая, как такое плохое начало привело к такому хорошему концу: ведь если бы его мать не рассталась с отцом и не вернулась в свою страну, отец не женился бы на другой женщине, и его не изгнали бы в кибуц, и он никогда не узнал бы ни Мириам, ни доктора Лауфера, ни голубей, ни свою любимую. Он отряхнулся от грусти и утешил себя мыслью, что отныне в его жизни больше не будет взлетов и падений, а только постоянная любовь к Девочке и рутина голубеводства. Так оно лучше всего. Четкий распорядок дня, рабочие дневники, записи заданий — всё это успокаивает и лечит сердце, и он с радостью отдастся им целиком.

По утрам он просыпался, сгонял голубей с их подруг, выпускал их в тренировочные полеты, которые с каждым днем всё более удлинялись, потом созывал их обратно в голубятню, поднимал флажки и свистел, кормил и чистил, по ночам копал могилы, а те часы, которые должен был отрабатывать в кибуце, проводил в коровнике или столярной. Некоторые пальмахники смотрели на него с пренебрежением и даже с насмешкой. Он не сражался рядом с ними, не терял друзей, не проливал кровь, не подбрасывал щепки в их костры, не сопровождал продовольственные автоколонны, прорывавшиеся в Иерусалим, и, как тогда шутили, не убил и не был убит ни единого раза. Но те, что подобрее, смотрели на него с любопытством, потому что в этом невысоком полноватом парне было что-то привлекательное и необычное, так что голуби — даже чужие голуби — спускались к нему, кружились вокруг его головы и садились ему на плечо.

Голуби, так говорил доктор Лауфер на семинарах, вовсе не выглядят такими целеустремленными и быстрыми, какими становятся, когда стремятся домой, или такими злыми и жестокими, какими оборачиваются, когда защищают гнездо или дерутся за партнера. Так и Малыш — его внешность тоже была обманчива. Он по-прежнему был небольшим и округлым, как в детстве, но его уверенность в себе возросла, и под ямочками, которые есть у всех малышей на локтях, на коленях и обратной стороне ладони, окрепли мышцы. Он немного похудел — совсем как я, когда Тирца заставила меня работать на строительстве моего нового дома, — и понимающие люди могли прочесть в уголках его губ и взгляде твердость и целеустремленность.

И в нем всё еще жило давнее желание научить голубей летать туда и обратно. Такие почтовые голуби, говорили с восхищением голубеводы, есть только в Индии и в Америке — но у индийцев за плечами опыт многих тысяч лет, а американцы хоть и молодой народ, но у них денег немерено.

— А вот наш Малыш, — воскликнул доктор Лауфер на семинаре голубеводов того года, — сумел здесь, у нас, без всякой помощи и денег, вырастить голубей двустороннего полета, которые способны поддерживать регулярную связь из Кирьят-Анавим в Иерусалим и обратно.

Как же он это сделал? Он выбрал двух молодых голубей, у которых крылья уже образовались, но еще продолжали расти, и после серии основных тренировок приучил их, что отныне они будут получать пищу в той голубятне, где живут, а воду — в другой, передвижной голубятне, отмеченной ярким, бросающимся в глаза цветом. И эту другую голубятню он постепенно удалял, пока голуби привыкли есть в Кирьят-Анавим, а пить в Иерусалиме. И поскольку две голубятни разделяли всего десять километров по прямой — то есть минут десять полета, — эти голуби каждый день дважды летали туда и обратно, пили там и ели здесь, а заодно переносили отчеты и приказы от одного командного пункта к другому.

Ведь и возвращение голубя в Ноев ковчег — так он говорил — тоже можно рассматривать как возвращение к передвижной голубятне, сильно выделявшейся на фоне безбрежных вод вследствие своего одиночества. И он начал проектировать большую передвижную голубятню, которая будет перемещаться на машине, как прицеп, сопровождая нашу армию, и вместит много голубей. Но у него не было ни нужных средств, ни машины, а дороги были небезопасны, и тренировки невозможны. Поэтому его план так и остался далекой мечтой, а сам Малыш пока продолжал ухаживать за обыкновенными почтовыми голубями, теми, чьим домом была его голубятня в Кирьят-Анавиме, и теми, которые принадлежали голубятне в Иерусалиме или Центральной голубятне в Тель-Авиве и которые ждали, и тосковали, и не думали ни о чем, кроме решетки на окне их тюрьмы, да большого неба, что за ней, и своего дома, что за краем неба, и не знали еще, что именно они понесут в своих крыльях — любовное письмо или военный приказ.

3

В зоопарке тем временем кончили тренировать новую группу голубей, необычно большую, и доктор Лауфер объяснил Девочке, что этим голубям предназначена важная роль. Приближается война, поселения на юге будут единственным барьером между египетской армией и Тель-Авивом, и поэтому нужно выехать во все эти места и раздать там голубей, чтобы сохранить с их помощью связь с местным командованием.

— Ты поедешь в Негбу и Рухаму, — сказал он, — а потом в близлежащие кибуцы на юге, в сторону Газы, и, если окажется возможным, также в Кфар-Даром и в Нирим и в Гвулот[2]. В каждом таком месте надо оставить голубей, чтобы наши смогли передать сообщения, если окажутся, не дай Бог, отрезаны от Страны. И не забудь сказать там, что их нельзя выпускать, чтобы полетали немного, потому что мы все, если нас выпускают, тут же летим домой, а для нас домой — это здесь, в Тель-Авиве.

— Я поеду одна? — удивилась Девочка.

— Тебе выделили джип с двумя пальмахниками. Это намного больше, чем дают для других заданий. Один парень — лучший водитель в Пальмахе, а другой ранен в бою, но замечательный разведчик и хорошо знает дороги. Они должны доставить тебя во все эти места и вернуть обратно, а ты должна передать туда голубей и проинструктировать тамошних людей. В Рухаме и в Дороте у нас есть обустроенные голубятни и обученные голубеводы, привези оттуда несколько голубей, чтобы мы могли посылать к ним голубеграммы, а в других местах попробуй поймать голубя в коровнике. Если расстояние невелико, есть шанс, что и простой голубь вернется. Мы покрасим ему два пера желтым и зеленым, чтобы его узнали при возвращении.

Они приготовили походную сумку и снаряжение, отобрали, пометили и записали голубей в двух одинаковых блокнотах. Один блокнот остался у доктора Лауфера, а второй Девочка положила в свой ранец и назавтра утром поднялась рано, попрощалась с родителями и пошла в зоопарк. Мать заплакала: «Что, у них уже не хватает парней, что они посылают девочек?» — а отец сказал только: «На тебя там надеются. Береги себя и голубей».

— Каждому кибуцу выделено шесть голубей, — напутствовал ее доктор Лауфер. — Четыре наших, а остальных ты возьмешь по пути у Шимона, голубятника из Гиват-Бреннера. Ты наверняка помнишь его по нашим семинарам. Мы просили его отметить своих голубей красными кольцами, чтобы в любом поселке знали, какой голубь вернется в какой поселок.

Он чуть помолчал и сказал:

— Это не совсем безопасная поездка. Следи, пожалуйста, за ребятами, которые едут с тобой, чтобы не делали глупостей. И не забудь взять с собой голубя Малыша, чтобы он не беспокоился, куда ты вдруг исчезла.

С улицы послышался свист. Толстяк из Зоопарка открыл хозяйственные ворота, и джип въехал и медленно двинулся к складу. В нем сидели двое пальмахников — водитель, невысокий, черноволосый и плотный, слегка напомнивший ей Малыша, но с более жесткими и решительными чертами лица, и разведчик, смуглый, большой и припадающий на одну ногу. Они привезли Девочке шинель («По ночам еще холодно», — объяснили они) и вручили ей пистолет.

— Я не умею этим пользоваться, — сказала она.

— Это очень просто, — сказал большой, — ты всовываешь руки в рукава и застегиваешь пуговицы доверху. Вот так, смотри.

А маленький сказал:

— А если тебе всё еще холодно, подними воротник.

Девочка рассердилась и покраснела. Парни громко расхохотались, изрядно вспугнув зверей.

— Всё будет в порядке, — сказали они. — В Гиват-Бреннере мы устроим тебе стрельбище.

В джипе уже громоздились груды свертков со снаряжением и почтой. Толстяк из Зоопарка погрузил и привязал ящики с голубями и мешки с провизией. Девочка попрощалась с доктором Лауфером, взобралась на машину и уселась на сиденье, которое парни устроили ей из ящиков и одеял.

Джип выехал из зоопарка и направился на юг, проезжая городские улицы. Во всем чувствовалось приближение войны. У входов в дома были навалены мешки с песком, образуя защитные стены. Тут и там виднелись баррикады, заграждения из мотков колючей проволоки и шлагбаумы на дорогах. Царила тишина. Деловито шагали люди в одежде хаки, и их лица были напряженными и озабоченными.

На выезде из города они присоединились к нескольким машинам с продовольствием, ожидавшим их там, и при первой возможности их маленькая колонна сошла с главной трассы и продолжила свой путь среди виноградников и цитрусовых плантаций, следуя по желто-красным песчаным проселочным дорогам. Тут не было заметно никакой специальной подготовки, кроме весенней. Сияли полевые цветы, благоухали фруктовые деревья, птицы галдели над своими гнездами, куда-то торопились ящерицы, бабочки порхали в воздухе. Необыкновенно красивый апрель завладел всей округой, но двое парней всё время напряженно смотрели по сторонам. Маленький черный, державший руль, даже положил себе на колени две ручные гранаты в коробке, а большой смуглый двумя руками держал свой «стэн» и то и дело переводил взгляд с дороги, что была нарисована на его карте, на ту, по которой они ехали. Когда одна из машин застряла в песке, ее людям было приказано залечь вокруг и охранять колонну, пока джип вытащит ее обратно на дорогу.

Они въехали в Ришон ле-Цион, и за винодельческим заводом от них отделились остальные машины, направлявшиеся в Хульду. Из Ришона джип проехал через поля в Гиват-Бреннер. Шимон, голубятник из Гиват-Бреннера, очень обрадовался Девочке и спросил, встречается ли она еще с Малышом.

— Когда получается, — сказала она.

— Очень хороший парень, — сказал Шимон.

— Мы все, как одна, с этим согласны, — сказала Девочка, и Шимон засмеялся:

— Только бы кончилась война, тогда найдется время и для этих ваших дел, — и тут же извинился: — Прости, может быть, я слишком сую свой нос. Я больше не буду.

Его голуби, отмеченные красными кольцами, уже ждали в своих ящиках. Шимон сказал:

— Доктор Лауфер думает, что только специалист-голубятник может содержать их как следует, но ты не беспокойся. Их не нужно ни обучать, ни тренировать, только кормить, и поить, и следить, нет ли больных, и к тому же там, в этих южных кибуцах, все — крестьяне и все умеют выращивать кур, а между голубем и курицей нет большой разницы.

— Ты только не говори это на следующем семинаре, — сказала Девочка. — Доктор Лауфер сильно обидится.

— И еще я тебе советую в каждом таком месте поискать серьезного ответственного мальчика, чтобы ухаживал за ними, — сказал Шимон. — Такой мальчик лучше любого взрослого — мы с тобой это хорошо знаем, потому что сами были такими. А если оттуда тоже начнут эвакуировать детей, как уже вывезли в некоторых других местах, пусть этот мальчик возьмет с собой несколько голубей, а ты научи его, как посылать голубеграммы, чтобы подбодрить родителей, которые остались воевать. А сейчас удачи тебе и до свидания.

Они проехали среди кустов ракитника, заснеженных своим бурным цветением, вдоль бесконечных насаждений миндальных деревьев, которые уже кончили цвести, по краям виноградников, которые только готовились к цветению. Глинистая почва становилась всё желтее, воздух — всё горячее, ребята рассказывали ей об арабских деревнях и поселках, жителей которых надо опасаться, и произносили названия, знакомые ей по газетам: Бербара — к северу от кибуца Яд-Мордехай, Мадждал — неподалеку от Ашкелона, Бейт-Дарас — возле Кирьят-Малахи.

Маленький парень вел машину совершенно бесподобно. Один раз из недалекого оврага появилась какая-то группа людей, послышались крики, в сторону джипа начали стрелять, и водитель, буквально пролетев по песчаным дюнам, вывел тяжелую машину из-под обстрела. Большой смуглый так же поразительно указывал направление и еще более поразительно ухитрялся угадывать ту единственно верную дорогу, которую нужно было выбрать на каждой развилке. А в ранце у него оказалась коробка с «ушами Амана»[3].

— Это мамины, — объяснил он, — я их ем круглый год, не только в Пурим.

4

Так они ехали. От кургана к оврагу, от поля к бахче, от невозделанной целины к цветущей плантации. Ехали, останавливаясь, от поселка к поселку, и это была незабываемая поездка. Они углублялись всё дальше и дальше на юг, Девочка и двое сопровождавших ее парней, которые не переставали развлекать ее загадками и рассказами, и петь ей песни, и готовить ей крепкий и несладкий кофе, хотя, конечно же, заметили, что она запустила голубя с дороги, и поняли, что ее сердце отдано тому, в чьей голубятне опустится этот голубь.

— Наверное, такой же высокий и красивый блондин, как и ты, — сказал маленький.

Она засмеялась:

— Он как раз похож на тебя. Маленький, некрасивый и черный, но ты уже парень, а он еще Малыш.

— А что он делает?

— То же, что я. Скучает, и ждет, и возится с голубями Пальмаха.

В каждом месте она оставляла голубей и учила всему, чему можно научить за несколько часов. Всюду напоминала, что нельзя выпускать их в полет, потому что их дом в другом месте. Всюду объясняла столяру, как приспособить для них большой старый сарай или достаточно большой упаковочный ящик для мебели, чтобы они могли немного полетать в нем и не ослабеть от неподвижности. Всюду предлагала поймать простых голубей в коровнике и передать в соседний кибуц, на всякий случай. И всюду находила и учила мальчика с широко открытыми глазами, которые напоминали ей, какими были когда-то она сама и Малыш.

В тех местах, где они не могли присоединиться к колонне, они ехали ночами, одни, — с погашенными огнями, приглушенным мотором, ворчавшим так тихо, что можно было услышать крики шакалов, и шорох далекого моря, и царапанье голубей, которые силились удержаться когтями за пол своих ящиков, когда машину бросало из стороны в сторону.

Приближалось полнолуние. Золото песков переливалось серебром и синевой. Огромные сикоморы, росшие тогда в тех местах, казались стадами темных животных. Внезапно пошел дождь, наполнив двух парней весельем, — вероятность застрять в песке уменьшилась, объяснил ей большой, с маковыми точками вокруг рта, и, когда облака разошлись, показал ей карту неба. Он знал каждую звезду, и всех мифологических героев, и знаки зодиака и указал ей охотника Ориона с его большим псом, а рядом с ними его соседа Колумбу, небесного голубя, устремленного на юг в своем неустанном полете.

— У него даже оливковая ветвь есть в клюве, — сказал он,— но чтобы ее увидеть, нужна неполная луна и желательно телескоп.

В кибуцах, куда они приезжали, тоже не забыли ту поездку, тех трех гостей, что появлялись неожиданно, черной точкой вдали, которая всё росла, приближаясь, и под конец превращалась в двух парней в длинных военных плащах: один большой и хромой, щеголяющий в потрепанной австралийской шляпе, другой невысокий, темный, в вязаной шапочке, — и высокую девушку в выцветшей розовой косынке, со светлыми кудряшками на голове, тоже одетую в военный плащ и тоже с запыленным лицом. По всему югу начали передаваться слухи. Где лаем, где дуновением ветра, из клюва в ухо, от голубя в одном коровнике к голубю в другом. И теперь их уже повсюду ждали, знали, что вот-вот должна приехать «девушка с голубями из Тель-Авива».

Они раздавала голубей, как будто раздавая подарки, как будто сообщая приговоры, как будто вручая письма любви и извещения о близкой смерти. Никогда раньше она не испытывала такой смены тревоги и надежды, беспокойства и уверенности. Она чувствовала, что сразу повзрослела, что навсегда запомнит эту тишину, которая была страшнее грохота идущей за нею войны, и эти предательские песчаные дороги, что приятнее надежных и опаснее мощеных, и шипение воздуха, который двое парней то и дело выпускали из шин, чтобы не застрять в песке и не стать легкой мишенью.

И их самих, которые громко пели ей, когда можно, и тихо напевали, когда нельзя. И кибуцников, которые наполняли мешки песком, и рыли окопы, и готовились к войне за свои дома, и старались не думать, кто погибнет в ней, и не гадать, кто останется жив.

Но главное, она запомнила военные части, ожидавшие вдоль дорог. Люди лежали на земле, расхаживали, беседовали, проверяли оборудование, чистили оружие, сидели вокруг маленьких костров. Кто-то радовался возможности немного поспать, некоторые говорили об уже проделанном, а другие спорили о том, чему предстоит произойти. Она смотрела и знала, что всё, что видит сейчас, она уже никогда не забудет.

А через несколько дней она обратила внимание еще на одну странность — как много ребят писали письма. Они клали листок на крыло грузовика или расстилали на колене, или на стволе дерева, или на плече товарища, который сам в это время писал на спине другого. Не раз они останавливали их джип и давали ей конверт: «Положи в почтовый ящик, когда вернешься в Тель-Авив». Она складывала их в мешок, освободившийся от зерен, и хранила его, как зеницу ока. Везла этот огромный почтовый футляр, который всё раздувался, заполняясь просьбами, завещаниями, тревогами, тоской, детьми — теми, что родятся, и теми, что нет, — мечтами о возвращении и встрече, надеждами расстающихся, благословениями идущих на смерть. И огромная страсть к Малышу вдруг обожгла ее лоно, и еще — запретная радость: ее Малыш не пойдет в бой, он останется со своими голубями, он будет ждать ее в голубятне.

ГЛАВА ЧЕТЫРНАДЦАТАЯ

I

— Почему ты не пьешь? — спросил старый американский пальмахник.

— Мама не разрешает мне пить с чужими мужчинами, — сказал я.

Он засмеялся:

— Ты уже большой мальчик.

— По правде говоря, я не так уж люблю пить.

— «Вирджин Мери» для него и еще виски для меня, — показал он официанту на свой стакан.

— Если бы этот Малыш не возился всё время со своими голубями, — сказал он, — из него мог бы получиться серьезный файтер. Один раз мы даже видели, как он дерется. Несколько наших ребят вышли тогда в Беер-Тувию, и он попросил их взять с собой голубей и запустить их назавтра, рано утром.

В десять часов утра Малыш уже начал расхаживать вокруг голубятни. Чуть напряжен, глаза подняты к небу, шарят и ждут. Почтовый голубь может сделать шестьдесят и даже семьдесят километров в час, и он беспокоился. Солнце уже поднялось в зенит — а голуби не прилетели. Спустилось к горизонту — а их нет и в помине. Зашло — а их нет.

Голуби не вернулись и назавтра. Когда не возвращается один молодой голубь, можно говорить о естественном отборе и о неизбежном отсеве, но четыре голубя одновременно? Беспокойство Малыша сменилось тревогой. Все четверо были здоровыми и сильными, детьми матерей-победительниц и отцов-рекордсменов, и в предыдущих тренировках никогда не опаздывали. У двух из них были даже птенцы, что обычно усиливает желание голубей поскорее вернуться. Что-то недоброе произошло.

Через пять дней парни возвратились. Они пришли к голубятне, протянули ему бланки с точным указанием места и времени запуска и погодных условий и пошли в палатку Пальмаха. Что-то в их речах возбудило его подозрение. Его обеспокоил тот факт, что они не поинтересовались, когда вернулись голуби и какой из них прилетел первым, потому что иногда ребята спорили на результаты, проигрывали сигареты или выигрывали квадратик шоколада. Он встал и пошел к палатке задать им еще несколько вопросов. Из одной палатки раздавались взрывы смеха. Он приблизился, прислушался и сердце его остановилось. Из обрывков разговора, которые слышались из-за брезентовых стенок, ему стало ясно, что они уже в первый вечер свернули голубям головы, поджарили их на костре и съели — по голубю на человека.

Малыш ворвался в палатку и начал, как безумный, бить, колотить, лягать и пинать. «Убийцы! — кричал он. — Сукины сыны, сволочи! Я убью вас!» И поскольку под его младенческим жирком и гладкой кожей скрывались недюжинные мускулы и яростный гнев, потребовалось несколько человек, чтобы одолеть его, и веревка, чтобы связать по рукам и ногам.

Как связанная овца, лежал Малыш на земле, извивался, плевался и орал:

— Эти голуби могли спасти вашу жизнь! Мерзавцы! Чтоб вы сдохли вместо них! Чтоб могила, которую я вырою этой ночью, была для вас!

— Нехорошо было с его стороны говорить нам такое, — сказал старый американский лев. — У нас и без того было достаточно убитых. Ну, и ребята, естественно, разозлились, врезали ему пару раз, чтобы уразумел разницу между голубем и человеком, а потом вытащили наружу и бросили там, чтобы успокоился.

После того как его развязали, Малыш вернулся в голубятню, чтобы успокоиться единственным известным ему способом: написать голубеграмму своей любимой. На этот раз он присоединил также жалобу доктору Лауферу и доложил ему о случившемся. Уже наутро оттуда вернулся его голубь. От радости и в нарушение всех правил он набросился на него еще до того, как он вошел в голубятню. Но на голубе не было пера с письмом от Девочки, и голубеграмма в футляре была не от доктора Лауфера. То было сообщение о предстоящей вскоре военной операции, целью которой был прорыв больших колонн с продовольствием в осажденный Иерусалим.

Он побежал к оперативному офицеру, крепкому парню из Рааны, о смелости и хладнокровии которого в бою ходили легенды. Тот прочел голубеграмму и потребовал объяснения, почему она открыта. Малыш извинился, сказал, что он думал, что это личное письмо. Офицер сделал ему выговор. Голуби не предназначены для обмена личными посланиями. Но тут же вынул из шкафа зеленый плащ американской армии, из тех, какие уже давно носили бойцы, и сказал ему:

— Это тебе. Ты пойдешь с одной из этих колонн, и я не хочу, чтобы ты вдруг простыл у меня по дороге.

Малыш надел плащ, и офицер усмехнулся.

— Мы еще сделаем из тебя солдата, — сказал он. — Голуби не узнают тебя, когда ты вернешься.

Он указал на темные пятна на рукавах и на груди, где раньше на плаще была нашита эмблема рода войск и знаки различия, и сказал:

— Это был плащ американского сержанта. Понятия не имею, как его звали, и где он воевал, и вообще жив он или нет. Сейчас это твой плащ, берегите друг друга.

Малыш плотно запахнул на себе полы плаща, ощутил его приятное волнующее объятие и вместо голубятни побежал в столярку, потому что хотел посмотреть на себя в большом зеркале столяра. Безвестный американский сержант был очень высокого роста, и Малыш в его плаще выглядел несколько смешно. Он подумал, не попросить ли кибуцную портниху уменьшить и подогнать плащ под его размер? Но столяр, именно этот франт и щеголь, сказал, что не стоит, «этот плащ уже побывал на многих других солдатах, в других странах и войнах. Посмотри, на нем есть несмываемые пятна, может быть от крови или от смазки, и две заплаты, на поясе и на спине. Такие плащи уже научились сами приноравливаться к людям».

Столяр кончил свое поучение, и Малыш помчался готовить свою переносную голубятню к операции, не обращая внимания на выкрики, несущиеся из палаток: «Герой! Шикарный парень! Смотрите на него!»

К первой и второй колонне Малыша не присоединили, но 17 апреля 1948 года, за две недели до его гибели в бою, была организована еще одна колонна. Ему приказали взять несколько голубей и спуститься с бойцами с иерусалимских гор на равнину. Оттуда он был послан в Гиват-Бреннер, где встретил Шимона, кибуцного голубятника, который сказал ему:

— Твоя подруга была здесь месяц назад, повезла голубей на юг.

Малыш понял, что голубеграмма, которую он тогда получил от нее — «да и нет и да и нет», — не была послана из Тель-Авива и что она просто не хотела его беспокоить. Он посмотрел на голубей, которых она оставила в голубятне Шимона, и представил себе ее пальцы на их крыльях и груди. Он взял одного из них в руки, и его охватили желание и тоска. А Шимон сказал ему:

— Послушай, один из наших командиров едет сегодня на мотоцикле в Тель-Авив и должен вернуться еще этой ночью. Если хочешь, я попрошу его прихватить тебя к ней.

Малыш взял одного из голубей, которых привез из Кирьят-Анавим, и спрятал в кармане своего нового плаща. Он пошел к командному пункту и стал ждать возле стоящего рядом мотоцикла.

— Это ты мой попутчик? — спросил его командир, который вскоре вышел из помещения.

— Да.

— Ты когда-нибудь сидел на мотоцикле?

— Нет.

— Держись руками здесь и здесь. Понял?

— Да.

— И не смей меня обнимать.

— Хорошо.

— Йалла![1] Садись и поехали.

2

Время клонилось к вечеру. Зоопарк уже закрылся. Мотоцикл остановился возле ворот, и Малыш сошел. Он поблагодарил командира и договорился, когда они встретятся. Потом взобрался на стену зоопарка и перепрыгнул на другую сторону. Он знал, что найдет Девочку в голубятне. Он надеялся, что она будет там одна.

Вокруг него волновались и кричали звери, подавали голоса, как в любой вечер в любом зоопарке — рычанием, призывами, щебетом и ревом. И еще здесь царила грусть, как в любой вечер в любом зоопарке. Малыш бежал мимо клеток, ощущая обращенные к нему любопытные, молящие взгляды заключенных и стараясь не смотреть в их сторону.

На складе возле голубятни горел свет. Девочка приводила в порядок мешки с зернами, карточки и лекарства. Она услышала его шаги, обернулась, вскрикнула от радости. Они обнялись.

— Осторожней. У меня в кармане голубь.

Она сунула руку в его карман и вынула птицу.

— Он для меня?

— Он для меня, — сказал Малыш. — Чтобы ты послала мне еще одно письмо.

Девочка пометила ножку голубя ленточкой и поместила его в отдельный ящик.

— Я так рада, что ты пришел. Сколько времени у тебя есть?

— Час.

— Всего час?

— Завтра мы подымаемся с колонной в Иерусалим, — сказал он, — и я пойду с бойцами. И плащ я получил такой же, как у них, смотри. Это от американского сержанта, с мировой войны, — и со смехом крутнулся на месте.

— Прекрасно, — сказала Девочка, — а я получила шинель. Ну и что? И мне еще дали пистолет, и меня учили стрелять, и я проехала на джипе по всему югу.

— И послала мне оттуда голубя, как будто из Тель-Авива.

— Я не хотела тебя беспокоить.

— Шимон рассказал мне, что ты была и у них.

— Я взяла у него голубей, меня послали развезти их по кибуцам.

— И как было?

— Интересно. И страшно. И грустно. Много надежды и много отчаяния. Я видела, как новобранцы пишут домой, и думала: как хорошо, что ты остаешься со своими голубями в голубятне. Чего вдруг тебя посылают с колонной? Ты ведь даже не умеешь стрелять.

— Я немного умею, но мне и не нужно. Вокруг меня достаточно людей, которые умеют. И не беспокойся, пожалуйста. Я не воюю. Я иду сзади с голубями на спине.

— Это неправда. Ты вроде связиста. Ты должен идти возле командира, впереди всех.

И смахнула слезу гнева, покраснела, поцеловала и отстранилась от него.

— Так ты пришел попрощаться со мной?

— Я пришел посмотреть на тебя, и обнять тебя, и поговорить с тобой, и попрощаться тоже. У нас был час, а из-за того, что ты споришь со мной, у нас осталось только пятьдесят две минуты.

Она снова прижалась к нему, всем телом, грудью к его груди, и его нога нашла свое место между ее ног, ощутив знакомое тепло ее лона. Она погладила его через одежду. Он застонал, оторвался от нее и сбросил с себя плащ. Девочка снова обняла его и улыбнулась ему широко открытыми и очень близкими глазами.

— Погляди меня, — сказал Малыш, — потрогай меня и скажи, как ты мне всегда говоришь: а сейчас и ты потрогай меня так же.

Они вошли в голубятню, и, пока он расшнуровывал ботинки, она начала целовать его от ямочки на затылке и вдоль ложбинки между двух мышц, спускающихся к спине, скользя по ней теплыми, долгими и обессиливающими поцелуями.

— Ненавижу этих обезьян, — сказала она. — Смотри, они таращатся на нас, как мальчишки на пляже.

Она распустила узлы занавесок, и гомон голубей разом затих. Они расстелили армейское одеяло, легли на него и замерли в долгом поцелуе. Он прижался подбородком к сгибу ее шеи и сказал:

— Это ты. Это твоя рука. Твои пальцы, как лепестки тюльпана, я чувствую, что это ты.

Она оторвалась от него, поднесла руку ко рту, облизнула пальцы и охватила снова.

— А сейчас?

— Как живот ящерицы.

— А сейчас?

Он застонал.

— Как бархатное кольцо.

— А сейчас и ты потрогай меня так же, — сказала девочка.

Его пальцы скользнули меж ее бедер, и она содрогнулась, напряглась, расслабилась. Воздух наполнился ее запахом.

— Давай будем совсем вместе, — сказала она. — Давай, наконец, сделаем это. Мы уже не дети. Мы взрослые люди, которые раздают почтовых голубей в прифронтовой полосе и идут с солдатами в бой.

— Когда я вернусь с войны, — сказал он.

— Эти ребята на юге, — сказала она, — когда они давали мне свои письма, я всё смотрела на них и думала: кто из них вернется домой? Кто родит детей, а кто нет?

— Мы родим.

— Давай сделаем нашего ребенка сейчас, любимый, — сказала она.

— Сейчас я боюсь.

— Чего? Того, что скажут?

— Ну, что ты…

— Тогда чего?

— Что, если мы это сделаем, я не вернусь.

— Не говори глупости.

— Такое бывает.

Она оторвалась от него, откинулась на спину, вздохнула:

— Я хочу раздеться совсем, догола. И чтобы ты тоже.

Они разделись догола и снова легли на одеяло.

— Обними меня, мой любимый, — сказала она. Откуда закрался в нее этот страх? Отчего эта грусть в сердце?

— Когда я вернусь с войны, — обнял он ее. — Сделаем это, когда я вернусь. Если у человека есть ради чего остаться в живых, он не умрет.

И после короткого молчания и легких, едва касающихся пальцев сказал еще:

— Я хочу, чтобы первый раз совсем вместе был у нас при встрече, а не при расставании. Чтобы это было дома, на кровати, на простынях, а не на полу голубятни. Мы так долго ждали, подождем еще немного.

Они прижались друг к другу изо всех сил, а потом он немного отстранился, чтобы дать место и другой ее руке.

— Как приятно, — сказал он.

— Что приятно? Скажи мне точно.

— Что ты можешь делать двумя руками две разные вещи одновременно.

Они улыбнулись и замолчали. Он — молчанием нарастающего желания, она — любопытства.

— Как интересно выталкивается вдруг мне в руку твое белое семя, — сказала она, и Малыш задрожал всем телом, его спина затвердела, он застонал, а потом спрятал голову у нее на груди и засмеялся облегченно и счастливо. — И этот твой смех потом. И этот твой запах, как в наш первый раз, ты помнишь? Тогда, в школе «Ахад-Гаам»?

— Я помню. Я и сейчас не понимаю, как это произошло.

— Ты вдруг начал целовать мои соски, а я коснулась тебя, и твое семя выбрызнуло мне в руку, и оно было таким же жарким и белым, как сейчас. — И она показала сложенную горсткой ладонь. — Смотри, как давно мы не виделись. Я могла бы влить это сейчас в себя, и у меня родился бы твой маленький мальчик.

— Не смей! — сказал Малыш, схватил ее за руку и с силой провел ею по своей груди. — Нашего мальчика мы сделаем после войны. Я вернусь домой живым. Мы будем лежать при свете, с открытыми глазами и смотреть, и мы будем совсем внутри друг друга.

— Поцелуй меня, — сказала она. Откуда эта боль в груди? Кто сдвинет этот тяжелый камень?

— А когда ты будешь беременна нашим ребенком, я буду чистить тебе миндаль, чтобы у тебя было белое молоко, а у нашего мальчика были белые зубы.

Он погладил ее там, и ее дыхание прервалось:

— А сейчас и ты потрогай меня так же.

Малыш распластался над ней, его губы бродили по соскам ее грудей. Ее рука направляла его пальцы. Его рука открывала сладость ее влагалища, раздвигая его, гладя его, и она затихла, а потом вдруг застонала и вскрикнула так громко, что Малышу пришлось прикрыть ее губы ладонью:

— Шшш… какой-нибудь прохожий на улице еще подумает, что здесь какой-то большой зверь…

— И не очень ошибется, — сказала Девочка, и они оба с трудом сдержали смех.

Она отодвинулась от него, вытянулась, расслабилась, шумно выдохнула и прошептала:

— В следующий раз. Война кончится, и ты вернешься, и мы будем лежать с открытыми лазами, ты во мне и вокруг меня, и я вокруг тебя и в тебе, и наши руки и глаза будут вместе, и мы тоже будем совсем вместе, один в другом.

— Нам дадут семейную комнату в кибуце, — сказал Малыш. — И у нас будет мальчик, который будет бегать босиком и пачкать ноги в грязи.

Она не ответила.

— Да или нет?

Она поднялась, и, когда она перешагивала через него, он увидел ее влагалище, раскрывшееся над ним в полутьме, — дрожащее и припухшее, шелковистое и нежное, светлое и темное одновременно. И это зрелище было таким волнующим и прекрасным, что он приподнялся, охватил руками ее бедра, и зарылся в нее носом и ртом, вдыхая и целуя, всё глубже и глубже, чтобы ее плоть охватила его лицо, чтобы его плоть пропиталась ее запахом и вкусом.

Потом спросил снова:

— Да или нет? Отвечай!

Она засмеялась:

— Ты спрашиваешь меня или его?

Ее тело вздрогнуло снова.

— Не надо больше… — сказала она. И, помолчав, спросила, не противен ли ему ее запах, потому что кладовщица зоопарка сказала ей, что некоторые ребята говорят противные вещи о том, как пахнут в такую минуту их девушки.

— Твоя кладовщица просто дура! — сказал Малыш. — Ты пахнешь восхитительно. Теперь я не буду мыть ни лицо, ни руки, пока не закончится война, чтобы твой восхитительный запах помог мне выжить и оставался со мной при каждом вдохе. Полежи со мной еще немного, я скоро должен идти.

Она лежала возле него, его правая рука у нее под шеей, левая рука на ее бедре, его нога между ее ног, ее нога между его.

— Да или нет? — спросил Малыш. — Ты не можешь отпустить меня без ответа.

— Да, — сказала она. — После войны ты вернешься, и да и да и да и да. Да, родим себе сына, моего и твоего. И да, я люблю тебя, и да, я скучаю по тебе уже сейчас, и да, я жду.

Темнота сгустилась. Ночные голоса зоопарка смешались с человеческими голосами города. Заплакал далекий ребенок. Конь заржал на лошадиной ферме. Мужской крик послышался со стороны квартала Кирьят-Меир. Гиена в зоопарке засмеялась, и издали ей ответили пьяная песня по-английски и первые рыдания шакалов, которые в те дни — так ты мне рассказывала — еще можно было слышать в каждом тель-авивском доме.

Еще несколько минут они лежали так, молча обнявшись, слушая ветер в больших сикоморах и шум крови в своих телах, а потом Малыш отодвинулся и сказал, что он должен одеться, скоро вернется командир на мотоцикле забрать его обратно.

— Дай мне голубя, самого лучшего из тех, что у тебя есть.

Она села, оттолкнула его назад, наклонилась и поцеловала в губы, притянула и подала ему его одежду и надела свою.

— У меня есть новая голубка, бельгийка, замечательная летунья, кончила курс с отличием, — сказала девочка. — Но доктор Лауфер не согласится отдать ее. Даже тебе.

Она протянула руку к одному из дремавших голубей и взяла его.

— Она выглядит немного изнеженной, но это самая лучшая голубка в Стране. На прошлой неделе ее запустили из Ханиты, возле ливанской границы, и она вернулась домой через два часа и пять минут.

— Я хочу ее.

— А что я скажу доктору Лауферу? Почтовые голуби не исчезают просто так. Кто-то должен их украсть и не дать им вернуться.

— Именно это и скажи. Что это я украл ее. Но пообещай ему, что она скоро вернется.

— Видишь эту тонкую полоску? Она из Бельгии, но доктор Лауфер сказал мне, что эта полоска — признак того, что ее далекие предки жили в голубятнях султана в Дамаске. Береги ее. Это действительно хороший почтальон.

— С тобой по-прежнему приятно обмениваться голубями, — сказал Малыш. — Дать тебе своего голубя, получить твоего.

Он поднялся, натянул рубашку и набросил на плечи плащ.

— Ты можешь себе представить: есть пары, которые не обмениваются друг с другом голубями и не посылают с ними письма! — сказал он, положил в карман голубку, которую она дала ему, и поцеловал Девочку легким, коротким поцелуем. — Пока, любимая, я бегу. До свиданья.

Ничто в их объятьях не сказало ей, что это их последняя встреча. Ничто в его поцелуе не сказало ей, что она больше никогда не коснется его, кроме как в воображении и во сне. Его удаляющаяся спина, его шаги, торопящиеся к воротам парка, военный плащ, слишком большой, раздражающий до слез и почти смешной, самая лучшая в Стране голубка спрятана в кармане, он держит ее одной рукой, чтобы не трясти на бегу, другой рукой машет на прощанье, не поворачивая голову на бегу, — всё это обещало, что он вернется.

Звери уже утихли. Погрузились кто в отчаяние, кто в сон. Малыш миновал льва, и тигра, и медведя, скрылся за поворотом, что за вольером больших черепах, и на том месте, где он прошел только мгновенье назад, Девочка вдруг увидела всё их будущее, отныне и надолго вперед: вот они вдвоем идут по мостовой между домами кибуца, и маленький мальчик, с еще не известными чертами лица, но уже босыми ногами, топает перед ними по мостовой, одна ступня еще на мягкости травы, другая уже оставляет следы грязи на твердости бетона, и обе чувствуют, как приятно быть разными, отличаться друг от друга. А вот и дом, пришли, вот дверь, вот ключ, открой маме и папе, и войдем. Пухлая ладошка, с ямочками на тыльной стороне, на ручке. Глаза спрашивают: нажать? Мама скажет: здравствуй, дом. Скажи и ты. Дом ответит, как отвечают дома: легким движением воздуха, запахом, эхом, книжной полкой, картиной на стене, кроватью, слегка колышущейся занавеской.

— До свидания, — крикнула Девочка в темноту. Откуда эта слеза, ползущая по щеке?

То был ее правый глаз — он плакал и закрывался, провидя своей слепотой то будущее, которого не может вместить ум и не хочет принять сердце, зовя: «Не уходи!» — крича: «Нет и нет и нет и нет!» — тем единственным способом, которым умеет кричать человеческий глаз, — внезапно подступившей влажностью, набуханием слезы, ее медленным, медленным сползанием.

3

Послышалось негромкое тарахтенье мотоцикла, шедшего с пригашенным, нащупывающим светом. Командир сказал:

— Держись крепче и постарайся не заснуть.

Из Гиват-Бреннера Малыш добрался до Реховота, а оттуда в Хульду, здесь накормил и напоил голубя, полученного от Девочки, положил его в свою переносную голубятню и вышел с колонной в Иерусалим. В двух местах по ним открыли огонь. Один боец был ранен пулей в челюсть, через амбразуру. Он упал, крича и захлебываясь кровью. Малыш взял его оружие и ответил огнем.

«Как странно, я совсем не боюсь», — подумал он про себя.

Вернувшись к своей голубятне в Кирьят-Анавим, он доложился оперативному офицеру, и тот сказал ему:

— Ну, мабрук[2], поздравляю тебя с боевым крещением, я слышал, что ты был в полном порядке.

Офицер дал ему голубеграмму для посылки в Тель-Авив. Малыш привязал футляр к ноге одного из голубей Центральной голубятни, а к его хвосту привязал перо с сообщением для Девочки: да, ее любимый и ее голубка добрались благополучно, и нет, не знаю, кто из них вернется к ней первым.

Голубь скрылся с его глаз в тот миг, когда открылся ее глазам. Она отвязала, и прочла, и написала любимому: «Да, я помню, да, береги себя, пожалуйста, нет, я больше не сержусь, да, я и ты», вложила в перо, закрыла, привязала и запустила. Голубь, которого привез ей Малыш, взлетел немедленно, но руки девочки, которые обычно после каждого запуска оставались протянутыми вверх, сейчас сразу вернулись и прижались к ее губам, останавливая их дрожь. Она провожала голубя глазами, пока он не показался его глазам. Ее тряс озноб, ей казалось, что она вдыхает и глотает его запах. Боль прорезала ее внутренности. Ее руки, независимые и безудержные, как мысль, оторвались от губ и прижались к животу.

Глава пятнадцатая

I

«Бегемот» пересекает Долину Креста, минует дряхлый английский бункер, почему-то красного цвета, и взбирается по улице вверх. Я пытаюсь мысленно слущить и убрать с этого подъема построенные с тех пор жилые дома и представить себе путь, которым поднимались тогда Малыш и его товарищи: каменистый склон, оливковые деревья и древние каменные ступени, ослиная тропа, петляющая меж маленьких делянок. Бойцы взбираются по склону, чуть согнувшись под тяжестью снаряжения и оружия, но быстрее, чем кажется глазу, и тише, чем улавливает ухо. Их пояса подогнаны и затянуты, не видно ни усталых, ни отставших, ноги уже опытны, привыкли пробираться в темноте среди камней и не требуют взгляда, чтобы не ушибиться.

За спиной Малыша была его переносная голубятня, а в ней три голубя: голубка, которая только что спаровалась со своим напарником из голубятни командования бригады, большой и нервный голубь из голубятни Хаганы в Иерусалиме и бельгийско-тель-авивская чемпионка его любимой. Ночь и ноша сильно затрудняли его движения, и не только из-за тяжести и темноты, но также из-за страха, и волнения, и беспокойства о голубях, и необходимости обдумывать каждый шаг и каждый поворот тела. Несколько раз он спотыкался, а один раз чуть не упал, но шедший следом боец протянул сильную длинную руку, схватил за рамку голубятни и помог ему устоять на ногах.

По плану они должны были пройти как можно дальше, а к самому монастырю приблизиться ползком. Но оборонявшие монастырь солдаты иорданского легиона и иракские добровольцы заранее устроили засады среди скал и сразу же открыли по ним сильный огонь с разных сторон. Многих ранило. Огонь не испугал Малыша, как и несколько дней назад, во время обстрела их колонны, когда она поднималась в Иерусалим. Но голубятня давила и мешала ему, а неопытность замедляла шаги, и, когда послышалась команда отступать, он с трудом догнал товарищей, сбегавших назад по склону.

Под утро бойцы снова начали подниматься к той же цели. По ним опять открыли огонь, но на этот раз ближе к монастырским стенам, и они решили не отступать, а идти на приступ. Преимущество темноты они потеряли сразу, потому что кто-то бросил ручную гранату и поджег стоявшую там бочку с горючим, о существовании которой никто не догадывался. Соседний с монастырем дом загорелся, пламя осветило всё вокруг, но штурмовавшим все-таки удалось ворваться в здание монастыря через маленькие ворота в северной стене и сразу же приготовиться к обороне. Они поставили вдоль стен столы, а на них стулья, чтобы можно было, стоя на них, стрелять через высокие узкие окна молельни. Малыш, как не имевший боевого опыта, поддерживал одного из стрелявших сзади, чтобы тот не упал от отдачи ружья.

Снаружи бешено стреляли. То и дело слышались крики раненых. Малыш почувствовал, как дернулось тело бойца, которого он поддерживал. Раненый упал со стула и перевалился через голубятню. Голуби забились в своей клетушке. Раненый закричал. В воздухе летали перья. Малыш поднял голубятню и побежал найти для нее другое место, но наткнулся на командира отделения. Тот ударил его прикладом «томмигана» и крикнул:

— Да сядь ты уже где-нибудь, разъебай, или займи позицию и начни стрелять, только тебя мне здесь не хватало с твоими сраными голубями!

Раздавались всё новые крики раненых. Малыш подошел к санитару и спросил, нужна ли ему помощь.

— Мне нужны еще бинты и побольше света, — сказал санитар.

Малыш нашел простыни и скатерти и порвал их на узкие полосы. Потом расставил в том углу, где работал санитар, подсвечники с большими церковными свечами. Стрельба снаружи не затихала и не ослабевала. Монастырский колокол звенел и гудел.

— Люди умирают, — тяжело вздохнул санитар, — а этого каждая пуля возвращает к жизни.

Посланные на крышу пулеметчики были подстрелены один за другим. Число раненых росло, и их крики страшили и мучили остальных. Поврежденная рация умолкла. Малыш был уверен, что его вот-вот попросят запустить голубя, но командир снова набросился на него:

— Ты всё еще здесь? Ну, тогда у меня есть для тебя дело. Метров за тридцать отсюда есть склад, его немного трудно увидеть в темноте, но он там. Беги и захвати его.

— Что значит «захвати»? Что я должен сделать?

— Не волнуйся, я подошлю к тебе еще несколько человек. Если мы пойдем в контратаку, вы прикроете нас оттуда.

— А что с голубями?

— При чем тут голуби? В заднице я видел сейчас твоих голубей!

— Голубей я не брошу.

Командир вдруг улыбнулся широкой и недоброй улыбкой, показав длинные зубы. Малыш вспомнил, что уже когда-то видел их, но не мог припомнить где.

— Ладно, — сказал он, — тогда и голубей своих бери с собой.

Малыш забросил свою переносную голубятню за спину, затянул плечевые ремни, подошел к выходу и сделал глубокий вдох. Страх охватил его и еще какое-то странное приятное чувство. Командир глянул в проулок между монастырем и жилым домом и сказал:

— Там в конце стоит их броневик. Проскочишь мимо него — значит, спасся. Если нет, встретимся в аду.

И подтолкнул его:

— Давай! Я тебя прикрою. Беги зигзагами! Быстро!

Малыш рванулся и побежал вдоль стены. Он не петлял зигзагом и не пригибался, бежал по прямой и, к своему удивлению, не был ранен и не упал. Хотя он слышал выстрелы, но не слышал свиста пуль вокруг, как в военных рассказах своих товарищей. Он бежал по прозрачному туннелю тишины и неуязвимости, который знаком только совершенным новичкам или очень опытным бойцам, ощущая приятное зеленое тепло своего плаща и тяжесть голубятни, которая уже не давила, как при подъеме к монастырю, а хорошо уравновешивала болтающиеся внутренности, ускоряла ноги и делала ровным его бег. Ему представилась картина: голуби, что на его спине, распахивают крылья и он подымается и летит вместе с ними.

Дверь склада была заперта. Он так испугался, что одного его удара хватило, чтобы сломать тонкий железный крючок. Он ворвался внутрь, сбросил с плеч голубятню и только сейчас заметил, что его «стэн» исчез, — непонятно, уронил он его на бегу или забыл в молельне.

Он положил голубятню на землю и сел рядом с ней. Я дрожу, как нога у Мириам, вдруг подумал он и вспомнил, как однажды ночью, сразу же после того, как был отправлен в кибуц, встал с кровати и тихонько вышел из интерната, лег на траву и стал смотреть в небо, чтобы подумать о своей матери, и вдруг почувствовал, как что-то скользит по его ноге, посмотрел и увидел змею, из больших гадюк Иорданской долины. Он не сдвинулся с места, но после того, как змея исчезла, начал дрожать, и его колени так ослабели, что он не мог подняться. То же самое он почувствовал и сейчас, но опыт говорил ему, что эта дрожь прогонит его страх и успокоит сердце.

Так он сидел там, и успокаивался, и ждал, но никто больше не приходил, и никто не выбежал из монастыря для контратаки, и никого не было видно в том направлении, в котором раньше указывал командир. Он ждал. Время, которое в такие мгновения не поддается никаким способам измерения, все-таки шло. В главное здание он боялся возвращаться, тем более что команда была ясной: сидеть на складе и ждать подкрепления. Его усталость и страх усилились, и, несмотря на шум, и страх, и возбуждение боя, а может быть, именно из-за них, он заснул. А когда проснулся, вскочил с ужасом — где я? На какой берег выбросил меня сон? Помнят ли там, что я здесь? И что там с ними? Розовато-серым стал уже восток и позволял вглядеться. Одна за другой прояснялись детали: каменные стены, маленькое тесное помещение, ящики с рассадой, мешки с удобрением, садовые инструменты — тяпка и вилы, свидетельство лучших дней. На стене наметился слабый квадрат света: маленькое окошко, прикрытое деревянной ставней. Он встал, открыл его и посмотрел вокруг. Поле зрения было довольно узким, но уши подсказали ему, что стрельба снаружи стала потише и направление ее изменилось. Он снова задумался: что же делать? Продолжать ждать? Взять голубятню и вернуться? А если на этот раз ему не повезет? Или если, не дай Бог, пострадают голуби? Ведь голуби важнее, может быть, его самого.

Еще одна пуля ударила в монастырский колокол, и тот опять отозвался ей резким мучительным воплем. Пулеметная очередь пробарабанила по стене его склада, и ее звук был похож на стук дядиных пальцев, когда они скакали по столу, как кони. Стук пуль по броне грузовика, когда их колонна, за несколько дней до того, врывалась в Иерусалим, не был похож ни на то, ни на другое. Через свое маленькое окошко Малыш увидел, что под стенами монастыря прибавилось убитых и раненых арабов. Он опять сел и опять поднялся, и так он снова садился и снова вставал, и смотрел, и видел, как пулеметчик Пальмаха поднялся на крышу и был ранен в ногу. Он услышал крик. Какой-то рослый молодой парень поспешил к раненому, снес его вниз, вернулся на крышу ему на смену и был тут же разорван на куски прямым попаданием мины.

И вдруг он услышал совсем другие крики — не боли, а ярости и безумия. Дверь в углу монастыря

открылась, и тот командир отделения, который послал его на склад, выскочил из молельни и бросился
в проулок, непрерывно стреляя и выкрикивая беше-
ные проклятья:

— Чтоб вы сдохли! Говнюки вонючие! Я иду, подонки!

Малыш видел, как он бежит и стреляет, словно
обезумевший, и как ствол броневика скашивается в
его сторону, словно занесенная наотмашь коса. Командира ранило с первого выстрела. Он упал и начал
ползти и звать на помощь, а за ним полз клубок крас-
но-белых веревок, и Малыш с ужасом понял, что это
вывалившиеся из живота кишки. Броневик больше
не стрелял, только стоял себе в конце проулка, точно
большой хищник, наблюдающий за агонией своей
добычи, и даже позволил ему ползти в открытую, сопровождая его судорожные движения неторопли-
вым поворотом пулеметного ствола — почти ласко-
вым, даже как будто поощряющим и указывающим
дорогу: сюда, сюда, полежи себе здесь. Еще немного,
смерть освободится и займется тобой. В данный момент она занята. Потерпи немного. Успокойся.

Дойдя до упора, ствол снова повернулся в сторону проулка, высматривая новую жертву. Командир
тем временем дополз до относительно защищенного
места и теперь лежал там, харкая кровью и крича.
Малыш решился. Он повесил свою переносную голубятню на толстый гвоздь, торчавший из стены склада, выскочил, бросился, согнувшись, к раненому и

распластался рядом с ним. Командир стонал и молил: «Ради Бога…ради Бога… ради Бога…»

— Что «ради Бога»? — спросил Малыш. — Скажи, что?

Ему больно, прошептал командир, ему холодно и хочется пить.

— Принеси мне воды, слышишь? У меня пересохло в горле…

Но тут у него из горла хлынула кровь, и Малыш уже думал, что он умер, но он снова заговорил, сказал, что должен обязательно выжить, а потом выпустил короткую очередь из «томмигана» и крикнул:

— Ну, идите уже, подонки, а ты подвинь свою жопу!

И вдруг начал говорить на идише, и по этому языку Малыш наконец опознал его — это был тот самый парень, который назвал его «келбеле» в день прихода на командный пункт бригады. Сейчас он выговорил: «Ди тойбн… Голуби… Прости…» — а потом прошептал несколько слов, которые понял и Малыш, и среди них «мамэ… мамэ…», и это слово, в отличие от монастырского колокола, что продолжал, не умолкая, гудеть и стонать после каждого попадания, постепенно затихло совсем.

Малыша вырвало, и ему стало немного легче. Теперь уже никто не знает, где он и его голуби, и он должен забрать голубятню со склада и вернуться в монастырь, потому что там может понадобиться голубь для запуска. Он вынул автомат из рук мертвого командира, перебросил его через плечо и пополз. Пуля брызнула по камню рядом с ним, и он застыл, опасаясь, что его обнаружили с броневика. Потом пополз снова — медленно-медленно, на животе и на локтях, прижимаясь щекой к земле, стараясь не выделяться.

2

Как я уже рассказывал, в определенные минуты и в определенных ситуациях Малыш мог поступать решительно и твердо. Его невысокое полноватое тело скрывало сильные мышцы и стальной позвоночник. И еще он был наделен способностью собираться в жесткий комок и неуклонно двигаться к намеченной цели. По четкому направлению, по прямому пути, никуда не отклоняясь. Заметь он мои бесцельные и путаные блуждания по улицам Тель-Авива, он бы наверняка меня попрекнул. А если бы он меня попрекнул, я бы смог его услышать. Я знаю, как он выглядел, и знаю, как он умер, я могу представить себе прикосновение его пальцев, но я понятия не имею, как звучал его голос.

Он прополз несколько метров, и пуля попала в его левое бедро. Его толкнуло, и он покатился, удивленный силой удара. Тот, кто никогда не испытывал удара пули, особенно если она попала в кость, не может себе представить, как он силен.

Бедро было перебито вблизи колена. Малыш издал один-единственный крик и подавил остальные, впился пальцами в землю и продолжил ползти к складу.

Во рту в него пересохло. Глаза слезились от боли и усилий. Нога волочилась за ним, как тряпка. Его брюки насквозь пропитались теплой кровью, рубашка — холодным потом. Он дополз до низкого каменного забора и начал собирать силы, чтобы взобраться на него и вынести боль, которая ударит, когда он покатится на защищенную сторону. Ему уже удалось схватиться за верхний камень и подтянуться вверх, но пока он лежал там и рассчитывал, как соскользнуть на другую сторону и какой страшной будет боль, в него попали еще две пули, которые пробили две старые заплаты на спине его плаща и вошли в поясницу и в спину.

Кряхтя от боли, он повернулся и с тяжелым стоном скатился по другую сторону стены. Ни одна из пуль не задела кровеносный сосуд или важный внутренний орган, но обе раздробили кости таза и вышли наружу, оставив большие выходные отверстия, кровоточившие не теми пульсирующими артезианскими выбросами, какие выплескиваются при повреждении крупного сосуда, а непрекращающимся, сильным и ровным потоком.

К этому времени в бой за монастырь вступило также какое-то тяжелое орудие. Малыш слышал его уханье и всё пытался понять, пушка это иракского броневика или далекое артиллерийское орудие, целится оно в монастырь или как раз в его склад. А может, стреляет наугад, в надежде на случайное попадание? И вдруг он ощутил то ищущее прикосновение, которое иногда различают бывалые ветераны — они после долгих месяцев боев, а он уже в первом своем сражении, — те мягкие пальцы, что осторожно прикасаются к коже, то нежно лаская спину, то скользя по обе стороны затылка, а то смешно щекоча в паху или в углублении шеи, — приятную прелюдию, посредством которой смерть готовит своего партнера по последней игре, чтобы он встретил ее с готовностью и любовью.

В такие минуты лучше всего разделить свою надежду на маленькие кусочки — не ожидать большого чуда, которое произойдет в конце пути, а просить о милости ближайшего метра. И Малыш сказал себе, что ему всё равно, умереть от следующей пули или скончаться от тех, что уже попали в него, и понял, что теперь он уже сражается не за монастырь, и не за Иерусалим, и даже не за жизнь своих товарищей, а только за свою любовь к Девочке и за жизнь мальчика, который родится у них после войны. Его силы, чувствовал он, на исходе, и он уже ничего не просил для себя, кроме одного: вернуться к голубятне и к той голубке, которую она ему дала.

Медленно-медленно, не отклоняясь от прямой, опираясь и отталкиваясь локтями и таща за собой ноги, вонзая пальцы и подтягиваясь, волоча свое растер-

занное тело по земле: туда, к ней, к голубятне, к голубке, — а смерть так же медленно бредет позади за ним,
облизывает губы и готовится к предстоящему.

ГЛАВА ШЕСТНАДЦАТАЯ

I

Папаваш лежит в их двойной кровати, которая стала
теперь его одиночной кроватью, и ждет своей смерти. У него бывают дни получше и дни похуже, и поэтому его ожидание имеет два вида. Когда ему получше, он ждет, читая и слушая музыку, когда похуже, он
лежит на спине без движения. Худое, прямое и длинное тело вытянуто на кровати, ноги скрещены, лежат
одна на другой, руки аккуратно сложены на животе,
тонкая умиротворенная улыбка осторожно растяги-
вает губы. Один глаз не мигает, чтобы не упустить то,
что вырисовывается на потолке, второй закрыт, чтобы не упустить то, что происходит внутри тела.

— Но нельзя же лежать целый день одному! — с
отчаянием воскликнул Мешулам.

Папаваш не ответил.

— А если ты, не дай Бог, свалишься с кровати?! А
если у тебя, не дай Бог, что-то случится с сердцем?!

Папаваш поменял ноги. Раньше правая отдыхала
на левой, теперь левая на правой.

— Мы поставим тебе здесь аварийную кнопку, чтобы ты мог позвать на помощь, подсоединим тебя на-

прямую к медицинскому центру, и ко мне подсоединим, и к Иреле, к кому захочешь. Ты только нажмешь, и мы все сразу к тебе прибежим!

— Мешулам, — сказал профессор Мендельсон. — Успокойся, пожалуйста. Сердечный приступ — не повод приглашать гостей. Я не болен. Я просто стар. В точности как ты. Если тебе так уж хочется иметь кнопку, поставь ее себе.

Мешулам ушел и назавтра появился с начальником медицинского центра, с техником медицинского центра и с электриком из своей фирмы. Биньямин и я тоже получили приглашение на праздник установки кнопки, но Биньямин не пришел. Идея кнопки скорой помощи, безусловно, гениальна, ответил он мне по телефону, и он уверен, что Мешулам установит ее самым лучшим образом даже в его, Биньямина, отсутствие.

Теперь Папаваш нашел другое возражение:

— Если ты поставишь у меня эту жужжалку, вы вообще перестанете ко мне приходить. Будете сидеть дома и ждать, пока я ее нажму.

— О чем ты говоришь?! — вскинулся Мешулам. — Если я до сих пор приходил три раза в неделю, так с кнопкой я буду приходить три раза в день. Один раз проверить, почему ты ее нажал, и два раза — почему нет.

В конце концов Папаваш объявил, что он согласен на кнопку. Техник из медицинского центра подсоединил микрофон и динамик, а электрик Мешулама со своей стороны добавил двойную систему страховки, которая питалась от аккумулятора, который воровал электричество у лампочки на лестничной клетке. Я спросил Мешулама, что будет, если воровство обнаружится, и он сказал:

— Во-первых, это такая малость, что никто ничего не обнаружит, а во-вторых, из-за профессора Мендельсона стоимость квартир в вашем доме и на всей улице сильно поднялась. Так что, ему не положена с этого жалкая капля электричества?

— А сейчас, профессор Мендельсон, — торжественно сказал директор медицинского центра, — мы произведем имитацию срочного вызова. Мы все выйдем в другую комнату, а вы останетесь здесь, как будто вы один дома. Нажмите, пожалуйста, на кнопку, как будто вам, не дай Бог, нехорошо, и наш врач ответит вам через вот этот динамик на стене, как будто он вас расспрашивает и принимает срочные меры. Вы сможете слышать друг друга и разговаривать.

Профессор Мендельсон нетерпеливо махнул рукой. Он знает, что такое имитация, и он тем более знает, что такое срочные меры. Все доброхоты вышли на кухню, и директор крикнул:

— Нажмите на кнопку, пожалуйста!

Кнопка молчала.

— Он не нажимает, — сказал техник.

Мешулам бросился в комнату Папаваша:

— Почему ты не нажимаешь?!

— Зачем? Я его и так слышал из кухни, — сказал Папаваш. — Без всякого динамика.

— Ты должен нажать на кнопку, тогда ты услышишь его через динамик.

— Пожалуйста, нажмите на кнопку, профессор Мендельсон, — снова крикнул директор.

Папаваш нажал. Металлический, но приятный голос ответил:

— Здравствуйте, профессор Мендельсон. Говорит врач медцентра. Что случилось?

Папаваш покашлял, прочистил горло и сказал:

— В тысяча девятьсот шестьдесят четвертом году меня оставила моя жена Рая и у меня случился инфаркт.

Его речь была ровной и ясной. Это была речь, за которой стояли медицинские познания, застарелая тоска и давняя заученность, и у меня задрожали колени.

— У меня был не очень обширный инфаркт, — продолжал Папаваш, — я справился с ним сам и не рассказал никому, кроме нее. Но она не вернулась ко мне, и с тех пор мое здоровье стало ухудшаться.

Мешулам с силой обхватил меня и прижал к своему широкому, крепкому, невысокому, как и у меня, телу.

— Профессор Мендельсон, — попросил молодой врач в динамике, — мой отец был вашим учеником много лет назад. Извините, но этот разговор предназначен только для проверки технической исправности.

— Эта кровать, на которой я лежу сейчас один, — тем же ровным голосом продолжал Папаваш, — была нашей кроватью. Когда я лежу на ней, я чувствую себя очень плохо, а когда я лежу на другой кровати, я чувствую себя еще хуже.

— Почему ты не сказал? — Мешулам оттолкнул меня и бросился в комнату Папаваша. — Я немедленно привезу тебе новые кровати!

— Спасибо, профессор Мендельсон, система исправна, — сказал врач. — Я отключаюсь.

Директор, электрик и техник попрощались и ушли. Появился нагруженный пакетами повар, которого привел Мешулам. Я почувствовал себя лишним — друг и повар были здесь куда полезней, чем я.

— Оставайся поесть, — сказал Мешулам, — через двадцать минут будут готовы кебаб и салат.

— Нет, я поеду, — сказал я, а про себя подумал, что не должен был приходить с самого начала. Биньямин был прав, как всегда. Есть дела, которые нужно делать с другом, а не с сыновьями. С техником, а не с родственниками. Есть вещи, которые нужно рассказывать чужому человеку, через микрофон, и динамик, и провода, и кнопку, и с возможностью в любой момент отключить чужую беду.

2

Через два дня я вернулся навестить его.

— Как дела, Яирик? Я не слышал, как ты вошел, эта новая кнопка не зазвонила.

Я решил не объяснять и не исправлять.

— Как Лиора и девочки? — спросил он.

По моей коже забегали мурашки. С какого света вернулись эти мертвые зародыши, чтобы забраться в его мозг? Каким чудом из его рта появились две живые девочки?

— Лиора в порядке, — сказал я.

Напомнить ему «это был сын» и «это был дочь» того гинеколога-птицелюба? А может, процитировать слова Лиоры, такие же страшные: «Это мы с тобой, мы с тобой вместе — вот в чем проблема»?

— У меня есть новый анекдот, Яирик, хочешь послушать?

— Откуда у тебя все эти анекдоты? У тебя есть новые друзья, которых я не знаю?

— Из интернета. Я нахожу их там и переписываю в записную книжку.

И он тут же протягивает красивую белую руку к тумбочке возле кровати, открывает ящик и вынимает записную книжку. Я уже говорил, что он любит записные книжки и они всегда при нем, на всякий случай, маленькие и черные. И так же, как он сортировал и распределял всё на свете, он распределял и их: книжка пациентов, книжка заданий, которые нужно выполнить, книжка идей, которую он неожиданно вынимает из кармана, чтобы записать в ней что-нибудь и спрятать с демонстративной таинственностью. И хотя со временем он стал вполне компетентным пользователем компьютера, но по-прежнему утверждает, что в некоторых случаях записная книжка быстрее и удобнее. Теперь у него и для анекдотов есть отдельная записная книжка — если, не дай Бог, заявится гость, он сможет прочесть ему анекдот, вместо того чтобы общаться и вести беседы.

— Так много людей хотели бы дружить с нами, — говорила ему, бывало, мама, — а ты окружаешь себя стенами.

— Я устал, — говорил он. Или: — Ведь у нас только вчера были гости. — Или: — У меня болит голова.

— Такие отговорки придумывают женщины, Яков.

Он обижался и замолкал. Спускался в свою амбулаторию с выпрямленной спиной.

Мама любила гостей и хорошо их принимала. Она умела рассадить их так, чтобы беседа текла легко и непринужденно и чтобы никто не чувствовал себя лишним или забытым. Она знала, кого с кем посадить и, что еще важнее, усмехался Мешулам, кого с кем рассадить. Она знала, какой женщине лучше оставаться рядом с мужем, а какая будет цвести вдали от него. Ее глаза сверкали навстречу входящим, улыбка сияла. Только сейчас, в моем новом доме, через много лет после ее ухода и через несколько месяцев после ее смерти, мне приходит в голову, что она приглашала гостей, чтобы не оставаться наедине с Папавашем.

Угощение, которое она готовила для гостей, распространяло дивный аромат. Это был простой, но принесший ей известность вид пирожков: трубочки из теста с маленькой сосиской внутри. А секрет, как свидетельствовали рты, ахавшие от удовольствия, заключался в соусе, в котором они варились, — такой соус «объядин», как она говорила, из смеси горчицы и чернушки[1], который она сама придумала.

После того как мама ушла из дома, знакомые и приятели Папаваша тоже начали исчезать. И когда стены его высокомерия и отчужденности рухнули, он вдруг обнаружил, что за ними нет ни души. Ни врага, ни друга, ни обидчик не ворвется, ни гость не постучится. Остались лишь немногие деловые посетители: врачи, студенты, адвокаты с просьбой дать заключение по поводу какой-нибудь медицинской ошибки, — и мы: Биньямин, порой Лиора, которая навещает его каждый раз, когда приезжает в Иерусалим по своим делам, и тогда они радуются возможности поговорить друг с другом по-английски, я, который приезжает в Иерусалим по причине своего безделья и своей сентиментальности, да пара Йо-Йо, его внуков, которые и сегодня, в двадцатилетнем возрасте, продолжают с ним ту свою постоянную игру, что началась, когда они были совсем малышами, — путешествие по большому немецкому атласу, тому самому, по которому он путешествовал со мной и Биньямином многие годы назад.

— Пошли, дети, — говорит он им, как говорил тогда нам, — пошли, погуляем по атласу в разные страны.

И огромные близнецы послушно садятся, И-раз справа от деда, И-два слева от него, но, в отличие от нас, которые ходили за ним в пустыню и пересекали реки и хребты, эти двое ограничиваются той единственной картой, что ближе всего их сердцам, — всемирной картой продуктов и сельского хозяйства. Рассматривают государства мяса и государства рыбы, страны оливкового масла и страны сливочного масла, жалеют лишенных картофельного пюре, осуждают едоков тофу, салата и водорослей. Объезжают страну за страной, проверяя, жирная она или тощая.

«Мир разделен на зоны, — терпеливо объясняет им Папаваш. — В этой зоне едят кукурузу, в этой зоне — рис, а здесь, у нас, — пшеницу». А они сообщают ему: «Уже нет, деда, сейчас все едят всё, мы едим и кукурузу, и рисы всякие, и пшеницы», — и интересуются, когда придет Папавашин повар, румынский рабочий, у которого Мешулам открыл кулинарные таланты и которого послал работать у нас в доме после ухода мамы. Он пришел к нам молодым парнем и состарился вместе с Мешуламом и Папавашем. Он убирает дом, стирает и гладит, ходит за покупками, стрижет ногти на ногах у Папаваша, который уже не может согнуться, чтобы достать до них, и помогает ему встать под душ, а потом выйти.

Мешулам предупредил его, чтобы он не вздумал добавлять в салат профессора Мендельсона лук, и вместо мамалыги и икры, которые натолкнулись на холодное «нет, спасибо», он научился готовить ему «линзен-зупэ мит вюрст» — чечевичный суп с полосками колбасы, — приправлять картошку укропом и маслом, а из румынских блюд подает только соленья, чорбу и митией[2].

Он не сидит с профессором Мендельсоном за столом, но иногда наливает ему и себе немного сливовицы на закуску, становится перед ним и говорит «Салют!», а потом убирает кухню и помогает профессору Мендельсону выйти на прогулку.

Сам Мешулам тоже приходит. Три раза в неделю, а иногда даже больше. Хотя у него есть ключ, он стучит, чуть-чуть («А может, профессор Мендельсон как раз сейчас спит?»), но в то же время достаточно сильно («А может быть, к нему пришла какая-нибудь дама?»), и только тогда открывает и тихонько заходит. Если Папаваш спит, он совершает свой «маленький обход в доме»: смазывает петли, проверяет ленты жалюзи — «эту подругу надо подтянуть», пробует краны и выключатели — «этого приятеля мы заменим». Иногда он поднимается в большую квартиру наверху, ту, в которой мы жили раньше, проверить, что и у квартирантов всё в порядке, — «чтобы не морочили голову профессору Мендельсону, если у них есть проблемы».

А если профессор Мендельсон не спит, Мешулам готовит ему и себе кофе, иногда наливает рюмочку — «Рая любила бренди», вспоминают тогда они оба — и беседует с ним. Мешулам способен говорить с любым человеком на любую тему, а свое невежество он с лихвой компенсирует врожденным разумом и любопытством.

Я сказал Папавашу, что завидую этой их мужской дружбе. И после короткого подсчета за-за и за-против добавил:

— Знаешь что? Я не перестаю думать, что, если бы Гершон был жив, он мог бы быть мне таким же другом, как Мешулам тебе.

— Гершон давно умер, — сухо сказал Папаваш. — Я советую тебе, Яирик, найти себе другого друга.

— Это не так-то просто, — сказал я. — В моем возрасте уже не заводят новых друзей.

И добавил, что ухаживать за мужчиной намного тяжелее, чем за женщиной, «потому что к женщине ты можешь послать вместо себя свое тело, пусть отдувается за тебя. А отношения с мужчиной требуют и ума, и сердца».

Тень недовольства прошла по его лицу. Несколько секунд он обдумывал эту пугающую возможность.

— Да, Яирик, это безусловно интересная предиспозиция.

И вдруг добавил:

— Я слышал, что ты строишь себе дом.

— Я не строю, я только перестраиваю.

— Но ведь у тебя есть прекрасный дом в Тель-Авиве.

— Дом в Тель-Авиве — это дом Лиоры. Она его выбрала, она его купила, она его перестроила. Сейчас я перестраиваю свой собственный дом.

— Свое собственное место, — поправил Папаваш, пристально посмотрел на меня, и я испугался.

Это меня он уточняет или тебя цитирует? Неужели он знает? Кто ему рассказал? Мешулам? Ты? А если знает он, то кто тогда еще? Мой брат? Моя жена? — Возьми меня туда, Яирик. Мне интересно. Я хочу посмотреть.

— С удовольствием.

— Давай назначим время. — И сразу вытащил из ящика возле кровать еще одну черную записную книжку.

— Тебе нужен дневник, чтобы назначить со мной встречу?

— Я не такой бездельник, как вы с Биньямином думаете, — проворчал Папаваш. — У меня бывают деловые встречи, я еще пишу статьи, и я каждое утро захожу в интернет, прочесть письма, которые приходят из медицинских журналов. И еще я ищу там себя. Выясняется, что я еще жив. Меня цитируют.

Я похвалил его за то, что он так быстро освоился с компьютером, с электронной почтой и с текстовым редактором.

— Тебе тоже не мешало бы немного осовремениться. Люди, которые остаются в прошлом и поют дифирамбы тому, что было, забывают, что в этом их замечательном прошлом половина всех детей умирала, не достигнув пяти лет. И вообще — почему нужно бояться компьютера, если он облегчает тебе жизнь? Я скачиваю с него музыку, Яирик, и еще я хожу на концерты, когда дают Бетховена и Моцарта, я сижу в комиссиях…

— А что с другими композиторами?

— Нет других композиторов. В моем возрасте человек уже знает, что хорошо очень, а что меньше.

— Мама любила оперы, — сказал я.

— Она не оперы любила, а оперу. Только одну оперу — «Эней и Дидона», и даже из нее только одну арию. Единственную сто́ящую арию из оперы, которая в остальном — сплошное занудство.

И начал декламировать с пафосом эрудита:

> Thy hand, Belinda, darkness shades me,
> On thy bossom let me rest,
> More I would, but Death invades me;
> Death is now a welcome guest.
> When I am laid in earth,
> May my wrongs erect no trouble in thy breast;
> Remember me, but ah! forget my fate.

И, словно желая похвастаться своей хорошей памятью, добавил, что «эта красивая песня» даже имеет перевод, и поспешил процитировать:

> Белинда, руку! Меркнут очи,
> Пусть даст приют мне грудь твоя,
> Еще б пожить, но смерть не хочет;
> Мой гость желанный, смерть моя.
> Когда меня погребут,
> Пусть мои грехи
> Твою не волнуют грудь.
> Помни меня, родная, но ах!
> Судьбу мою позабудь.

— «Помни меня, родная»? — изумился я. — А я почему-то всегда думал, что это прощание с мужчиной.

— Давай, Яирик, назначим день поездки, — сказал Папаваш.

Я тоже вынул свой дневник.

— Видишь, — отверг он три первых предложенных мною даты, — я занят больше тебя.

Мы назначили дату, удобную и ему, и я предложил объединить его поездку в мой новый дом с небольшой экскурсией.

— Я захвачу немного еды, посидим в каком-нибудь красивом месте с тенью, подышишь немного свежим воздухом, проветришь глаза на природе.

По пути от него к Мешуламу я купил диск Бетховена, не целое произведение, а собрание избранных отрывков. Так он получит свое удовольствие по дороге, а мне не придется мучиться. Я купил и складной стул, — может, он примет мое предложение сделать привал по дороге и поесть что-нибудь. А также подушку, — может, устанет и захочет вздремнуть.

3

В назначенный день я поднялся чуть свет и пораньше выехал из Тель-Авива. Но, прибыв в дом Папаваша, обнаружил там и Мешулама.

— В семь утра? — удивился я. — Ты что, и спишь здесь?

— Мы, старики, все равно встаем рано, ну я и прихожу навестить профессора. Если мы сами не будем помогать друг другу, кто же тогда?

Профессор Мендельсон появился во всем своем величии. Густые волосы серебристым венцом окружали его макушку. Старость ни на сантиметр не убавила его рост, ни грамма не прибавила к его весу и ни на йоту не уменьшила элегантности и природной непринужденности его осанки.

— Доброе утро, Яирик, — просиял он мне навстречу. — Я готов. А ты уж, наверно, думал, что меня придется ждать.

— Нет, вы только посмотрите на него! Свеж, как лулав на Кущи[3]. Ойсгепуцт![4] — одобрительно сказал Мешулам. — Надо сообщить в полицию: профессор Мендельсон выезжает из дома, закрыть всех девушек на замок.

Он был прав. Папаваш был в длинных, на славу отглаженных брюках цвета хаки, в тонкой голубой рубашке под кашемировым пиджаком песочного цвета, в удобных коричневых замшевых туфлях.

— Спорт-элегант! — провозгласил Мешулам. — Только галстука ему не хватает, чтобы называться принц Монако.

Он поддержал профессора Мендельсона, который слегка дрожал, спускаясь по четырем ступенькам, поторопился принести ему палку и соломенную шляпу, а когда Папаваш надменно отстранил и то и другое, протянул их мне, чтобы положить в «Бегемота». Несмотря на страстное желание, явно пылавшее в его груди и проступавшее в каждом движении, у него хватило ума не напрашиваться к нам в попутчики.

— Ты знал об этом, Мешулам? — спросил Папаваш. — Яирик строит себе дом, чтобы у него было свое место.

— Прекрасная идея, — прикинулся удивленным Мешулам. — Такой небольшой, видавший виды дом, немного цветов, большие деревья во дворе, а самое главное — вид. Конечно! Как это ты мне раньше ничего не рассказал, Иреле? Я бы мог помочь тебе в ремонте.

Он положил рядом с «Бегемотом» маленький деревянный ящик.

— Это машина удобная, но высокая, поставь ногу сюда, Яков.

Папаваш взобрался по приступочке, с легким стоном опустился в кресло, сказал: «Машина действительно очень удобная», потом застегнул ремень и устроился поудобней. Мешулам обошел «Бегемота» и подошел с моей стороны.

— Не говори ему, что я в курсе дел! — шепнул он и тут же поднял голос: — А ящик возьми с собой, чтобы профессору Мендельсону было как спускаться и подниматься.

Только сейчас, когда Мешулам произнес это свое «профессор Мендельсон», я сообразил, что раньше он всегда называл Папаваша по имени. Но «Бегемот» уже стронулся с места, и Мешулам закричал нам вдогонку:

— И ехай, пожалуйста, поосторожней, Иреле! Слышишь? У тебя в машине важный пассажир!

Я решил выехать из города через Иерусалимский лес и поселок Бейт-Заит, чтобы дать ему насладиться видами. Папаваш открыл окно, с удовольствием вдохнул запах сосен и обрадовался, увидев оленя, который прыгал по террасам ниже зданий музея «Яд Вашем»[5].

У него было хорошее настроение.

— Когда-то мы любили здесь гулять, твоя мама и я, и собирать грибы. По этой тропинке мы всегда спускались к Слоновой скале, а на обратном пути проходили мимо пекарни и покупали там свежую булку.

— Мы тоже ходили с ней сюда, — поддразнил я его. — Чтобы посмотреть издали и вспомнить Тель-Авив.

Но Папаваш только улыбнулся.

— Да-да, — сказал он рассеянно, — она очень любила Тель-Авив. Она любила гладиолусы, рюмочку бренди по вечерам, свежую петрушку и Тель-Авив тоже.

Я решил воспользоваться его хорошим настроением и бросил вопрос в глубину «Бегемота», в этакое интимное пространство отца и сына:

— Может быть, ты помнишь, с какой стороны была у нее ямочка на щеке?

— У кого, Яирик?

— У мамы, мы ведь о ней сейчас говорили.

Папаваш человек старый, а старый человек должен распознавать и пользоваться удобным случаем, когда тот подворачивается ему на пути.

— У нее были две, — сказал он. — Две грибшн. Ты знаешь, что такое грибшн? Это ямочки по-немецки.

Он что, притворяется? Тоже переписывает нашу семейную историю? Или действительно забыл?

— Прошлый раз, — напомнил я, — ты сказал, что у нее вообще не было ямочек, а в другой раз сказал, что ямочка у нее была не на щеке, а посредине, на подбородке.

— Может быть, — ответил Папаваш и тут же перешел в нападение: — Но если я уже всё это сказал, зачем вы продолжаете спрашивать?

— Почему ты говоришь «вы»? Биньямин тоже спрашивал?

— Вы оба. Не перестаете приставать.

— Потому что мы поспорили, была у нее ямочка на левой щеке или на правой.

Он замолчал и за секунду до того, как я совсем было потерял терпение, заговорил снова:

— Не на правой и не на левой. У нее были две ямочки в конце спины. Здесь.

Протянул длинную, белую, неожиданно быструю и точную руку и просунул ее между моей поясницей и спинкой водительского сиденья. Большой и указа-

тельный пальцы вонзились по обе стороны моего по-
звоночника, как ядовитые зубы змеи.

— Две. Одна здесь, — его палец больно воткнулся
мне в мясо, — и одна там, с другой стороны.

Прикосновение его руки точно в том месте, где
меня уже касались старый американский пальмахник и тракторист с косой, парализовало меня и ли-
шило речи. А Папаваш, словно желая сделать мне
еще больнее, добавил:

— Я очень любил целовать эти ямочки. Иногда я
и сейчас вижу их во снах. С ней было нелегко, Яирик,
и сейчас тоже, когда ее уже нет.

И замолчал.

— Мы сделали друг другу много плохого, — сказал он, помолчав несколько минут. — И много воева-
ли друг с другом, но сначала бросить меня, а потом и
совсем умереть, лишь бы меня победить? Это уже
слишком. Для обеих сторон.

Мы долго молчали, а потом он вдруг сказал:

— Я не могу больше.

Я испугался, но он улыбнулся мне, как будто наслаждаясь своей способностью подражать тебе. Потом он задремал, и во сне сохраняя почтенность и
элегантность. Проснувшись, он какое-то время молча смотрел в окно, а затем сказал:

— Я немного устал от нашей прогулки, Яирик, давай вернемся.

Я возразил:

— Но ведь ты хотел увидеть мой дом. Еще каких-нибудь сорок минут, и мы там.

— Я посмотрю в другой раз, сейчас я хочу лечь и поспать.

— Я найду красивое место в тени. Я захватил еду и вино, и у меня есть одеяло и подушка, полежи немного, отдохни, и потом продолжим.

— В другой раз, Яирик, а сейчас, пожалуйста, давай вернемся.

Глава семнадцатая

I

И когда же она его приметила, смерть? Когда он ускользнул от нее, укрывшись за стенами склада? Когда вернулся туда сейчас, ползком, оставляя кровавый след в пыли? А может, как сказала Девочка о появлении голубя глазам ожидающего: в тот же миг, когда он исчез для глаз любимой — тогда, за поворотом тропы в зоопарке?

Еще один отдаленный пушечный выстрел и еще удар, точно в стену склада. Открылся пролом, и Малыш втащил свое тело внутрь, помогая себе стонами, дрожа от слабости и боли. Лег и затих. Грохот боя доносился до него, как далекий негромкий гул, словно через наброшенное на голову одеяло. Соберись с силами. Не умирай еще. Открой глаза. Оглянись.

Осколки камня, разбросанные садовые инструменты. Разбитая переносная голубятня на полу. Оно и лучше, подумал он. Кто знает, сумел бы я сейчас дотянуться до нее, останься она висеть на стене. Большой голубь из Иерусалима, наполовину перерезанный осколком, дергался на земле в последних судорогах. Маленькая голубка из Кирьят-Анавим лежала рядом. Как будто и не ранена, но с первого взгляда было ясно, что она мертва. Голуби, так учил доктор Лауфер голубятницу Мириам, а Мириам учила Малыша, могут умереть и просто от страха.

— Они, как мы, — сказала она, — ссорятся, изменяют, едят вместе, хотят домой, и у них тоже бывают инфаркты.

Девочкина голубка уцелела. Ошеломленная, испуганная стрельбой, и криками, и соседством умирающего голубя и мертвой подружки, но живая и невредимая.

Малыш протянул руку, вытащил из обломков голубятни матерчатый чехол, развязал завязки и развернул его на земле, как расстилают свиток. Всё на месте. Голубятник любит порядок и соблюдает чистоту. Вот полые гусиные перья и пустые футляры, вот стеклянные пробирки, и чашка, и блокноты голубеграмм. Вот шелковые нитки, вот нож — маленький и очень острый. Лежа на боку, он аккуратно разложил всё, что ему понадобится, а потом разрезал ножом ремень «томмигана», который взял у мертвого командира. Чтобы не мешал. Хорошо, что он не забывал время от времени подтачивать нож. Лезвие было таким острым, что ремень поддался без всякого усилия.

Он расстегнул плащ, всунул лезвие между телом и пропитанными кровью штанами, осторожно разрезал ткань до паха и продолжил разрез влево, по спуску раздробленного бедра. Края штанов оттянул в стороны и вниз, как можно ниже, и, не имея сил поднять голову, повернулся на бок, опустил взгляд и вздохнул с облегчением. Его член был цел и невредим. В крови, да, но явно не задет, вон, даже вернул ему, на своем языке, признательный и слегка смущенный взгляд. Небольшой, плотный и толстоватый, слепое подобие своего хозяина, лежал он на внутренней стороне бедра, рядом с выходными отверстиями тех двух пуль, что попали Малышу в поясницу и спину. Потаенное, стыдливое, маленькое существо, насмерть испуганное ярким светом, и холодом, и потерей крови.

Итак, они остались здесь вчетвером: раненый Малыш со своим уцелевшим последним другом и еще Девочкина голубка и смерть, ожидавшие чуть поодаль. Испуганная голубка и окровавленный член лежали недвижно, а смерть протянула прохладную и ласковую руку и снова коснулась Малыша, точно так же, как он протянул свою руку и коснулся своей окровавленной, обнаженной плоти, и обе руки не просто коснулись и ласково погладили, но и слегка придавили и помяли, проверяя: созрел ли уже плод? Пришло ли время?

— Подожди! — нетерпеливо оттолкнул он от себя руку смерти и, лежа навзничь, на спине, начал с силой мять, и поглаживать, и тереть свой бессильно обмякший член. Телу уже не хватало крови, чтобы влить в него и поднять, как прежде, но давний друг словно и сам вдруг ощутил смертную нужду своего хозяина и необычность его усилий и понял, что речь идет не о том торопливом утешении, которым щедро балуют себя порой молодые мужчины, а о чем-то неизмеримо более важном и неотложном. Молод и неопытен он был, как и его хозяин, этот просыпавшийся, набухавший слепыш, и тоже уже понимал, как и, сам Малыш, что умрет, так и не познав женщину, и как и он, испытывал тоску и мучительное сожаление — ведь если это неразумное существо способно испытывать возбуждение и подъем, почему бы ему не ощутить также тоску и сожаление?

Малыш попытался облизать пальцы, чтобы облегчить и ускорить свое дело, но его рот был сух, как глиняный черепок, и слюны в нем не было ни капли. Он плеснул на ладонь немного воды из фляжки и вернулся к своему упрямому занятию. Его слабеющие пальцы всё пытались уподобиться бархатному кольцу, и лепестку тюльпана, и животу ящерицы, но тело намекнуло ему, что время на исходе, а смерть шепнула, что у нее еще много работы и что он хорошо сделает, если прекратит эти нежные заигрывания и вернется к обычному грубому мужскому способу, и в конце концов его члену — то ли из сострадания, то ли из понимания срочности и нужды — удалось слегка приподняться.

Малыш боялся, что смерть потеряет терпение и в этой страшной гонке на выбывание победит его душа, которая выпорхнет из тела раньше, чем из него выбрызнет семя. Но в нем еще жила надежда, что смерть — хотя бы из любопытства — подождет конца представления, и он из последних сил дразнил и торопил свое тело, наставляя его на нужный путь воспоминаниями о пальцах Девочки и их сладостных прикосновениях — в том месте, которое сам он называл «там», а она называла «здесь»: «Если бы у тебя была бабочка, ты носил бы ее здесь», — смеялась она.

Он представил себе, как она поднимается и перешагивает через него, широко расставив ноги, и опять увидел в полутьме над собою ее раздвинутый и трепещущий бархатный вход и себя, поднявшегося на колени, и целующего ее между ног, и дрожащего от потрясения, от которого содрогается и она. Блаженный запах ее тела вернулся к его губам, на мгновенье оживил его тело и растворился в его дыхании, словно последний сладостный поцелуй.

И когда он почувствовал наконец приближение чуда — свое семя, которое подступало и поднималось по тайным каналам тела, но не обычным, рвущимся наружу напором, а медленно, ползком, только бы истечь, только бы добраться до цели! — он снова повернулся на бок, застонал от боли и дал ему вытечь в стеклянную чашку. Оно не выбрызнуло и не выплеснуло, как бывало, а вытекло скудно и нерешительно, и, когда его малая мутно-белесоватая утрата добавилась к щедрой алой потере крови, силы Малыша иссякли совсем, тепло окончательно покинуло его тело и память стала уплывать от него. Смех, который в такие минуты вырывался из его груди, лежавшей на груди Девочки, на этот раз застыл гримасой неподвижной кривой улыбки.

Еще одно шевеление руки, еще капля, и он перевел дыхание и затих. Освобождение от семени возбудило его и обострило боль. Но он был рад этому. Боль встанет между ним и смертью, подарит ему еще несколько минут. Он наклонил чашку над стеклянной пробиркой.

«Быстрее, — торопил он ползущие капли, направляя их пальцем — Быстрее, мои руки начинают холодеть, и судороги уже подстерегают», — и наконец закупорил пробирку пробкой, бессильно откинулся на спину и сказал себе вслух:

— Ты только не теряй сознание. Не вздумай умирать. Потерпи немного, дело еще не закончено.

Всё это время бельгийская голубка смотрела на него круглыми немигающими глазами. Она видела, как он со стоном вполз в пролом, обливаясь кровью, как разрезал штаны, и обнажился, и сделал то, что делала Девочка с его телом в голубятне, как открыл потом крышку футляра, положил в него пробирку, и снова закрыл, и стал дрожать, и что-то пробормотал про себя. А затем она увидела руку, которая протянулась к ней, и ее сердце забилось этой руке навстречу. Малыш уже не узнавал свое тело, уже не чувствовал, кого сжимает в руке, ее или себя, но тепло голубиного тельца на миг вернуло ему сознание и силу, его ладонь ощутила ожидание, дрожавшее в мышцах ее спины и крыла. Как тогда, в той голубятне, когда он держал своего первого голубя.

Громовой удар сотряс воздух. На сей раз снаряд был послан из броневика. Он обрушил новую груду камней и поднял облако пыли. Но Малыш не испугался. Когда смерть так близко, бояться уже нечего. И голубка тоже не испугалась. Она лишь затянула глаза тонким прозрачным веком, которого нет у людей, и вся сосредоточилась в ожидании запуска, собирая силы для взлета. Малыш надел на ее ногу футляр, взял ее в руку, на ощупь пополз к пролому, как будто поплыл на волнах собственной слабости, и высунул голову и плечи наружу. Он протянул руку, и разжал ладонь, и еще успел удивиться, что даже сейчас ему удалось ощутить частицу того волнения и той радости, которые есть в каждом голубином запуске, а потом голубка рванулась вверх на такой скорости, словно выбрызнула из его ладони.

Смерть, которая терпеливо ждала его всё это время, разъяренно захрипела, поняв, что ее одурачили. Но Малышу было не до торжества. Он слегка повернулся на бок, чтобы видеть, как набирает высоту его последний голубь, но совсем повернуться не сумел — так и остался лежать, наполовину на спине, наполовину на боку, и больше не стонал и не шевелился. Теперь от него уже ничего не зависело. Теперь он мог рассчитывать только на нее. На то, что она полетит по самому прямому и безопасному пути, что полет ее будет удачным, что она увернется от пули, камня или стрелы, не станет жертвой хищника, не соблазнится и не спустится попить, поесть или передохнуть, понимая, что несет в своем футляре нечто такое, чего не посылали никогда и никому — так скажет в ближайшем будущем доктор Лауфер — во всей истории мирового голубеводства, с самого его начала и до сих пор.

Холод сочился из его костей и растекался по телу. Сердце наполнял блаженный покой. Кажется мне всё это или я еще чувствую? Он подтянул плащ повыше, укрыл бедра, обхватил руками грудь и, лежа вот так, на спине, с широко открытыми глазами, продолжал следить за взлетающей птицей. Сначала она казалась удаляющимся светлым пятном, потом взмыла вверх и начала темнеть и была так прекрасна, с этой своей нежной широкой грудью и сильными крыльями, что ему вдруг нестерпимо захотелось, пока он еще не умер, схватить ее в руки и поцеловать, но он лежал далеко внизу, на земле, а она уже поднялась высоко вверх, в небо. Какая тишина. Только затиха-

ющие взмахи белых крыльев, только их мерные, уда-
ляющиеся удары.

— Домой, — сказал он ей, — лети выше, лети подальше отсюда, здесь ничего уже больше не увидишь
и ничего не сделаешь. Не оборачивайся. Не смотри
назад. Не бойся смерти, я держу ее крепко. Поднимайся. Поднимайся. К иному — к вышине, к тишине,
к безопасности, к свету, — а потом вдаль, к ожидаю-
щей тебя, к ней. Лети, торопись, явись ее глазам,
ищущим любимого.

И она торопилась и поднималась. Над снаряда-
ми, над дымом, над выстрелами, над криками и стонами, к синеве, к тишине. Домой, к ней, пересекая
великое воздушное море, которому нет границ и в
котором нет иных звуков, кроме ветра, свистящего в
твоих перьях, и шума крови, и вопля моих слов на
твоей ноге.

2

То было весеннее иерусалимское утро, прохладное и
ясное. В садах квартала, окружавшего монастырь,
цвели лимоны и кусты жасмина, сменившие на по-
сту вечерний первоцвет. Глаза бойцов на миг оторвались от прицелов, их пальцы от спусковых крюч-
ков — все смотрели только на нее. Сначала она
казалась черным пятнышком на светлом фоне, потом начала таять в бесконечном небе, шум ее крыльев затих, и она стала голубовато-серой, пока не рас-

творилась совсем в таком же серо-голубом, как она, небосводе. И тогда на смену тишине опять пришли выстрелы и вопли, и война вернулась опять.

Дул легкий ветерок. На склоне холма, между сегодняшними качелями и краем травы, в проломе стены лежал Малыш — верхняя половина тела снаружи, нижняя внутри. Потерянная кровь и вытекшее семя намного уменьшили его вес, и, лежа так, наполовину на спине, наполовину на боку, он обнаружил, что этого легкого дуновения ему достаточно. Невесомое и слабое, его тело сначала взлетело, покачиваясь на легком ветру, как семена крестовника, а потом понеслось по ветру, как несется перо, пока не окрепнет, а тогда поднимается и начинает кружить и парить.

А голубка, несмотря на его твердый и ясный наказ, все-таки обернулась, посмотрела назад, но увидела, что он поднимается и летит за нею, и успокоилась. Даже не описав тот круг, который все почтовые голуби делают перед тем, как выбрать нужное направление, ни секунды не колеблясь, устремилась напрямую домой, словно быстрая и точно нацеленная стрела. Пустыня и горы позади, море впереди, а за ней, несомый ветром, — Малыш. Невысокий парень в плаще с двумя дырами, в разрезанных штанах, и земля в его сбитых волосах. Тело в багровой корке засохшей крови, но глаза открыты и всё видят: вот голубка, а вон там, вдали, — полоска морского берега, а тут, внизу, деревня и сад, гора и ущелье. Серебрится оливковая роща, крестьянин медленно едет на осле по тропинке, спускаются, скользя по скалам, козы. Разбросанные камни в пересохшем ручье. Вчера еще по нему текла и бурлила дождевая вода, а сегодня лишь последние глазки луж посверкивают и гаснут на лету. Вот ручей Сорек, а вот Кастель, а вот и наша база в Кирьят-Анавим, вдруг разволновался Малыш. Вот коровник, столовая, палатки Пальмаха. Вот кладбище в вади. Двое его товарищей орудуют там киркой и мотыгой. Слабый звук металла, бьющего по камню, донесся до него, такой знакомый и ясный в прохладном воздухе. Он слышал, и видел, и знал: это его могилу они копают.

А вот и голубятня, которую он построил вместе со столяром, ворчливым и франтоватым. Вот сменивший его голубятник открывает дверцы, и его голуби возвращаются из утреннего полета. Белый флажок опущен, голубой уже поднят им навстречу. Малыша охватил страх, что голубка Девочки тоже спустится к нему. Но она даже не глянула вниз, не замедлила крыла. Продолжала лететь — всё дальше и дальше, в том единственном направлении, на которое указывает голубиный компас.

Домой. Крылья не перестают загребать воздух, глаза — проверять и узнавать, сердце — выталкивать и втягивать снова. Домой. Над извилистыми путями тех, кто не смеет идти прямо. Над следами тех, кто уже не способен взлететь. Над древними колумбариями, что давно покинуты былыми жильцами[1].

Над трубами домов, и над голубятнями, и над трещинами в скалах — надо всем, что служило им убежищем. Над этой маленькой страной, чьи небеса голуби пересекают с быстротой молнии, а люди спотыкаются о ее камни, и падают на ее землю, и возвращаются в ее прах. Домой. Голубятня и девичье лоно уже ждут, и зовут, и сигналят, маленькие белые весла в пробирке подгоняют ее со спины.

«Птичий Одиссей» — и даже более того. Эту ничто не свернуло с пути — ни Цирцея, ни Калипсо, ни циклоп. Ни ястреб, неожиданно упавший сверху, — она увернулась от него, сделала кувырок и ушла в пике, — ни склад комбикорма, ни зерна, рассыпанные и забытые на гумнах. Ни игривое завихрение воздуха, приглашавшее ее потешиться в свое удовольствие над скалами у входа в ущелье. Ни ручей-искуситель: спустись, голубица моя, чистая моя, приходи омыться и напиться.

А Малыш то летел за ней, то, не прилагая усилий, парил рядом. А то, будто развлекаясь, в такт ударам ее крыльев: я мертв — я здесь — я жив — я с ней. И уже свыкся с полетом, и даже радовался высоте, и переворачивался, и взмывал, и пикировал. Уши слышали шум ее крыльев, и ветер, свистящий меж перьев ее хвоста, и сдавленные крики радостного ужаса из футляра, который он привязал к ее ноге. Ноздри вдыхали запахи воздушного моря, глаза озирали страну, проносившуюся под ним. Как мала она при нашей жизни, думал он, и как велика, когда мы умираем: обна-

женные холмы, и ступени гор, и пустошь, сражающаяся за свою жизнь в последнем бунте зелени. Желтые
знамена победы, весна отступила. Горы уменьшились и округлились, холмы стали равниной.

Голубка летела над маленьким городом, заметила белую башню, возвышающуюся над ним, вспомнила, что уже видела ее в прошлом, и поняла, что
дом близок. С этого места земля начала прихорашиваться, широко расстилая под нею рукотворные ткани светло-зеленых виноградников и темно-зеленых
цитрусовых плантаций. Воздух прогрелся. Запах
цветения поднялся к Малышу, как последняя милость, как доказательство, что и мертвым дано порадоваться, они тоже могут наслаждаться, они тоже
помнят, им тоже знакома благодарность. А вот уже и
золотистая полоса дюн, и синее море, и вдали Тель-
Авив. Как он красив, подумал Малыш: синее, розовое, золотое. Волны, крыши, пески. Ее глаза, ее кожа, ее волосы.

Голубка ринулась вниз, Малыш за нею, и вот уже
под ними известковый холм. Сикоморы по его краям, плавательный бассейн на вершине, и маленький
огороженный зоопарк прилепился к его склону. Голубка понеслась к голубятне, а он остановился, застыл в воздухе и смотрел: вот клетки животных и сами животные — те, что спят и видят сны, и те, что
бодрствуют, вот гигантские черепахи, и бассейн с водоплавающими птицами, и даже лев и медведь. А потом он увидел ее, свою любимую, выбегающую из

голубятни. Рука поднимается навстречу, на лице — надежда и радость.

Голубка опустилась на полку вертушки и ворвалась в отделение, что за ней. Девочка встретила ее нежной, опытной рукой, поднесла свежую воду и зерна канабиса, погладила и развязала. Малыш видел, как она вынимает пробирку, смотрит, открывает, приближает к носу. Ее рот распахнулся. Его имя выстрелило в него. Ее крик разорвал воздух. Нет и нет и нет и нет. Но его уши уже не слышали ничего. Он был мертв.

ГЛАВА ВОСЕМНАДЦАТАЯ

1

В то утро Девочка попросила себе работу попроще: проверить мешки с кормом, почистить кормушки, отскрести пол голубятни. Когда на сердце тяжело от тревоги, не стоит заниматься спариванием голубей и уж тем более — запускать их или обучать молодое поколение. В таком состоянии даже в заполнении карточек можно ошибиться.

Молча и прилежно выполняла она свою работу, успокаивая себя рутиной, как вдруг услышала удары голубиных крыльев прямо внутри своей головы, такие громкие, что все животные в зоопарке разом умолкли и вместе с ней навострили уши и глаза и за-

стыли, каждое на своем месте. Мартышка не тарато-
рила, лев не рычал, лань не дрожала, а Девочка вско-
чила, выбежала наружу и подняла руку и взгляд.

Голубка спускалась к ней с такой скоростью, что
ей показалось, будто раскалывается небо. На какой-
то миг она перестала различать, видит она дух или
плоть, настоящего голубя или нечто в его образе, но
в таких случаях тело чувствует, и узнает, и понимает
раньше разума, и радость поднимается от диафраг-
мы, а не спускается из головы: это вернулась голубка, которую она дала Малышу. Он запустил ее к ней.
Он жив. Всё в порядке.

Голубка села на порог юго-восточного входа.
Толкнула прутья вертушки, ворвалась в отделение за
ней и застыла там неподвижно. Девочка торопливо
разняла хвостовые перья в поисках гусиного пера с
запиской и, не найдя его, развязала футляр.

Странно! Вместо записки в футляре лежала заку-
поренная пробкой стеклянная пробирка. Она посмотрела пробирку на свет и увидела, что и в ней,
вместо записки, — лишь несколько капель мутной
белесоватой жидкости. Она вынула пробку, понюхала, и — не успело еще удивление сменить недавнюю
радость — тело ее вдруг всё поняло и окаменело, рот
распахнулся в крике, имя вырвалось выстрелом.

Колени ее тряслись, но страх за капли в пробирке придал ей силу и решимость. Не упасть! Не уро-
нить! Забыть о смерти и скорби. Взять себя в руки.
Не расслабляться! Она закупорила пробирку, обер-

нула ее ватой, положила в карман кофты и прижала рукой. Потом бросилась бегом в сторону кладовой зоопарка.

— Что с тобой? — удивилась кладовщица. — Ты сегодня какая-то не такая. Осторожней, ты сейчас разобьешь мне здесь что-нибудь. Что ты там ищешь?!

— Шприц… Мне нужен шприц… — запинаясь, проговорила Девочка.

Ее руки вытаскивали ящики, шарили в них и сбрасывали на пол, и вдруг она закричала:

— Мне нужен шприц и мне нужна ложка! Ты что, не понимаешь?! Ты ведь женщина, как и я, ты не понимаешь, что значит, когда женщине вдруг нужны шприц и ложка?!

— Нет, я не понимаю, но, если тебе вдруг так срочно понадобилось, вот тебе ложка, а здесь есть шприцы. — И кладовщица подняла крышку стоявшего на полке бокса. — Бери. Они прямо из дезинфекции, у тебя под носом. Но почему ты так кричишь? И при чем тут женщина? Какой номер иглы тебе нужен?

— Мне не нужна игла, только шприц… Быстрей! Это срочно!

Она выдернула шприц из руки кладовщицы, схватила ложку со стола и выбежала со склада.

Кладовщица проворчала ей вслед:

— Слышала я о девицах, которым срочно нужен был шоколад, или срочно мужчина, или срочно песни Рахель[1], но чтобы шприц без иглы и с ложкой?!

Но эти ее рассудительные слова некому было услышать. Девочка уже бежала обратно на голубятню. Она ворвалась туда в нарушение всех правил, заповедей и наставлений. Торопливо разостлала на полу военное одеяло, положила сверху маленький мешочек с зернами для голубей. Потом встала, глубоко вдохнула и распахнула дверцы голубятни.

Большая удивленная стая вырвалась оттуда и взвилась в воздух. Но не рассеялась во все стороны, как обычно, а стала медленно кружить над зоопарком. Четырьмя сильными рывками Девочка развязала узлы занавесок. Тяжелые полотнища упали, и голубятню наполнила полутьма. Она открыла пробирку. Осторожным и мягким пальцем помогла мутновато-белой жидкости вытечь в ложку и, с той же осторожностью вытягивая поршень, всосала ее в шприц. Сколько ее тут? Считанные капли.

Она разделась и легла навзничь на одеяло. Вспомнила еще, как на этом самом одеяле лежала с ним в последний раз, как обнимала, и трогала, и гладила, и целовала, порадовалась, что сделала ему так хорошо, и пожалела, что не настояла быть с ним совсем, до конца, и его семя разлилось тогда по земле впустую. Хватит! Нельзя! Она подложила под себя мешочек с зернами, чтобы приподнял свои бедра, и широко раздвинула ноги. Взяла шприц в правую руку, а пальцы левой поднесла ко рту, смочила слюной и вложила в себя. Потом смочила снова и тщательно смазала слюной всё вокруг и внутри, в самую глубину. Задержала дыхание, вставила шприц до конца и сильно нажала на поршень. Крепко прижала бедра друг к другу, подтянула колени к груди и охватила их обеими руками. Всё. Больше ей нечего было делать. Теперь оставалось только положиться на свое тело. И на его семя — чтобы нашло дорогу, чтобы спустилось, чтобы достигло. Так она лежала, с закрытыми глазами, прислушиваясь к его полету — вниз, вниз, вот оно уходит и тонет где-то у нее внутри.

Как хорошо, говорила она про себя, спускайся, спускайся еще, лети прямиком домой. Тысячи маленьких крыльев взмахивали и усердно гребли, рушась в пропасть внутри ее тела. Спускайтесь, спускайтесь — туда, в глубину, в темноту, в защищенность. Внутрь, вниз, глубже. К живому и теплому, к обволакивающему и влажному. Мы, женщины и голубки, сделали свое дело, теперь сделайте свое и вы, мои голуби. Загребайте сильней, не оборачивайтесь!

И семя, будто слушая ее, спешило и спускалось. Домой. Всё ниже и ниже. С небес смерти в пропасти жизни, из холода снаружи в тепло внутри, после свистящего пролета под солнцем — в безмолвную тьму пучины.

2

Несколько минут спустя она открыла глаза и увидела, что ее голубка не покинула голубятню вместе с остальными голубями, а продолжает стоять с нею рядом. Какое то время они смотрели друг на друга. Девочка — чуть приоткрыв влажные веки, голубка — настороженным круглым глазом, слегка наклонив голову набок, как это делают голуби, когда лучше хотят разглядеть.

— Откуда ты прилетела? — молча спросила Девочка.

Голуби не различают направлений и мест. Тому, у кого глаза — бинокли, клюв — компас, а вместо карты — тоска по дому, не нужны эти детали. Поэтому ответ голубки прозвучал туманно, хоть и поэтичней, чем ожидалось, и высокопарней, чем требовалось.

— С вершины горы, — сказала она, — из рева и пламени, оттуда запустил меня Малыш перед тем, как умер.

— И как долго ты летела?

— Сорок минут.

— А солнце?

— Было за мной. Всё время полета.

— Сорок минут с юго-востока, — сказала Девочка. — Ты прилетела из Иерусалима.

— Пусть будет так, — проворковала голубка. — Нам, голубям, всё равно, откуда мы летим, лишь бы вернуться домой, — и, чувствуя важность своих слов, добавила: — Я его последний голубь. Я последний голубь, которого запустил Малыш.

Веки девочки устали и отяжелели. Крупные слезы выкатились из-под них и соскользнули по щекам.

Сейчас, кончив свое дело, она уже могла опять думать о любимом, а не о том, что он ей послал, и не о том, что она с этим сделала.

— Расскажи мне, как это произошло, — попросила она. — Он нес тебя в голубятне, когда его ранило?

— Нет, — сказала голубка, — он оставил нас в надежном месте и выбежал. Ударил колокол, раздался гром, ворвалось пламя. Мир содрогнулся, голубятня упала и разбилась. Двое из нас погибли, маленькая голубка сразу, большой голубь потом. Я осталась одна и ждала.

Она умолкла. Склюнула зерно с пола, глотнула воды в знак окончания еды, отошла от мисочки в знак окончания еды и посмотрела на Девочку.

— А Малыш?

— Он вернулся ползком, со стоном, весь в крови, с растерзанным телом.

Девочку испугал этот торжественный стиль. Но она сдержала плач, чтобы не вздрогнуть, не помешать полету семени там, у нее внутри.

— И что он сделал?

— Разрезал одежду, обнажил свое тело и сделал с ним то, что ты делала с ним здесь, в этом самом месте.

Они улыбнулись обе, по-женски: голубка — очень мило, прищурив веко и чуть приоткрыв клюв, Девочка — сквозь слезы, бескровными губами.

— Будь у него крылья, он бы прилетел к тебе сам. Он был, как голубь, — весь направление и дальность, стремление и цель. Перелил, закупорил, положил в футляр, прикрепил к ноге. Взял меня, и пополз, и запустил, и умер.

— Будь у меня крылья, я бы полетела его спасти, — сказала Девочка.

— Я была вам крыльями, — пропела голубка, — я тело и душа, я порыв жизни и ноша любви, я дух и силы.

Голуби, носившиеся над голубятней, снизились и кружили теперь вокруг нее. То ли захотели поесть и попить, то ли прислушаться к разговору. Некоторые опустились на крышу голубятни, другие, громко воркуя, расхаживали по земле.

— Тише! — попеняла им голубка. — Замолчите. Семя возвращается в предназначенную ему обитель. Будьте терпеливы.

— Тише! — выдохнула Девочка. — Оно возвращается, оно плывет во мне и летит. Я чувствую.

Голуби снова взлетели и закружились в вышине. Девочка извлекла из себя шприц и, не заглянув в его пустоту, отбросила прочь на землю. Веки ее сомкнулись, руки ослабли, тело вдруг обессилело совсем. Такой и увидел ее доктор Лауфер, когда несколько минут спустя распахнул дверь голубятни, задыхаясь и весь в поту. Голубей над зоопарком он увидел получасом раньше, когда был еще далеко. Они медленно кружили в воздухе, не опускаясь и не поднимаясь, не приближаясь и не удаляясь, лишь плывя кругами с общим и очевидным центром, — и он понял: что-то случилось.

Уже не молод он был, но страх уподобил его ноги ногам лани и вселил в них новую молодость. Он мчался, как безумный, перепрыгивая через заборы, утопая в песчаных дворах, размахивая, и перескакивая, и загребая, спрямляя себе путь палисадниками, уворачиваясь, отбиваясь и выкрикивая: «Только не сейчас, пожалуйста! Мы очень-очень спешим!» — всем, кто хотел его задержать, схватить или остановить. А добежав до зоопарка, не свернул к воротам, а собрал все силы, штурмом одолел забор, приземлился по другую его сторону, поднялся, отряхнулся и продолжил свой бег прямиком к голубятне.

Он распахнул дверь, раздвинул занавески, заглянул внутрь и увидел Девочку, лежавшую на полу. Вначале он испугался, что она умерла, потом понял, что она спит, и только тогда увидел, что она совсем раздета. Раздета, руки и ноги раскинуты, сохнущие дорожки слез сверкают на щеках и сохнущие дорожки слюны выцветают на внутренней стороне бедер. А что делает рядом с ней исчезнувшая бельгийская чемпионка? Почему она сидит у ее плеча и за чем она наблюдает?

Он тут же отвернулся, чтобы не видеть больше ее наготу, вышел и принес свое серое шерстяное одеяло, которым укрывался, когда ему приходилось спать здесь на раскладушке из-за болезни или трудных родов какого-нибудь животного. Пятясь, вошел в голубятню, укрыл Девочку одеялом, вышел снова, закрыл за собой дверь, побрел к своему маленькому кабинету и там увидел кладовщицу, которая возбужденным шепотом рассказала ему, что Девочка сошла с ума.

— Ну совершенно спятила, доктор Лауфер, — сказала она. — Слетела со всех катушек. Прибежала с криками, доктор Лауфер, и вы не поверите, что ей понадобилось. Шприц и ложка, доктор Лауфер, я совершенно не могла понять зачем.

Доктор Лауфер тоже не понял, но, в отличие от кладовщицы, знал Девочку и был уверен, что дело не в безумии, а в срочной необходимости. Он снова вернулся к голубятне и подождал снаружи, пока занавески поднялись и Девочка вышла оттуда — проснувшаяся и одетая. Бельгийская голубка стояла у нее на плече, а остальные голуби, метавшиеся всего минуту назад снаружи, уже вошли внутрь и ели.

— Это та голубка, которая исчезла у нас несколько дней назад, — удивленно сказал он.

— Малыш погиб, — сказала Девочка.

— Где? Когда? — закричал доктор Лауфер. — Как это — погиб?

— И перед смертью запустил эту голубку ко мне.

— О чем ты говоришь? Откуда она у него?

— Он пришел попрощаться со мной перед боем. Я дала ему ее, и он ушел.

— Перед боем? — крикнул доктор Лауфер. Новости обрушивались на него одна за другой. — Какой бой? Он же голубятник, а не солдат. Чего вдруг бой? И почему ты говоришь «погиб»?

— Он погиб сегодня утром, в бою за какой-то монастырь в Иерусалиме. В монастыре с колоколом и с пушкой…

И она наконец разрыдалась, громко и горько. Доктор Лауфер обнял ее за плечи.

— Ша… ша… ша… — произнес он. — Кто тебе сказал, что он погиб? Почему ты так говоришь?

— Он сам мне сообщил. И голубка рассказала.

— Как это человек может сообщить, что он умер? И разве голуби говорят? Этого не может быть!

Девочка молчала.

— И что он послал с ней?

Девочка протянула ему открытый футляр и пустую пробирку.

Доктор Лауфер взглянул. Его ноги подкосились еще до того, как нос подтвердил то, что поняло тело, и приняло сердце, и отверг разум. Он медленно опустился на один из ящиков, обнял Девочку и прижался головой к ее животу. Его плечи дрожали. Горло перехватило.

— Прости нас, — сказал он ей. — Прости нас, пожалуйста, что мы плачем. Нам обещали, что он будет заниматься только голубями, что он только наладит голубятню. Но что мы вообще знаем? Мы всего лишь врачуем животных и растим голубей. Что мы понимаем?

Он выпрямился в полный рост, положил ее голову себе на плечо и пробормотал:

— А ты… невероятно… Вот для чего ты просила у кладовщицы ложку и шприц?.. И даже не подумав, не посчитав за-за и за-против, такое решение…

— Это то, чего я хотела, и то, чего он хотел. В последнюю нашу встречу мы говорили о нашем будущем ребенке, о мальчике, которого мы родим после войны. И это то, что он послал.

— Новое сказание о чудесах, — вдруг воспрянул доктор Лауфер, как будто и в него влились ее силы. — Сказание, какого еще не слышала всемирная история голубеводства. Мы непременно расскажем об этом на следующем нашем семинаре.

3

Прошли дни, сложились, стали неделями. Доктор Лауфер спохватился и не стал никому ничего рассказывать, но на следующем семинаре, который собрался через полгода, все голубятники уже заметили большой живот Девочки и бельгийскую голубку, которая не покидала ее плеча. Три месяца спустя она родила сына, который был очень похож на отца, и не требовалось большого усилия, чтобы угадать, кто этот отец.

Когда сыну исполнилось шесть месяцев, мать принесла его на следующий семинар. Доктор Лауфер сфотографировал ее там, с бельгийской голубкой на плече и сосущим сыном, — где он сегодня, этот снимок? хотел бы я знать! — и все собравшиеся были очень растроганы. Один за другим они подходили к ней, выражали сочувствие и радость, улыбались и смахивали слезу.

Девочка кормила сына довольно долго, почти год, и в тот самый день, когда доктор Лауфер намекнул ей, что пора прекратить — «в качестве ветеринара мы понимаем в таких вещах больше, чем детский врач», — в зоопарке появился гость, за давностью почти уже забытый: юноша, который был с ней на балконе в тот день, когда туда спустился раненый голубь. Тот соседский сын, который перевязал этого голубя, пошел с ней в зоопарк, принес сухой хлеб, зубрил учебник анатомии Корнинга и английский толковый словарь и потом поехал в Чикаго, что в Соединенных Штатах, чтобы учиться там на врача.

Десять лет прошло с тех пор, и для него эти годы были длинными, как сто лет. Не проходило дня, чтобы он не думал о ней, и не проходило ночи, чтобы она не явилась к нему во сне. Теперь он был уже не прежним юношей, а молодым мужчиной, и мир ждал от него выбора и поступка. За его плечами была дюжина отвергнутых предложений, дюжина безуспешных уговоров и четыре разбитых американских сердца. Он сошел с парохода в хайфском порту, поцеловал взволнованных и гордых родителей и через час, в такси по дороге в Тель-Авив, спросил их о Девочке.

— Лучше тебе не знать, — сказала его мать, а отец сказал:

— Поговорим об этом дома.

И мать добавила:

— Весь город знает. Стыд и позор.

Они уже жили не в доме на улице Бен-Иегуды, над квартирой родителей Девочки, а в новой и большей квартире, возле площади Дизенгоф. Он внес чемоданы в комнату, которую они приготовили ему, и сказал:

— Я выхожу. Приду потом.

— Куда ты идешь? — вскричала мать. — Не успел вернуться из Америки и уже убегаешь?

— Я скоро вернусь, — сказал он. — Я должен ее увидеть.

Ноги понесли его не на улицу Бен-Иегуды, а в противоположном направлении. Толстяк из Зоопарка взял у него сухой хлеб, который он собрал по дороге, и позволил ему войти, но выглядел смущенным и опустил взгляд.

Молодой врач вошел в парк, поднялся по тропе и возле голубятни увидел Девочку, которая сидела там и кормила грудью ребенка. Кровь застыла в его жилах. Тело одеревенело. Но Девочка не заметила его, потому что наклонила голову к ребенку, как все кормящие матери. Ему удалось отступить назад, и там, скрывшись за изгибом тропинки, он собрался с силами. Потом подошел снова и остановился возле нее.

— Здравствуй, Рая, — сказал он.

— Здравствуй, Яков, — подняла Рая голову.

— Ты была девочкой, когда мы расставались, а сейчас кормишь ребенка.

— Его зовут Яир.

— Красивый мальчик.

— Он похож на своего отца. Если бы был похож на меня, был бы красивее.

— Я вернулся из Соединенных Штатов. Кончил учиться на врача.

— Поздравляю.

— И я тебя. Я вернулся домой полчаса назад. И первым долгом пришел повидать тебя.

— Спасибо.

— А где отец Яира?

— Отец Яира погиб на войне.

— Мне очень жаль. Я не знал.

И вдруг он исполнился смелости и уже не смог сдержать те слова, которые повторял про себя все эти годы, поутру, по дороге, в университетской библиотеке, в лаборатории, в больнице и в постели по ночам. Слова вырвались сами:

— Возможно, я должен был остаться в Стране, Рая, и пойти на войну вместо того, чтобы учиться медицине в Америке. Возможно, я должен был принять приглашение доктора Лауфера и работать с тобой здесь, в голубятне. Могло быть и так. Но он сказал еще, что я могу стать хорошим врачом, и он оказался прав.

— Смешно, — сказала моя мама. — Смешно, как доктор Лауфер начертил каждому из нас его судьбу. Тебе, мне, малышу, который у меня родился, и моему погибшему Малышу.

Перенесла меня решительным движением от одной груди к другой — резкий, пугающий переход от страха к уверенности — и сказала:

— Доктор Яков Мендельсон. Очень симпатично звучит.

— Я надеялся, что забуду тебя, Рая, — сказал молодой врач, — но мне не удалось.

Она не ответила.

— Я послал тебе семь писем за первый год, и десять за третий, и еще пять за четвертый и перестал, потому что ты не ответила ни разу.

— В этом не было смысла.

Он сел напротив нее и сказал:

— Я всегда любил тебя, Рая, еще когда ты была девочкой, лежала на животе на вашем балконе и читала, еще до того, как прилетел тот раненый голубь. Я много раз смотрел на тебя с нашего балкона этажом выше. Однажды у тебя немного приподнялась кофточка, и я увидел ямочки у тебя на спине, и я закрыл глаза и поцеловал их сверху.

Она молчала.

— И ту нашу рубашку, которая упала на ваш балкон в тот день, когда сел раненый голубь, это я бросил ее туда. Она не упала.

— Я так и думала.

— И если ты спросишь меня о самом главном, что я узнал в медицинском институте, я тебе отвечу: есть вещи, которые можно выправить. Не только в теле. И в душе тоже. Можно вылечить и можно исцелить. Я думаю, в этом и состоит разница между «вылечить» и «исцелить»: вылечить — тело, а исцелить — душу, и это то, что мы должны сейчас сделать.

Она молчала.

— Я даже не знал, что ты вышла замуж, — сказал он. — Родители писали мне обо всем, но что ты вышла замуж, они не написали.

— Я не вышла замуж, — сказала моя мама.

Молодой врач сделал глубокий вдох. Он решил отложить все объяснения и все неожиданности до других времен и для других разговоров.

— Я прошу тебя стать моей женой, — сказал он, — и родить нам девочку, я хочу девочку, а этого ребенка я выращу, как будто он мой собственный сын.

И вот так оно и произошло, более или менее. В том смысле, что через несколько дней мама сообщила ему: «Мы согласны», только вместо сестры у меня родился брат, и доктор Яков Мендельсон стал называться «Папавашем» — прозвище, удобное для всех без исключения, с какой стороны ни посмотри.

Глава девятнадцатая

I

— Ну, вот, — сказал мой подрядчик-женщина. — Мы разрушили и выбросили всё, что нужно. Пришло время строить.

— С чего мы начинаем?

— Обычно снимают внутренние перегородки и делают подготовку к подводке воды и электричества. Но мы начнем с душа во дворе.

Она подозвала китайского рабочего:

— Залей здесь бетоном, полтора метра на полтора, чтобы хватило места на двоих, с уклоном в два процента в сторону водостока.

— Ты уверена, что это хорошее место? — спросил я. — Я не хочу, чтобы все деревенские ребятишки сбегались сюда подглядывать.

— Не беспокойся. Китайцы изобрели вермишель, бумажного змея, порох и наружный душ. Они умеют строить его так, чтобы никто не мог подглядывать.

Рабочий спросил что-то непонятное, и Тирца ответила, показав пальцем:

— Воду отведи к тому лимону, вон там. Протяни трубу в два дюйма.

А мне сказала:

— Вот и всё. Теперь надо его оставить в покое. Китайцы, они совсем как мы, раздражаются, если у них сидят на голове.

— Как он понял, что ты ему сказала?

— Когда каждый говорит на своем языке, мелодия речи звучит естественно, и движения рук и тела тоже естественны, и так мы все понимаем друг друга.

— Но как он понял «уклон в два процента»?

— Что значит — как? Он профессионал. Ему ясно, что тут уклон два процента.

— Тогда зачем ты сказала ему, что это два процента?

— Чтобы знал, что его подрядчику тоже это ясно, даже если его подрядчик — женщина. Чтобы уважал.

Так началось строительство моего нового дома: с душевой во дворе. Китайский рабочий разровнял землю, построил деревянную раму для заливки бетона, положил железную решетку, приварил к ней отводную трубу, смешал, залил и широкими движениями разгладил. Когда бетон немного затвердел, он предложил мне, на языке естественных движений, с добродушной улыбкой, впечатать в него ладони, на память. Так я и сделал и пригласил его впечатать и свои ладони. Он засмеялся, отказался, отошел, но в конце концов стал рядом со мной на колени и выполнил мою просьбу.

Назавтра я поехал показывать туристам сов в долине Бейт-Шеана, а когда вернулся, Тирца сообщила мне:

— Твоя душевая готова, иди посмотри.

Я пошел посмотреть. Узкая дорожка из плиток — «чтобы грязь не забивалась между мокрыми пальцами» — вела к моему новому уголку, где было всё, что требуется для наружного душа: пол с отверстием для слива, вешалки для полотенец, место для мыла и мочалки и даже маленькое зеркальце, добавленное по инициативе китайца, который угадал то, чего не знали Мешулам и Тирца, — что я люблю бриться в душевой, намылив лицо под тоненькой струйкой капель.

— Проверь, что всё работает, — сказала Тирца. — Чтобы ты не бегал потом к своему подрядчику с претензиями.

Я открыл кран. Хлынул дождь, густой и мягкий, неожиданно сильный для наружного душа, вода ушла в отверстие на полу и вырвалась наружу вблизи лимона.

— Он счастлив не меньше, чем ты, — сказала Тирца.

— Почему ты выбрала именно его? Ты ведь могла отвести к другим деревьям.

— Ему причитается. Он хорошо пахнет и приносит хорошие плоды, — сказала Тирца и подтолкнула меня в сторону рабочего: — Иди, скажи ему спасибо. Китайцы, они совсем как мы, любят похвалы и комплименты.

Я поблагодарил его теплыми ивритскими словами и естественными движениями тела, и он сиял, кланялся и улыбался. Я вернул ему поклон и сказал,

что душ в его распоряжении в любое время. А Тирца
вернулась от своего пикапа с мылом, шампунем,
кремом для рук, четырьмя новыми полотенцами, деревянной подставкой для ног, мочалкой, маленькой
жесткой щеточкой для ладоней и ногтей, бритвен-
ным прибором и пятью поминальными свечами.

— Ты сошла с ума? Мы что, собираемся принимать поминальный душ?

— Это очень приятно — стоять под душем вечером, в темноте, и чтобы снаружи горели свечи, а эти
свечи горят очень долго и к тому же не капают и не
падают. А кроме того, приятно наслаждаться при
свете поминальных свеч и думать, что умирают другие, не ты.

2

Солнце зашло. Тирца дала трактористу ключи от пикапа, велела ему развезти рабочих и вернуть их завтра утром вместе с пикапом. Мы остались одни.

— Иреле, — сказала она мне, — хочешь обновить
новый душ, который я построила тебе во дворе?

— Тиреле, — сказал я ей, — ты что — хочешь разрезать ленточку и протрубить в фанфары?

— Нет, только принять там первый душ.

— Голышом? Снаружи?

— Если хочешь, можешь принять душ прямо в
одежде. И прежде, чем ты задашь следующий глупый
вопрос, то да, я тоже.

Я смотрел, как она раздевается, открывает кран, вступает под струи. Ее глаза, обычно желто-зеленые, поголубели под водой. Она запрокинула лицо, провела пальцами по волосам, выжала концы, покружилась на месте.

— Ты не присоединишься? — спросила она.

Я разделся и присоединился.

— С тех пор, как Гершон, я не была с тобой в душе, — сказала она и через две минуты закрыла кран, — иерусалимцы терпеть не могут, когда вода льется зря, — и начала намыливать меня с решительной деловитостью, как намыливают маленького ребенка — за ушами, и на локтях, и все дудочки и пипочки, и коленки, и между ягодицами.

— Что ты делаешь? — хихикал я от щекотки, и от смущения, и от удовольствия.

— Очищаю тебя, юбимый. Снимаю всё, что на тебя налипло. Сейчас и ты отмой меня так же.

Тело у Тирцы сильное и упругое. Кожа смуглая от рождения, не исполосована белым и коричневым от загара. Я намылил ее, вначале нерешительно, а потом всю кругом — затылок и живот, руки и спину. Вдоль и поперек, между и вокруг, спереди и сзади. Так же, как я намыливал пару Йо-Йо, когда они были маленькими и приходили на конец недели к дяде. Я вымыл ее волосы, жесткие и короткие. Я стал рядом с ней на колени и похлопал ее по лодыжкам, и она засмеялась и подала мне одну ступню, а потом другую, совсем как лошадь, которой прибивают подковы:

— Я помнила, какой ты глупый, но забыла, какой ты сладкий.

Ее рука за моей спиной снова открыла кран, самую малость, не сильным и ровным потоком, а мелким дождиком, и тяжелыми каплями, и случайными неожиданными струйками. Наши тела распирала радость. Тирца прижалась ко мне и сказала:

— Больше всего я помню, как ты стоял в окне вашего дома и смотрел на меня и как я тут же в тебя влюбилась.

— Тебе было десять лет, — сказал я.

— Ты думаешь, девочка в десять лет не может понять, что она чувствует? — Она на миг замолчала, а потом сказала: — Было время, когда я думала, что мы с тобой брат и сестра, что у моего отца была старая история с твоей матерью. Это меня страшно заводило.

— Если бы мы были брат и сестра, твой отец не сватал бы нас с таким воодушевлением.

— Не отвечай мне по логике. Я и так знала, что мы нет.

Тени исчезли. Потянул вечерний ветер. Дрожь, мокрая и приятная. Последние штрихи света разлиновали кожу моей юбимой. Наши руки двигались и застывали. Глаза, губы — осязали и видели. Мы обнялись. Я ощутил влажность меж ее бедер — влажную даже под влажностью воды и теплую под ее прохладой.

— Давай ляжем, — сказала она. — До сих пор мы мылись и играли, а сейчас давай обновим новый душ по-настоящему.

И потом, уже повернувшись и лежа рядом со мной, объявила, что так мы будем отмечать и обновлять и новый пол, и новую крышу, и веранду, и кухню, каждую вещь в ее время.

— Чтобы ты знал, что я строю тебе дом, что этот дом твой, и чтобы дом тоже это знал.

— Я могла бы закончить его за неделю, — сказала она. — Привезти сюда сорок работяг, поработать шесть дней и почить на седьмой. Но это тебе не море и небо, не твердь, не деревья и не твари земные. Здесь — заливка, здесь бетон и цемент, штукатурка и глина. Каждому такому приятелю нужно несколько дней, чтобы высохнуть. Это тебе не люди, юбимый, и не Господь Бог, это материалы, которые затягивают работу.

Так оно началось и так продолжалось. И так я помню это сегодня, когда дом уже построен и закончен и Тирца оставила меня и ушла. Помню, как она строила и как обновляла мой дом этап за этапом — указывала, говорила «да будет стена», и «да будет окно», и «да будет вход», и «да будет веранда». Строит, дает имя, обновляет, отмечает, переходит к следующему дню.

Глава двадцатая

I

Деревня — маленькая стоячая лужа, каждый камень встряхивает тину на ее поверхности, поэтому мы с Тирцей и творимый нами со дня на день дом привлекаем многих посетителей и зевак. Некоторые вежливы. Поскольку я еще не поставил двери, они стучат по пустому косяку, всовывают голову и спрашивают: «Можно?» Есть и невежливые. Поскольку я еще не поставил двери, они входят, как к себе в квартиру, даже не поздоровавшись со мной. Осматривают дом и двор цепким и стремительным взглядом мангуста, прикидывают количество мешков с цементом, труб и железных решеток. За считанные секунды успевают с точностью оценить объем и бюджет ремонта и, заметив мой взгляд, тут же отступают в кусты.

Я не сержусь. Я здесь новичок, а они старожилы. А в таком месте, как это, где всё уже давно утряслось, где деревья уже большие, а тротуары заросли и потрескались, где месть уже отомщена, а вражда и любовь уже улеглись, новый человек — еще и угроза. Его воспоминания и опыт — родом из других мест, и он не знает местного порядка предпочтительности. Такой человек грозит подорвать традиции. Надо в нем разобраться.

Начинают появляться и те люди, что жили в этом доме до меня. Разошелся слух, и они приходят. Проверить, подтвердить, забраковать, удивиться. Пожилой мужчина, старше меня, пришел и попросил разрешения сорвать с дерева один лимон.

— Это мой отец посадил его, а это его инжир. Что с ним случилось? Почему ты не заботишься о нем? Смотри, какие дыры в стволе, он же умрет из-за тебя…

Его пальцы дрожали, глаза переходили от того к этому, губы — от обвинений к воспоминаниям:

— Тех домов тогда не было вообще, а та дорога была проселочной, для телег, и мой отец пешком ходил по ней к перекрестку, потому что автобус не заезжал тогда в деревню. А здесь мой отец залил маленькое корыто из бетона, единственное в деревне, и купал в нем меня и мою сестру. Где оно? Ты его сломал? Кто тебе позволил?

Сказал и ушел.

Появилась также молодая пара. Девушка жила здесь полгода в детстве и сейчас, накануне свадьбы, захотела показать это место избраннику своего сердца — важно, чтобы он знал, что осталось и что исчезло, что было и чего не было.

Молодая женщина, но воспоминания придали ей старушечье выражение.

— Тут были качели, — повела она жениха по исчезнувшим уже приметам. — А здесь мы вешали белье… Здесь было бетонное корыто, мой отец выло-

мал и выбросил его… А этого склада не было, только
пустое место между столбами. Здесь мы зимой сни-
мали и чистили сапоги, а она кричала, чтобы мы не
заносили грязь… — И вдруг повернулась ко мне: —
Ты что, делаешь одну большую комнату вместо маленьких?

— Да, — сказал я.

— Почему?

Парень гладит ее затылок. Его пальцы еще говорят о любви, но ладонь тяжелеет. Голос теряет терпение:

— Пошли. Мы ему мешаем.

Но обычно посетители приходят из чистого любопытства. Хотят посмотреть на ничтожество, которое путается под ногами рабочих, и на его бой-бабу
(Тирца — моя жена, так полагают здесь все со времени приемной комиссии), которая дирижирует
всей работой и уже заслужила у старожилов прозвище «жеда»[1].

Некоторые просят у нее совета по строительным
вопросам: какого ты мнения об изоляционных бло-
ках, Лиора? Что ты думаешь о готовых домиках, Лиора? О термоштукатурке? Об отоплении под полом? А
насчет строительства из дерева, Лиора, что бы ты ре-
комендовала? Финскую сосну? Красную сосну? Об-
работанную? Крашеную? Натуральную?

Некоторые просят у нее помощи: не может ли
твой китаец подскочить, починить у нас одну мелочь в кухне? А есть и такие, которые спрашивают,

всё ли в порядке, и даже предлагают совет. Они знают дешевый и приличный магазин, где можно купить душевую кабинку, гальванизированную водосточную трубу, марсельскую черепицу, кесарийский мрамор. И еще у них есть знакомый плиточник, или штукатур, или кровельщик. Высшего класса и при этом дешевый.

Другие дают сельскохозяйственные советы — как вылечить умирающий лимон, как извести сорняки, как уничтожить гусеницу, которая продолжает сверлить свои ходы в теле инжирного дерева. Но в области садоводства я не нуждаюсь в советах. Мешулам — большой знаток садов и, поскольку не хочет спорить с дочерью по вопросам строительства, предпочитает учить меня уходу за деревьями.

Я слушаю всех, стараюсь быть терпеливым и любезным со всеми — кто лучше меня помнит мамин совет Папавашу: будь доброжелателен с людьми, это экономит время — и из тех же соображений стараюсь больше улыбаться и меньше отвечать.

Правила очевидны. Я ничего не знаю о них, и они ничего не знают обо мне — если не считать моих занятий и той лапши, которую навешала им на уши Тирца на приемной комиссии. Но они знают тех, кто жил в моем доме в прошлом, детей, которые росли в нем и уже повзрослели. Они знают праздники, которые в нем праздновались, и страдания, которые выплакивались в его комнатах. Они хранят в своих сердцах крики и смех, звон вилок и стаканов, стоны и плач, которые звучали среди этих стен и выпорхнули через окна.

— Этот дом может рассказать много историй, — сказал мне один из них, явно ожидая, что я спрошу его, что именно, но, поскольку я не спросил, сказал: — Лучше не спрашивай, — и ушел.

Я не спрашивал. Я не хочу знать. Я всего-навсего выполнил твое указание — выбрал себе дом, как ты велела: старый, маленький дом, в старом обжитом месте, дом, в котором жили до меня многие люди. О самом первом я не знаю ничего, а о последнем знаю, что он оставил четырех куриц взаперти, умирать от голода и жажды. Этого мне достаточно.

И молодой сосед, тот, жена которого протянула между нами разделительный шпагат, тоже вдруг явился с визитом, неся в руках большую миску, наполненную ровно нарезанными кубиками арбуза. Красные и аккуратные кубики, такие холодные, что на них собрались капли росы. Только женщина, стремящаяся к полной ясности, может разрезать арбуз таким идеально точным образом.

— Подарок от моей жены, — сказал он. — Как продвигается ремонт?

— Всё в полном порядке.

Ее громкий голос врывается:

— Ты отдал ему? Не забудь забрать миску.

Он подымается с места. От смущения берет миску, хотя в ней остались еще несколько кубиков.

— Ладно, до свидания.

— Большое спасибо, — крикнул я вслед. — И передай ей спасибо и привет обратно.

Он обернулся:

— Знаешь, она у меня в полном порядке!

— Я знаю. Это трудновато — привыкнуть, когда рядом вдруг появляется новый сосед. Скажи ей, что я тоже не такой уж страшный.

А про себя добавляю: «И скажи ей, что я слышу вас по ночам, и поэтому я спокоен — женщина, которая так играет со своим мужем, наверняка в полном порядке».

Строительный инспектор деревенского комитета тоже пришел. Низкорослый энергичный парень с хорошими веселыми глазами и недоброй улыбкой. Где планы строительства? Он хочет видеть планы. Планы в комитете? Правда? Почему же ему их не показали? Да, он видит табличку с разрешением на строительство, но почему печать здесь, а не там? Вдруг у него в кармане зазвонил телефон, и он сказал: «Здравствуйте, господин Фрид», и: «Я не знал, что это вы строите, господин Фрид», и: «Нет, вам совсем не нужно звонить к председателю комитета, господин Фрид» — и исчез.

— Такое впечатление, что Мешулам стоит на том вот холме с биноклем в руках и следит, что тут у нас происходит, — сказала его дочь.

И еще один инспектор явился. Брат Лиоры, мой шурин Иммануэль. Обычно я подбираю и вожу его,

когда он приезжает в Страну, но на этот раз он неожиданно явился на такси.

— Познакомься, — сказал я. — Это мой подрядчик.

— Очень приятно, — сказала Тирца.

Иммануэль обошел дом, потом вошел.

— Ступай осторожно, — сказала Тирца, — мы сегодня прокладываем трубы.

Недавно обретенная вера согнула его спину и
сделала вкрадчивыми походку и голос, но речь его
решительна и прямолинейна. Он приехал посмотреть, верно ли то, что рассказала ему Лиора, и теперь, воочию убедившись, что это так, хочет выяснить насчет цен и источников финансирования.

Мешулам, который, очевидно, увидел его в бинокль, появился через считанные минуты.

— Какое твое дело? — сказал он. — Это его
деньги.

— Ты кто? — спросил Иммануэль.

— Я друг. Друг семьи Мендельсон, а ты?

— Я его шурин, — сказал Иммануэль. — Брат Лиоры Мендельсон.

— Друзей выбирают, — сказал Мешулам, — шу-
ринов получают без выбора. А, сейчас я вспомнил. Я
видел тебя на свадьбе Иреле и твоей сестры. Правда,
тогда ты еще не был такой святоша, как сейчас, пост-
нее Папы Римского, тогда ты приехал из Америки с
двумя расфуфыренными цацами с каждой стороны и
в туфлях из змеиной кожи.

— Сколько ты уплатил за этот дом? — повернулся Иммануэль ко мне.

— Сколько нужно было.

— Откуда ты взял эти сколько нужно было?

— Давай я тебе объясню, откуда у него деньги, — сказал Мешулам. — Так просто объясню, что даже ты поймешь. Этот приятель купил себе на рынке рыбу на шабат и нашел у нее внутри жемчужину.

Я проводил Иммануэля к такси. Перед тем как сесть в машину, он предупредил меня:

— Учти, что этот твой дом не окупит вложенные деньги.

— Это не вложение, — сказал я. — Это подарок.

— От кого?

— От меня.

— А эта рыба была Илья-пророк! — крикнул ему вслед Мешулам. — Купи себе тоже что-нибудь такое. Это полезно для здоровья — получать подарки от самого себя.

И были такие, которые приходили посмотреть на чудо как таковое. На покупателя. На меня. На человека, который в такое трудное время уплатил, не торгуясь, всю сумму одним платежом и приобрел развалину, которую можно было купить куда дешевле. Эти, надо думать, в душе презирали меня, но смотрели на меня изучающим и запоминающим взглядом, чтобы впредь опознать мне подобных и не пропустить случай.

Не надейтесь найти других таких покупателей, говорил я им про себя. Вам не сыскать другого такого человека, которому мать выбрала профессию, и напророчила жену, и при жизни завещала деньги, чтобы он мог купить себе собственное место: возьми, Яир, из теплой руки своей теплой рукой[2]. Дом, который окутает тебя, успокоит и напоит. Чтобы вы построили и исцелили друг друга, поменяли друг другу крышу и пол, поставили стены, распахнули окна и двери, почувствовали друг к другу благодарность.

2

В середине дня, без предупреждения, появился еще один гость: Биньямин. Припарковался за пикапом рабочих и крикнул:

— Яир!

Я вышел к нему навстречу.

— Это тот дом, о котором все говорят? — спросил он.

— Да.

— Кто тебе его купил?

— Я.

— А кто оплачивает ремонт?

— Тоже я.

— Откуда у тебя деньги?

— Ты хочешь услышать правду или то, что тебя успокоит?

Он смерил меня взглядом. Мы не виделись с тех пор, как сидели семь дней траура по маме, и перемена, которую произвел во мне новый дом, удивила его.

— Ты хорошо выглядишь, — сказал он. — И конечно, я хочу правду. Лиора уже сказала мне, что не давала тебе этих денег, и она тоже будет рада услышать ответ.

— Я понимаю, что вы оба обеспокоены.

— Безусловно. Каждый по своей причине.

— Деньги на дом я взял в долг у Мешулама, — сказал я. — А Тирца ремонтирует его мне в подарок.

— Я так и думал, — сказал брат с облегчением. — Но вот у Лиоры есть другие предположения.

— Видишь, — сказал я, — внешне ты выглядишь большим хитрецом, но на самом деле тебя легко обвести вокруг пальца. Ты действительно хочешь знать?

Он помрачнел.

— Это мама дала тебе? — И вперил в меня два ее голубых глаза. — Отвечай! И не играйся со мной больше. Это она дала тебе эти деньги?

— Да, — сказал я. — За несколько месяцев до смерти. Она позвала меня, дала в руки чек и сказала: иди найди себе дом, чтобы у тебя было свое собственное место.

— Какого размера чек?

— Не большой. Восемьдесят пять квадратных метров. Точно по размеру этого дома.

— Я так и думал, — сказал Биньямин. — И я благодарен тебе за откровенность. — И добавил: — Это замечательный подарок. Неожиданный. Не только для того, кто получил, но и для того, кто нет.

— Безусловно, — сказал я. — Подарок неожиданный, да еще как.

— А я думал, что меня она любит больше, — сказал он, наклонив ко мне голову с вызывающим кокетством.

— Она и в самом деле любила тебя больше, — сказал я, — и поэтому этот чек получил я.

Биньямин улыбнулся. Каждый раз я думаю: как он похож на тебя и на Папаваша. Не только телосложением, ростом и внешностью. Но также элегантностью движений. И этой радостью и признательностью одежды за то, что она удостоилась облегать именно это красивое тело — рубашка обтягивает грудь, брюки обнимают бедра: как хорошо, что мы на тебе, а не на ком-нибудь другом.

— Ты ошибаешься, — сказал Биньямин, — но что это уже сейчас меняет? Она умерла, и мне не к кому прийти с претензиями. Вопрос в том, правильно ли это с твоей точки зрения.

— По-моему, совершенно правильно, — сказал я. — Меня это ничуть не удивляет.

— И это всё? — спросил Биньямин. — Один брат получает подарок в размере дома, а второй не получает ни гроша?

— Это было ее решение, не мое. И, как по мне, эти деньги — не подарок, а компенсация.

— Никто не виноват, что у тебя был другой отец, — сказал Биньямин.

— У меня не было другого отца. У нее был друг, от которого я родился, но растил меня Папаваш. Это он мой отец, и он растил меня очень хорошо.

— Интересно, что он думал об этой истории все эти годы.

— Не важно, что думают. Важно, что делают и как себя ведут. Он сказал ей, что вырастит меня, как своего сына, и это то, что он сделал. Он образцовый отец. Жаль, что ты унаследовал от него только внешность.

— В те времена не было принято спать с другом до свадьбы.

Я не поправил его. Я уже дважды сказал правду за время этого разговора, и, как говорит Мешулам, «говорить правду — это очень хорошо, но не надо делать из этого привычку».

— Она мне всё рассказала, — продолжал Биньямин.

Всё? Сейчас пришел мой черед встревожиться.

— Что же именно?

— Что ее друг пришел к ней попрощаться перед боем и тогда это случилось.

Странная гордость чувствовалась в его голосе, гордость сына, которого мать предпочитает другому. Есть сыновья, которым мать дает деньги, и есть сыновья, перед которыми она открывает сердечные тайны. Я не исправлял его. Если это то, что она предпочла ему рассказать, пусть будет так.

— А по поводу денег, — сообщил я ему, — твоя Зоар и я, мы уже придумали, как можно решить эту проблему.

Биньямин приободрился и насторожился одновременно:

— Как?

— Я завещаю этот дом Иоаву и Иораму.

— Прекрасная идея, — сказал мой брат, чуть поразмыслив.

— И не думай, что это ради тебя, — сказал я. — Это ради них. А также ради Зоар. Ты не стоишь такой жены и таких детей.

— А ты изменился, — заметил Биньямин. — И это не только из-за дома. Я чувствую здесь запах любви.

3

Вернулся тракторист. Подогнал свой прицеп к западной стене дома, а сам разлегся отдыхать в тени рожковых деревьев. Двое рабочих поднялись на крышу и начали разбирать старую цементную черепицу, сбрасывая ее в прицеп. Они работали, постепенно сползая назад и разбирая перед собой крышу, которая за мгновенье до того была под их коленями.

В полдень вернулась Тирца, а еще спустя несколько минут появился второй белый пикап с надписью «Мешулам Фрид и дочь», только в отличие от предыдущих он ехал без водителя.

— Это Илуз, наш кровельщик, — обрадовалась Тирца. — Какая пунктуальность!

Пикап остановился, дверь открылась, и вышел очень худой и очень маленький человечек, совсем лилипут. С длинными руками, большой головой и широкой улыбкой. Он поздоровался с Тирцей, с обезьяньей ловкостью взобрался на дощатый скелет бывшей крыши, прошелся по бетонному периметру и по деревянным балкам, осмотрел всё и всему вынес приговор: «Это прогнило!.. Это тоже... Это оставить... Это заменить!»

Потом он достал из поясной сумки молоток с гвоздодером, повытаскивал гвозди, разобрал и сбросил несколько обшивных досок, измерил и записал на ладони и, наконец, присоединился к нам на поздний обед, добавив к нему острый соус, который достал из той же сумки. И за едой сказал, что большая часть каркаса «в полном порядке» и завтра он вернется с братом и с недостающими досками. Тирца попросила его отвезти в своем пикапе двух ее рабочих, выпроводила тракториста и объявила, что желает обновить «нашу новую еще-не-крышу».

— Как это? — засмеялся я. И вдруг понял, что давно не слышал своего смеха.

— Мы ляжем на спину внутри дома и будем смотреть на небо. Посмотрим, опускается темнота, как выражаются в книгах, или поднимается.

Мы разделись и легли рядом. Стены скрывали нас от взглядов людей, развороченная крыша открывала нас взглядам тех, кто сверху, — перелетных птиц, возвращающихся домой голубей, а может быть, и твоим глазам, если ты на самом деле там.

Большое светило исчезло за горизонтом. Свет всё угасал, пока не померк совсем. Сначала он перестал существовать в этом мире, потом погас и там, за краем неба, а под конец утратил и само свое название. Темнота не опустилась и не поднялась. Не сотворилась враз, как свет, и море, и деревья, и человек, а соткалась, заполнила всё вокруг, сгустилась и стала тьмой. Оголенные балки крыши, раньше очень черные на фоне неба, теперь утонули в нем. Малое светило, в тот вечер узенький серп, засеребрилось на западе. Радостно замигали счастливые звезды. Распростертые, обнаженные, держась за руки — тоже режиссура Тиреле, разумеется, — мы смотрели, как они множатся в числе, превращая небосвод в тяжелую твердь.

А потом моя юбимая начала меня гладить почти так же, как раньше, когда ее брат сидел возле нас, давал указания и следил: «Теперь ты потрогай его пипин, а теперь ты потрогай у нее, а теперь сделайте вот так, я хочу посмотреть…»

Мы придвинулись друг к другу. Поцеловались. Я прижался к ней, стал рычать, и хрипеть, и тереться о ее тело. Тирца засмеялась:

— Иреле…

— Что?

— Ты любишь меня. — А потом сказала: — У нас дома есть твои свадебные фотографии. В основном там видны Мешулам и твои родители, но кое-где и вы с Лиорой. Она очень красивая.

Я не реагировал.

— А один раз, года два назад, я видела ее на улице Ахад-Гаам в Тель-Авиве. Она вышла из ресторана с мужчиной и женщиной, которые выглядели иностранцами. Я не понимаю, зачем ты ей вообще нужен.

— А зачем я нужен тебе, ты понимаешь?

— Я чувствую в тебе твою мать.

— Но я совсем не похож на нее.

— Это не важно. И кроме того, мы похожи, а уроды должны заботиться друг о друге.

— Мы не такие уж уроды.

— Мы с тобой, конечно, не Медуза-горгона и нотр-дамский горбун, но люди не оборачиваются нам вслед.

— Тебе — да. Ты лучишься, ты полна света. У тебя замечательная походка, и красивая попка, и длинные ноги, и крепкая шея. Сосцы твои двух цветов, возлюбленная моя, и пипин твой слаще меда.

Она засмеялась:

— Он о тебе тоже хорошо отзывается.

— Я видел, как люди смотрят на тебя. Это на меня никто не смотрит.

— Мужчина не должен быть красивым. Чуть красивее обезьяны, и того достаточно, — процитировала Тирца старую поговорку своей матери и добавила: — Может быть, Лиора именно это и любит в тебе. Ей нравится, что ее муж каждое утро благодарит Бога, что у него такая высокая и красивая жена.

— Почему мы всё время говорим о ней?

— Потому что мне хочется. Потому что я хочу хотя бы один раз почувствовать, как это — быть по-настоящему красивой. Выйти утром из дому и знать, что чувствует красивая женщина. Пройти по улице, как она ходит каждое утро из дому на работу, словно рассекает льды на Северном полюсе. И не только чтобы так было, но и чтобы знать заранее, с полной уверенностью, что так будет.

— Ты следишь за ней?

— Что с тобой? Это ты рассказывал мне об этих ее выходах на работу и о взглядах поклонников, которые ждут ее на всех углах. В детстве я как-то увидела в книжке слова «пленительная женщина» и совсем помешалась на них. Гершон сказал мне, что это такая женщина, которая берет человека в плен, заставляет его свернуть с прямой дороги. А моя мама сказала, что это не от слова «плен», а от «пелена», то, во что пеленают. А Мешулам сказал, что нет никакой разницы и это всё одно и то же.

— Ты поделилась этими мыслями со всей своей семьей?

— А почему нет? Делюсь же я сейчас с тобой. По паспорту ты, наверно, Мендельсон, но для меня и для моего отца ты — Фрид.

Через два часа — жара не спала, а темнота уплотнилась — мы проскользнули через двор в душевую. Облились и оделись при свете одной из ее поминальных свечей — «Видишь? Это замечательные свечи. А ты еще смеялся над ними!» — а потом зажгли гирлянду электрических лампочек, растянутую между ветвями рожковых деревьев, и соорудили ночную трапезу, как едят в кибуце у Зоар — салат из брынзы с крутыми яйцами и черными маслинами, — и Тирца смеялась, когда я надбивал яичную скорлупу — бац! — сначала о свой лоб, потом о ее.

Она налила себе немного арака со льдом, погрузила в него листья мяты, которая уже поднялась по краям душевой водосточной трубы. Я попросил у нее глоток.

— Это, пожалуй, крепковато для тебя.

— Я буду осторожно.

— Пей понемногу и медленно. Оно погладит тебя по сердцу и разойдется по всему телу.

— Только не у меня.

— Потому что, когда ты пил впервые, тебе велели выпить стакан одним духом.

Размякшие и веселые, вернулись мы в наш еще-без-крышный дом — любить и спать под Божьим небом на рукотворном бетоне. Тирца лежала на животе, растворяя во рту кусок шоколада.

— Ляг на меня, — сказала она, — я люблю твою тяжесть. Она точно по силе моего тела.

Мы уснули так на несколько минут, проснулись, сняли одежду и легли лицом к лицу, двигаясь медленно и осторожно, не отрывая глаз друг от друга. Как хорошо лежать с любимой, обновляя таким манером свой новый дом. Любовь к моему подрядчику освещает мои потемки и витает над моей пропастью. Вечер и утро, день за днем продолжается сотворение моего дома.

4

Посреди ночи зазвонил мобильник. На экранчике высветилось имя «Папаваш».

— Яирик, — сказал он, — мама у вас?

— Нет, — сказал я, со страхом ожидая продолжения.

— Если она случайно зайдет к вам, — его голос звучал спокойно и ровно, — скажи ей…

Я прервал его:

— Она не зайдет. С чего вдруг ты взял, что она зайдет к нам? Ты ведь знаешь, что она не зайдет.

— Почему не зайдет? Что случилось? Вы поссорились?

Я сел.

— Потому что она умерла, — крикнул я, — поэтому! Ты не помнишь, что мы были на ее похоронах?

Мой голос поднялся, и пустота откликнулась ему эхом. Тирца придвинулась ко мне. Я чувствовал, что ее глаза открыты. Папаваш сказал:

— Конечно, я помню похороны. Как можно забыть такое? И семь дней траура я помню. Пришло много людей, даже слишком много — на мой вкус. Но если она все-таки зайдет к вам, Яирик, попроси ее войти домой тихо, когда вернется, потому что, если я просыпаюсь, мне потом трудно уснуть.

— Хорошо, — сказал я, — я попрошу ее войти тихо.

— А теперь спокойной ночи. Я иду спать, и ты тоже ложись.

Я не мог уснуть. Как можно уснуть после такого разговора? Я перевернулся на спину. На мгновенье испугался от того, что надо мной нет крыши, и тут же пришел в восторг, глядя, как ночная темнота сменяется той глубокой синевой, которую расстилает восход перед своим приходом. Тирца уселась в позе лотоса на краю одеяла и зажгла свечу. Я смотрел на нее. Обнаженное тело, освещенный профиль. Эти резко вырезанные губы, что скользили по всему моему телу, пальцы, которые не оставили на мне неисхоженного места, стыд, которого мы не знали тогда и, как видно, уже не узнаем никогда.

— Телефон разбудил тебя.

— Не беда. Мне нужно выехать пораньше, на нашу строительную площадку на севере.

Она поставила кофейник на газовую горелку.

— Тебе я не делаю, потому что ты можешь еще поваляться часа два-три.

Размешала, налила, глотнула из чашки.

— А вот в связи с твоим разговором сейчас я должна тебе кое-что рассказать.

— Что?

— Я навестила твою мать за несколько дней до ее смерти.

Я тоже сел.

— Уже лучше бы ты дала мне кофе. Где?

— В больнице, конечно.

— Как это я тебя не увидел? В качестве кого ты пришла?

— Что значит «в качестве кого»? В качестве Тирцы Фрид. Мешулам вышел от нее, позвонил мне и сказал: «Тиреле, я как раз вышел от Раи Мендельсон с адвокатом, которого привел сделать завещание. Если ты хочешь попрощаться с ней, это, очевидно, последняя возможность». Я сказала ему: «Я хочу, но я не хочу встретить там Иреле и всех остальных из семьи». И он сказал мне: «Тогда брось всё и приезжай немедленно. Профессор Мендельсон уже был здесь раньше вместе с доктором Биньямином, а Иреле был до них, и он не переставал плакать, пока она не рассердилась на него, и он обиделся и уехал, а сейчас я тоже ухожу, так что ты сможешь побыть с ней наедине».

— Очень симпатично с его стороны.

— Симпатично? Это хитро и умно, но никак не симпатично.

— Это да симпатично, — сказал я. — У тебя симпатичный отец, ничего не поделаешь.

— Он совсем не симпатичный. Он такой несимпатичный, что ты себе даже не представляешь. Но ту каплю симпатии, которая в нем есть, он делит между четырьмя людьми, и ты один из них, поэтому тебе и кажется, будто он симпатичный.

— Кто этот четвертый?

— Он сам.

— Рассказывай дальше.

— Я села в машину и поехала к ней. Был вечер, и там не было ни души. Очевидно, она получила отдельную комнату из-за твоего отца.

— Или из-за твоего отца, — заметил я.

— Она не спала. Очень-очень слабая и худая, но сразу узнала меня и сказала: «Тиреле, как это мило с твоей стороны, что ты пришла навестить меня. Ты как будто почувствовала, что я хочу этого». Я сказала: «Прошло много времени, Рая, как ты себя чувствуешь?» И она сказала: «Так же, как я выгляжу». И я сказала: «Мешулам сказал мне, что я могу прийти». Она сказала: «Ты всё еще зовешь его Мешулам? Почему не отец? Наверно, ему этого вдвойне не хватает с тех пор, как Гершон погиб». Я не хотела с ней спорить, потому что это вдруг прозвучало, как последняя просьба. Я сказала: «Я постараюсь, но я не обещаю». А она сказала: «Если он сказал, что тебе стоит сейчас навестить меня, значит, он догадывался, что ты так хочешь». Я сказала: «Это значит, что он догадывался, что ты тоже так хочешь». И она сказала: «Правильно, я хотела, чтобы ты пришла».

Мама глотнула воздух. Раскашлялась. Тирца хотела спросить ее, как я, и что я делаю, и счастлив ли я, и как моя жена, но подсчитала свои за-за и за-против и решила против. Мама сказала: «Конец света наступил — у нашей Тиреле кончились слова! — И повернула голову к окну. — Там, в темноте, и Кастель, и Наби-Самуэль, и Кирьят-Анавим с кладбищем, все они летят ко мне в темноте, и возвращаются, и возвращаются... А там, вдали, Тель-Авив. Оттуда я приехала и здесь уже осталась».

Тирца взяла ее за руку и молчала, а мама взяла ее за руку и сказала: «Ты спросила, о чем я думаю, Тиреле? Я делаю сейчас свое последнее за-за и за-против: что мне лучше — умереть или жить». И ее смех стал стоном, а стон кашлем, а кашель — задохнувшимся дыханием.

— И тогда она рассказала мне, что ты нашел себе дом и уже подписал договор, что ты был у нее и показывал ей его фотографии, и без всякой моей подсказки сказала: «Ну, Тиреле, может быть, в этом доме у вас будет еще одна возможность».

— И ты сказала ей, что ты всё это знаешь, что ты была со мной в этом доме и на приемной комиссии тоже?

— Нет, — сказала Тирца. — Я сказала ей: «У меня такое впечатление, что вы с моим отцом сговорились друг с другом, что между вами была какая-то история, кроме и до того, как профессор Мендельсон спас моего брата». — «История была, — сказала мама, — история всегда есть, но сговора не было. Просто нужно было исправить несколько вещей, исправить и исцелить. И позаботиться о моем малыше, прежде чем я умру».

«А какую историю утаила ты, Тиреле?» — спросил я в свою очередь, но, как это часто делаю, не вслух, а про себя.

— И я бы не удивилась, — продолжила Тирца, — услышав, что это Мешулам дал ей эти деньги, чтобы она могла дать их тебе и чтобы мы снова встретились. Вот такой он, твой симпатичный мой отец. Когда он чего-то хочет, он не признает тормозов. Но какая мне разница? Я тоже хотела встретиться с тобой, и, когда Мешулам сказал мне, что ты нашел себе собственный дом, я сразу поняла, что это может быть больше, чем просто встреча.

— Как по мне, так всё в порядке, — сказал я. — Я тоже хотел встретиться с тобой, и я уже привык к роли в кукольном театре.

— Даже если он не дал ей деньги прямо в руки, — сказала Тирца, словно не заметив моих слов, — то я точно знаю, что он уже много лет назад посоветовал ей отложить себе какую-нибудь мелочь на черный день. Человек должен иметь свои собственные деньги, особенно если этот человек женщина. И не только посоветовал, но и помог ей вложить эти деньги. Знаешь, в одно из тех мест, в которые обычно вкладывают такие люди, как он, — где, если ты выигрываешь, то выигрываешь много, а если не выигрываешь, то тебе нужен кто-то вроде моего Мешулама, чтобы позаботился о последствиях.

«Что-то слишком уж много людей занимаются мною, направляют меня, открывают мне секреты, строят для меня планы», — подумал я. А Тирца поднялась и сказала:

— А в сущности, какая разница? Пока что нам не так уж плохо. У тебя есть подрядчик-женщина, который спит с тобой, и любит тебя, и не обманывает тебя, и не исчезает вдруг посредине работы, а у меня есть ты. Ты меня тоже любишь, Иреле. Я чувствую.

5

Она поднялась, оделась, наклонилась, поцеловала меня в губы и велела мне еще поспать. Я так и сделал. Любовь и вино накануне, жаркая ночь, бесконечное открытое небо над головой, ее рассказ, в который я хотел погрузиться целиком и от деталей которого хотел бы бежать на край света, — всё это сделало мой сон глубоким и долгим. Когда я проснулся, солнце уже взошло, а надо мной стоял тракторист и говорил:

— Пора вставать, хозяин. Наверху уже работают, и на тебя может свалиться какая-нибудь доска.

На сорванной крыше бегали теперь не один, а сразу два лилипута, Илуз-кровельщик и Илуз — его брат, — две мечущихся надо мною тени, споро менявшие балки и доски.

— Не бойся! — крикнули они. — Мы хоть и маленькие, но такие же мужчины, как ты. Так что не бойся, что мы видели тебя голым.

Тракторист ушел, а Мешулам пришел.

— Тиреле нет? — обрадовался он. — Прекрасно. Потому что мне тоже хочется что-нибудь здесь сделать, чтобы и моя рука коснулась нового дома.

Он огляделся вокруг и заявил, что, пожалуй, сделает скругления, потому что эту мелочь она, может быть, не заметит. Смешал цемент и песок в ведре, замазал и скруглил прямые углы в ванной между полом и стенами, «иначе замазка потрескается и здесь опять будет сырость».

Мы пообедали вместе, а потом Мешулам сказал, что заберет китайцев в их общежитие, «потому что тут не горит, а Тиреле скоро вернется, и вы, наверно, захотите быть одни».

Забрал и ушел. Скоро вернется мой подрядчик. Мы будем сидеть, смотреть на простор, разговаривать, медленно наполняться радостью и любовью.

Посмотрим на то, что уже построено, и увидим, что «это хорошо», и отметим, и обновим, и дадим всему имена.

Глава двадцать первая

I

Ветер пел в монастырских соснах. Дети играли на дряхлом броневике, что тогда еще там стоял. Теперь его увезли. Молодой учитель, обводя рукой монастырский двор, рассказывал своим ученикам о сражении, которое тут когда-то происходило, и о «героях, павших в Войне за независимость».

— У меня есть для тебя история, — сказала мама. — Она будет и твоей. Ты сможешь пересказывать ее дальше. Кому захочешь.

Моим детям, если родятся. Другу, если найду. Любимой женщине, если будет лежать в моих объятьях. Самому себе, если никого из них не будет. История из тех, что не только прибавляют понимания и ума, но еще и стискивают всё нутро, отзываются подрагиванием век и трепетаньем сердечных клапанов.

— История, и поворот тропы, и воздух, и любовь, и две горные вершины — на одной стоять, на другую глядеть, и пара глаз — всматриваться в небо и ждать. Ты понимаешь, что каждому человеку нужно, Яир?

— Да, — сказал я.

История. Не о подвигах и дворцах. Не о феях и волшебствах, но и не та история, что возится с мелочами. Достаточно с нас тех мелочей, которыми полна сиюминутная жизнь. Нет, история в которой есть боль и есть исповедь, а также немного от культуры, и чуть-чуть от традиции, и щепотка развлекательности, и намек на тайну. И поскольку тебя уже нет со мной, скажу и так: это теперь моя история, и я ее сокращаю и расширяю по своей воле. Смешиваю выдуманное с выстраданным, пишу «моя мама», а не «наша мама», хотя у меня есть брат, соблазняюсь и вызываю к жизни предположения и догадки. И еще я должен тебе сказать: не ты герой этой истории, а я. Не ты, а твой сын.

2

Мы обошли монастырь вокруг.

— Помнишь, — спросила мама, — мы приезжали сюда, когда ты был маленьким? Из этой двери вышла тогда монашка в черном и подала нам холодной воды, а ты всё беспокоился: что будет с чашками?

Мы вернулись к качелям. Задержались у мемориальной доски.

«Здесь их покинула жизнь, но не покинуло мужество», — выгравировал кто-то над именами погибших.

— Красиво и неверно! — постановила мама. — Когда покидает жизнь, всё покидает. Любовь, и мужество, и понимание, и память. Тебе уже шестнадцать лет, Яир, тебе уже под силу узнать и понять.

И рассказала. Рассказала о раненом голубе с «да или нет», и о голубятне в тель-авивском зоопарке, и о докторе Лауфере, который говорил о себе во множественном числе женского рода, и о соседском сыне, который поехал в Америку учить медицину, и вернулся, и стал Папавашем, и о голубятнице Мириам, и о бельгийской голубке, и о дяде и тете Малыша из кибуца, и о его отце, и о его мачехе, и о его настоящей матери, и о нем самом.

— Здесь он погиб, и отсюда перед тем, как умер, он запустил своего последнего голубя, и это он — мой друг, именем которого ты назван.

Вначале я рассердился. Я подумал, что, если бы у нее не было этого друга и если бы он не погиб, я бы не получил его имя. Похож был бы на своих родителей и получил бы от них и их светлые кудряшки, и имя Биньямин, а Биньямин бы не родился, потому что им не нужно было бы исправлять неудачу.

Но по мере того, как я продолжал размышлять, мне пришла в голову еще одна возможность. На этот раз я рассердился на Биньямина — за то, что он родился вторым и отдал мне свое первородство. Если бы он родился первым, это он бы выглядел, как преступник, и получил бы имя мертвого друга, а я был бы Биньямин: легкий и красивый, с лицом ангелочка и *голдене*[1] кудрями, — воровал бы в киосках, читал бы вывески на магазинах через окна мчащихся автобусов и имена писателей на кладбищенских памятниках.

Мешулам был с нами и на этот раз. Шел за нами на расстоянии, которое только он способен был рассчитать. Держался на дистанции помощи и заботы и отставал на дистанцию уважения и деликатности. Шел, следил, чтобы только я слышал, проверял, что ни одно слово не упало на землю.

Я спросил:

— И у тебя всегда был его голубь, а у него твой?

— Да.

— И вы посылали друг другу письма?

— Голубеграммы. Да. Когда только было можно.

— Но сколько же слов можно написать на таких маленьких записках?

— Представь себе, Яир, иногда достаточно и очень коротенького письма. Да и нет, и да и да и да, и нет и да и нет.

И вспомнила, как доктор Лауфер рассказывал своим голубятникам, что древние греки, еще до изобретения футляров, довольствовались одним лишь крашеным пером на крыле голубя, а о цвете договаривались заранее — один цвет для хорошего известия, другой цвет для плохих вестей. И сказала то, чего доктор Лауфер не говорил: что и сам голубь — это своего рода письмо. Оно в трепете и биении его крыльев, в его приземлении, в температуре тела, в отпечатках пальцев, которые его держали и запустили, в глазах, которые провожали его до тех пор, пока он не открылся ожидающим глазам.

И замолчала. Я уже знал все ее молчания и ждал терпеливо. У нее бывали молчания длинные и молчания короткие. Были молчания широкие, и были молчания узкие. Молчания улыбчивые и молчания отчужденные. И было самое молчаливое молчание — то, которое началось с ее: «Я больше не могу» — и продолжается по сей день. И еще я помню ее сезонную бессонницу — «я не сплю от Пурим до Шавуот[2]», — и ее ежедневную рюмку бренди, и красивую прощальную песню, которую она не переставала слушать на своем маленьком охрипшем патефоне: «Тишину несет мне смерть, смерть несет успокоенье...»

Наконец я спросил:

— Так это правда? Вот отсюда он послал тебе голубя?

— Запустил, Яир. Не послал. Пора тебе уже запомнить.

— И вот отсюда он запустил к тебе голубя?

— Да. Последнего.

— С письмом?

— Да.

— И что он в нем написал?

— Ничего.

— Так что же он послал отсюда? Просто пустую бумажку?

— Нет. Отсюда он послал мне тебя.

И рассказала.

ГЛАВА ДВАДЦАТЬ ВТОРАЯ

I

Бетонные соединения были залиты между балок крыши, бетонные балки поставлены вокруг оконных и дверных проемов. Тирца подняла внутренние перегородки и обновила со мной два образовавшихся пространства — большое, в котором я буду жить, и маленькое, которое может понадобиться. Установила и забетонировала притолоки и косяки, уложила подоконники в оконные проемы и сказала, что это хорошо.

Илуз с братом натянули металлическую сетку для нового подвесного потолка, сменили опоры, уложили черепицу на каркас крыши, закупорили все щели, которые могли призвать крыс или голубей, — и Тирца сказала: «Это очень хорошо!»

Я чувствовал ее любовь и свою любовь не только в ее прикосновениях, не только в прозвище «юбимый», но и в том, как она строит мой дом. В том, как она измеряет, прикидывает, указывает рабочим, что делать. В том, как дом, который она мне строит, обретает форму. В том, как мы вместе едим в конце дня. Когда она уезжает в другое место, а я остаюсь один.

А иногда ее тело и ее запах сводят меня с ума и вся эта любовь выхлестывает через берега и вселяет в меня озорную силу. Я набрасываюсь на нее, как большой щенок, трусь об нее, трясу ее, хриплю, рычу и мурлычу, вгрызаюсь в ее тело.

И тогда она смеется и говорит мне: «Иреле…»

А я говорю ей: «Что?»

И она снова произносит свой диагноз: «Ты меня любишь».

— И что?

— Ты меня любишь, я чувствую, — и голос ее звучит так же, как у других женщин — так я думаю, у меня нет возможности сравнить, — когда они говорят: «Я люблю тебя».

2

Иоав с Иорамом тоже вдруг явились, огромные и хохочущие.

— Привет, дядя Яир. Что у тебя есть пожевать?

— Привет, Йо-Йо, — обрадовался я им. — По какому такому случаю вы решили навестить дядю?

— Отец сказал, что после твоей смерти этот дом будет нашим, и мы пришли посмотреть.

Даже моя любовь к ним не может изгладить из памяти ту боль, которую я испытал в день их рождения. Случайно или неслучайно я был у мамы, когда брат позвонил из больницы. Я не слышал его слов, но видел, как осветилось ее лицо, и услышал, как она говорит: «Наконец-то я бабушка. Большое спасибо, Биньямин».

Зависть, охватившая меня, была очень похожа на своих сестер дней моего детства, и маме пришлось успокаивать меня словами и путями, тоже позаимствованными из того времени. Я кричал:

— Почему ты делаешь это именно при мне? Почему ты должна благодарить его именно тогда, когда я слышу?

И ты сказала:

— Пожалуйста, успокойся.

Но я не успокоился:

— И что это за «я наконец бабушка»? Разве я виноват, что Лиоре не удается родить моих детей? Разве это из-за меня ты не «наконец бабушка»?

И ты повторила:

— Успокойся. — Твое лицо помрачнело, но пальцы уже будто сами по себе потянулись утешить и погладить. — Пожалуйста, успокойся, Яир. Биньямин тоже мой сын.

Я не успокоился тогда, но время сделало свое доброе дело. Я убедился, что слова Папаваша, когда он просил твоей руки, были очень точны: можно исправить, можно вылечить и можно исцелить. Прошли годы, и я научился любить могучих сыновей моего брата. В определенном смысле я даже нашел в них утешение, замену двум моим мертворожденным детям. Так было в их детстве, и так же обстоит дело сегодня, когда они уже в армии. Оба они, как и я когда-то, пошли в санитары, но, в отличие от меня, не инструктируют других, а работают сами — в двух военных медпунктах, на двух разных армейских базах.

Трудно растить близнецов, особенно с таким мужем, как Биньямин. Когда Иоав и Иорам были маленькими, Зоар, бывало, просила меня помочь, забрать их на часок-другой к себе. Я уже говорил, что мы симпатизируем друг другу, и я не раз забирал обоих Йо-Йо на несколько часов, а когда они выросли — и на конец недели. Мы играли, гуляли, читали, я рассказывал им истории и делился воспоминаниями.

— Знаете ли вы, — рассказывал я им, — что когда-то здесь неподалеку был зоопарк? Хотите, пойдем погулять и я покажу вам, где точно?

— Потом. Сначала мы хотим поесть.

— И каждый вечер люди, жившие по соседству, слышали голоса животных. Представляете — прямо посреди города рев, и визг, и рычание. А еще там была голубятня.

— А зачем зоопарку голуби? Их и на улице достаточно, и отец говорит, что они разносят болезни.

Их тела сами собой поворачивались в сторону кухни. Их шеи вытягивались, чтобы увидеть огромный холодильник Лиоры.

— А что у вас там внутри?

— Подождите немного, сейчас тетя Лиора придет, и мы поедим все вместе. А пока давайте посмотрим вместе альбомы.

Мой палец полз по старым свадебным снимкам, переходя от лица к лицу.

— Кто это?

— Отец.

— Нет, это его отец, когда был молодым. Они очень похожи.

— А это? — спросил И-два.

— Это я.

— Ты здесь ни на кого не похож, дядя Яир.

— Я похож на себя, когда был ребенком.

— Смотри, запеканка, — сказал Иоав Иораму и показал на тарелку Папаваша.

Я рассказал им, что дедушка Яков не любил стоять в очереди, собиравшейся возле кастрюль и подносов. «Приготовь мне, пожалуйста, в тарелке, Рая», — просил он.

Они засмеялись.

— Так приготовь и нам, пожалуйста, в тарелке, Яирик.

Меня передернуло.

— Где вы слышали это имя?

— Так отец спрашивает, когда мы возвращаемся от тебя: «Ну, как вы провели время у Яирика? Что Яирик давал вам кушать?»

— Так он говорит? Яирик? Правда?

— Да. Но мама говорит ему, чтобы он перестал! Что это некрасиво.

— Смотри, вот жаркое! А это ребрышки!

— Потому что это свадьба дядей из кибуца.

Я пролистал дальше. Яирик. Именно Яирик. Не Яир и не Иреле, не мой брат и не дядя, именно Яирик, из всех имен.

Сейчас они осматривали новый дом, его двор и его виды.

— Очень красивое место, — сказал И-раз.

— Мировое место, — резюмировал И-два.

— Тут мы построим большой гриль[1], а тут поставим табун[2], — сказал И-раз.

— И будем рубать пиццы и стейки с утра до вечера.

— И печеную картошку.

— Если вы не возражаете, ребята, я еще жив, и я планирую пожить здесь еще лет тридцать, как минимум.

— Ничего, мы потерпим.

3

Позвонила Сигаль. У нее два дела. Первое: отец Лиоры приглашает нас на семейное торжество в Соединенные Штаты. Дата выпадает на период больших праздников[3], и поэтому лучше бы заказать билеты заранее. Когда мне удобно вылететь и когда вернуться?

Я:

— На меня не нужно заказывать. Я ни в какие Соединенные Штаты не еду.

Сигаль:

— Я перевожу тебя к твоей жене.

В трубке фортепианная музыка. В других офисах в ожидании ответа играет электронная музыка, Лиора наняла себе Глена Гулда, чтобы он сыграл для ее приятелей музыку Баха.

Лиора:

— Что случилось, Яир? Что на сей раз?

Я:

— У меня нет желания ехать.

Лиора:

— Это не вопрос желания. Это вопрос вежливости и приличий.

Я:

— Я не люблю ездить, и, кроме того, я занят.

Лиора мне:

— Я хочу знать однозначно: ты едешь или нет?

Я ей:

— Нет.

Лиора отключилась. Сигаль вернулась со вторым делом. Она сожалеет, что не успела вовремя предупредить, но группа любителей птиц из Голландии просит, чтобы я провел с ними трехдневную экскурсию. С завтрашнего дня, если можно.

Можно. Конечно, можно. Поездки с любителями птиц и интересней, и выгодней, чем с лекторами и артистами. Я подобрал их в гостинице на улице Нес-Циона в Тель-Авиве, рядом с тем румынским рестораном, где мы с Биньямином взимаем друг с друга выигрыши в наших пари, и в полдень мы уже были в комнатах, которые я заказал в Галилее.

Хозяин, худой высокий человек, выглядел раздраженным и усталым. Несколько лет назад он вырубил свой сад тропических личи[4] и построил взамен этого комнаты для приезжих. Какое-то время дела шли успешно. Потом — «со всеми нашими делами тут» — туристы перестали приезжать.

— Был момент, — сказал он, — когда мне пришлось сдавать комнаты приезжим парочкам. Что тебе сказать, это просто неприятно. Приезжали пары, женатые на других. Понимаешь?

— Более или менее, — сказал я ему. А себе: «Если мы с Тирцей когда-нибудь поедем в Галилею, нужно будет поискать комнату у кого-нибудь другого».

— Но сейчас, слава Богу, в долине Хулы[5] навели порядок, начали разбрасывать журавлям кукурузные зерна, чтобы не поедали хумус[6] с полей, можно надеяться, что больше людей станут приезжать ради журавлей и меньше ради всякого этакого.

Не только журавли. Здесь останавливаются на ночлег и пеликаны, и бакланы, и разные виды гусей, и чайки, и утки, и хищные птицы, и все они прилетают под вечер. В небе тесно от распахнутых крыльев и разинутых, орущих клювов. Тяжелые, плотно сбитые пеликаны спускаются на воду уверенно и быстро, но перед самой посадкой вдруг забавно пугаются, как будто обнаружили неисправность в механизме приводнения. Их ноги шлепают по воде, расшвыривая брызги, крылья — особенно у молодых — беспорядочно бьют по воздуху. Журавли, с их длинными ногами и вытянутыми шеями, — не пловцы. Они опускаются у самой кромки воды, вначале на несколько мгновений зависают в воздухе, судорожно ударяя крыльями, словно балерины, подвешенные на нитках, и лишь затем уступают воле земного притяжения, садятся и спешат к тесной толпе своих товарищей.

Мои взволнованные голландские туристы высыпали из «Бегемота», увешанные биноклями и фотоаппаратами. Одна из них, высокая костлявая старуха, вытащила из сумки рисовальный альбом, акварельные краски и кисточки, села и начала с немыслимой скоростью и точностью зарисовывать птиц. Ее спутники то и дело заглядывали из-за спины, выражали бурный восторг и возвращались смотреть настоящих птиц. Птицелюбы всегда делятся друг с другом увиденным. Произносят короткие кодовые слова: название птицы, направление и расстояние, — которые меняются от языка к языку, но сохраняют ту же интонацию срочности. Все головы тут же поворачиваются, как на шарнирах, все бинокли поднимаются. И всегда находится кто-то, кто поймал интересную добычу и в окуляр телескопа. Широким жестом победителя он приглашает спутников поглядеть на трофей, и перед окуляром сразу же собирается маленькая, вежливая и благодарная очередь.

Как и те старые фогель-кундлеры, знакомые Папаваша, которые когда-то открыли мне хорошие для наблюдения места, эти тоже не занимаются ни этологией, ни орнитологией, а только наблюдением и распознаванием. В этом они к тому же соревнуются друг с другом — кто увидел и опознал больше разных особей и видов. И спорят — горлица это или турман, болотный лунь или карликовый орел. Спор не раз решается с помощью самого лучшего бинокля или телескопа, но бывает, что обсуждаемая птица быстро исчезает или различение оказывается особенно затруднительным — например, между соколом красным и соколом обыкновенным, особенно на фоне безоблачного неба, — и тогда голоса повышаются и спор становится жарче.

Медленно гаснет закат. Шеи селезней уже не переливаются многоцветным сиянием, вода засеребрилась, и бурые каравайки на ее фоне стали казаться черными. Сумерки поглотили сероватую окраску журавлиных крыльев, а потом и белизну пеликаньих. Под конец остались только последний блеск воды и на ней — темные силуэты. Потом исчезли и они, я собрал свою маленькую стаю, и мы вернулись на место ночлега.

После ужина любители птиц остались за столом, чтобы сравнить трофеи и продолжить споры. Они и меня попытались втянуть в этот спор, чтобы я решил, который из их ястребов ястребиней или орлиней, но я тут же обнаружил свое полное орнитологическое невежество, за что немедленно получил выговор: «Немыслимо, чтобы экскурсовод не знал, что крылья степного орла длиннее, чем у большого подорлика. Это же элементарно!» Увы, во всем, что касается мелких деталей: длины крыльев, цвета стен или формы ручек для шкафов и дверей, — я сдаюсь заранее. Моя стихия — большие ощущения: высокий лёт, небесный свод, прямые пути, воздух, наполняющий пустое пространство дома, полное слияние тел.

4

Я встал до зари, включил чайник, который выставили нам с вечера у входа, и разбудил своих туристов. Они хотели посмотреть приземлившихся вечером птиц на их взлете на заре. Пока они собирались, я налил кофе в большой термос, вынул из холодильника в кухне пакеты с бутербродами, приготовленные нам хозяином, и еще затемно выехал с ними к озеру.

Сильный восточный ветер дул нам навстречу, подымал облака пыли, сгибал верхушки деревьев, даже тяжелый нос «Бегемота» потряхивало слегка. На въезде в заповедник я рассказал им историю осушения озер Хулы и ее последствия. Так я делаю всегда, и они цокают языком, с удовольствием повторяют местные названия и даже записывают некоторые из них на память. Через неделю они уже будут сидеть в своих кафе, называть своим друзьям: «Agur», «Sharkia», «Hula» и «Saknai» — как будто всосали эти слова с молоком матери, — потягивать пиво и показывать им фотографии.

Ветер и пыль загнали нас в «Аквариум», здание из сплошных окон, предназначенное для наблюдений за птицами, дверь, правда, была закрыта, но находчивый экскурсовод — это я, мама, твой старший сын, — обошел вокруг и нашел незапертое окно. Я сдвинул его по направляющим и пригласил своих туристов войти.

С этого момента и дальше всё уже происходило само собой, как фильм, обратный вчерашнему: негромкий гомон птичьего пробуждения, темнота сереет, на посветлевшей воде вырисовываются тени птиц, солнце подымается всё выше, начинается птичий взлет. На взлете у них нет ни лидера, ни главного, ни распорядителя, и каждая птица взлетает в свое время, по своему разумению и в удобном для нее темпе. Пеликаны — тяжело, журавли — как будто танцуя поначалу в воздухе, гуси и утки долго бегут по воде, вытянув шею и хлопая крыльями. Все пробуют, спотыкаются, трепыхаются, садятся, ждут, пока солнце окрепнет, согреет воздух и мышцы.

Постепенно небо снова покрывается точками, наполняется движением, распростертыми крыльями, взмахами и голосами, и вдруг у меня в кармане зазвонил мобильник, и я — под укоризненными взглядами моих птицелюбов — заторопился ответить, потому что на экране опять высветилось «Папаваш».

5

Папаваш звонит редко. И уж конечно, не в такое время. Йеки вообще не позволяют себе быть обузой, обращаться к ближнему с просьбой. А кроме того, со всеми своими нуждами Папаваш обращается к Мешуламу Фриду. Но с того нашего разговора и его ужасного вопроса: «Мама еще не вернулась домой, может, она у вас?» — появление его имени на экране мобильника вызывает у меня тревогу.

— Мне неприятно беспокоить тебя, Яирик, — сказал он раздраженным и усталым голосом. — Я долго думал, позвонить или нет. Ты должен срочно приехать сюда.

Я извинился перед своими подопечными и вышел наружу.

— Я на севере с туристами. Что случилось?

— Кто-то пытается ворваться ко мне в дом.

— Позвони в полицию. Немедленно!

— Не сейчас. Сейчас уже светло. Это ночью, это каждой ночью... Кто-то поворачивает ручку двери, пытается открыть. Я уже несколько ночей не сплю.

— Дверь заперта?

— Конечно.

— Тебе просто чудится, — попытался я успокоить. — В темноте дома́ всегда издают какие-то звуки. Особенно коммунальные дома́. А совсем ночью, когда всё тихо, стоит кому-то спустить воду на третьем этаже, и ты уже уверен, что к тебе пытаются вломиться.

— Извини, Яирик, но я еще в состоянии отличить того, кто пытается ворваться ко мне, от того, кто спускает воду на третьем этаже. И галлюцинаций у меня тоже нет, если ты на это пытаешься намекнуть!

И бросил трубку. В последнее время он усвоил эту отвратительную американскую привычку — заканчивать телефонный разговор, не прощаясь. Я не стал чиниться и перезвонил ему. Сказал: «Нас разъединили». Сделал вид: «Здесь плохой прием». Попробовал пошутить: «Может быть, это Мешулам, проверяет, не забыл ли профессор Мендельсон запереть дверь перед сном?»

Папаваш ответил мне обрадованным голосом, как будто не сердился минуту назад:

— Мешулама я уже спрашивал, Яирик. Это первое, что я сделал.

— И что он сказал?

— Он сказал, что пошлет кого-нибудь из своих охранников, чтобы постоял здесь снаружи.

— Хорошая идея.

— Плохая идея. Здесь не дом главы правительства. Ты сам сказал: это коммунальный дом. Мне не нужен бандит с револьвером на лестничной площадке.

— Ты говорил с Биньямином?

Птицы взлетают. Шумное хлопанье крыльев окружает меня со всех сторон. Воет ветер. Но вздох Папаваша слышен отчетливо и ясно:

— С Биньямином нет смысла разговаривать. Он занят.

— И поэтому ты обращаешься ко мне? Потому что я меньше занят? Я тоже работаю иногда, если ты случайно забыл. И как раз в данный момент я с туристами. Из Голландии. Я поднялся без четверти четыре показать им перелетных птиц в Хуле, и это немного далеко.

— Мне очень жаль, что я тебе мешаю, Яирик. Я обратился к тебе, потому что ты мой старший сын.

После обеда я спустился с моими туристами на юг, к нашей следующей остановке, в Иорданской долине. Удостоверился, что у всех есть комнаты и еда, и помчался в Иерусалим по восточной дороге, вдоль Иордана. В половине одиннадцатого я поставил «Бегемота» на улице А-Халуц в квартале Бейт а-Керем. Вытащил ручку из саперной лопатки, которая всегда лежит у меня в багажнике, и складной стул, который остался там с той прогулки, которую Папаваш прервал, и поднялся на улицу Бялика через темный мемориальный парк. Что обо мне подумают? Мужчина в расцвете лет, в одной руке палка, в другой складной стул. Куда он идет? С какими намерениями? Зачем гадать и напрягаться? Это тот самый мальчик, который много лет назад спускался по этому парку со своей матерью, а сейчас поднимается по нему охранять отца, который вырастил его совсем как своего сына.

Так я и думал. Рядом с домом стоит машина фирмы «Мешулам Фрид и дочь с ограниченной ответственностью». Я поставил стул во дворе, под инжиром, который пересадил к нам Мешулам годы назад (дерево стало уже совсем большим), и уселся в темноте. Здесь меня никто не увидит, а я смогу видеть дверь Папаваша. Чуть позже одиннадцати дверь открылась, Мешулам крикнул: «Спокойной ночи», запер снаружи, вышел из подъезда и посмотрел вокруг. Что я скажу, если он все же меня заметит? Скажу правду. Мешулам послушает, вытащит платок, скажет: «А кто будет охранять меня, после того, как Гершон?» — и предложит сменить меня или составить мне компанию.

Но Мешулам не заметил меня, сел в свою машину и уехал. Папаваш зажег свет в туалете. Я слышал, как он кашляет и отхаркивается. На людях он никогда так не кашлял и, уж конечно, не сплевывал. Потом свет погас и в его комнате, и остался только слабый ночник в кухне.

Я сидел, томясь и чувствуя нарастающую усталость, и вдруг увидел, что на лестничной клетке вспыхнул свет. Я напрягся — и зря. Квартирант Папаваша спустился со второго этажа, вытащил что-то из своей машины, коротко поговорил по мобильному телефону, всё время сдерживая тихий смех, и затем вернулся в дом. Еще дважды по лестнице поднимались какие-то люди. А потом я весь сжался, потому что появился Биньямин. Он подошел к двери, прислушался, не трогая ручку, не позвонил и не открыл. Я поднялся со своего места, и мой брат исчез.

Воздух наполнялся прохладой и сыростью. Редкие прохожие исчезли совсем. После полуночи неожиданно пробудился ветер, отзываясь слабым шелестом маленьких деревьев и шумом больших. Издали вдруг послышался короткий, страшный женский крик, а за ним тишина и потом лай. Летучие мыши кружили вокруг уличного фонаря, охотясь за насекомыми, летящими на свет.

В три часа утра я покинул свой пост. В буфете Глика горел свет. Господин Глик уже трудился на кухне.

— Если подождешь пять минут, я приготовлю тебе сэнвиш, — окликнул он меня через окно. — А пока вот тебе выпить кофе.

Я выпил кофе. Господин Глик спросил:

— Сделать сэнвиш и для дочки Фрида?

Я покраснел.

— Я не увижу ее сегодня.

— Это нехорошо, — сказал господин Глик. — Такая, как она, каждый день без нее — пропащий.

— Вы правы, господин Глик, — сказал я. — Жаль всех дней, что прошли без нее. Это была ошибка.

Он дал мне сэндвич.

— Не ешь сразу. Дай ему несколько минут, чтоб у него вкусы внутри немного перемешались. Я с тех самых пор, что она девочка, говорю: Тирца Фрид — это что-то особенное, не как все другие. Но если вы поторопитесь до того, как я, с Божьей помощью, наконец умру, так я приготовлю вам угощение и на свадьбу тоже.

На протяжении всего спуска от Иерусалима до Иерихона я думал о Папаваше. Рассказать ему о ночи, которую я провел во дворе его дома, или нет? А на протяжении большей части дороги на север я думал о себе, и о своей истории, и о потребности в историях вообще, и как быть человеку, если всё главное в его истории произошло еще до того, как он родился. А позже, возле кибуца, в котором вырос Малыш, я свернул на проселочную дорогу, по которой он ездил на велосипеде с Мириам. Остановился возле заброшенного здания, которое когда-то было насосной станцией, и моя мысль — вопреки той независимости, которую мы склонны ей обычно приписывать, — рабски последовала по логически предсказуемому пути, от первого голубя, запущенного Малышом, к самому последнему. Лишь несколько голубятников пришли на его похороны. Война еще не закончилась, дел было много, и дороги оставались небезопасны. Отец приехал из Иерусалима. Дядя, тетя и Мириам — из кибуца. Волосы Мириам уже тронула ранняя седина. Дядя и отец стояли порознь, каждый плача по-своему, и не обменялись ни словом.

Доктор Лауфер и Девочка приехали тоже. Она с трудом шла и тяжело дышала. Каждые несколько секунд ей приходилось останавливаться и судорожно втягивать воздух. Но две первые клетки у нее внутри уже разделились и стали четырьмя, а этим четырем суждено было еще в тот же день разделиться снова, став теми восемью, которым предстояло, в свой черед, превратиться в шестнадцать, а потом в тридцать две и в конце концов стать сегодняшним мною. Доктор Лауфер, единственный, кроме нее, кто знал об этом, произнес надгробную речь, и его женское множественное число, которое обычно веселило слушателей, на сей раз вселило в них ужас, потому что прозвучало как надгробное слово от имени тысяч матерей, и дочерей, и сестер, и возлюбленных.

Любую поездку нужно использовать для запуска, и поэтому каждый из прибывших на похороны голубятников нес в руке корзинку с голубями — специальную плетеную соломенную корзину с крышкой и ручкой, — и по завершении церемонии эти голуби были запущены и взмыли вверх, над слезами, и скорбью, и свежей могилой. И доктор Лауфер сказал: «Это и полезно, и красиво. Может быть, нам следует завести такую традицию и для дней памяти тоже».

Глава двадцать третья

I

Жаль, что тебя не было здесь сегодня, посмотреть, как сборная штукатуров Тирцы штукатурит дом, который ты мне купила: ватага друзов из Усфии, все из одной семьи, все в одинаковых огромных усах и одинаковых пестрых фесках. Для начала они окружили дом лесами, потом забрались на подмости и встали — двое на верхнем уровне, двое на нижнем. Натерли руки оливковым маслом, чтобы защитить кожу от извести, а потом все разом принялись накладывать раствор и все разом его разглаживать — абсолютно одинаковыми, синхронными движениями.

— Почему они взялись вчетвером за одну стену? — спросил я. — Взял бы каждый себе по стене и работал бы на ней.

Но Тирца сказала, что стена должна высыхать вся одновременно, под одним и тем же солнцем, чтобы не было различий в оттенке цвета и в текстуре.

Сначала друзы нанесли раствор и разгладили его плотным слоем по бетону, потом положили на него второй слой, для герметизации, и зачистили его зубчатыми скребками, а под конец длинными быстрыми валиками накатали поверх еще и третий слой. Штукатурку внутри дома они положат через несколько дней, но немного другого оттенка, не совсем белую, а чуть кремовую — мы с Тирцей оба не любим белого, — а по наружным стенам пустят еще слой измельченного гипса того цвета, который, как сказала Тирца, называют «персик».

Пятый друг работал внутри дома. Поднялся на леса, поставил там низкую, тяжелую лестницу и начал проверять металлическую сетку подвесного потолка, как проверяют струны арфы — пощипывая и подтягивая. Сетка гудела ему в ответ пустыми глазницами, и он вбрасывал в них раствор, вбрасывал и разглаживал, а когда закончил, Тирца сказала, что вот и всё, теперь это наш потолок, а не кого-то, кто жил здесь раньше, и скоро рабочие уйдут, и я с удовольствием вижу, что у тебя есть силы и желание, Иреле, потому что нам предстоит теперь отметить сразу две обновки — и подвесной потолок, и штукатурку.

2

Китайцы положили герметизирующий слой на фундамент ванной комнаты, протянули зеленые и черные пластиковые рукава и закрепили их по месту шлепками цемента. Пришли электрик с водопроводчиком и проложили провода и металлические трубы. А когда всё высохло, и закрепилось, и разгладилось, и было скруглено, и законопачено, и подсоединено, и проверено, Мешулам вернулся с укладчиком полов Штейнфельдом.

— Привет, Штейнфельд! — крикнула Тирца. — И тебе привет, Мешулам. Твои скругления в ванной выглядят очень красиво.

Штейнфельд прибыл с тем же старым школьным ранцем на спине и тем же ведерком в руке. Только на этот раз в ведерке были молоток, ватерпас, шпатель и подушечка. Но ворчать он продолжал точно так же, как будто лишь вчера закончил тот штихмус, который сделал несколько недель назад.

— Видишь? Вот молоток, о котором я тебе говорил. Настоящая вещь, не какая-нибудь нынешняя пластиковая игрушка. У него в головке полтора кило железа, может любой угол или выступ стесать, а ручка из тополиного дерева — чуть постучишь по плитке, она сразу ляжет точно по месту. Ровно восемнадцать сантиметров длиной, в аккурат как мой шмок, только толще и мягче.

— Не морочь человеку голову своими глупостями, Штейнфельд, — сказал Мешулам. — Такими молотками, как твой, пользуются сегодня только для старых балат[1], а новый, из резины, — это для керамических плиток.

— Балаты красивей, — проворчал Штейнфельд. — А керамические никогда не ложатся точно.

И заодно с отвращением отозвался о нынешних полах из мрамора, «из-за них все эти новые квартиры выглядят, как ванная у прислуги барона Ротшильда».

— Слушай, ты же здесь хозяин, а не они! — повернувшись ко мне, сказал он к большому удовольствию Тирцы и Мешулама. — Пусть эти Фриды кладут у себя дома то, что им нравится. Тебе в дом я привезу балаты, как раньше, — двадцать на двадцать.

Тирца запротестовала:

— И в результате получится куда больше плиток, больше работы, больше швов, чтобы мельтешили в глазах, и вдобавок машина не сможет подрезать их у стенок.

— Тиреле, ты забыла, что это я здесь укладываю плитки, а не ты, — возразил Штейнфельд. — Углов тут мало, и мы сможем подрезать их вручную, с помощью диска.

— Ему даже тиски не нужны для этого, — восторженно прошептал мне Мешулам. — Человеку восемьдесят лет, а он одной рукой держит плитку, а другой режет ее. Ты глазам своим не поверишь. Диск у него входит в плитку, как нос в масло.

Через час прибыл грузовик и разгрузил балаты. Но тем временем уже начался очередной спор: Штейнфельд требовал положить под балаты песок, а Тирца предпочитала мелкий щебень. Она даже меня вовлекла в свои за-за и за-против: в песок можно добавить немного цементного порошка для лучшего связывания, но из-за мелкости крупинок песок легче передает влагу от одного места к другому, «а тогда приходится половину дома разбирать, чтобы найти, откуда берется сырость».

— Терпеть не могу щебень под балатами, — сказал Штейнфельд. — Песок лежит себе тихо, а щебень делает «кххх… кххх… кххх…».

Тирца рассмеялась, но на этот раз не уступила:

— Во-первых, не тебе жить в этом доме. А во-вторых, он, — показала она на меня, — вообще не услышит твои «кххх… кххх… кххх…». Ты единственный человек в мире, который их слышит.

Штейнфельд еще немного поворчал и сдался, а Тирца сказала:

— Ничего, Штейнфельд. Ты победил в балатах, а я — в том, что под ними. Твою победу видно, а мою нет.

Мешулам был счастлив:

— Ты видел что-нибудь подобное? Ты видел, как она сражается за тебя?! Зубами и когтями! Клыками и ногтями!

— И это приводит тебя в восторг? — спросила потом Тирца. — Что твоя дочь, которая уже построила на своем веку целую кучу гостиниц, и больниц, и индустриальных комплексов, и торговых центров, и дорожных развязок, которая одной левой справляется с любыми чиновниками в министерстве обороны, и министерстве жилищного строительства, и министерстве транспорта, сумела справиться со старым плиточником? Это тебя восхищает?

— Постой минутку! — сказал Мешулам. — Ты знаешь, что у тебя над лбом появились два седых волоса?

— Что с тобой будет, папа? Какими глупостями ты занимаешься!

— Как прекрасно! Теперь я могу наконец умереть.

— Мало того что я сама плачу из-за этих седых волос, — сказал Тирца, — так теперь еще и ты?! Спрячь этот свой платок побыстрей в карман!

— Это не из-за твоих седых волос я плачу. Это потому, что ты наконец сказала мне «папа».

— Не рассказывай сказки! Скажи еще: «Если бы Гершон был жив, у него тоже были бы сейчас седые волосы».

Штейнфельд заворчал:

— Хватит вам уже! Мешаете мне работать...

Он протянул шпагат по ширине комнаты, обозначая им начало первого ряда балат, и тот из китайцев, что помоложе, раскидал гравий на открытом бетоне. Штейнфельд велел ему смешать в корыте белый песок с обычным и добавить известь и цемент, а воду отмерил сам.

Китаец помешивал смесь, отвечая молчаливыми улыбками на раздраженное ворчание старика:

— Видишь! Из-за этого я и не хотел подстилать щебень! Смотри, какие комки! Поди объясни этому китаёзе, что раствор должен быть без единого комочка, гладкий и вкусный, как паштет из печенки.

Он положил на пол ту вышитую подушечку, которую принес в своем ведерке, и со стоном опустился на колени. Рабочий поставил рядом с ним ведро с раствором. Штейнфельд зачерпнул лопаткой из ведра, положил щедрую порцию раствора на щебень, разровнял, добавил еще и разровнял снова. Его движения были скупыми и быстрыми, совсем не такими, как походка и речь. Кончиком лопатки он начертил в растворе две глубокие молнии, два зигзага, напоминавшие английскую букву «зет»:

— Так раствор не расползется весь по сторонам. Когда балата ляжет на него, он войдет в эти зигзаги и заполнит там всё до последнего пузырька.

Потом он положил на раствор балату, легонько постучал по ней рукояткой молотка и кончиком лопатки собрал выдавленный снизу раствор, положил свой ватерпас в направлении с юга на север, а затем с запада на восток, проверил и сказал:

— Видишь, как ровно? У американского президента бильярдный стол не такой ровный, как эта балата. Можешь положить на нее шарик от шарикоподшипника, он всё равно не шелохнется.

Он снова разровнял щебень ладонью, проворчал: «Песок лучше!» — и снова положил порцию раствора. Опять разгладил, начертил свои маленькие молнии, положил еще одну балату и снова постучал. В этих его размеренных глухих постукиваниях был какой-то особый ритм, словно они с домом посылали друг другу потаенные сообщения, как заключенные из соседних тюремных камер. Он погладил рукой обе плитки, скользнул испытующей подушечкой большого пальца вдоль шва, снова взял ватерпас и на этот раз положил его на обе балаты сразу.

— Ошибки укладки невозможно скрыть, — объяснила мне Тирца. — Провода и трубы спрятаны в стенах и в полу. Штукатур и маляр пообвиняют друг друга в халтуре, но потом всё равно ее замажут. Но работа плиточника открыта глазу, а из-за всех этих прямых углов и длинных швов даже непрофессиональный глаз сразу видит ошибку.

— Нахальная девочка, — проворчал Штейнфельд, — но в работе немного соображает.

Часа через два с половиной, закончив укладывать три первых ряда, старый плиточник протянул руку старому подрядчику и сказал:

— Помоги мне встать.

Мешулам взял его за руку и поднял. Оба застонали от боли и усилия.

— Теперь, когда Штейнфельд уложил первые три ряда, как только он один умеет, — сказал мне Мешулам, — любой плиточник может уже продолжать дальше.

А Штейнфельд объявил:

— То, что я сделал вам здесь, даже наше сраное правительство не сумеет испортить. Теперь пусть ваш китаёза продолжает сам, только проследите, чтобы он не положил вам рис вместо щебня!

Я вышел с ним наружу. Он заглянул в холодильник и крикнул:

— Тиреле, как насчет кусочка копченой рыбы?!

— Всё там внутри, — крикнула она из дома. — Поищи как следует.

— А как насчет капли водочки под рыбу?!

— Не во время работы, Штейнфельд. Возьми себе пива, хватит с тебя.

Штейнфельд вынул из холодильника рыбу, зеленый огурец и сыр, нашел в закрытом отсеке хлеб, потом извлек из глубин своего школьного ранца нож, отрезал кусок рыбы и сел на стул. Его правая рука дрожала.

— Это уже несколько лет она так дрожит — сказал он мне. — Доктора ни хрена не могут сделать, но как только я становлюсь на колени, чтобы работать, она тут же перестает. — И протянул мне огурец: — Почисть мне его, пожалуйста.

Я почистил ему огурец и хотел было налить пива в его чашку. Но Штейнфельд сказал, что предпочитает пить прямо из бутылки:

— Из чашки у меня всё выплескивается. Только не говори об этом Тирце, хорошо?

Когда он закончил есть и пить, я положил для него подстилку в тени рожковых деревьев, он лег на нее и заснул. Мешулам сказал Тирце:

— Пусть твой рабочий пока делает что-нибудь другое, а мы с тобой немного продолжим после Штейнфельда. — А мне сказал: — Мы с Тиреле уже уложили в своей жизни пару-другую балат, а ты берись, смешивай и подавай нам раствор, заодно выучишь новую профессию.

Я смешивал и подавал, а Мешулам Фрид и дочь с ограниченной ответственностью встали на колени и начали укладывать. Потом Мешулам сказал:

— Ну, Иреле, теперь и ты положи несколько балат, все-таки это твой пол.

Я всё еще помню, где они лежат. Даже сегодня, через несколько месяцев после того, как Тирца оставила меня и ушла, я могу опознать мои балаты, и ее балаты, и те невидимые углубления, которые наши тела оставили в полу.

3

Но в то время мы еще были вместе, и Тирца признала:

— Штейнфельд был прав. Двадцать на двадцать действительно красивей.

И назавтра объявила:

— Раствор уже высох. Давай обновим и наш новый пол.

— Подстелить что-нибудь?

— Нет. Много ли людей могут сказать, что они лежали в обнимку на полу, который сами же и настлали? Ляг на меня, юбимый, я хочу почувствовать тяжесть твоего тела.

Я лежал на ней. Мы соприкасались грудью, прижимались бедрами, встречались губами. Наши колени — чашечка к чашечке, руки вытянуты в стороны, пальцы переплетены, как будто мы распяты друг на друге.

— Давай совсем разденемся. Подумай, как приятно — горячее тело на прохладном полу!

Заходящее солнце заполнило собою проем в стене, пробитый в первый день творения дома, залило и зажгло его пустое пространство.

— Ты соскучился по мне?

— Да.

— Так вот я пришла. Это я. Я здесь.

— Хорошо.

— А когда меня не было?

— Когда тебя не было что?

— Ты тоже скучал по мне?

— Да.

— Когда больше?

— Тиреле, я увидел тебя не позже чем сегодня утром.

— Я не говорю про сегодня утром. Не про сегодня. Я про все эти годы, все годы, что прошли с тех пор, ты тогда тоже скучал по мне?

— Зануда.

Она засмеялась:

— Мы решили поссориться? Потому что если со мной ссорятся, у меня потом не стоит.

Мы перевернулись. Ее лицо надо мной, медленно погружается в мое. Я вздрогнул от мгновенной четкости воспоминанья. Есть люди, которые воспринимают реальность, как положено, с помощью органов чувств. Но мои органы чувств — лишь посредники между реальностью и памятью, и при этом не каждый из них — в положенном ему участке. У меня порой нос посредничает между воспоминанием и звуком, а иногда ухо осязает, глаз припоминает запахи, а пальцы видят.

Тирца целовала меня в шею, которая дрожала под ее губами. Она слегка приподымалась, чтобы я мог видеть ее глаза и ее тело. Хотя она уже беременела и рожала, ее соски по-прежнему были маленькими и четко очерченными: бледно-розовый левый, темно-красный правый. Время от времени она обводила их облизанным, мокрым пальцем, слегка приподымая грудь легким вдохом:

— Посмотри на них: этот я одолжила у нашего кислого граната, а этот — у сладкого.

Мне никогда не надоедает вспоминать ее. Ее маленькие груди, ее жесткие, курчавые волосы, чуть приподнятый живот. Ее короткое, сильное тело и длинные ноги. Ее слегка торчащий пупок и ту густую темноту внизу под ним, что всякий раз удивляла меня заново, как в нашей юности, когда она со смехом говорила: «У меня в пипине растет металлическая стружка!» — и там, в этой темноте, единственное мягкое место во всем ее теле, подобное ручью в камышах и тростниковых зарослях.

Мы гладили друг друга, как приказывал нам Гершон, когда мы были подростками. Все ячейки памяти в наших телах просыпались к жизни — те, что в мышцах, и те, что в коже, и те, что в кончиках пальцев. Тирца сказала:

— Это невыносимо приятно.

— Что? — спросил я.

— Как мы смешиваемся и становимся одним существом. Ты мною, я тобой. Точно так, как было когда-то и как еще много раз будет потом.

Ее ладонь скользнула по мне, от пояса по скату спины. Она дала мне знак слабым нажатием пальцев. Войди. Каждая женщина в моем теле прижалась в ней к своему брату. Каждая клеточка в моем теле нашла в ее теле своих забытых сестер.

ГЛАВА ДВАДЦАТЬ ЧЕТВЕРТАЯ

I

Назавтра вернулись братья Илуз и начали строить мне «дек». Они вырыли ямы, установили в них железные захваты для поддержки деревянных столбов, а потом навалили туда камней и залили их бетоном. Строительство самой веранды заняло три дня. Пол они сделали из досок, вокруг поставили перила, а сверху эти кровельщики-лилипуты растянули широкие полотнища, которые держатся на стальных канатах и придают ей сходство с парусным кораблем.

На четвертую ночь после того, как мы обновили ее и уснули, меня разбудил шум и треск. Что-то снаружи ломалось и падало. Тирца не проснулась, а я сразу понял, в чем дело: рухнуло старое инжирное дерево. Мешулам был прав. То был грохот свершившегося пророчества. Я посчитал свои за-за и за-против и решил не вставать. Лучше дождаться дневного света. Ночью всё выглядит не так, как в действительности. Я лежал и слушал. Тишина вернулась, заполнила пустоту, созданную падением, за ней вернулись и обычные звуки: сначала посвист ветра, далекий лай и кваканье лягушек, а потом опять гулкий и мерный крик маленькой совы и шаги ежа, пробирающегося сквозь кусты.

Тирца ничего не слышала и не знала. Она поднялась и уехала еще до восхода солнца, а я проснулся часом позже и вышел во двор. Тракторист уже стоял там с маленькой механической пилой в руках. На земле валялись ветки рухнувшего дерева. Его листва рассыпалась вокруг. Сломанный ствол выглядел, как лопнувший мешок опилок. Только сейчас я понял, как глубоко изъели это древесное тело точившие его личинки. Увидев, что я проснулся, тракторист завел пилу, разрезал трухлявый труп, погрузил на свой прицеп и поехал выбросить его на свалку.

В полдень явился Мешулам с саженцем нового инжира. Отводок пустил корни в ведре и уже расцвел.

— Ты всё знал. Ты приготовил его заранее, — сказал я ему, наполовину возмущенно, наполовину восторженно, а еще наполовину — окончательно капитулируя.

— А как же? — сказал он. — Мы же сами видели дырки в его стволе в тот первый день, когда ты привез меня смотреть дом. Я тебе уже тогда сказал, что оно упадет.

— Это большой саженец. Ты приготовил его еще до того, как приехал сюда в первый раз.

— Мешулам всегда готов. К хорошему и к плохому. И это настоящий инжир, — сказал он, — не такой, как был у тебя до сих пор. Этот даст тебе хороших детей. Тут у тебя не будет выкидышей, какие бывают у других.

— Мы уже не молодые люди, — сказал я.

— Кто?

— Не валяй дурака, Мешулам. Мы с Тирцей.

Мешулам не смутился и не обиделся.

— Сегодня в Хадасе такие врачи, что они могут сделать беременность не только жене Мафусаила, но и ему самому.

Он вернулся к своей машине, принес мотыгу, кирку, вилы для копания и какую-то странную новую штуку — длинную, толстую, гальванизированную трубу с воткнутым в ее конец лезвием кирки, широкой стороной наружу.

— Это, Иреле, инструмент профессиональных садовников. Такого приятеля не купишь в обычном магазине.

Он объяснил мне, что перед тем, как копать, надо «хорошо-хорошо подумать» и представить себе, как это место будет выглядеть через годы, «когда твой маленький саженец станет большим деревом и должен будет жить в мире со всеми своими соседями — и с соседями-растениями, и с соседями-домами, и с соседями— людьми».

Тополь, например, нельзя садить возле дома — «это беда!» — его сильные корни поднимают мостовые и тротуары и проникают в канализацию. Мелия — красивая и пахучая, но привлекает дятлов, и вдобавок в конце концов падает тебе на голову. Фикус — это грязь и мухи, «но, — тут Мешулам уважительно улыбнулся, — он засылает корни далеко-далеко и ворует воду во дворе у соседей. Это то, что я называю умным деревом».

А фруктовые деревья, особенно абрикосы и сливы, плодоносят все одновременно, и поди собери всё это богатство, и сполосни, и организуй для него кастрюли и банки, и становись варить варенье.

— Моя Голди занималась этим каждое лето напролет. Если бы она была сейчас жива, я бы, наверно, давно уже поссорился с ней и выкопал бы все ее фруктовые деревья, но, когда ее нет, мне неприятно это делать.

Мы приняли во внимание все факторы, представили себе предстоящее, и в конце концов Мешулам вдавил в землю каблук и наметил маленькое углубление.

— Здесь! — показал он мне. — Вырой ему здесь красивую яму, и пусть твой пот немножко накапает внутрь. Это первое дерево, которое ты сажаешь в своем новом доме, так пусть всё будет, как следует.

2

Вначале я поднял вилами большие комья земли. Потом поработал мотыгой, а когда яма углубилась, Мешулам протянул мне свою трубу с лезвием от кирки:

— А сейчас попробуй этим, приятелем. Вот так, видишь? Сверху вниз, как экскаватор на каменоломне. Тогда у тебя яма получится точно, как надо, — глубокая и с ровными стенками.

Я копал, и расширял, и углублял, пока Мешулам не сказал, что хватит. Он заполнил яму водой, дал ей впитаться и исчезнуть и снова залил — «чтобы дыра была теплой и влажной». Потом заполнил нижнюю треть ямы землей, смешанной с компостом, и посыпал легко разлагающимся химическим удобрением.

— Можно класть и коровий навоз, только совсем сухой и уже без капли запаха. Но птичий помет — ни в коем случае. А сейчас пойдем вытащим саженец из ведра.

Он опустился на колено, обжал стены ведра по всей окружности, а я потянул и вытащил — «держи снизу тоже, нельзя, чтобы ком с корнями развалился» — и поставил саженец в центр ямы.

— Пусть он обопрется на твое плечо, чтобы вы почувствовали слабость и нужду одного в другом. Сегодня он опирается на тебя, а завтра ты будешь сидеть в его тени.

Сгреб внутрь немного земли, отступил, обошел, осмотрел, заметил, что саженец стоит криво, и велел мне осторожно наклонить его чуть влево и немного укрепить.

— Добавь еще земли. Но не покрывай шейку ствола, чтобы у него не завелась там гнилость. И не утаптывай ногами, варвар! Не души его! Это же твой первый саженец в новом доме. Стань вежливо на четвереньки и прижми ладонями. Поменьше силы, побольше деликатности.

Дерево было посажено. Мешулам принес из своей машины три высоких деревянных шеста. Мы воткнули их с трех сторон, и Мешулам объяснил мне, как привязать к ним нежный стволик:

— Полосками из ткани. Нитка повредит ему кожицу.

Он проверил, что полоски привязаны свободно, позволяя саженцу слегка двигаться на ветру.

— Это заставляет его немного поупражнять мускулы, и тогда ствол становится толще и крепче.

Отошел назад:

— Ну, вот и всё. Посадили. Теперь подольем еще воды, а когда будем наводить порядок во дворе, положим вокруг него несколько кругов шланга для капельного орошения. А пока навещай его каждый день с лейкой. Пусть учится ждать и радоваться твоему приходу. А ты, когда будешь поливать, осматривай его хорошенько, проверяй листья и кору. Так ты будешь знать, как оно развивается и нет ли у него проблем, а оно будет знать, что ты не просто посадил его и ушел, а продолжаешь о нем заботиться.

Мы уселись возле моего нового дерева. Я на земле, Мешулам на перевернутом ведре. Он закурил и сказал:

— Хорошо, Иреле, что ты не куришь. Я хочу, чтобы у моей Тиреле был сильный и здоровый парень. И еще один совет я хочу тебе дать, потому что не знаю, буду ли я здесь, когда это дерево даст плоды. Ты был прав. Этот саженец я приготовил еще до того, как ты пришел ко мне со своим новым домом, и я взял росток для него от своего инжира, который Тиреле любит больше всех остальных. У него плоды белые с желтизной. А сейчас я скажу тебе, как ей их подавать: очень холодными и разрезанными не поперек, а вдоль, чтобы они выглядели так, как должны выглядеть плоды инжира, — похоже, как у женщин внизу. Ты понимаешь, о чем я говорю, да? Таким способом ты говоришь ей, что это то, что ты хочешь и любишь в ней, но вежливо, без грубостей. А возле тарелки с инжиром поставь ей маленькую мисочку с капелькой арака на донышке.

Она очень обрадуется, — пообещал он мне. — Вот увидишь. Она будет тронута. Она засмеется. Женщина любит, когда ее мужчина чувствует, что она любит, даже когда она ему этого ясно не сказала. Так ты не говори ей, что это я научил тебя этому патенту, пусть думает, что ты сам всё про нее понимаешь.

Немного подумал и изменил свое мнение:

— Нет, знаешь, если Тиреле спросит тебя, скажи ей правду. Да, Тиреле, это твой отец открыл мне секрет. Он хотел, чтобы я тебе понравился, он хотел, чтобы мы были вместе, и он решил нам немного помочь. Тогда она засмеется: ну, вот, теперь я буду думать, что все приятности, которые ты мне делаешь, это подсказки моего отца. А ты скажешь: нет, Тиреле, не все, только этот инжир. И тогда она спросит: ты уверен? И больше он тебе ничего не рассказал из того, что я люблю? И ты скажешь ей: нет, Тиреле, бóльшую часть того, что девочки любят, их отцы не знают, и давай больше не будем говорить о нем, потому что сейчас это только я и ты, так какое нам дело до этого старого зануды? Это то, что ты ей скажешь.

Сейчас, Тиреле, скажешь ты, мы с тобой — как Адам и Ева. Нет здесь больше людей, только я и ты, и это рай, который мы сами себе сделали, и уж отсюда нас не выгонит никто.

3

Проводив Мешулама, я вернулся в свой дом и лег на пол. Как хорошо. При всей моей неутолимой любви к моему подрядчику-женщине, сейчас мне приятно, что я здесь один. Строительство уже почти закончено: балки, поддерживающие крышу, починены или заменены, черепица уложена, подвесной потолок отделяет меня от крыши, балаты Штейнфельда ровными рядами лежат под моим телом. Окна и двери установлены, мрамор, и раковины, и краны — все на своем месте, стены оштукатурены и покрашены. Нужно только кое-что добелить и докрасить да установить светильники.

Я лежал на полу пустого дома, глядя вверх, и меня охватило странное чувство, будто я взлетаю. Обычно я не сплю после обеда, но на этот раз заснул и наконец увидел еще один сон о своей матери. После того первого сна, в котором она сказала мне по телефону «Яирик?.. Яирик?..» — она не приходила ко мне больше. Но на этот раз я сподобился.

В моем сне я снова вышел во двор. Там работали десятки рабочих, и повсюду расхаживали и разговаривали друг с другом люди, огромное множество людей — частью знакомые, в большинстве совершенно чужие. Запах праздничной суеты стоял в воздухе. Несколько тракторов трудились вовсю, что-то копали, тащили и поднимали, а один из них, самый большой, с нашим трактористом за рулем, нес огромный каменный куб, свисавший с ковша на широких ремнях. Куб был такой тяжелый, что трактор опасно раскачивался. Я удивился: «Где же Тирца? И Мешулам? И где их китайские рабочие? Вернулись в Китай?»

Я подошел поближе и увидел, что перед домом, со стороны улицы, стоит группа людей, и среди них ты — совсем живая, красивая и веселая, в одном из тех платьев, которые я люблю с детства, сегодня таких уже не увидишь — широкие, светлые, легкие, цветастые хлопчатобумажные летние платья, с узкой талией, короткими рукавчиками и круглым вырезом, который выглядит щедрее, чем в действительности, и идет также женщинам с небольшой грудью.

Конечно, я знал, что ты умерла, знал это во сне так же, как наяву, и даже испытывал то изумление, которое положено испытывать, когда снится такой сон. Но ни знание, ни изумление не помешали мне почувствовать себя совершенно счастливым. Я сказал тебе: «Как замечательно, что ты пришла».

Ты обняла меня и поцеловала, но не сказала ни слова в ответ, а я — почему, черт возьми, я не заговорил о чем-нибудь? — повторил: «Как замечательно, что ты пришла, мама» и: «Как хорошо ты выглядишь». И тут сон растворился, как будто его и не было, это было одно из тех сновидений, которые забываются уже в ходе самого сна, еще до того, как спящий успевает сказать приснившейся всё, что хотел сказать, и прежде, чем успеет услышать ответы.

Я не почувствовал, как проснулся, но вдруг ощутил, что уже не сплю, и понял, что та радость, которая охватила меня во сне, осталась со мной даже после пробуждения. Сумеречный свет и прохлада сказали мне, что уже вечер, что мой послеполуденный сон слишком затянулся. Я позвал несколько раз: «Тирца…Тирца…» — чтобы поскорее рассказать ей свой сон и, может быть, даже похвалиться им, но Тирцы не было, и рабочих тоже не было, и тем не менее я был не один, я это ясно чувствовал.

Я зажег свет и увидел голубя. Он неподвижно сидел на полу. Я застыл. Мои волосы встали дыбом. Голубь, самый обыкновенный на вид. Серовато-голубой. Красноватые ножки. Похож на тысячу других голубей. Круглые глаза. Черные полосы талита на крыльях и хвосте.

Крик вырвался из моего горла. Голубь испугался тоже, взлетел, хлопая крыльями, ударился о новый потолок и упал. Снова взлетел, снова наткнулся на потолок и начал носиться в пустом пространстве комнаты, пока не сел в дальнем углу. Я стоял посреди комнаты. Мы смотрели друг на друга. Наступила тишина.

— Откуда ты? — спросил я наконец.

Голуби не знают названий направлений и мест.

— К тебе, — сказал он.

— Ты мне не нужен, — сказал я, — возвращайся к себе домой.

— Я летел весь день, — сказал голубь. — Дай покой ногам моим, приюти меня на одну ночь.

— Не в этом доме. Не у меня. Не тебя.

— Я спрячусь в уголке, — предложил он. — Не буду мешать. Ты меня не увидишь и не услышишь. Кто лучше тебя знает — голуби могут спрятаться, исчезнуть в любой соломенной корзине, в деревянном ящике, даже в кармане.

— Сейчас же! — крикнул я. — Убирайся сейчас же!

— Солнце уже зашло, — взмолился он.

Но я был неумолим. Я чувствовал, что он у меня в руках.

— Я закупорил все дырки в крыше. Я закрыл и заделал все щели. Здесь нет больше места для голубей.

— Ты закрыл, и заделал, и закупорил, а я вот он. Голубь.

Я вскочил. Он снова начал метаться в пустой комнате, а я нагнулся, схватил одну из досок, оставленных лилипутами, и прыгнул вперед с такой ловкостью, что даже сам удивился. Я ударил его, когда он был еще в воздухе, как в нашей детской игре в «цурки». Удар сшиб его наземь, он немного подергался и затих. Правое крыло сломалось и лежало под странным углом. В разорванном мясе белела сломанная полая кость. Раскрытый клюв тяжело дышал. Глаза затуманились от страха и боли.

— Я плоть и душа, — возвестил он торжественно, как радио в праздник.

— Заткнись! — сказал я.

— Я порыв тела и ноша любви. Я дух и силы.

Я схватил его, вышел наружу, одним движением свернул ему голову, оторвал и изо всех сил швырнул в темноту. Вырвал мягкие перья с живота и груди и выщипал пух на спине и затылке. Обезглавленное, ощипанное, обнаженное тельце выглядело маленьким и жалким. Крылья казались неестественно большими, как будто принадлежали какому-то другому существу. Если бы не боль, всё еще проступавшая в этом изуродованном теле, оно могло бы показаться смешным.

Я снял с пояса свой складной швейцарский нож — в следующий раз, когда Лиора или Биньямин будут насмехаться надо мной, я смогу наконец сказать, что нашел должное применение этому бесполезному предмету, — и срезал концы крыльев и хвост. Быстрым движением от груди до низа вскрыл его и развернул обе половины в стороны. Вытащил внутренности: зоб, желудок, кишки, воздушные мешки, большое сердце, внушительные легкие, — собрал в горсть и тоже швырнул их подальше.

Потом вышел во двор, включил лампочку меж рожковыми деревьями, собрал несколько сухих веток и щепок и разжег костер. Через полчаса у меня уже была вполне приличная кучка шипящих головешек. Я испек на них голубиную тушку и съел. Сильный, приятный вкус крови наполнил мой рот. Его ли то кровь, или я просто порезал рот острыми осколками костей?

Я разделся, зажег поминальную свечу моей юбимой, встал под душ, который она мне построила. Сполоснул руки от крови, смыл с тела всё остальное и, когда уже закрутил кран и стоял голый, давая воде скапать с себя, вдруг услышал слабое, тоже как будто капающее курлыканье. Я поднял взгляд в темноту, но ничего не увидел. Журавли не всегда пролетают над этими местами, и курлыканье, как и шум крыльев, могло послышаться не только с высоты небес — из моих собственных пропастей тоже.

ГЛАВА ДВАДЦАТЬ ПЯТАЯ

I

Техник электрической компании установил нам новый счетчик. Техник районного совета установил новый водяной счетчик. Техник из газовой компании установил баллоны и подвел к ним трубы. Техник из телефонной компании сделал проводку для телефона. Дом, этот голем, тело которого — сплошь кирпич и цемент, песок и щебень, почуял потоки в своих сосудах и ожил. Его мышцы напряглись. Его окна открывались и закрывались, вглядываясь в свет и тьму, в просторы и дали. Балки поддерживали, стены разделяли, двери распахивались и закрывались. Тирца завершила свою работу.

Люди ушли. Новый телефон вдруг зазвонил. Слегка удивляясь, я поднял трубку и услышал ее смех:

— Это я, юбимый, твой подрядчик-женщина. Я здесь, возле рожков во дворе, просто хотела обновить новую линию.

Спустился вечер. Мы поели, приняли душ и вошли в дом. Тирца сказала:

— Теперь это уже наш дом, с полом под ногами, и стенами вокруг тела, и крышей над головой.

И заметила, что мой туристский матрац — это «постель для одного факира, а не для пары эпикурейцев. Пришло нам время купить себе кровать».

Назавтра я проснулся очень поздно. Солнце уже приблизилось к зениту, в воздухе стоял запах нарезанных овощей. Тирца выжала лимон себе в ладонь, дала соку просочиться сквозь пальцы в салат и выбросила косточки.

— Проснулся наконец? Я готовлю нам первый салат этой кухни. — Она потерла ладони. — Я научилась этому у мамы. Полезно для кожи и придает телу хороший запах.

Пока она пробовала и улучшала салат, я нарезал принесенные ею хлеб и брынзу и положил на стол тарелки, ножи и вилки.

— Сейчас, когда все остальные приятели уже ждут на столе, — сказала Тирца, — мы приготовим яичницу.

Мы сидели на деревянной веранде, которую она мне построила, ели первый завтрак, который мы приготовили на новой кухне. Тирца сказала:

— Вот и всё, Иреле. Нужно только купить мебель и убрать рабочие инструменты и все остатки мусора, но работа окончена, и у меня есть для тебя подарок.

И она вынула и протянула мне маленькую завернутую коробочку. Я открыл. Внутри были два ключа и маленькая медная табличка: «Я. Мендельсон — частный дом».

Была осень. Желтый в глазах моей юбимой усилился, а зеленый отступил.

— Это для тебя. Если ты хочешь дать мне один ключ, сейчас самое время прикинуть за-за и за-против и решить.

Я дал ей один ключ, и она обрадовалась. Я тоже был рад, и с неба снова раздалось то далекое слабое курлыканье журавлиных кочевий, что сначала проникает через кожу, потом ухватывается тканями и только тогда становится понятным и слышным.

— Что ты там видишь? — спросила Тирца, увидев, как я прикрываю козырьком ладони поднятые к небу глаза.

— Это журавли. Они летят на юг, в свою вторую комнату. Посмотри.

— Почему их только трое? Обычно они летят большими стаями, разве не так?

— Большая стая прилетит через несколько часов. Это разведчики. Они ищут хорошее место для отдыха и еды. А когда они находят его, они зовут всех остальных приземлиться.

Трое журавлей снизились, пролетели над деревней. Мое сердце стучало. Мой мозг считал: «Где. Когда. Здесь. Сейчас». Мой живот сжался до боли. Мой рот сказал: «Я должен ехать, Тирца». Она удивилась: «Куда?»

— В Тель-Авив.

— Твой дом здесь, — сказала Тирца. — Он готов. Привинти табличку на двери и попробуй ключи.

— Я хочу привезти сюда Лиору. Я хочу, чтобы она на него посмотрела.

— Зачем?

— Я хочу, чтобы она знала, что я нашел, и купил, и построил себе свое место.

— Она знает, что ты нашел, и купил, и построил. Она знает также, что я здесь. Она послала сюда своего брата и твоего брата, этих двух змиев, чтобы они всё здесь для нее подсмотрели.

— Я только хочу, чтобы она увидела его построенным и готовым.

— У тебя нет никакой нужды в этих победах. Не привози ее сюда. Я тебя прошу.

Мне еще сильнее свело живот, но я встал. Лицо Тирцы вдруг исказилось, она поднялась и выбежала во двор, и когда я побежал за ней, то увидел, что она стоит, согнувшись, и выблевывает наш завтрак на землю. Я положил руку ей на плечо, но она стряхнула ее и отвернулась.

Я пошел в сторону «Бегемота». Тирца догнала меня тремя быстрыми шагами и встала, перегородив мне дорогу.

— Подожди минутку. Сделай за-за и за-против, как делала твоя мать.

— Я только хочу, чтобы она увидела этот дом. Это не так уж много.

Тирца отступила в сторону и дала мне пройти. Я сел в машину и поехал в Тель-Авив.

2

Улица Лиоры уважила меня свободным местом для парковки. Дверь Лиоры послушно открылась мне навстречу, как автоматическая дверь в аэропорту. Сигнализация Лиоры приветствовала меня молчаливым согласием. Сама Лиора ждала меня, лежа на кровати, ее глаза вылавливали что-то в одном из компьютерных отчетов. Я снял туфли и лег рядом.

— Мой дом готов, — сказал я.

— Поздравляю. Я уверена, что Тирца сделала всё наилучшим образом.

— В нем еще нет мебели, — сказал я, — но есть вода, и электричество, и двери, и окна, и пол под ногами, и крыша над головой.

— Так ты приехал попрощаться с этим домом?

— Я приехал пригласить тебя туда. Время и тебе посмотреть на него.

— Когда?

— Сейчас.

— Это неудобно. У меня вечером встреча с клиентами. Позвони в офис, и Сигаль найдет нам более подходящее время.

— Это должно быть сегодня, и выехать нужно немедленно. Мы приедем туда перед вечером и останемся до завтра, чтобы ты могла посмотреть на вид.

— Это включает также приглашение на ночлег? Там уже есть кровать?

Улыбка пересекла ее глаза, прокралась в голос, но не появилась на губах.

— Там нет еще ничего. Мы возьмем твой матрац. Вставай. Собери самые нужные вещи, а я погружу матрац на «Бегемота».

— Но у меня и завтра утром назначены встречи.

— Отложи их тоже.

И с резкостью человека, который нарастил мышцы, и сбросил лишний вес, и построил новый дом, и обновился сам:

— Я видел, как ты решаешь более трудные вопросы.

Она встала, открыла шкаф и вынула оттуда чемодан. А я одним быстрым широким движением сбросил простыню с постели, поднял матрац, стащил его и вытолкнул вон из комнаты. Мы с ним миновали коридор: я — толкая и направляя, и он — толкаемый, направляемый и недовольный, и все комнаты Лиоры — утренние и вечерние, для порознь и для наедине, для ссор и для «тритмента», для спанья и примирения — видели, как мы шли, и удивленно разевали свои двери.

Мы вышли и спустились — ступенька за ступенькой, один испуганный телеглазок за другим удивленным телеглазком — во двор, и к воротам, и на улицу. Я поднял матрац на крышу «Бегемота», привязал и затянул ремнями, а Лиора, которая уже спустилась за мной — необыкновенно красивая, в тон своему светлому легкому платью и чемоданчику в руке, — смотрела на меня, явно забавляясь: «Ты ли это, Яир? Откуда этот неожиданный напор? Эта активность?»

Мы выбрались из Тель-Авива и помчали, обмениваясь короткими фразами, плывя в еще теплом летнем воздухе, сражающемся за жизнь с наступающим зимним. Моя рука, двигавшая ручку скоростей в промежутке между сиденьями, мимолетно коснулась ее руки. Ее рука, почувствовав на мгновенье мою, сжала ее. Мне казалось, что мы движемся по огромному коридору, из одной комнаты мира в другую. На одной стене красное заходящее солнце, на противоположной стене — луна, а в промежутке — мы, пара, которой не будет удачи.

Солнце зашло. Луна поднялась и поползла по небу. Ее большой желтый диск превратился в маленькое бело-голубое блюдечко. «Бегемот» свернул на перекрестке, повилял вместе с дорогой и решил на этот раз не спускаться в поля. И вот уже въезд в деревню. Направо возле правления, вот гигантская сосна, птицы уже устроились в ней на ночлег. Вот кипарисы, которые пришлись бы тебе по душе. Полянки — одна заброшенная и две ухоженных.

«Бегемот» остановился. Я вышел, поспешил к другой дверце и церемонно открыл ее. Появилась одна нога, длинная и белая, за ней — вторая. Лиора встала рядом со мной. Посмотрела вокруг. Лунный свет заливал всё вокруг. Не такой яркий, чтобы показать ей весь вид, в рамке которого стоит мой дом, но достаточный, чтобы ощутить бескрайнее пространство, что за ним.

— Жаль, что твоя мать этого не увидит. Это место в точности для нее.

— Действительно, жаль.

— Сколько у тебя здесь комнат?

— Одна очень большая и одна очень маленькая плюс кладовая внизу.

— Слишком мало.

Я снял матрац с крыши «Бегемота», протащил его по потрескавшейся мостовой, через дверь, в большую комнату и дальше, на деревянную веранду, которую построила мне моя юбимая.

— Здесь? — спросила Лиора. — Снаружи? Почему не внутри?

— Иди сюда, ложись рядом. У меня есть для тебя сюрприз.

Мы натянули простыню на матрац. Она мило расправила свое платье, села и затем плавным движением опустилась рядом со мной.

— Так какой же у тебя сюрприз?

Мы лежали на спине, тело к телу. Одно тело — высокое, белое, красивое и спокойное, в ожидании неизвестного. Другое — невысокое, смуглое и взволнованное предстоящим.

Мы лежали. Наши глаза привыкали к лунному свету, а руки друг к другу, а потом Лиоре надоело, и она сказала: «Ну, что случилось?» — а я сказал: «Наберись терпения».

Мы лежали. Время шло, отмеряясь перерывами между гулкими уханьями маленькой совы, собираясь осыпью сухих рожковых листьев, перемежаясь воем близких шакалов и мычанием далеких коров. И вдруг воцарилась тишина. Великая тишина. Молчание перед тончайшим шорохом. А потом темное небо вверху, а с ним пустоты моего тела внизу стали наполняться — сначала медленно, затем всё быстрее и быстрее — шепотом, который можно уже услышать, и движением, которое еще нельзя увидеть. Шепот стал хлопаньем, хлопанье стало лепетом, лепет — разговором. Мир наполнился гомоном, и крыльями, и тьмой, а тьма заструилась голосами. Полная луна мигала и сигналила, то появляясь, то исчезая за проносящимися силуэтами.

— Мама, мама, — спросила Лиора жалобным голосом журавля-ребенка, — когда мы уже прилетим?

И повернула ко мне лицо:

— Это они.

Тонкая сверкающая дорожка спускалась по ее щеке. Зубы отвечали сверкающей белизной улыбки. А я, хоть и слышал журавлиный язык, которым она только что говорила, и помнил ее тогдашний ответ, про «Мамми Крэйн», «Дэдди Крэйна» и журавленка, отправляющегося в свой первый полет, и на этот раз спросил ее, о чем они говорят.

— О нас, — сказала она. — Они говорят: «Вы помните, дети, историю, которую наши отцы слышали от своих отцов, а мы рассказывали вам? О паре, которую мы видели в ту ночь на полянке в кибуце? Так вот, это снова они. Смотрите».

Она приподнялась на локте. Ее красивая голова приблизилась. Ее губы приоткрылись, и я потянулся навстречу ее поцелую. Ее рука спустилась по моей груди, и ее бедра прижались к моим бедрам.

— Здравствуй, — сказала она.

Мое тело задышало и ответило.

Я ощутил серп ее бедра, как он поднимается, и опускается, и снова ложится на мой живот. Журавли уже исчезли. Шум их крыльев затих, но далекое слабое курлыканье всё еще доносилось ко мне, одолевая время и пространство. Женщина, которую предсказала мне моя мама, приподнялась, раздвинулась, опустилась, вернула меня внутрь своего тела.

3

Я проснулся утром и увидел ее. Длинное светлое босоногое тело в джинсах и белой рубашке. Она опирается на перила веранды, пьет кофе и любуется видом.

Я сел.

— Откуда кофе? Ты взяла горелку в «Бегемоте»?

— Вот еще! Соседка принесла. Очень симпатичная девушка. Она, видно, думает, что я твоя любовница, а Тирца твоя жена.

— Она хорошенькая, но никак не симпатичная.

— Что это у тебя там, возле рожковых деревьев?

— Душевая.

— Ты принимаешь душ во дворе?

— Хочешь попробовать?

— Нас увидят.

— Эту душевую построил китаец. Они умеют строить душевые так, чтобы не было видно.

— А чьи это руки в бетоне? Тирцы и твои?

— Мои и этого китайца.

— Я тебе не верю. Это рука мужчины и рука женщины.

— У китайцев маленькие руки.

Я поднялся, чтобы объяснить ей отпечатки рук и показать ей вид. Мои глаза еще не поняли того, что им открылось, но протянутая рука уже упала, а сердце остановилось. Вся площадка вокруг дома была пустынна и чиста. Всё, что оставалось от строительства: инструменты, блоки, балаты, черепицы, лишний цемент, песок, железо, щебень, корыта для размешивания, доски, холодильник, стол, — всё было собрано и вывезено. Двор был выметен до последней соломинки. И маленькая бетономешалка тоже исчезла — наверно, проехала вчера нам навстречу, плывя в колонне белых пикапов с надписью «Мешулам и дочь с ограниченной ответственностью» в какое-нибудь другое место.

Похоже, Тирца созвала всех своих людей со всех зданий, которые она воздвигает, со всех транспортных развязок, которые строит, со всех мостов, которые она перебрасывает. За те часы, что я ездил в Тель-Авив и обратно, она стерла все следы и все свидетельства. Ни единой капли бетона, ни единой крупицы песка, сигаретного окурка, бутылочной пробки. Один только мусорный бак, сиротливо прислоненный к стене возле окна, — этот остался.

Послышалось знакомое тарахтенье. Появился наш тракторист, волоча за собой пустой мусорный прицеп. Он остановился, вышел, спустился во двор, выдернул железную трубу, которую Тирца забила в первый день возле лимона, и швырнул ее в прицеп.

Раздался резкий металлический лязг. Тракторист сказал: «Твой подрядчик-женщина ушел», забрался на свое сиденье и уехал.

4

Пошел я искать себе дом. Пришел к нему, как будто вернулся, а не пришел. Здравствуй, дом, сказал я, и дом ответил.

Я обновил свой дом и обновился сам, юбил и был юбимым, нарастил кожу для своей души, и крышу, и пол, и стены. Есть у меня теперь деревянная веранда, и душ снаружи, и время, и своя история, и простор, и мусорный ящик, чтобы услышать, как дождь будет колотить по жести близкой осенью, и пара глаз — прикрыть их козырьком ладони, и смотреть в небо, и ждать.

Две недели назад я получил первое письмо по своему новому адресу. Коричневый толстый конверт, посланный из Лейдена, что в Голландии. Та старая костлявая голландка, которая рисовала птиц в долине Хулы, послала мне фотокопии некоторых своих акварелей: «Птицы Святой земли» и «Перелетные птицы». «С благодарностью за прекрасную экскурсию», — написала она и вложила среди пеликанов и журавлей сюрприз — мой портрет, который она сделала незаметно для меня несколькими штрихами кисти. Вот он я: темная, плотная, небольшая птица, не кочую, а возвращаюсь, один, не присоединяюсь к стае.

«Надеюсь, что ты простишь мое нахальство», — извинилась она и добавила, что еще в юности, когда британцы правили Страной — «а ты, наверное, тогда еще не родился», — она уже интересовалась птицами и уже тогда приезжала вслед за ними на Святую землю. «И вот Вам еще четыре рисунка, из нескольких десятков, которые я тогда нарисовала, дорогой господин Мендельсон. Может быть, Вам будет интересно, потому что сегодня у вас уже не увидишь этих птиц и такие виды, а жаль».

Вот они: ястребы сгрудились над трупом коровы, скворцы клюют ее небесный глаз, щеглы ликуют на высоком сухом терновнике, и какой-то молодой парень сидит на станционной скамейке в ожидании поезда, а на коленях у него плетеная соломенная корзинка для голубей, с крышкой и ручкой.

Где они сегодня

Профессор Яков Мендельсон взял свой компьютер, свои записные книжки, свою сигнальную кнопку и свои книги, оставил свою квартиру в квартале Бейт а-Керем и переехал жить в дом Фридов в квартале Арнона. Вместе с поваром-румыном он ухаживает за Мешуламом, который перенес кровоизлияние в мозг и теперь лежит, наполовину парализованный.

Профессор Биньямин Мендельсон эмигрировал из Страны. Он живет в Лос-Алтос-Хиллз в Калифорнии, преподает и занимается научными исследованиями в соседнем Стэнфордском университете и очень редко бывает в Израиле.

Зоар Мендельсон поехала с ним туда и спустя год вернулась в Страну одна. Она открыла кафе в фешенебельном Рамат-а-Шароне, а при нем — процветающий магазин одежды больших размеров.

Лиора Мендельсон продолжает преуспевать в своем бизнесе.

Яир Мендельсон погиб в автомобильной катастрофе через два года после того, как построил свой новый дом. Он ехал из долины Хула, чтобы подхватить Тирцу на ее строительной площадке в Нижней Галилее. Грузовик с заснувшим водителем выехал на встречную полосу и столкнулся с «Бегемотом» лоб в лоб. Яир был тяжело ранен и умер неделю спустя.

Тирца Фрид, которая вернулась к Яиру через несколько месяцев после своего ухода, покинула дом, который построила ему, сразу же после его смерти. Они успели прожить там вместе «семнадцать месяцев любви и счастья и одну неделю ужаса» — так она сказала. Сейчас у нее «легкий роман», по ее определению, с капитаном авиакомпании «Эль-Аль», которого она встретила на одном из вечеров коллективного пения.

Иоав и Иорам Мендельсоны поступили на медицинский факультет Беершевского университета и учатся с неожиданным прилежанием. Они часто приезжают в дом, завещанный им Яиром. Приезжает туда и подруга Иоава, и все дети в деревне знают место, с которого можно увидеть, как они втроем принимают душ во дворе.

Последняя голубка Малыша больше не вылетает из голубятни. Доктор Лауфер держал ее там для размножения, а когда она умерла, сделал из нее чучело и поставил себе на стол. Оно исчезло во время переезда зоопарка из Тель-Авива в сафари в Рамат-Гане.

Сам доктор Лауфер скончался в глубокой старости в Рурской области в Германии, куда был приглашен для чтения цикла лекций и судейства на голубиных соревнованиях.

Мириам-голубятница отвергла нескольких ухажеров из кибуца и Пальмаха и по окончании Войны за независимость переехала в Иерусалим и работала там в Еврейском агентстве. Она не вышла замуж и не имела детей, но писала и иллюстрировала замечательные детские книжки, которые публиковались только на немецком. До последнего дня она не призналась в своем влечении и любви к доктору Лауферу — ни ему, ни другим. Она умерла летом тысяча девятьсот девяносто девятого года от рака легких.

Дядя и тетя Малыша пытались и дальше содержать голубятню Пальмаха, но не сумели справиться с выращиванием и тренировкой новых почтовых голубей. Когда я приехал в их кибуц в две тысячи втором году, от «голубьятни» Мириам уже не осталось ничего, кроме кучи досок, нескольких кормушек и ржавых сеток. Одна старая кибуцница, которая увидела, что я смотрю, и разглядываю, и делаю записи, подошла и рассказала мне, что когда-то здесь была голубятня почтовых голубей Пальмаха и в ней работал «один наш мальчик», который потом погиб во время Войны за независимость.

— Он был у нас приемный мальчик, со стороны, — сказала она. — Не особенно общался с другими детьми, но очень любил голубей.

— Как его звали? — спросил я.

— У него было какое-то прозвище — кажется, «Мальчик», или, может быть, «Малыш».

— Так Мальчик или Малыш?

— Какая теперь разница? Его уже нет, и похоронили его тоже в другом месте, мы-то, женщины, помним, мы помним многое, но кто может помнить всё? — И подняла извиняющийся взгляд: — Столько лет прошло с тех пор, и столько еще ребят погибло, когда уже это все кончится? И голуби тоже больше не прилетают.

Примечания переводчиков

Глава первая

[1.] *Пальмах* (от «плугот махац» — ударные отряды, *ивр.*, *аббр.*) — добровольческие молодежные подразделения Хаганы (см.), созданные в 1941 г. для выполнения особых заданий в борьбе с вооруженными нападениями арабов на еврейские поселения. Впоследствии Пальмах принимал самое активное участие в Войне за независимость 1948— 1949 гг. между только что провозглашенным Государством Израиль и напавшими на него армиями пяти арабских стран.

[2] *Талит* — молитвенное облачение, представляющее собой особым образом изготовленное прямоугольное покрывало белого цвета с цветными полосами (*ивр.*).

[3] *Немецкий квартал* — район на юге Иерусалима, основанный немецкими колонистами в 70-е гг. XIX в.

[4] *«Бирманская тропа»* (по аналогии с названием дороги, проложенной англичанами через Бирму в обход японских войск во время Второй мировой войны) — горная дорога из кибуца Хульда в осажденный арабами Иерусалим, проложенная во время Войны за независимость для передвижения сил израильской армии и доставки продовольствия в иерусалимские еврейские кварталы.

[5] *...великаны, филистимляне, англичане, немцы...* — Имеются в виду: легендарный народ гигантов, рефаимы, жив-

ший в Ханаане (Втор. 2:20—21); далее филистимляне — древний народ Восточного Средиземноморья, живший в районе нынешних Ашкелона и Газы, упоминается уже в Книге Бытия; затем англичане — управляли Палестиной после Первой мировой войны, с 1920 по 1947 г. по мандату Лиги Наций, в конце своего правления проводили политику жесткого подавления операций Хаганы и Пальмаха, что вынудило эти организации перейти на полуподпольное положение (отсюда, в частности, описываемая в романе секретность пальмаховских голубятен и семинаров); наконец, немцы — имеются в виду немецкие колонисты, члены секты тамплиеров, которые иммигрировали в Палестину в конце XIX в. и создали здесь ряд поселений, включая упомянутый выше Немецкий квартал в Иерусалиме.

^{6} *...по ту сторону границы...* — Здесь это граница между Израилем и Иорданией, которая до 1967 г. разделяла Иерусалим, а вблизи него проходила очень близко к дороге, ведущей на побережье.

^{7} *Сабиль* — общественный колодец, родник (*араб.*).

^{8} *Вади* — сухая долина, которая временно наполняется водой после сильного дождя, превращаясь в бурный поток, стесненный узкими стенами.

^{9} *«а-Порцим»* (батальон прорыва, *ивр.*) — название батальона Пальмаха, который атаковал и захватил иерусалимский монастырь Сен-Симон в ходе ожесточенного боя 30 апреля —1 мая 1948 г. во время Войны за независимость.

^{10} *Технион* — политехнический институт в Хайфе.

^{11} *«Томмиган»* — от английского tommy gun, автомат, созданный фирмой американского генерала Томпсона в 1922 г. и прославившийся скорострельностью и пробивной силой. Был на вооружении американской армии с 1938 г., нашел применение во Второй мировой и корейской войнах.

Глава вторая

[1] *Йеке* — насмешливое прозвище евреев — выходцев из Германии, которые, по распространенному мнению, отличаются сухостью, дотошностью, плохим знанием иврита и специфически тяжеловесным чувством юмора. Происхождение слова «йеке» имеет ряд объяснений, и мы получили еще одно, от коренного жителя земли Рейн-Вестфалия. В тамошнем («кельнском») диалекте немецкое g превращается в j и слово geck (помешанный на чем-то) становится jeck, откуда вполне могло произойти и израильское «йеке» как прозвище немцев, «помешанных» на чистоте, пунктуальности и т.п. Поэтому Шалев прав, влагая в уста доктора Лауфера (ниже, глава четвертая) слова: «У нас в Кельне таких (помешанных на голубях) называют дуве-йек»: именно «в Кельне» и именно «йек», а не «йеке» (как стало уже в Израиле). Не исключено, что «дуве» имеет связь с английским dove (голубь).

[2] *Йом-Кипур* — Судный день, один из главных еврейских религиозных праздников, приходится на осень, через неделю с лишним после еврейского Нового года, сопровождается молитвами покаяния, суровым однодневным постом и полным запретом на движение транспорта.

[3] *Дос* — насмешливое прозвище религиозного человека, искаженное «дати», т.е. религиозный (*ивр.*).

[4] *Пуштаки* — хулиганы (*тур.*).

[5] *...пусть тебе будет хорошая подпись.* — Согласно традиции, в Судный день Всевышний подписывает каждому еврею «приговор» (судьбу) на следующий год.

[6] *Ахашверош* (в синодальном переводе Библии — Артаксеркс) — персидский царь (в Книге Есфири), при котором визирь Аман попытался уничтожить всех иудеев, за что поплатился жизнью сам.

[7] *Тойбеле* — голубки (*идиш*).

[8] *Керен-Кайемет* — Национальный земельный фонд Израиля; в годы становления еврейского национального очага в подмандатной Палестине скупал земли у арабов и производил обширные лесопосадки.

Глава третья

[1] *Арак* — рисовая водка, широко употребляемая на Ближнем Востоке (*тур.*).

Глава четвертая

[1] *«Государство в пути»* — выражение из сионистского лексикона первой половины XX в., когда всю совокупность еврейских поселений в Палестине («ишув») называли «строящимся государством» или «государством в пути». Из того же лексикона — часто встречающееся в романе выражение «построить и построиться самому» («обновить и обновиться»), то есть превратить строителей государства в новых людей.

[2] *Хагана* (оборона, *ивр.*) — еврейская подпольная вооруженная организация, созданная в 1920 г. в Палестине на съезде Рабочего движения для защиты еврейских поселений от арабских погромов и вооруженных нападений. К 1939 г. в Хагане уже насчитывалось 25 тысяч бойцов, и после образования еврейского государства она стала основой Армии обороны Израиля.

[3] *«И когда выходил из воды, тотчас увидел Иоанн…»* — Мар. 1:10; *«Дух Святый нисшел на Него…»* — Лук. 3:22; *«голубица моя в ущелье скалы»* — Песн. П. 2:14; *«голубица моя, чистая моя»* — Песн. П. 5:2, 6:9; *«не нашел места покоя для ног своих»* — Быт. 8:9.

[4] *Альтерман Натан* (1910, Варшава — 1970, Тель-Авив) — знаменитый еврейский поэт, писал на иврите. Перевел на иврит «Евгения Онегина».

[5] *Рафия* — волокно, сделанное из листьев и корешков особого вида тропических пальм, которые так и именуются — рафия.

[6] *«Голубка воркующая…»* — Из стихотворения Бялика «За воротами».

[7] *Аронсон Сара* — активистка подпольной еврейской антитурецкой (и пробританской) организации в Палестине во время Первой мировой войны. В 1917 г., узнав об аресте одного из членов организации, она срочно отправила сообщение об этом руководству в Каир, пользуясь почтовым голубем. Голубь попал в руки к туркам, владевшим в те времена Палестиной. Сара Аронсон покончила с собой, двое других руководителей организации были казнены.

[8] *Дуве-йек* — см. выше, примечание к главе второй.

Глава пятая

[1] *…о пурпурной улитке и изобретении стекла.* — Первый пурпурный краситель (так называемый «королевский», или «тирский», пурпур») был создан на берегах Палестины, вблизи города Тира, древними финикийцами, которые добывали его из некоторых видов морских улиток; если верить римскому историку Плинию Старшему, египетские моряки, привозившие в древнюю Палестину кристаллическую соль, использовали куски соли как опору для котлов над кострами, которые они разводили в песке на своих стоянках, и заметили, что жар пламени сплавляет песок и соль в стекловидную массу.

[2] *...чтоб моя десница прилипла к гортани...* — Искажение стиха из Псалмов: «Если я забуду тебя, Иерусалим, забудь меня, десница моя. Прильпни язык мой к гортани моей...» (Пс. 136:5—6).

[3] *...большими буквами, как в синагоге пишут молитву на старолуние.* — Намек на вечернее благословение Луны, текст которого пишется в молитвеннике особо большими буквами, чтобы лучше разобрать их в темноте.

[4] *...о пропусках между буквами в тексте Торы.* — Намек на ставшую популярной теорию так называемых «кодов Торы», согласно которой, если читать «Бытие», пропуская одно и то же число букв, можно вычитать в тексте предсказания будущего. Доказательства, обычно приводимые в обоснование этой теории, основаны, как показали исследования, на сознательных подтасовках.

[5] *...гробницей Рахели, пещерой праотцев...* — Речь идет о святых местах иудаизма (праматерь Рахель, жена Яакова, похоронена под Иерусалимом, праотцы Авраам, Ицхак и Яаков — в общей гробнице под Хевроном).

[6] *«...бедра — шедевр мастерства...»* — Из стихотворения Альтермана (см. выше, примечание к главе четвертой) «Левадех».

ГЛАВА ШЕСТАЯ

[1] *Мошав* — коллективное поселение, в котором отдельные хозяйства остаются частными, а сбыт осуществляется на кооперативных началах. Этим мошав отличается от кибуца, в котором все члены сообща распоряжаются и производством, и распределением, и сбытом.

[2] *«Менч»* — человек (*идиш*), здесь: ответственный, надежный человек.

Глава седьмая

[1] *«Не было ни голоса, ни ответа... и голубь с мальчиком все еще стучатся в ворота»* — Первая часть фразы, до отточия, — из 3 Цар. 18:26, вторая — из стихотворения Х.-Н. Бялика «За воротами».

[2] *«Пошлите голубя-гонца...»* — Из стихотворения «Снятие осады города Лорки» Шмуэля а-Нагида (993—1056), военачальника правителя Гранады.

Глава десятая

[1] *Яйла* — в данном контексте этим словом именуются и горное плоскогорье, и пастбища на нем, и летние жилища пастухов на плоскогорье.

[2] *«...строки о возвращении... выгравированные на могиле Роберта Луиса Стивенсона.* — Вот полный текст этого знаменитого стихотворения Стивенсона и его перевод Р. Нудельмана:

Requiem

Under the wide and starry sky
Dig the grave and let me lie.
Glad did I live and gladly die,
And I laid me down with a will.

This be the verse you grave for me:
Here he lies where he longed to be,
Home is the sailor, home from sea,
And the hunter home from the hill.

Реквием

Под небом широким, под звездным шатром
Уложите меня в мой последний дом.
Я славно пожил и славным сном
Засну, успев завещать —

> Вот стих для моей доски гробовой:
> *Дома моряк, он вернулся домой,*
> *И охотник с холмов вернулся домой*
> *И лежит, где хотел лежать.*

[3] *Иудейская война* — имеется в виду восстание евреев против римлян в 66—73 гг. н.э., завершившееся разрушением Второго Иерусалимского Храма и поражением восставших.

[4] *...отпусти меня, ибо взошла заря...* — Из библейского рассказа о поединке Иакова с ангелом: «И сказал: отпусти Меня, ибо взошла заря. *Иаков* сказал: не отпущу Тебя, пока не благословишь меня» (Быт. 32:26).

Глава одиннадцатая

[1] *«Кто это летят там, как облака, и как голуби — к голубятням своим?»* — Ис. 60:8.

[2] *Черниховский Шауль* (1875—1943) — известный еврейский поэт, писал на иврите.

[3] *«...Вот это египетский голубь...»* — Из стихотворения Черниховского «Знойный день», перевод В. Ходасевича.

Глава двенадцатая

[1] *«Хевра кадиша»* — израильское (религиозное) похоронное общество.

[2] *Гора Герцля* — на этом холме, рядом с Музеем Катастрофы, находится Иерусалимское военное кладбище.

Глава тринадцатая

[1] *Кирьят-Анавим* — первый еврейский кибуц в районе Иерусалима (осн. в 1920 г. евреями с Украины), во время Войны за независимость был базой подразделения «Пальмах Ха-

рэль», сражавшегося за контроль над дорогой в осажденный арабами Иерусалим; на военном кладбище в Кирьят-Анавим похоронены бойцы Пальмаха, павшие в этих сражениях, одним из которых был описанный в романе бой за монастырь Сен-Симон.

[2] *Ты поедешь в Негбу и Рухаму...* — Здесь и далее в этой фразе перечисляются названия населенных пунктов в юго-западных районах Израиля, между Тель-Авивом и тогдашней египетской границей. В ходе Войны за независимость многие из них были действительно захвачены египетской армией, но потом отбиты.

[3] *«Уши Амана»* — треугольные пирожки со сладкой начинкой, которые по традиции едят в день праздника Пурим, отмечающего провал злобных замыслов визиря Амана (см. примеч. к главе второй).

Глава четырнадцатая

[1] *Йалла* — давай, валяй и т.п. (*араб.*).

[2] *Мабрук* — искаженное ивритское «мевурах», благословенный (в просторечии — «молодец»).

Глава шестнадцатая

[1] *Чернушка (нигелла)* — однолетнее растение семейства лютиковых. В пищу употребляют семена, которые обладают острым перечным вкусом и приятным мускатным запахом.

[2] *Митией* — жареные колбаски из говяжьего фарша со специями.

[3] *Благоухает, как лулав на Кущи.* — Как нераспустившаяся пальмовая ветвь (лулав), обязательный элемент религиозного ритуала еврейского праздника Кущей (Суккот).

[4] *Ойсгепуцт* — вырядился (*идиш*).

[5] *«Яд Вашем»* — иерусалимский мемориал Катастрофы.

ГЛАВА СЕМНАДЦАТАЯ

[1] *Над древними колумбариями…* — Слово «колумбарий» (от *лат.* columba — голубь), хранилище урн с прахом после кремации, первоначально имело значение «голубятня».

ГЛАВА ВОСЕМНАДЦАТАЯ

[1] *Рахель* (1980, Саратов — 1931, Тель-Авив) — знаменитая израильская поэтесса, женщина сложной и трагической судьбы, многие ее стихи стали впоследствии текстами песен, получивших широчайшее распространение в стране.

ГЛАВА ДВАДЦАТАЯ

[1] *Жеда* — молодчина (*араб.*).

[2] *…из теплой руки…* — Выражение для передачи ценностей, из юридического лексикона в Германии. «Из теплой руки» означает дарение от живых живым, «из холодной руки» — наследование от умерших, по завещанию.

ГЛАВА ДВАДЦАТЬ ПЕРВАЯ

[1] *Голдене* — золотые (*идиш*).

[2] *Пурим* (от «пур» — жребий, *ивр.*) — еврейский праздник в честь чудесного избавления народа от угрозы уничтожения, приходится на февраль—март. *Шавуот* (недели, *ивр.*) — праздник, отмечавший начало приношения в Храм первых плодов урожая, отмечается во второй половине мая или первой половине июня.

Глава двадцать вторая

[1] *Гриль* — здесь: переносная коптильня на ножках.

[2] *Табун* — печь для выпекания хлеба (*араб.*).

[3] *Большие (осенние) праздники* — Новый год (Рош а-Шана), Судный день (Йом-Кипур), Кущи (Суккот).

[4] *Личи* — экзотический южный фрукт, немного напоминающий сливу, но покрытый грубой кожурой розового цвета.

[5] *Долина Хулы* — район на севере Израиля, в Галилее. В 50-е гг. там осушили болота. Это оказалось экологическим бедствием, и в 90-е часть непригодных для сельского хозяйства земель залили, превратив их в живописные луга и озера. Искусственное озеро Хула стало любимым местом стоянки для перелетных птиц.

[6] *Хумус* — под этим арабским названием в Израиле известно растение (нут, или турецкие бобы), из которого приготовляется одноименная восточная закуска.

Глава двадцать третья

[1] *Балата* — здесь: толстая плитка для настилки полов с лицевой стороной из шлифованной мраморной крошки.

Содержание

Шалев М.

Ш18   Голубь и Мальчик: Роман / Меир Шалев; Пер. с иврита Р. Нудельмана, А. Фурман. — М.: Текст: Еврейское слово, 2008. — 539, [5] с.

ISBN 978-5-7516-0716-6

«Да или нет?» — всего три слова стояло в записке, привязанной к ноге упавшего на балкон почтового голубя, но цепочка событий, потянувшаяся за этим эпизодом, развернулась в обжигающую историю любви, пронесенной через два поколения. «Голубь и Мальчик» — новая встреча русских читателей с творчеством замечательного израильского писателя Меира Шалева, уже знакомого им по романам «В доме своем в пустыне…», «Русский роман», «Эсав», выходившим в издательстве «Текст».

УДК 821.41

ББК 84(5Изр)

Проза еврейской жизни

Меир ШАЛЕВ

Голубь и Мальчик

Роман

Редактор В. Генкин
Корректор Н. Пущина

Издательство благодарит Давида Розенсона
за участие в разработке этой серии

Подписано в печать 11.03.08. Формат 70 x 100/$_{32}$.
Усл. печ. л. 21,93. Уч.-изд. л. 20,74. Тираж 5000 экз. Изд. № 768.
Заказ № 3122.

Издательство «Текст»
127299 Москва, ул. Космонавта Волкова, д. 7/1
Тел./факс: (495) 150-04-82
E-mail: textpubl@yandex.ru
http://www.textpubl.ru
Представитель в Санкт-Петербурге: (812) 312-52-63

Издательство «Еврейское слово»
127018, Москва, 2-й Вышеславцев пер., д. 5а
Тел. (495) 792-31-10; 792-31-13
Internet: www.e-slovo.ru; www.lechaim.ru
E-mail: gazeta@e-slovo.ru; lechaim@lechaim.ru

Отпечатано в ОАО «Можайский полиграфический комбинат»
143200 г. Можайск, ул. Мира, 93

Подробнее о книгах серии «Проза еврейской жизни»
читайте на сайте **www.dvarim.ru**

ЕВРЕЙСКИЕ ТЕКСТЫ И ТЕМЫ

Об этих и других книгах, о новинках и классике, об актуальных событиях и вечных вопросах — рецензии, статьи, анонсы и проекты на сайте **www.booknik.ru**